담벼락 헌책방

담벼락 헌책방

2018년 6월 15일 초판 1쇄 발행
2019년 1월 10일 초판 2쇄 발행

**지은이** 물빛항해
**발행인** 이종주

**기획 편집** 이은정 주종숙
**경영 지원** 배진경
**마케팅** 김정수

**발행처** (주)로크미디어
**출판등록** 2003년 3월 24일
**주소** 서울시 마포구 성암로 330(상암동) DMC첨단산업센터 318호
Tel (02)3273-5135 **Fax** (02)3273-5134
**홈페이지** rokmedia.blog.me
E-mail romance@rokmedia.com

ⓒ 물빛항해, 2018

값 9,000원

ISBN 979-11-294-7738-5 03810

이 책의 모든 내용에 대한 편집권은 저자와의 계약에 의해
(주)로크미디어에 있으므로 무단 복제, 수정, 배포 행위를 금합니다.

작가와의 협의에 의해 인지는 생략합니다.
잘못된 책은 구입처에서 바꾸어 드립니다.

# 담벼락 헌책방

· 물빛항해 장편소설

## Contents

1. 7
2. 45
3. 75
4. 113
5. 175
6. 207
7. 241
8. 277
9. 305
10. 337
11. 359

외전 1. 몰라도 되는 이야기 1            365

외전 2. 몰라도 되는 이야기 2            373

에필로그 1. 어느 여름날의 이야기        381

에필로그 2. 남은 이야기 조금            391

작가 후기                                397

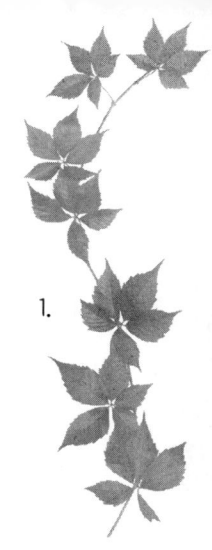

1.

 막 단풍이 들기 시작한 담쟁이넝쿨이 단층 건물 전체를 휘감고 있다. 담쟁이 때문에 '담벼락 헌책방'이란 빛바랜 간판은 거의 보이지도 않았다.
 담희는 가벼운 걸음으로 건물 앞을 지나다 전면의 넓은 창문 앞에 서서 잠깐 책방 안을 들여다보았다. 밝은 가을 햇살 때문에 어둑하게 보이는 실내는 손님 없이 책들만 가득했다. 담희는 빙그레 미소를 지으며 책방 문을 밀고 들어갔다.
 "할아버지!"
 담희의 명랑한 목소리가 산처럼 쌓인 책 사이로 짜랑하게 울렸다.
 "잠깐만!"
 책방 뒤쪽에 딸린 마당에서 할아버지의 목소리가 희미하게 들렸다. 담희는 가볍게 고개를 끄덕이며 제멋대로 쌓인 책들과 사방팔방으로 가지를 뻗고 있는 책장이 만들어 내는 미로 속으로 걸음을 옮겼다.

공간 가득 삭아 가는 책의 냄새가 떠다녔다. 오래된 나무 바닥에서는 걸음마다 삐걱거리는 소리가 났다. 어린 시절 담희가 책 더미 사이에서 숨바꼭질을 할 때도, 할아버지를 놀래켜 주려 살금살금 걸음을 옮길 때도 나던 소리였다. 삐걱삐걱.

20년 넘게 시간이 흘렀지만, 이곳은 그때나 지금이나 한결같았다. 마치 이곳에서만 시간이 정지한 것처럼.

담희는 책장에 꽂혀 있는 책들의 제목을 눈으로 훑으며 가게 안을 천천히 거닐었다. 거꾸로 꽂힌 책을 반듯하게 다시 꽂아 넣고, 책등에 묻은 얼룩을 엄지로 문질렀다. 그러다 문득 시선의 끝에서 움직이는 누군가를 본 것 같았다.

손님이 있었나? 담희는 창가로 이어진 책장 끝을 돌아보았다. 아무도 없었다. 따뜻하게 부서지는 햇살만 텅 빈 공간을 가득 채우고 있었다. 담희는 갸웃 고개를 기울이며 창가로 다가갔다.

착각이었나? 분명 봤는데. 아주 잠깐, 인기척을 향해 고개를 돌리던 그 짧은 찰나, 담희는 사람을 보았다.

창으로 들이치는 햇빛을 온몸으로 받으며 책장에 꽂힌 책을 살펴보고 있는 남자의 모습. 살짝 기울인 고개와 제목을 훑어 내리던 손가락의 움직임. 그리고 그의 주변에서 산란하며 춤추던 햇살. 착각이나 환상이라고 하기엔 너무도 사실적인 이미지였다.

담희는 창가에 선 채 책장 사이사이로 고개를 들이밀었다.

아무도 없었다. 가게 저쪽, 뒤뜰로 연결된 미닫이문이 열리는 소리가 들렸다.

"빠트린 게 없나 모르겠네."

뒤이어 할아버지의 목소리가 따라왔다. 넋 놓고 있던 담희는 갑작스러운 목소리에 화들짝 정신을 차리며 재빨리 책장 사이를 빠져나왔다. 할아버지는 서류 상자와 두툼한 장부를 계산대 위에 내려놓는 중이었다.

"에? 뭐예요? 바로 출발하시게?"

할아버지의 차림새를 보자마자 담희가 물었다. 평소의 무채색 의상이 아닌, 상큼한 노란색 점퍼에 빳빳하게 다린 청바지 차림의 할아버지가 담희를 돌아보며 빙그레 미소를 지었다.

"며칠 부탁하마."

"며칠? 오늘만 아니고?"

할아버지는 대답 대신 계산대 아래에서 파랗게 반짝이는 여행용 가방을 끌어냈다. 제법 부피가 큰 가방을 보자 담희는 팔짱을 꼈다.

"며칠이 며칠인데요?"

"글쎄다."

"뭐예요? 어디로 가시는데? 며칠이나 있다 오시는데?"

"안 정했다."

"네?"

황당해하는 담희를 보며 할아버지는 호주머니를 뒤적거렸다.

"정확히 언제 돌아올지 모르겠다만, 한 두어 달은 걸리지 않을까 싶구나."

"두어 달? 아니, 할아버지. 그런 게 어디 있어요? 나 직장은 어쩌고?"

"그만뒀잖아."

"다른 직장 알아보는 중이란 말이에요."

"너 어릴 때 크면 여기서 일하겠다고 하지 않았니? 드디어 기회가 왔구나 생각해."

점퍼 호주머니를 거쳐 청바지 호주머니까지 모두 뒤지고도 찾는 걸 발견하지 못한 할아버지는 여행용 가방을 열어젖혔다.

"그건 어릴 때 이야기고. 난 오늘 오후에 잠깐 봐 주면 되는 건 줄 알고 온 거란 말이에요."

"여기 있었네. 잘못했으면 갖고 갈 뻔했구나."

가방 안쪽 주머니에서 열쇠를 찾아낸 할아버지가 담희에게 내밀었다. 담희는 입을 삐죽 내민 채 그것을 빤히 바라보았다. 헌책방 열쇠였다. 담희가 받지 않자 할아버지는 담희의 손을 당겨 손바닥 위에 열쇠를 내려놓았다.

"그동안 열심히 했잖니. 좀 쉬는 것도 괜찮아."

할아버지의 마디진 손이 열쇠를 쥔 담희의 손을 토닥거렸다.

담희는 할 말을 잃었다. 그렇게 말해 주는 사람은 할아버지가 처음이었다. 회사를 그만뒀다는 그녀의 말에 엄마의 첫마디는 '어쩌려고?'였다. 그녀의 십년지기 친구의 말은 '나이도 있는데 좀 버텨 보지. 경력 관리해야 할 때라고.'였고.

아무도 '그래, 잠깐 쉬는 것도 좋지.'라고 말해 주는 사람이 없었다. 스물아홉이라는 그녀의 애매한 나이를 걱정하며 앞자리 수가 3으로 바뀌기 전에 다른 직장을 알아보라는 조언을 했을 뿐이다.

"그런 의미로 나도 좀 쉬어야지."

할아버지는 담희를 향해 찡긋 윙크를 남기며 풀어진 가방을 다시 정리했다.

"쉬라면서 가게를 맡기는 건 또 뭐래?"

"너한텐 이게 쉬는 거잖니. 안 그러냐?"

할아버지의 대꾸에 담희는 입술을 삐죽 내밀고는 손바닥에 놓인 열쇠를 물끄러미 내려다보았다. 책방 밖에서 자동차 경적 소리가 울렸다.

"택시 왔나 보다."

할아버지가 가방을 끌어당기며 말했다.

"어디로 가시는데요? 아빠, 엄마는 아세요?"

담희는 할아버지를 따라 가게를 나서며 물었다. 가게 밖에 노란 택시가 기다리고 있었다.

"일단은 공항."

"네?"

"네 엄마, 아빠한테는 말하지 마라. 적어도 내일까지는."

"무슨 야반도주도 아니고······."

할아버지는 택시에 가방을 실어 놓고는 담희를 돌아보았다. 늘 조용하고 잔잔하던 할아버지의 얼굴에 미묘하게 홍조가 돌고 있었다. 어쩐지 들뜬 것 같아 보였고, 그래서인지 평소보다 젊어 보였다.

"할아버지······."

할아버지의 표정 때문에 담희는 막상 불러 놓고도 뭐라고 더 이상 말을 하지 못했다.

"책방, 부탁한다."

할아버지는 담쟁이넝쿨에 둘러싸인 책방을 휙 둘러보더니, 담희에게 가볍게 고개를 끄덕였다.

"엽서 하마."

할아버지가 택시에 오르고, 담희는 뒷좌석의 문을 닫아 드렸다. 할아버지가 차창을 통해 담희를 향해 빙그레 미소를 지었다.

택시가 떠났다.

담희는 택시가 건물 모퉁이를 돌아 사라지자 한숨을 뱉으며 가게를 돌아보았다.

'오후에 시간 있으면 책방 좀 봐 다오.'라는 할아버지의 전화를 받을 때만 해도, 그저 잘됐다는 기분으로 가게에 들른 참이었다.

호기롭게 회사에 사표를 던지고 나온 지 고작 일주일. 매일같이 달달 볶이던 일상이 갑작스레 붕 떠 버려서 도통 뭘 해야 할지 모른 채 넘쳐 나는 시간에 당황하고 있던 담희로선 어쨌든 시간을 때우기에 괜찮은 기회였던 것이다. 그런데 갑작스레 책방을 떠안게 되다니, 이게 무슨 상황인지 아직 실감이 나지 않았다.

문득 넓은 가게 창문 안쪽으로 인기척이 느껴졌다. 스치듯 지나는 그림자를 본 것 같은 기분에 담희는 갸웃 고개를 기울이며 가게로 들어섰다.

낯선 남자가 서너 권의 책을 들고 책장 사이를 돌아 나오고 있었다. 담희는 당황한 눈으로 남자를 쳐다보았다. 대체 이 남자는 어디서 나타난 거지? 아무도 없었는데…….

남자는 문소리에 담희를 흘긋 쳐다보더니 느긋이 카운터로 걸음을 옮겼다. 담희는 멍하니 남자를 바라보았다. 서른 초반이나 되었으려나. 눈길이 가는 남자였다. 마치 무채색 세상 위에 홀로 컬러를 입고 걷는 것처럼 강렬한 존재감이 그를 휘감고 있었다.

카운터에 책을 내려놓은 남자는 계산대에 놓인 작은 고양이 인형의 꼬리를 눌렀다. 고양이 인형이 조그맣게 '야옹' 울었다. 계산을 하겠다는 신호였다.

할아버지는 아무리 책방이 시끄러워도 이 고양이 소리를 금방 알아들었다. 미로처럼 얽힌 공간에서 책을 정리하다가도 고양이 소리가 나면 곧장 계산대로 돌아왔다.

멍하니 넋 놓고 남자를 바라보던 담희는 고양이 소리에 화들짝 정신을 차리고 계산대 안쪽으로 들어갔다. 남자의 시선이 담희를 따라왔다. 어쩐지 긴장됐고, 담희는 그런 자신이 조금 이상했다. 고작 쳐다보는 시선에 긴장이라니.

"계산하시게요?"

긴장한 것치고는 목소리가 밝게 나왔다. 담희는 다행이라 생각하며 남자가 내려놓은 책들을 집어 들었다. 역사소설 한 권과 추리소설 한 권, 철학 서적 한 권과 동화책 한 권. 책들의 가격을 확인하던 그녀는 동화책에서 멈칫했다.

"이 책이 있었네."

'캡틴 로이드의 환상동화' 담희가 초등학교 다닐 때 밤이고 낮이고 끼고 다니며 읽고 또 읽던 그녀의 보물 1호였다. 몇 번의 이사에도 계속 챙겼었는데, 어느 날 엄마의 대대적인 짐 정리 때 사라져 다시 찾을 수 없게 된 책이었다. 물론 남자가 사려고 하는 책은 그때 사라진 것은 아니었지만, 그녀가 가지고 있던 것과 같은 판본이었다.

"어릴 때 좋아하던 책이에요."

담희는 자기도 모르게 책을 몇 장 넘겨 보며 중얼거렸다. 그러다 책을 덮어서 책 표지의 캡틴 로이드를 가리키며 덧붙였다.

"얘가 제 첫사랑이거든요. 이 책 마지막 대사 때문에 매일 아침마다 주문처럼 캡틴 로이드의 이름을 읊었어요. 잊지 않으려고. '날 잊지 않으면 난 언제, 어디서나 존재해. 그러니까 잊지…….'"

"잊지 말고 날 기다려. 그럼 다시 데려갈게. 환상의 세계로."

담희가 책 속 대사를 읊는데 남자의 목소리가 자연스럽게 겹쳐졌다. 낮고 따뜻한 목소리였다.

"와, 이거 기억하고 있는 사람 처음 봤어요."

반가움에 활짝 웃으며 고개를 들던 담희의 시선이 남자의 시선과 부딪혔다.

검고 깊은 눈동자였다. 흔들림도 없고 거침도 없는, 상대의 마음 깊은 곳까지 곧장 떨어져 내리는 눈빛이었다. 그 직접적이며 공격적인 시선에 담희는 당황하여 쥐고 있던 책으로 시선을 돌렸다. 남자는 약간 삐딱한 표정으로 웃었다.

"알바생?"

"그런…… 셈이죠."

"사장님은?"

"여행 가셨어요."

"결국 결정을 내리셨나 보군."

"네?"

뭔가를 아는 것처럼 남자가 혼잣말로 중얼거렸다. 담희의 되물음에도 남자는 대꾸 없이 생각에 빠진 것처럼 피식 웃고 있었다.

담희는 남자의 얼굴을 흘긋 올려다보다 문득 조금 전 창가에서 봤던 남자를 떠올렸다. 이 남자구나, 아까 창가 책장 앞에 서 있던 남자가. 하지만……. 

하지만 다시 봤을 때는 그 자리에 이 남자는 없었다. 분명 자신이 책장 사이사이를 다 확인했었는데. 담희는 설핏 인상을 찡그리며 남자를 쳐다보았다. 그렇다면 이 남자는 대체 어디로 사라졌다 나타난 거지?

"왜 그렇게 보는 겁니까?"

"네?"

멍하니 남자를 쳐다보던 담희는 그의 말에 당황해서 목소리가 커졌다.

"반한 시선은 아닌 것 같고. 이건 뭐지? 뭐 이런 시선인 건가?"

"아, 아니……."

남자의 뻐딱한 말투에 담희는 당황해 후다닥 쥐고 있던 책을 추슬러 모았다.

"5천 원입니다."

어색하게 미소를 지으며 말하자 남자가 흠, 짧게 숨을 뱉으며 담희를 쳐다보았다. 이 시선이야말로 이건 뭐지? 같은 시선이라고 담희는 생각했다. 남자는 뻐딱하게 눈썹을 끌어 올리더니 돈을 카운터에 내려놓았다.

"사장님은 한동안은 못 돌아오실 테니 가끔 보겠군요."

"어? 어디 여행 가셨는지 아세요?"

담희의 물음에 남자는 그저 어깨를 으쓱해 보였다.

"또 봅시다."

그러곤 짧은 인사를 남기고 떠났다. 담희가 부랴부랴 닫히는 문을 향해 "안녕히 가세요."라고 인사를 했지만 남자는 이미 창문 너머, 2차선 도로를 건너가고 있었다. 담희는 남자의 뒷모습을 눈으로 좇으며 창가로 다가갔다.

세상사에 무심한 듯 느긋하게 걷는 남자는 어쩐지 시간을 비껴 걷는 것 같은 기묘함이 있었다.

"뭐 하는 사람이지?"

담희는 창가에 기대서 남자가 길 건너 오피스텔 건물로 들어가는 것을 지켜보며 중얼거렸다. 창문 위로 담쟁이넝쿨 잎사귀가 팔랑팔랑 그림자를 만들고 있었다.

남자가 건물로 사라지고 나서도 한동안 그 자리에 서 있던 담희는 천천히 가게를 둘러보았다. 조용했다. 익숙한 온기와 냄새와 고요가 공간을 가득 채우고 있을 뿐, 정말이지 조용했다.

그 조용함이 편안했다. 회사를 다니는 동안도, 회사를 그만두고 나서도. 그 어느 순간에도 느껴 보지 못한 편안함이었다.

담희는 그 편안함을 들이마시다 눈앞의 책장에 시선이 닿았다. 아까 얼핏 남자가 서 있다고 생각했던 바로 그 책장이었다. 가지런히 꽂힌 책 사이에 붉은 조각이 삐죽이 끼여 있는 것이 보였다.

가까이 다가가서 붉은 조각을 조심히 빼냈다. 담쟁이 이파리였다. 새빨갛게 물든 담쟁이 이파리는 빳빳하게 말라 금방이라도 바스락, 부서질 것 같았다.

　담희는 이파리를 허공에 빙글 돌려 보았다. 이파리에서 어쩐지 가을 햇살 냄새가 나는 것 같았다.

※

　- 연락 왔지? 장소 정했어?
　전화기 너머로 선아 선배의 목소리가 채근하듯 물었다. 담희는 손님에게 방해가 될까 봐 책방 문을 활짝 열어 놓고 문밖으로 나왔다. 책방에는 새카만 드레스를 입은 아가씨가 책장에 기대 앉아 로맨스 소설을 열심히 읽고 있었다.
　"아직이요. 제가 정해서 연락하기로 했어요."
　- 그래? 왜?
　"사정이 좀 생겨서……."
　- 왜? 왜? 펑크 내면 안 돼. 진짜 괜찮은 사람이란 말이야.
　"선배, 너무 그렇게 강조하니까 불안해요."
　- 뭐가? 정말 괜찮다니까. 직업 좋아, 학벌 좋아, 집안도 좋아, 들어 보니까 성격도 좋대. 게다가 진짜, 진짜, 진짜, 잘생겼어. 내가 울 신랑이랑 연애할 때 신랑 친구들, 후배들, 선배들 다 만났는데, 그 사람은 끝까지 안 보여 주더라고. 결혼식장에서 처음 봤는데 왜 그랬는지 알겠더라. 진짜 잘생겼다니까.
　벌써 몇 번째 듣는 말이었다. 한 달 내내, 대학 선배이자 직장 선임인 선아 선배가 남편의 후배를 소개시켜 주겠다는 말을 꺼낸 이후로 후렴구처럼 따라붙는 말이었다. 진짜, 진짜 잘생겼어.

"누가 뭐래요? 그러니까 문제지. 그런 남자가 뭐가 아쉬워서 날 만나?"

담희는 하하 웃으며 대꾸했다.

– 아우, 야. 자기가 왜?

"나 백수잖아. 뭐 다른 것도 딱히 내세울 것 없고."

– 뭐래? 능력 넘쳐 회사 때려치우고 나간 애가.

"진짜 그런 거면 좋겠네. 어쨌거나 내일 만나기로 했어요."

담희는 열린 문에 기대 길 건너 오피스텔을 바라보았다. 밝은 가을 햇살이 오피스텔 창문에 부딪혀 반짝거렸다.

– 만나고 나서 얘기해 줘. 알았지?

"선배, 안 바빠요?"

담희의 말에 선아 선배는 앓는 소리를 내더니 내일 꼭 전화하란 말을 남기곤 전화를 끊었다.

진짜, 진짜 잘생긴 사람은 이미 만나 봤는데. 오피스텔로 들어가던 남자의 느긋한 걸음과 넓은 어깨가 떠올랐다. 무심하면서도 강렬하던 눈빛도. 마치 가을의 나무처럼 선명하던 남자의 존재감이 아직도 느껴지는 것 같았다.

담희는 오피스텔을 바라보던 시선을 하늘로 옮겼다. 새파란 물색의 하늘이 시야를 가득 채웠다.

이렇게 하늘을 올려다본 게 얼마 만인지 모르겠다. 교육용 소프트웨어 개발부의 프로그래머로 일했던 담희는 제대로 된 퇴근이란 걸 해 본 적이 거의 없었다. 꾸벅꾸벅 졸며 출근해서는 해가 떨어져야 퇴근하는 게 일반적인 일상이었다. 그나마도 마감 날이 닥치면 일주일에 서너 번 집에 들어가기도 힘들었다. 프로그래머로 일한 6년 동안 담희는 하늘은커녕 자신의 침대조차 제대로 본 적이 없었다.

담희는 길게 기지개를 켰다. 할아버지가 가게를 맡긴 지 이제 고작 이틀째였지만 담희는 아주 오랫동안 이곳에서 일했던 것 같은 편안함을 느끼는 중이었다. 온종일 컴퓨터 화면만 들여다보던 생활이 수억 년 전인 것 같은 착각마저 들었다.

문득 책방 앞의 작은 화단에 쪼그리고 앉아 있는 남자아이가 보였다. 대여섯 살쯤 되었나 싶은 아이는 심각한 표정으로 담쟁이 잎사귀를 뒤집어 보고 있었다. 담희는 갸웃 고개를 기울이며 아이 곁으로 다가갔다.

"뭐 하니?"

흠칫 놀란 듯 아이가 담희를 올려다보았다. 모히칸 스타일로 자른 머리 모양과 합체 로봇 그림의 파란 티셔츠가 아니라면 여자애라고 착각할 만큼 예쁘장하게 생긴 아이였다.

아이는 손가락으로 담쟁이 이파리를 가리켰다. 이파리의 그늘진 부분에 달팽이가 붙어 있었다.

"달팽이네."

"암모나이트."

"뭐?"

"암모나이트는 화석인데요. 어제 티라노사우르스랑 콤프소그나투스랑 브라키오사우르스랑 봤는데, 암모나이트도 있었는데. 어. 이거는 암모나이트."

"너 공룡 박사구나?"

아이가 하는 말을 반쯤은 알아듣고, 반쯤은 못 알아들었지만 그럼에도 담희는 다 알아듣는 척 고개를 끄덕이며 말했다.

"그거는 제 꿈인데요."

진지한 표정으로 아이가 대꾸했다.

"그럴 것 같았어. 멋지네."

"저번에 공룡 박물관에 갔는데요. 엄마가 돋보기를 사 줬는데, 안 가지고 와서…… 그래서 이거 자세히 못 봐요. 사라지면 안 되니까 지키고 있는데. 어, 돋보기로 보면 이거 크게 보이는데……."

하얗고 동그란 얼굴 가득 진지함을 담아 아이가 열심히 설명했다. 그 모습을 가만히 바라보던 담희가 싱긋 웃었다.

"음, 그럼 이렇게 할까? 누나가 이 달팽이, 아니, 이 암모나이트를 대신 지켜볼게. 넌 엄마한테 허락받고 돋보기를 가지고 와서 관찰하는 거야. 어때?"

아이의 눈이 휘둥그레지더니 열정적으로 고개를 끄덕였다.

"몇 살이야?"

"하나, 둘, 셋, 넷, 다섯, 여섯. 여섯 살."

아이는 양손을 차례차례 꼽아 가며 숫자를 세더니 다섯 개의 손가락을 담희 앞에 펴 보였다.

"아니, 이게 여섯."

담희는 아이의 다른 손 손가락 하나를 더 펴 주며 웃었다. 아이는 부끄러운 듯 자신의 손가락을 후다닥 등 뒤로 감췄다. 그러더니 갑자기 담희 뒤를 향해 엄마, 하고 불렀다. 담희가 돌아보자 늘씬한 여자가 옆 가게 테라스 문을 열고 있었다.

"꼬맹이, 거기서 뭐 하니?"

테라스 문을 활짝 열어 고정 시키던 여자가 담희와 아이를 번갈아 쳐다보며 물었다. 아이가 여자에게로 쪼르르 달려갔다.

"그거 있잖아, 암모나이트. 내가 그거 봤는데. 아, 뭐더라.

뭐더라. 엄마, 그거 있잖아."

"발견?"

"아, 어. 발견! 내가 암모나이트 발견했는데. 저기 누나가 지키고 있다고. 그러니까 어, 돋보기 가지고 가야 해."

아이가 하고자 하던 말이 발견이란 걸 어떻게 아는 걸까? 담희는 엄마가 되면 자연스럽게 아이와 텔레파시 같은 게 통하는 걸까 생각하며 여자와 아이를 번갈아 쳐다보았다.

하얗고 자그마한 얼굴에 성숙한 분위기를 풍기는 여자는 나이를 가늠하기 어려웠다. 얼핏 20대 중반처럼 보이기도 했지만, 어떻게 보면 40대같이도 보였다.

"돋보기는 집에 있어. 당장은 못 가져와."

"그럼 언제 가져와? 도망갈지도 모르는데."

아이는 어쩌지 하는 표정이 되어 담희를 쳐다보았다.

"걱정 마. 누나가 계속 잘 지켜볼게. 아무 때나 와도 되게."

아이가 약속이에요, 라고 외치더니 또다시 쪼르르 담쟁이넝쿨 화단으로 달려갔다.

"꼬맹이. 누가 화단에 들어가래?"

"괜찮아요. 어차피 밟힐 것도 없는데요, 뭐."

여자의 말에 담희가 웃으며 말했다. 여자는 담희를 빤히 바라보더니 싱긋 미소를 지으며 다가왔다.

"책방 손녀? 아니면 딸인가?"

"네? 아, 손녀요."

"닮았네, 할아버지랑. 난 저 카페."

여자는 책방과 나란히 붙은 카페를 턱짓으로 가리켰다. 오픈 테라스가 있는 유럽식 브런치 카페였다.

"커피 한잔할래요?"

"아, 아니 괜찮아요."

"달팽이 지켜 주는 값이에요. 커피 싫으면 주스도 있고. 아니면 맥주?"

대낮부터 맥주라니. 담희는 농담인지 진담인지 모를 말을 하는 여자의 얼굴을 멀뚱히 쳐다보다 조심스럽게 고개를 저었다.

"나중에 갈게요. 지금 손님도 있고."

"뭐 그러든지. 아무 때나 커피 마시고 싶을 때 와요. 맛있어. 우리 가게 바리스타, 프로 중에 프로거든. 그나저나 할아버지는 어디 가셨나 봐."

여자는 더 권하지 않고 말을 돌렸다.

"여행 가셨어요."

담희의 대답에 여자가 고개를 끄덕이다 말고 길 건너를 쳐다보았다.

"뭐가 저렇게 바빠?"

여자가 설핏 인상을 찡그리며 중얼거렸다. 그녀의 시선을 좇아 돌아보자 어제 책방에서 만났던 남자가 급히 오피스텔로 걸어가고 있었다. 어제의 느긋한 걸음과 달리 성큼성큼 급한 걸음이었다. 남자의 걸음마다 빛이 기묘하게 소용돌이를 치는 것처럼 보였다.

담희는 눈을 꾸욱 감았다 떴다. 착각이었나? 조금 전 봤던 소용돌이치는 빛 같은 건 없었다. 남자는 이쪽으로는 고개 한번 돌리지 않고 그대로 오피스텔로 들어가 버렸다.

담희는 남자가 사라진 건물을 한동안 바라보다 여자를 돌아보았다. 여자는 입꼬리를 삐딱하게 빼 물고는 오피스텔을 바라보고 있었다. 뭔가 생각하는 듯한, 어찌 보면 남자를 걱정하는 듯한 표정이었다.

"내 동생이에요. 책방 단골이라 그쪽 할아버지랑 좀 친했을 걸."

담희의 시선을 느낀 건지 여자가 여전히 오피스텔을 바라보며 말했다. 그러더니 생각난 듯 담희를 쳐다보며 덧붙였다.

"얼굴은 반반한데 성격이 재수 없어. 사람 말 무시도 잘 하고, 사람들하고 어울리는 것도 별로 안 좋아하고. 혹시 책방 와서 못되게 굴면 원래 그런 놈이구나, 생각해요."

그렇게 보이지 않던데, 생각했지만 담희는 그냥 웃으며 고개를 끄덕였다.

"예전엔 안 그랬는데, 왜 저렇게 됐나 몰라."

여자는 짧게 한숨을 뱉으며 중얼거렸다. 하지만 곧 아무 일도 없었다는 듯 담희를 보며 무심히 웃었다.

"달팽이, 정말로 보러 갈 거예요, 저 꼬맹이."

"아무 때나 오라고 하세요."

담희는 웃으며 말했다. 여자는 담희를 물끄러미 쳐다보더니 싱긋 웃었다. 같은 여자조차도 살랑 심장이 흔들리는 웃음이었다.

여자가 아이를 데리고 카페로 사라진 후, 담희는 달팽이가 붙어 있는 담쟁이 이파리를 조심스럽게 따서 책방으로 들어갔다. 책방 안의 검은 드레스 아가씨는 훌쩍훌쩍 흐느끼며 책장을 넘기고 있었다.

담희는 미닫이를 밀고는 뒤뜰로 나갔다. 뒤뜰은 책이 잔뜩 쌓인 창고와 잡풀이 멋대로 자란 정원이 있는 아담한 공간이었다. 할머니가 살아 계실 때는 꽤나 멋진 정원이었는데, 지금은 그냥 방치된 곳이었다.

담희는 창고 구석의 잡동사니 상자에서 투명한 플라스틱 상자를 꺼냈다. 상자 속에 흙을 조금 퍼 담고, 이파리와 함께 달팽이를 넣었다.

"암모 달팽이 씨. 어디 가지 말고 여기 계세요."

담희는 분무기로 물을 조금 뿌려 준 후, 숨구멍을 뚫어 놓은 뚜껑을 덮었다.

❋

잘생기긴 했다.

크고 맑은 눈동자와 반듯한 콧날, 단정한 입매까지. 어디 하나 흠잡을 곳 없는 얼굴이었다. 게다가 모범적이면서도 따뜻한 인상 탓에 엄마가 봤으면 당장 '날 잡자.' 할 만한 인물이라고 담희는 생각했다. 선아 선배가 말끝마다 '진짜, 진짜 잘생겼어.'를 연발한 이유를 알 것 같았다.

"그럼 담희 씨는 지금 할아버지 책방에서 일하시는 거군요."

"할아버지가 돌아오실 때까지는 아마 그럴 것 같아요."

살랑이는 바람에 흘러내리는 머리카락을 쓸어 넘기며 담희가 대답했다.

햇살이 좋은 날이었다. 선아 선배가 말했던 진짜, 진짜 잘생긴 남자와 소개팅하기에 딱 좋은 날씨. 책방 옆 카페테라스의 테이블에 마주 앉아 커피를 홀짝이며 담희는 예의 바른 미소를 짓고 있었다.

"책방 일 해 보셨어요?"

남자, 유도하의 질문에 담희는 미소 띤 얼굴로 고개를 끄덕였다. 설명을 기다리는 듯 남자는 몸을 기울인 채 담희를 빤히 바라보았다. 착한 눈동자구나, 담희는 생각했고 그 순간 책방에서 만났던 남자의 눈동자가 떠올랐다.

검고 깊고 강렬한 눈동자. 묘하게 자극적이면서 공격적이던 눈동자. 책방에서 만난 남자의 눈동자가 심장 안쪽에 구슬처럼 박혀 있는 기분이었다.

"어릴 때부터 책방에서 살다시피 했어요."

심장을 달각거리게 만드는 눈동자를 애써 무시하며 담희가 말했다. 도하는 담희의 이야기를 웃으며 듣고 있었다. 너무 진지하게 듣고 있는 것 같아서 담희는 조금 부담스러웠다. 인사를 주고받고 난 이후로 도하는 줄곧 질문만 하고 있었다. 그리곤 담희의 대답을 눈을 반짝이며 들었다.

"쉴 때는 뭐 하세요?"

또다시 질문.

"도하 씨는 뭐 하시는데요?"

대답 대신 담희는 되물었다.

"아, 전…… 전 재미없어요. 그냥 텔레비전이나 보고. 집에 있어요. 쉬면서."

"좋아하는 텔레비전 프로 있어요?"

도하가 또다시 질문을 하기 전에 재빨리 물었다. 도하가 빙그레 미소를 지었다. 한쪽 볼에만 보조개가 살짝 잡히는 미소는 나름 매력이 있었다.

"정말로 재미없어요, 내 삶. 이야기할 게 아무것도 없어요.

좋아하는 프로도 없고, 챙겨 보는 방송도 없어요. 학교 다닐 때는 집, 학교, 학원이 내 삶이었고, 지금은 집, 회사가 제 일상이에요. 취미라고 해 봤자 건축물 사진집 모으는 것 정도일까? 특기라고 내세울 만한 것도 없어요."

민망한 듯 살짝 웃으며 말하던 도하가 담희를 가만히 바라보며 덧붙였다.

"하지만 앞으론 좀 재밌을 것 같네요, 내 삶도. 누구 덕분에."

누구? 설마 나? 담희는 상냥하게 바라보는 도하의 눈빛에 당황했다. 당황을 숨기려 고개를 돌리는데 스치듯 눈앞을 지나는 책이 보였다.

'캡틴 로이드의 환상동화?'

담희는 책을 들고 지나가는 사람을 쳐다보았다. 그 남자였다. 책방에 왔던 남자. 카페 주인의 동생이라던.

남자는 동화책을 들고 느긋이 걸어 근처 의자에 자리를 잡았다. 담희의 시선이 한눈에 닿는 대각선 자리에 앉은 남자는 등받이에 기대앉아 동화책을 펼쳤다.

왜 하필 거기에 앉는 건데? 물론, 여기가 저 남자의 누나가 하는 브런치 카페인 데다, 저 남자의 집이 아닌가 의심스러운 오피스텔 건너편이긴 했다. 하지만 그래도 왜 하필, 지금 이때에, 하고 많은 좌석 중에 바로 저기에 앉아서 책을 읽는 건지. 담희는 어쩐지 신경이 쓰여 슬쩍 미간을 찌푸렸다.

"부담 가지라고 한 말 아니에요."

인상을 찡그리는 담희의 표정에 당황한 건지, 도하가 조심스럽게 말했다.

"네? 아, 아니. 뭐……."

캡틴 로이드를 읽고 있는 남자를 쳐다보던 담희 역시 당황해서 어정쩡하게 말을 더듬었다.

"사실은 저번 선배 결혼식 때 담희 씨를 봤어요."

"네?"

"제가 선배에게 담희 씨, 소개해 달라고 부탁했어요."

뭐? 뭐? 도하의 갑작스러운 말에 담희는 또다시 당황했다. 지금 농담하는 건가? 도하는 조금은 조심스러운 눈빛으로, 하지만 여전히 다정함을 담아 담희를 바라보고 있었다.

"왜……요?"

"호기심이 생겨서요."

"네?"

"담희 씨가 살고 싶은 집 이야기 하는 거 들었어요."

선아 선배 결혼식에서 회사 동료들과 신혼집 이야기를 하긴 했었다. 시댁에서 사 줬다는 32평 아파트에서 신혼을 시작한다는 선아 선배를 부러워하며 나온 대화 주제였었다.

그때 자신이 뭐라고 했더라. 그다지 구체적이거나 별난 대답을 했던 것 같진 않은데. 담희는 멀뚱한 표정으로 도하를 바라보았다.

"기억을 남길 수 있는 집이라고."

"아……."

도하의 대답에 담희는 자신이 그때 했던 말이 떠올랐다.

다들 아파트 이야기를 하고 있었다. 적어도 몇 평 이상이면 좋겠다든가, 어디에 위치하면 좋겠다든가, 학군 이야기도 나왔고, 전세와 대출 이야기도 나왔다.

담희 씨는? 하고 묻는 동료에게 담희는 '그냥, 둘이 함께한 기억이 오래 남아 있을 수 있는 집이면 좋겠어요.'라고 대답했다. 돈과 여건에 맞춰 자꾸만 옮기는 집이 아니라, 두 사람이 함께한 시간이 고스란히 남아서 그 자체로 삶이 되는 집이면 좋겠다고.
　"집 이야기를 할 때 아무도 담희 씨처럼 말하지 않아요, 요즘은."
　도하는 싱긋 웃었다.
　잘나가는 건축설계 사무소의 설계팀에서 근무하는 도하는 의뢰인들을 만나고 원하는 바를 듣고, 그에 맞춰 집을 그리는 게 일이었다. 하지만 그는 담희처럼 이야기하는 사람을 여태 한 번도 만나 본 적이 없었다.
　편리성, 노후, 안락, 오래 살 수 있는 집을 이야기하는 사람은 있었지만 아무도 오래 기억되는 집을 이야기하지는 않았다.
　"담희 씨가 말하는 오래 기억에 남아 있는 집이란 게 어떤 건지 궁금했어요. 그러다 보니, 담희 씨는 지금 어떤 집에 살고 있을까 궁금해지고, 그 집에서 뭘 할까 궁금해지고, 그러다…… 담희 씨를 알고 싶어졌어요."
　도하는 담담히 말하면서도 조금은 수줍은 듯 웃었다. 이런 말에는 어떻게 반응해야 하는 걸까? 담희는 알지 못했다.
　"저, 어, 그러니까. 저도 그다지 재미있는 사람 아니에요. 기억에 남을 만한 집에 살고 있는 것도 아니고. 지금 사는 집은 그냥 작은 원룸인 데다, 잠만 자고 나오는 중이라 아마도 먼 미래 어느 날에 돌아보면 기억에 남긴 하려나 싶은데……. 아, 나 뭐래니?"

도하의 갑작스런 고백에 당황한 담희는 횡설수설 중얼거렸다. 문득 대각선 방향에 앉아 있던 캡틴 로이드 남자가 피식 웃음을 흘리는 게 보였다. 설마 자신의 말을 듣고 웃는 건가, 담희는 어쩐지 귀 끝이 따끈해지는 기분이었다.

  '내가 미쳤지. 다른 장소에서 만나자고 했어야 했는데.'

  닫아 놓은 책방이 걱정되어 책방 바로 옆, 이 브런치 카페에서 만나기로 결정한 스스로를 정말이지 쥐어박고 싶었다.

  "재미있는 사람인지 아닌지, 만나 보면 알겠죠."

  담희의 기분을 아는지 모르는지 도하가 활짝 웃으며 말했다. 수줍은 듯 조심스러워하면서도 할 말은 다 하는 성격인 것 같았다.

  "자주 봅시다, 우리."

  "네? 아, 저……."

  "일단은 친구로."

  도하가 재빨리 덧붙였다. 뭐라고 대꾸해야 할지 몰라 어정쩡하게 말꼬리를 끌던 담희는 결국 풋 웃고 말았다. 사귀자고 한 것도 아닌데 뭘 이리 어리벙벙하게 구는지, 스스로 생각해도 자신이 참 한심했다. 사람 대신 허구한 날 컴퓨터만 상대하다 보니 생긴 부작용인 듯싶었다.

  시선 끝에 걸리듯 앉아 있는 캡틴 로이드 남자가 삐딱하게 입꼬리를 끌어 올렸다. 책이 재밌는 걸까? 남자의 눈동자는 동화책에 고정되어 있었다. 담희는 그쪽으로 옮겨 가는 시선을 억지로 도하에게 고정하며 고개를 끄덕였다.

  "그래요. 일단은 친구로."

  도하가 활짝 웃자 눈매가 부드럽게 휘며 보조개가 살짝 드러

났다. 따뜻하고 밝은, 따라 웃게 만드는 웃음이었다. 그 미소를 바라보며 담희 역시 빙그레 미소를 지었다.

※

 아침 9시 50분, 담희는 가게 문을 열었다. 책방 앞 도로를 깨끗하게 쓸고, 담쟁이 화단에 물을 주었다. 책방 바닥까지 깨끗하게 닦고 나서는 암모 달팽이 씨의 상자에 챙겨 온 상추 잎을 넣어 주었다. 달팽이는 껍질 속에 들어간 채 흙 속에 웅크리고 있었다.
 그러고 보니 옆집 아이는 어떻게 된 걸까? 당장 다음 날이라도 올 것 같더니, 이틀이 지나도록 소식이 없었다. 아이를 떠올리자마자 아이의 외삼촌인 캡틴 로이드 남자가 떠올랐다.
 남자는 그녀의 소개팅 내내 책을 읽고 있었다. 동화책이 두꺼우면 얼마나 두껍다고 그렇게 오래 읽어? 담희는 슬쩍 한쪽 눈썹을 끌어 올리며 생각했다.
 캡틴 로이드 남자는 긴 다리를 꼬고 앉아 책을 읽고 있더니, 도하가 웃으며 '저녁 먹을래요?' 묻자 불쑥 일어나 나가 버렸다.
 그렇게 나갈 거면 진작 나가든가. 담희는 소개팅 내내 캡틴 로이드 때문에 신경이 어수선했다. 덕분에 도하와의 만남이 어땠는지 기억이 나지 않았다. 좋았던 것 같긴 한데……. 도하가 자신을 정신없는 여자로 기억하지 않기만을 바랄 뿐이었다.
 달팽이가 들어 있는 통을 책장 구석에 내려놓는데 호주머니의 휴대폰이 짧게 진동했다. 도하로부터 온 메시지였다.

[날씨 좋네요. 커피 좋아해요?]

문자로도 질문이다. 어쨌든 질문을 하는 거 보니, 친구 하자고 했던 말을 후회하고 있는 것 같지는 않아서 다행스러웠다.

담희가 빙긋 미소를 지으며 뭐라고 답해야 하나 생각하는데 전화가 울렸다. 엄마였다.

"에휴."

짧게 한숨을 뱉으며 전화기를 귓가로 가져갔다.

- 뭐 하니?

"할아버지 책방 보는 중이에요."

- 왜? 할아버지 어디 가셨니?

"여행."

담희는 대답하며 공연히 책장 앞에 잔뜩 쌓여 있는 책들을 만지작거렸다. 무질서하게 쌓인 책들이 불안하게 흔들거렸다.

- 여행? 그런 말씀 없으셨는데. 언제? 어디로?

"나흘 됐나? 갑자기 연락 왔어요. 어디로 가셨는지는 모르겠고."

- 언제 오신다는데?

"글쎄요."

- 흠. 됐다. 그건 나중에 네 아빠랑 이야기해 보기로 하고. 그래서 너는…….

엄마는 갑자기 하던 말을 끊었다.

직장은 구하고 있는 거냐고 물어볼까 말까 고민하고 있다는 것을 담희는 알아차렸다. 그렇게 묻는 것이 담희에게 스트레스가 될 거란 걸 알지만, 묻지 않고 있자니 걱정이 되어서 갈등하는 중일 터였다.

― 직장 구하는 거…… 포기한 건 아니지?

결국 조심스러운 말투로 엄마가 물었다.

"포기는 아니고, 조금 쉬는 거야. 할아버지 오실 때까지."

엄마는 흠, 불만스럽게 한숨을 뱉었다. 평생 단 한 순간도 시간을 낭비한 적 없었던 엄마에게 쉰다는 건 게으름을 부린다는 것의 다른 표현일 뿐이란 걸 담희는 알고 있었다.

"걱정하지 말아요. 나 전문직이야. 마음만 먹으면 언제든 일할 수 있어요."

정말 그럴까? 자신도 확신할 순 없었지만, 담희는 엄마의 한숨에 부러 더 씩씩하게 말했다.

― 그래. 믿는다, 우리 딸. 밥 잘 챙겨 먹고 있지?

"그럼요."

― 알았다.

엄마는 전화를 끊기 전에 지나가는 말처럼 한마디를 덧붙였다.

― 쉬어 버릇하면 습관 된다. 알지?

담희는 전화를 끊으며 웃음 섞인 한숨을 뱉었다. 한결같은 엄마. 어릴 때부터 지금까지 단 한 번도 엄마가 쉬는 걸 본 적이 없는 담희였다. 지방 소도시의 초등학교 교사였던 엄마는 직장 생활과 집안일을 늘 완벽하게 유지하기 위해 노력했다. 슈퍼 우먼의 대명사 같던 엄마는 퇴직한 지금도 끝없이 뭔가를 배우고, 익히면서 바쁘게 활동하고 있었다.

엄마의 전화를 받고 나면 담희는 자신이 너무 게으르게 살고 있는 게 아닌가 하는 생각을 하곤 했다. 엄마의 말투에는 그런 힘이 있었다. 대화하는 상대가 자기도 모르게 죄책감 같은 걸 느끼게 하는.

공연히 스며드는 죄책감을 털어 내려 담희는 책방 안을 휙 둘러보았다. 통화를 하면서도 내내 신경에 거슬렸던 책 더미를 정리해 볼까 하는 생각이 들었던 것이다.

할아버지는 딱히 책들을 분류해서 정리하지는 않으셨다. 그저 책이 들어오는 대로, 아니면 책장에 빈 공간이 생기는 대로 책을 꽂아 두곤 하셨다.

장르의 구분 없이 뒤섞인 채, 모든 빈 공간을 가득 채운 책들은 그 자체로 하나의 예술 작품처럼 보였다. 책 더미들을 정리해 볼까 생각은 했지만 도통 어디부터 손을 대야 할지 감이 잡히지 않았다.

"어!"

책장 앞에 탑을 이루며 쌓여 있는 책들을 쭉 훑어보던 담희가 책 더미로 다가갔다. 그러곤 책의 탑이 무너지지 않게 조심하며 중간쯤에 끼어 있는 책을 꺼냈다. 검은 바탕에 붉은 담쟁이가 얽혀 있는 표지의 스릴러 소설이었다.

"이게 있었네."

담희가 좋아하는 작가들 중에서도 세 손가락 안에 드는 채현 작가의 작품이었다. 그의 많은 작품들 중에서도 담희가 가장 좋아하는 이 작품은 그의 처녀작이었다.

채현은 다작으로 유명한 작가였다. 첫 번째 작품을 세상에 내놓은 지 고작 5년밖에 되지 않았지만, 벌써 8권의 장편과 5편의 단편을 발표했다. 담희는 그 모든 책을 다 읽었다. 스릴러도 있었고, SF도 있었다. 모험소설과 공포소설, 역사 판타지도 있다. 채현은 다양한 분야의 이야기를 자유자재로 만들어 내는 진정한 이야기꾼이었다.

담희는 책을 쥔 채 책방을 둘러보았다. 무질서와 혼돈으로 가득한 책 더미 속 어딘가에 채현의 또 다른 작품이 있을 텐데, 쉽게 눈에 띄지 않았다.

"좋았어!"

담희는 쥐고 있던 책을 계산대에 내려놓으며 싱긋 웃었다. 어디서부터 책방 정리를 시작해야 할지 목표가 생겼던 것이다.

담희는 넓은 책방의 계산대 근처, 사람들 눈이 가장 잘 닿는 부분의 긴 책장 한 칸을 깨끗하게 비웠다. 책장을 비우느라 빼 낸 책들이 발치에 수북이 쌓였지만, 그건 나중에 정리할 생각이었다.

담희는 비운 책장을 닦고, 찾아낸 채현 작가의 작품을 채우기 시작했다. 모든 작품이 다 있지도 않았고, 칸을 다 채울 만큼 많지도 않았지만, 그럼에도 담희는 찾아낸 책들의 먼지를 털어 내고 책의 상태를 살피고 출간 날짜에 맞춰 정리했다.

마지막으로 남은 단편집의 먼지를 털어 내는데, 책 사이에서 담쟁이 이파리 하나가 떨어졌다. 집어 들고 보니, 이파리에 뭔가가 적혀 있었다.

「이것이 정말 운명일까.」

검은 볼펜으로 쓴 깔끔한 글씨였다. 붉은 낙엽 위에 적힌 글자들은 살아 있기라도 하듯 담희의 심장을 묘하게 긁어 놓고 지나갔다.

담희는 담쟁이 이파리를 뒤집어 보다, 며칠 전 책꽂이에서 발견했던 담쟁이 이파리가 생각났다. 계산대 서랍을 열어 메모지 사이에 끼워 놓은 이파리를 꺼냈다. 낙엽이 달라 봐야 얼마나 다를까마는 둘은 색도 모양도 묘하게 닮아 있었다.

담희는 두 낙엽을 나란히 내려놓고는 이파리가 끼워져 있던 단편집을 이리저리 살펴보았다. 책에는 별다른 흔적 같은 건 없었다. 헌책방으로 어떻게 오게 된 책인지는 모르겠지만, 낙서 하나 없이 새 책처럼 깨끗했다.

그때, 삐익 가게 문이 열리는 소리가 들렸다. 책을 살펴보던 담희가 고개를 들자 가게로 들어오던 여자가 꾸벅 고개를 숙여 인사를 했다. 며칠 전 검은 드레스 차림으로 와서는 로맨스 소설을 읽으며 훌쩍거리던 여자였다.

오늘은 드레스 대신 검은색 레깅스에 미니스커트 차림이었다. 가죽 끈이 주렁주렁 늘어진 검은색 조끼 안에 하얀 블라우스를 받쳐 입은 여자는 마르고 큰 키에 10센티미터가 넘는 통굽 부츠를 신고 있어서인지 검고 긴 막대 사탕을 연상시켰다.

"어서 오세요."

"이거."

여자가 담희가 쌓아 놓은 책 더미를 휙 둘러보더니, 구겨 쥐고 있던 종이를 담희에게 내밀었다. 대형 서점 오픈 행사 홍보 전단지였다.

담희 역시 오며 가며 길에 걸어 놓은 현수막을 본 적이 있었다. 큰길 쪽에 새로 생긴 종합 쇼핑몰 안에 대형 서점이 오픈한다는 내용이었다. 담희는 전단지를 훑어보다 여자를 멀뚱히 쳐다보았다. 이거 뭐?

"가게 문 닫는 거 아니죠?"

여자가 심각한 어조로 물었다.

"네?"

"책들."

여자는 어두운 표정으로 사방에 쌓여 있는 책들을 훑어보며 중얼거렸다. 그러고 보니 책장에서 꺼내 쌓아 놓은 책들이 정신없이 흩어져 있긴 했다.

"아, 아니에요. 책장 정리하던 중이에요."

"진짜요?"

담희는 고개를 끄덕이며 조금 웃었다. 여자가 책 더미 곁에 놓인 발판에 털썩 주저앉았다.

"다행이다. 책방 문 닫는 거 아닌가 계속 걱정했는데……."

"하하, 아니에요. 그럴 생각 없어요."

"서점 들어온다는 말 나오기 시작하면서부터 여기 사장 할아버지 뭔가 딴생각에 빠져 계신 것 같았어요. 그러더니 할아버지는 계속 안 나오시고, 이제 책도 마구 꺼내 놓으니까 불안했어요. 헌책방 문 닫나 보다, 하고."

여자는 입을 삐죽 내민 채 중얼중얼 말했다. 입술을 거의 움직이지 않고 말을 해서인지 복화술을 하고 있는 것처럼 보였다.

"할아버지는 여행 가셨어요. 여기를 좋아하시나 봐요."

"여긴 보물창고예요."

여자가 책방을 둘러보며 말했다. 아직 앳된 얼굴이었다. 스무 살이나 되었으려나, 여자의 반짝거리는 눈동자를 보며 담희는 생각했다. 특이한 옷차림을 하고 있지만, 얼굴은 맑고 순했다.

"어디서 무슨 책이 나올지 몰라요. 매일 와서 책장을 살펴보지만, 매일 새로운 책이 있어요."

여자는 반짝거리는 눈으로 책방을 둘러보더니 담희를 쳐다보았다.

"어떻게 여기서 일하게 되셨어요? 이런 곳에서 일하다니, 좋으시겠어요."

담희는 뭐라고 대꾸할까 하다 그냥 어색하게 웃었다.

여자의 이름은 진묘랑이라고 했다. 근처 대학교 1학년생인 그녀는 올 3월, 전공 책을 찾아 헌책방을 뒤지고 다니다 이곳을 발견했다고 했다. 이곳에 처음 문을 열고 들어오는 순간, 운명을 느꼈다나 뭐라나. 담희는 진묘랑이 운명을 입에 올리는 순간, 담쟁이 낙엽을 떠올렸다.

「이것이 정말 운명일까.」

그 문장이 이상하게 담희에게 그늘을 드리운 것 같았다.

어쨌거나 이 헌책방에 운명을 느꼈다는 진묘랑은 학교 수업이 끝나거나 긴 공강 덕에 시간이 비면 이곳을 찾아오는 중이라고 했다. 그리고 얽히고설킨 책꽂이의 미로를 헤매며 로맨스 소설을 발굴해 그 자리에서 읽기도 하고, 마음에 들면 사 가기도 하는 게 일상이라고 했다.

"손님도 별로 없고, 새로 오픈하는 서점에서 중고 책 거래도 한다고 하고. 걱정이 안 될 수가 없잖아요. 아!"

말하던 묘랑이 책 더미에서 발딱 일어나더니, 흩어진 책 사이를 헤집어 푸른 테두리의 책 하나를 집어 들었다.

"발견! 보물!"

집어 든 책의 제목을 경건한 표정으로 들여다보던 묘랑이 책을 돌려 담희에게 보여 주었다. '해적과의 하룻밤'이란 고딕체 제목 아래 잘생긴 남자가 윗옷의 단추를 풀어 헤친 채 이쪽을 보고 있었다.

"난 해적보다는 실장님이나 사장님 로맨스가 더 취향이라……."

담희가 조금 웃으며 말했다. 묘랑은 고개를 끄덕이더니 심각한 표정으로 대답했다.

"난 다 좋아요. 모두. 어쨌거나 책에 나오는 남자는 모두 완벽하니까."

그러곤 찾아낸 책을 들고, 책방 안쪽 미로 사이로 조용히 들어갔다. 그녀가 곧잘 틀어박혀 책을 읽는 책장 귀퉁이의 한적한 자리로 사라진 것 같았다.

"완벽한 남자라……."

불쑥 캡틴 로이드 남자가 떠올랐다. 몇 마디나 해 봤다고, 이렇게 자꾸 떠오르는 걸까.

잘생겨서 생각나는 거야. 그냥 잘생겨서. 담희는 고개를 저으며 억지로 남자의 얼굴을 머릿속에서 밀어냈다.

그날 밤 10시가 넘은 시간, 담희는 카운터 앞 의자에 앉아 길게 기지개를 켰다. 평소에는 9시가 좀 넘으면 가게 문을 닫았는데, 오늘은 책을 읽느라 시간이 어떻게 지났는지도 모르고 있었다.

오후 내내 책을 읽느라 눈이 뻑뻑했다. 흩어진 책을 대충 정리한 후, 채현 작가의 작품들을 다시 복습하다 보니 시간이 순식간에 흘러가 버렸다. 시간을 확인하려고 휴대폰을 꺼내는데, 때맞춰 전화기가 울렸다. 선아 선배였다.

― 왜 보고 안 해?

전화기를 귓가에 가져가자마자, 선아 선배의 목소리가 달려들었다.

"퇴근했어요?"

대답 대신 담희는 물었다. 목소리조차도 뻑뻑한 기분이었다.

― 당연히 안 했지. 어땠어? 말 좀 해 봐.

"음, 괜찮았어요."

― 뭐야. 그 반응? 뭔가 미적지근하다. 왜? 별로였어?

"아니에요. 정말로 괜찮았어요. 선배 말대로 엄청나게 잘생겼고, 성격도 좋은 것 같고. 친구 하기로 했어요. 일단은."

― 일단은?

담희는 그냥 멋쩍게 하하 웃었다. 선아 선배가 원하는 건 좀 더 호들갑스러운 반응이라는 걸 알았지만, 담희로선 더 이상 할 말이 생각나지 않았다.

― 그래그래. 뭐 일단은 친구부터 시작하는 거지. 그쪽은 자기 정말 마음에 들었나 보던데. 어쨌든 잘되면 나중에 맛있는 거 사. 알았지?

"네에, 네. 그나저나 퇴근 언제 할 거예요? 남편이 뭐라고 안 해요? 아직 신혼인데."

끝을 길게 늘어뜨려 농담처럼 대답하며 담희는 말머리를 돌렸다.

― 퇴근하고 싶다고 퇴근이 되냐, 알면서. 완성 테스트 돌렸는데 시작부터 오류 터져서 꼼짝 못 해. 미친다. 마감 기간은 단축됐지, 오류

는 수정하면 수정할수록 점점 더 많은 오류를 만들고 있지.

하이고, 길게 한숨을 뱉으며 선아 선배가 지긋지긋하다는 듯 말을 이었다.

- 울 남편만 신났어. 나 야근하면 울 남편 나 기다린다는 핑계로 밤새 게임 해. 자식도 아닌 걸 매일 얼마나 열심히 키우시는지, 조만간 프로 게이머 데뷔하는 거 아닌가 모르겠다. 아, 맞다. 자기 알바 할래?

투덜투덜 앓는 소리를 하던 선아 선배가 갑작스레 물었다.

"알바요?"

- 이번에 오픈하는 거 마감이 당겨져서 다른 팀에서 인력을 좀 빼왔어. 그래서 제이 교육 쪽 프로그램, 두 주차쯤 알바 쓸 거래. 자기가 할래? 한다 그러면 내가 말해 줄게.

"유아용 그거요?"

- 아이들 나라. 전에 자기 테스터로 지원 나간 적 있지 않나?

있다. 여러 번. 유아를 대상으로, 한글과 영어를 게임으로 가르치는 온라인 학습 프로그램이었다. 유아용 프로그램은 생각할 게 많았다. 프로그래밍 자체는 어렵지 않았지만, 아이들의 돌발적인 행동들이 만들어 내는 오류들이 많았기 때문이다.

유아들은 손가락의 움직임이 서툴렀다. 그 서툰 동작으로 게임의 규칙과 상관없이 캐릭터들을 포개 놓고, 좋아하는 캐릭터를 수십 번씩 두들겨 대고, 아무도 예상하지 못한 곳에서 예상하지 못한 행동들을 했다. 오류가 날 이유가 없는 화면에서도 아이들이 손을 대면 오류가 발생했다.

이상하게 담희는 유아용 프로그램의 테스터로서 재능이 있었다. 다른 프로그래머들이 찾아내지 못하는 오류를 담희는 곧

잘 찾아내곤 했다.

"네. 전에. 두 주차면 게임 네 개인가요?"

– 그럴걸. 단가 센 거라 월급만큼 나올 거야.

"기간은요?"

– 관심 있는 거면 알아봐 줄게.

"그래 주……."

말을 하던 담희는 가게 바닥을 울리는 삐걱 소리를 들었다. 아무도 들어온 사람이 없는데, 담희는 자리에서 일어서며 소리가 난 쪽으로 고개를 기울였다.

– 뭐?

"아, 아니에요. 그래 주세요."

전화기 저쪽에서 들리는 목소리에 대답하며 담희는 카운터를 빠져나왔다.

– 알아보고 연락 줄게. 아, 집에 가고 싶다.

선아 선배가 피곤한 목소리로 중얼거리더니 전화를 끊었다. 전화기를 카운터에 내려놓은 담희는 소리가 난 책장 사이로 들어갔다. 텅 빈 책장 사이를 휙 둘러보다 갸웃 고개를 기울이는데, 문득 카운터 쪽에서 인기척이 느껴졌다.

누가 들어왔다면 문소리가 났을 터였다. 오래된 문은 여닫을 때마다 작게 끼익거리는 소리를 냈다. 담희는 슬쩍 인상을 찡그리며 책장을 돌아 나오다 그 자리에 멈춰 섰다. 카운터 근처 책장 앞에 남자가 서 있었던 것이다.

캡틴 로이드 남자. 그는 어딘지 모르게 우울한 표정으로 자신의 손을 내려다보고 있었다. 그 무겁고 어두운 분위기 때문에 담희는 선뜻 말을 걸지 못한 채 남자를 쳐다보았다.

남자가 고개를 들더니 담희를 돌아보았다.

"아……."

말을 걸려던 담희는 도로 입을 닫았다. 검고 깊은 눈동자가 담희를 지나쳐 저 먼 어딘가를 향하고 있는 것 같았기 때문이다. 남자의 눈은 담희를 보고 있으면서도 보고 있지 않았다. 그를 둘러싼 공기가 미묘하게 일렁이고 있었다.

저번에도 느꼈던 그 공기의 움직임. 담희는 일렁이는 공기를 뚫어져라 쳐다보았다. 마치 아지랑이 너머를 보듯 남자의 윤곽선이 희미하게 흔들렸다.

"쳇."

남자가 짧게 혀를 찼다. 공기의 일렁임이 멈추고, 남자의 시선이 선명히 담희를 향했다. 직선적이고도 깊은 눈동자가 또렷이 자신을 향하자 담희는 당황했다.

"아, 저……."

자신이 무슨 말을 하려고 한 건지도 모른 채 담희는 말을 더듬었다. 남자는 무시하듯 시선을 들어 책방에 걸린 시계를 바라보았다. 10시 반이 넘어가는 시간.

"쯧."

또다시 혀를 차더니 흠, 한숨 같은 숨을 뱉었다. 씁쓸함이 묻어나는 한숨이었다. 그 한숨이 담희의 심장을 할퀴고 지나갔다. 심장이 저릿하게 당기는 그 느낌에 당황한 담희는 짧게 헛기침을 하며 입을 열었다.

"아, 안녕하세요?"

뭐래. 인사말을 건네면서도 담희는 스스로가 한심했다. 이런 상황에 인사라니. 그렇다고 달리 생각나는 말도 없었다. 대체 어디서 나타난 거죠? 언제부터 거기 있었던 건가요? 하고 묻기엔 남자의 얼굴이 너무 어두웠다.

남자는 검게 가라앉은 시선으로 담희를 잠깐 바라보더니 말없이 돌아서 책방을 나갔다. 닫히는 문이 끼익, 소리를 질렀다.

담희는 설핏 인상을 찡그렸다. 대체 뭐람.

남자가 사라진 공간엔 무심한 듯 슬픈 듯 미묘하게 가라앉은 공기만 살랑거렸다.

## 2.

 아직도 푸른 기가 남은 새벽, 담희는 기지개를 켜며 공원으로 들어섰다. 제법 선선해진 아침 공기가 빈속을 휘저어서 그런지 막연히 허기가 느껴졌다.
 가볍게 제자리 뛰기로 몸을 푼 후, 천천히 공원을 달리기 시작했다. 오랜만에 달려서인지 담희의 온몸이 삐꺽삐꺽 불쌍한 소리를 질러 댔다.
 "에고, 힘들어라."
 몇 미터 뛰지도 못하고 담희는 숨을 할딱거리며 걷기 시작했다. 고등학교 때까진 그래도 반 대표 달리기 선수로 꼬박꼬박 뽑혔었는데, 프로그래머 생활 6년 만에 몸이 녹슬 대로 녹슬어 버린 것 같았다.
 컴퓨터 회사를 다니며 담희가 가장 자주 했던 생각은 시간 날 때 운동을 좀 해야겠다는 것이었다. 매일 앉아서 컴퓨터만 들여다봐서인지 허리도 아팠고, 어깨도 무거웠다.

프로그래머 생활을 몇 년 하다 보면 누구나 몸이 망가져 가는 걸 느낀다. 약값 벌려고 일한다는 게 프로그래머들의 농담 아닌 농담이었다.

담희는 어깨를 가볍게 풀며 공원 안쪽의 잔디 축구장으로 향했다. 축구장 바깥을 따라 넓게 이어진 트랙을 따라 천천히 걸었다. 파란 새벽하늘이 조금씩 벗겨지고 있었다. 오늘도 맑을 것 같다. 푸르고 청명한 기운이 벌써부터 느껴지는 하늘을 멍하니 올려다보며 걷던 담희는 막연히 캡틴 로이드 남자를 떠올렸다.

"흠. 대체 정체가 뭐냐고."

그가 뱉어 내던 씁쓸한 한숨이 아직도 아릿한 느낌으로 남아 있었다.

선선한 새벽 공기를 타고 어디선가 쿵짝쿵짝 신나는 음악 소리가 들렸다. 트랙을 걸으며 남자의 한숨을 곱씹던 담희는 가슴께에서 맴도는 한숨을 밀어내며 소리를 따라 공원 트랙을 벗어났다.

분수 연못을 지나자 중앙 무대가 나타났다. 무대 앞에 '당신의 활기찬 아침을 위해'라는 현수막이 걸려 있었다. 아침 6시 반부터 7시까지 진행하는 무료 에어로빅 강좌인 듯했다.

"하나! 둘! 하나! 둘! 오른쪽으로! 더 힘차게!"

무대 위에서는 타이트한 에어로빅 의상을 입은 여자가 구령을 맞추며 활기차게 움직이고 있었다. 그리고 그 앞에서 아주머니들과 할머니 10여 명이 동작을 따라 하고 있었다.

무대를 중심으로 신나고 즐거운 열기가 퍼지는 것 같았다.

담희는 그 넘치는 열기와 신나는 음악 소리에 빙그레 미소를 지었다.

※

 달렸다. 폐가 폭발할 듯 날뛰고 근육 섬유들이 올올이 일어서 비명을 질러 댔다. 채운은 그 모든 고통을 씹어 삼키며 이를 악물고 달렸다.
 펄떡거리는 심장박동이 귓속에서 웅웅 울렸다. 열 오른 뺨 위로 선선한 바람이 스쳐 지나갔다. 차가운 감각과 날뛰는 심장, 폐 깊숙이 드나드는 공기의 움직임. 채운은 그 모든 것을 음미하고 느꼈다.
 공원의 긴 트랙을 벗어나며 달리기의 속도를 줄였다. 느린 속도로 달려 분수 연못가에 도착한 채운은 길게 숨을 몰아쉬며 걸음을 멈췄다.
 "하아……."
 폐 가득 연못의 습기를 머금은 공기가 밀려들었다. 그 선명한 감각이 그를 안심시켰다. 이딴 감각에 연연하고 있는 자신이 한심했지만, 그럼에도 채운은 스스로의 존재를 느낄 수 있는 그 실제적인 감각을 무시할 수가 없었다.
 채운은 뻣뻣해진 다리 근육을 가볍게 풀며 하늘을 올려다보았다. 새벽의 기운이 흐릿하게 밀려나고 있었다. 오늘도 더없이 화창한 가을이 될 것 같은 하늘.
 "아름답네. 쓸데없이."
 씁쓸하게 중얼거리며 길게 몸을 늘어뜨린 채운은 공원 출구를 향해 천천히 몸을 돌렸다. 미친 듯 질주할 때와는 달리 느긋한 걸음으로 공원을 나서던 채운은 중앙 무대 옆을 지나다 주춤 걸음을 멈췄다.

에어로빅 음악에 맞춰 신나게 뜀뛰기를 하고 있는 아주머니들 뒤쪽에서 어설픈 동작으로 팔다리를 휘젓고 있는 낯익은 얼굴이 보였던 것이다.

"책방?"

에어로빅 강사의 동작을 반은 놓치고 반은 엉터리로 따라 하면서도 뭐가 그렇게 즐거운지 여자는 활짝 웃고 있었다. 그 생기 넘치는 표정이 채운의 걸음을 붙들었다.

붉어진 뺨과 흩날리는 머리카락, 엉터리 동작에 스스로 민망해하며 웃는 웃음까지. 여자의 모든 것이 생생히 살아 움직이고 있었다.

채운은 그 자리에 붙박인 듯 서서 여자의 얼굴 위로 아침 햇살이 반짝거리는 것을 바라보았다. 햇살이 눈부신지 여자가 윙크하듯 눈을 찡그렸다. 여러 가지로 눈길이 가는 여자였다. 하긴, 처음부터 그랬다. '얘가 제 첫사랑이거든요.'라고 말하며 해맑게 웃을 때부터.

허공에 푸닥거리라도 하듯 팔을 휘젓던 여자가 갑자기 채운을 돌아보았다. 까만 눈동자가 커다랗게 벌어지더니 이내 눈을 깜박거렸다. 여자의 눈동자에 '저건 또 어디서 나타난 거야?' 묻는 듯한 표정이 지나갔다.

마음속 생각이 한눈에 드러나는 여자였다. 크고 까만 눈동자로 자신을 올려다볼 때마다 '이거 귀신이야? 사람이야?' 놀라고 당황해하는 걸 채운은 알고 있었다.

여전히 자신이 팔을 들고 있다는 걸 깨달았는지 여자가 화다닥 팔을 내렸다. 채운은 비어져 나오는 웃음을 참으려 입술을 깨물었다. 그 탓에 표정이 삐딱하게 일그러졌다.

여자는 잠깐 멀뚱하니 서 있더니 갑작스레 채운에게 다가왔다.

"안녕하세요?"

씩씩한 여자의 인사에 채운은 대꾸 대신 팔짱을 꼈다.

"혹시 '캡틴 로이드의 환상 동화' 다 읽으셨어요?"

예상 밖의 질문에 채운은 눈썹을 끌어 올렸다. 그러거나 말거나 여자는 생긋 예의 바른 미소를 지으며 말했다.

"죄송한데, 그거 다 읽으셨으면 저한테 다시 파시겠어요?"

"왜?"

"좋아하던 책이라. 새로 사려고 했는데 절판됐더라고요. 다른 헌책방 다 검색해 봤는데, 파는 곳이 없어요."

"싫습니다. 저도 좋아하는 책이라."

"아······. 그럼 하루만 빌려주세요. 읽고 돌려 드릴게요."

여자는 아쉬운 듯 눈꼬리를 늘어뜨리더니 이내 채운을 반짝거리는 눈으로 올려다보며 물었다. 무슨 강아지 같았다. 놀려 먹고 싶은 기분이 들게시리.

채운은 눈썹을 끌어 올리며 삐딱하게 대꾸했다.

"그것도 싫습니다만."

"흠······."

여자가 팔짱을 끼며 채운을 빤히 바라보았다.

"그쪽 누님의 말씀이 이해됐어요, 지금."

"누님?"

"뭐 괜찮아요. 좋아하는 책 빌려주기 싫은 마음 역시 이해되니까."

여자가 고개를 끄덕이며 덧붙였다. 길지 않은 머리카락이 그녀의 고갯짓을 따라 찰랑거렸다. 머리카락 끝에 노란 은행잎 하나가 붙어 같이 흔들렸다.

"거기, 낙엽."

채운이 그녀의 머리카락을 가리키며 말했다. 여자는 자신의 머리카락을 쓱 쓸어내리더니 붙어 있던 은행잎을 떼어 냈다. 하얗고 가는 손가락 사이에서 은행잎이 빙그르르 맴을 돌았다.

"아침부터 머리에 꽃 꽂고 춤을 췄군요, 제가."

여자가 은행잎을 쳐다보며 중얼거렸다. 그녀의 말에 채운은 자기도 모르게 킥 작게 웃음이 터졌다. 뭐지? 이 여자는? 무의식적으로 터진 웃음을 삼키느라 잘근 입술을 깨무는데, 여자가 묘한 눈으로 자신을 보고 있었다.

뭔가 할 말이 있는 눈빛이었다. 어젯밤 일을 물어보려는 걸까? 책방에서의 그 일을?

하지만 그녀는 어깨를 가볍게 추스르더니 "가 봐야겠어요."라고 말했다. 그러곤 예의 바르게 눈인사를 건넸다.

책방 여자는 갑작스레 다가왔던 것처럼 갑작스레 멀어져 갔다. 손가락 끝으로 은행잎을 빙글빙글 돌리며 멀어져 가는 여자의 모습을 바라보던 채운은 짧게 흠, 숨을 뱉었다. 정말이지 여러 가지로 눈길이 가는 여자였다.

아침부터 캡틴 로이드 남자를 만날 줄은 상상도 못 했다.

"으. 정말······."

책방 계산대 의자에 앉아 오리발 같은 은행잎을 노려보던 담희가 툴툴거렸다. 집에 잠깐 들렀다 책방으로 온 담희는 공원에서의 만남이 자꾸만 떠올라 인상을 찡그리던 중이었다.

자신이 얼마나 웃긴 모습으로 파닥거리고 있었을지 안 봐도 훤했던 것이다. 그런 모습을 들켜 가뜩이나 민망한데, 자신이 무슨 말을 할 때마다 인상을 찡그리던 남자의 얼굴이 떠오르자 뒤늦게 짜증이 일었다.

"진짜 왜 아무 때나 불쑥불쑥 나타나는 거냐고!"

은행잎을 서랍 속에 휙 집어 던지며 담희가 빽 소리를 질렀다.

"아, 그럼 안 되는 건가요?"

갑작스런 목소리에 화들짝 놀라 돌아보자 열려 있는 책방 문 앞에 도하가 서 있었다. 뜻밖의 인물의 뜻밖의 등장에 담희는 잠깐 눈을 깜박거렸다. 대체 오늘 무슨 날인 거야?

"나 잘못 찾아온 건가?"

담희가 멀뚱히 서 있자 도하가 싱긋 웃으며 농담처럼 중얼거렸다.

"아, 아니……. 잘못 찾아온 건 아니고. 아니, 그러니까…… 아, 안녕하세요?"

담희의 인사에 도하가 하하, 웃음을 터뜨렸다. 자신의 횡설수설이 무안해진 담희도 스스로를 어이없어하며 픽 웃고 말았다.

"아, 미안해요. 아침부터 제가 정신이 없네요. 어쩐 일이에요?"

"카페모카. 휘핑크림 잔뜩 얹어서."

가게로 성큼 들어선 도하가 들고 있던 커피를 내밀며 말했다. 얼떨결에 커피를 받아 들자 도하는 책방을 휙 둘러보았다.
"넓네요. 오래됐고. 게다가 나무 바닥이라……."
도하는 한 발로 바닥을 꾹꾹 눌러 보았다. 삐걱 바닥이 울리자 도하는 뭔가 만족스러운 듯한 표정으로 웃었다.
"책방이 정말 마음에 들어요."
"칭찬 맞죠? 그거. 정말로 어쩐 일이에요? 아침부터?"
"아, 현장 답사 가는 길에 들렀어요. 커피나 마시고 갈까 하고."
도하는 자신의 몫으로 챙겨 온 커피를 들어 보이며 말했다. 담희는 웃음기 어린 도하의 얼굴을 쳐다보다 건네받은 모카커피를 내려다보았다. 도하의 웃음만큼이나 따뜻한 온기가 손안에 가득했다.
"여긴 카페가 아니고 책방인데요."
"그러니까 제가 커피를 사 왔죠."
넉살 좋게 웃는 도하의 웃음 때문에 담희 역시 따라 웃고 말았다.
"고마워요, 커피. 그런데 어떻게 알았어요? 내가 모카커피 좋아하는 거."
묻고 보니 어제의 문자 메시지에 미처 답을 하지 못한 게 뒤늦게 떠올랐다. 엄마의 전화에, 책장 정리에, 캡틴 로이드 남자의 등장까지. 문자 메시지를 정말이지 까맣게 잊어버렸다. 담희는 미안한 마음에 저절로 얼굴이 찌푸려졌다.
"아…… 어제 문자. 미안해요. 답신한다고 하다 깜박했어요."
"일부러 안 한 건 아니죠?"

"절대! 절대! 아니에요."

담희가 눈을 휘둥그레 뜨며 대답하자 도하가 하하, 조그맣게 웃었다.

"다행이네요. 문자를 보내 놓고 답이 없기에 한참 고민했어요. 조용한 거절인 건가 하고. 사실 제가 거절을 당해 본 적이 별로 없어서 이게 거절인지 아닌지 잘 몰라요."

그렇겠지. 누가 이 남자를 거절할 수 있을까? 담희는 커피 컵의 뚜껑을 열며 생각했다. 잘생긴 건 둘째 치고라도, 맑고 착해 보이는 눈동자를 거절하긴 힘들 터였다. 그게 무슨 일이든 간에.

"그런 거 아니에요, 정말. 그나저나 제가 좋아하는 커피는 어떻게 알았어요?"

담희는 부드럽고 달콤한 생크림을 빨대로 떠서 입안으로 가져가며 물었다. 달달한 기운이 혀에 착 감겨들며 아침의 짜증이 슬며시 풀어졌다.

"그냥 운명적으로 알게 되었다고 하고 싶지만, 사실은 선배한테 전화해서 물어봤어요. 형수님이 혹시 알고 있나 해서."

형수? 아, 선아 선배. 선아 선배라면 담희가 무슨 커피를 좋아하는지 당연히 알고 있을 터였다. 프로그램 회사에서 공기보다 더 많이 마셔 댄 것이 커피였으니까.

그나저나 요즘 들어 운명이란 말 참 자주 듣는 것 같다. 담희는 커피 속으로 가라앉고 있는 휘핑크림을 휙휙 저으며 담쟁이 잎사귀에 적혀 있던 글귀를 떠올렸다.

"운명이라……."

무의식적으로 중얼거리던 담희는 문득 자신을 향한 시선에 고개를 들었다. 도하가 자신을 말끄러미 바라보고 있었다.

"왜……요?"

"운명에 관해 생각하는 것 같아서. 제가 담희 씨 운명이면 좋겠다 싶어서."

미소 띤 얼굴로 도하가 말했다.

"어…… 이런 종류의, 음, 농담엔 제가…… 별로, 그러니까, 면역이 되어 있지 않아서……."

당황한 담희가 더듬더듬 대답했다. 그녀의 대답에 도하의 눈매가 가늘어지더니 이내 하하하, 소리 내 웃었다.

"그럼 앞으론 좀 익숙해져 보도록 합시다."

"네?"

"커피 잘 마셨어요."

담희의 되물음엔 대꾸 없이 도하는 자신의 빈 커피 컵을 살짝 들어 보였다.

"또 올게요. 아, 그리고 조금 전 그 말, 농담 아니에요."

조금은 쑥스러운 듯, 그렇지만 밝은 표정으로 도하가 말했다. 그러곤 봄 햇살 같은 미소를 남긴 채 책방을 나갔다. 담희는 길가에 세워 둔 자동차를 향해 걸어가는 도하의 뒷모습을 멀뚱히 바라보았다.

"흠. 대체 뭐야. 아침부터."

담희는 자동차 운전석 창을 내려 자신에게 가볍게 손을 흔드는 도하를 보며 중얼거렸다. 어디 하나 빠지는 것 없는 남자가 몇 번이나 봤다고 자신에게 이러는 건지 담희로선 이해할 수가 없었다.

의아한 표정으로 창밖을 내다보던 담희는 도하의 차가 떠나자 창문에 희미하게 비치는 자신의 모습을 바라보았다. 지극히 평범하고도 평범해 보였다.

"바람둥이인 건가?"

갸웃 고개를 기울이며 중얼거리던 담희는 이내 "아, 몰라. 몰라." 하고 고개를 저으며 계산대로 돌아왔다. 그러곤 어제에 이어 채현 작가의 작품을 복습하기 시작했다.

※

"이거."

묘랑이 유리병을 내밀었다. 손바닥만 한 유리병 안에는 건포도가 들어 있었다.

"드세요. 심심할 때."

"괜찮아요."

"말 놓으세요."

묘랑의 말에 담희는 미소를 지었다.

아주 어릴 때부터 책방에 붙어살다시피 한 담희였다. 책방은 담희에게 집이고 고향이었다.

바쁜 부모님은 아침 일찍 어린 담희를 책방에 맡겼다. 담희는 할아버지의 손을 잡고 유치원에 갔다가 할머니의 손을 잡고 유치원에서 돌아왔다. 그러곤 엄마가 퇴근해 돌아오실 때까지 이곳에서 놀았다.

책방 안엔 장난감도 친구도 없었지만, 그래도 담희는 이곳에서의 시간이 늘 즐거웠다. 책을 늘어놓고 뗏목 놀이를 했고, 책을 쌓아 성을 지었다. 엄마는 책이 망가진다고 소리를 질렀지만, 할아버지는 개의치 않으셨다.

책으로 지은 성 안에 앉아 담희는 글자를 익혔고, 책을 읽었다. 초등학교 졸업 즈음, 부모님의 직장을 따라 지방으로 이사를 갔지만, 그녀는 방학마다 할아버지의 책방에서 아르바이트를 했다.

하지만 단 한 번도 손님과 친하게 지냈던 적은 없었다. 자신에게 뭔가를 건네는 손님도 없었고, 말을 거는 사람도 없었다.

묘랑은 종종 담희에게 뭔가를 건넸다. 볶은 콩이나 말린 귤껍질, 생강 절편 같은 것들. 익숙지 않은 간식거리들을 한 주먹씩 싸 와서는 '드세요. 심심할 때.'라고 말하며 건넸다. 그러곤 언제나 조용히 자신만의 은신처로 사라졌다.

책을 공짜로 읽는 것에 대한 뇌물인가, 하는 생각에 가져오지 않아도 된다고 말했지만, 묘랑은 오늘도 평소처럼 먹을 것을 챙겨 온 것이다.

"알았어. 말 놓을게. 그러니까 묘랑 씨도 굳이 이런 거 안 싸 와도 돼."

"언니의 오늘 운세에 맞춰서 드리는 거니까 그냥 드세요."

'뭐? 그게 무슨 뜻인데?'라고 물어보려 했는데 문이 열리며 교복 차림의 남학생이 가게로 들어왔다.

"누나! 안녕하세요?"

책방의 또 다른 단골, 이지구였다. 고등학생인 지구는 수업이 끝나면 학원 가기 전에 책방에 들러 판타지 소설을 읽다 가곤 했다.

"어서 오……."

"너!"

담희의 인사말을 자르면서 묘랑이 버럭 소리를 질렀다.
"축구화 신고 오지 말랬지?"
"또 왔냐, 마녀."
지구는 묘랑을 보더니 인상을 구겼다.
"마룻바닥 긁힌다고 했잖아. 그거 벗어!"
"아, 여기 할아버지도 암말 안 하는 걸, 왜 맨날 네가 난리야!"
"벗어! 안 그러면……."
묘랑의 인상이 음침하게 가라앉았다. 지구는 찔끔한 표정을 짓더니 "아. 씨! 벗어. 벗는다고!" 툴툴거리며 책가방에서 삼선 슬리퍼를 꺼냈다.
"너, 한 번만 더 축구화 신고 들어오는 꼴 걸리면 그땐 진짜 각오해."
묘랑은 지구를 날카롭게 쏘아본 후, 조용히 책장 사이로 들어가 버렸다. 지구는 그 뒷모습을 삐죽삐죽 노려보다 담희에게로 다가왔다. 그러곤 미안한 표정으로 말했다.
"신발 갈아 신고 오려고 했는데 깜박했어요. 미안, 누나."
"그렇게 말하면 될걸, 왜 괜히 싸우니?"
"아, 저 누나가 다짜고짜 소리를 지르니까 그렇지. 하여간 못된 마녀."
지구는 묘랑이 사라진 책장 쪽을 흘끔 노려보고는 이내 담희를 향해 방글방글 웃으며 말했다.
"누나, 그거 아세요? 채현 작가 신작 나온대요. 나 소속된 카페에 글 올라왔어요. 예약 판매 떴다고."
"진짜?"

지구는 힘차게 고개를 끄덕였다. 그러곤 씩 웃으며 자신이 좋아하는 책을 찾아 책장 사이로 들어갔다.

지구는 늘 담희에게 말을 걸었다. 이제 고작 서너 번 본 사이였지만, 담희는 벌써 지구의 꿈이 자신만의 판타지 컬렉션을 만드는 거라는 걸 알았다. 어릴 때는 무협지를 즐겨 읽었다는 것도.

'무협지를 많이 읽으면 한자를 잘하게 돼요, 저처럼. 한자를 잘하면 한글도 잘하고요. 그럼 국어 실력도 늘어요. 그래서 제가 국어를 잘해요.'

담희에게 자신의 이야기를 하는 지구는 늘 신나 보였다. 담희는 웃으며 지구의 이야기를 들어 주었다.

자신에게 말을 걸고, 먹을 것을 나눠 주는 손님들은 낯설었지만 그게 나쁘지는 않았다. 컴퓨터와 나누던 대화에 비하면 훨씬 좋았다. 살아 있는 것 같기도 했고.

담희는 묘랑이 건네준 병에서 건포도 몇 알을 꺼냈다. 그러곤 가게 문을 활짝 열고 책방 밖으로 나갔다. 상큼한 가을의 공기가 느껴졌다. 여름 내내 미세먼지로 뿌옇던 하늘이 가을로 들어서면서 파랗게 제 색을 찾은 것 같았다.

열어 놓은 문에 기대서서 햇살을 받으며 건포도를 먹었다. 달달하면서도 새콤한 건포도의 맛. 오늘의 운세와 건포도의 상관관계는 이해할 수 없었지만, 어쨌거나 기분이 좋아지는 맛이었다.

'그나저나 암모나이트 꼬맹이는 왜 안 오는 거지?'

옆 카페로 시선을 옮기던 담희는 오픈 테라스에 마주 앉은 남녀를 발견했다. 뭐가 저렇게 화사해? 얼핏 던진 시선조차도 사로잡는 커플이었다.

"어라!"

그러고 보니 비스듬히 앉은 남자는 캡틴 로이드 남자였다. 담희는 뜻밖의 얼굴에 마주 앉은 커플을 멀뚱히 바라보았다.

여자는 눈부시게 아름다웠다. 아니 매력적이라고 해야 하나? 선명한 이목구비에 시원하게 뻗은 긴 다리와 황갈색으로 반짝거리는 웨이브 진 머리카락. 길고 큰 눈매를 나른하게 뜨고서 캡틴 로이드 남자를 바라보는 모습은 여자인 담희가 봐도 심장이 살캉거렸다. 그런 여자의 은근한 눈빛을 받으면서도 캡틴 로이드 남자는 무심한 표정으로 책을 읽고 있었다.

어쨌거나 너무도 인상적인 조합의 둘 때문에 야외 테라스는 낯설고 기이한 공간처럼 보였다.

"난 저 아줌마 무서워."

갑작스러운 목소리에 돌아보자 암모나이트 꼬맹이가 서 있었다. 어딘가 다녀왔는지 얼굴이 까맣게 그을려 있었다.

"안녕?"

담희가 인사를 건네자 아이는 입을 딱 벌리더니 양손을 배에 모으고는 90도로 허리를 숙였다. 배꼽인사를 하는 아이의 모습이 귀여워 담희는 설핏 웃었다.

"어디 갔다 왔어?"

"어……. 음. 마. 마라, 아! 말레이시아!"

생각났다는 듯 아이가 큰 소리로 외쳤다. 아이의 목소리가 커서인지 테라스의 커플이 이쪽을 쳐다보았다. 아이와 눈을 맞추고 있었지만 담희는 그들의 시선을 느낄 수 있었다.

아이 역시 시선을 느낀 듯 외삼촌을 슬그머니 쳐다보더니, 담희를 향해 고개 좀 숙여 보라는 듯 손짓을 했다.

"왜?"

담희가 아이에게 고개를 숙이며 묻자 아이는 담희의 귓가에 대고 조그맣게 속삭였다.

"저 아줌마 조심하세요. 엄마가 그러는데, 여우래요."

"정말?"

"삼촌 여자 친군데요. 엄마가 삼촌이 여우랑 만난다고 했어요."

아이는 테이블의 여자를 쉴 새 없이 곁눈질하며 속삭였다. 아이의 시선을 좇아 테이블을 슬쩍 쳐다보던 담희는 자신을 바라보고 있는 남자와 시선이 마주쳤다.

알은척을 해야 하나? 아니면 그냥 모른 척해야 하나? 아주 잠깐 망설였고, 그 망설임을 눈치챈 건지 남자가 삐딱하게 피식 웃더니 무시하듯 책으로 눈을 돌렸다.

하, 뭐야. 누가 말 걸겠대? 어이없는 눈길로 남자를 쳐다보는데 아이가 담희의 옷자락을 잡아당겼다.

"왜?"

"암모나이트 지키고 있었어요?"

아이가 조금 걱정스러운 목소리로 물었다.

"잠깐만 기다려."

담희는 아이를 세워 놓고 재빨리 책방으로 들어갔다. 가게 안으로 고개를 들이밀고 있던 아이는 담희가 책장에서 상자를 내리자 쪼르르 따라 들어왔다.

"여기."

상자를 내밀자 아이가 조심스러운 눈길로 상자 안을 들여다보았다.

"달팽, 아니 암모나이트. 거기 보이지?"

아이의 입이 커다랗게 벌어졌다.

"누나가 잘 지키고 있는댔잖아."

하지만 아이의 귀에는 이미 담희의 목소리가 들리지 않는 것 같았다. 휘둥그레진 눈으로 상자에 코를 박고 '암모나이트. 암모나이트.' 하며 열심히 달팽이를 부르고 있었다.

"이거, 길러도 돼요?"

"엄마가 허락하시면."

담희의 말에 아이가 눈을 동그랗게 떴다. 그러더니 상자를 안고는 "엄마!" 소리를 지르며 가게를 달려 나갔다.

그 뒤를 따라 가게를 나서는데, 캡틴 로이드 남자와 여우 여자가 나란히 길을 건너는 모습이 보였다. 느긋하게 걷는 남자 곁에서 여자가 흩날리는 머리카락을 쓸어 넘기며 걷고 있었다. 특별히 다정해 보이진 않았지만, 잘 어울리긴 했다.

나란히 오피스텔로 들어가는 커플을 바라보다 담희는 짧게 한숨을 뱉었다. 이상하게 기분이 별로였다.

온종일 엉망진창이었다.

안정적으로 잘 쌓여 있던 책이 와르르 무너지더니, 무너진 책을 정리하다 떨어뜨린 하드커버 책은 담희의 왼쪽 엄지발톱에 시커먼 피멍을 만들었다. 책의 상태를 살펴보다가 책장에 손가락을 베였고, 책이 너무 많이 꽂혀 빽빽해진 책장에서 힘

겹게 책을 빼내다가 손톱이 부러졌다.

컴퓨터 키보드를 두드리는 데 방해된다고 늘 짧게 유지했던 손톱인지라 살을 물고 손톱이 부러지면서 순식간에 손톱 밑에 피가 고였다.

담희는 피가 배어 나오는 손가락을 입에 물고는 건포도 병을 바라보았다. 오늘의 운세와 건포도는 상관관계가 별로 없는 모양이었다.

종이에 베인 손가락도, 손톱이 부러진 손끝도, 피멍이 든 발가락도 온통 욱신거리고 쓰라렸다. 담희는 짜증스레 한숨을 뱉으며 의자에 털썩 주저앉았다.

벌써 8시가 넘어가고 있었다. 어차피 손님도 없는데, 일찍 가게 문을 닫고 집에나 갈까. 의자에 몸을 걸치듯 길게 앉아 생각하던 담희는 아침에 챙겨 왔던 노트북이 떠올랐다.

어젯밤, 선아 선배로부터 아르바이트에 관한 구체적인 사항을 전달받았었다. 기간은 조금 촉박했지만 보수가 괜찮아서 담희는 기꺼이 아르바이트를 하겠다고 답했고, 오늘쯤 메일로 기본 이미지 자료와 시나리오 자료를 보내 주기로 했다. 그래서 짬나면 확인해 봐야지 하는 생각으로 책방에 노트북을 챙겨 왔었는데 깜박하고 있었던 것이다.

담희는 계산대 위에 노트북을 꺼내 놓고 전원 버튼을 눌렀다. 욱신거리는 손톱을 조심하며 마우스를 끌어다 인터넷 버튼을 누르는데, 컴퓨터 화면이 깜박거렸다.

"얘는 또 왜 이래?"

컴퓨터 화면의 설정 창을 눌러 이것저것 확인해 봤지만, 뭐가 잘못된 건지 알 수가 없었다. 화면은 끝없이 깜박깜박 불안하게 흔들리고 있었다.
"아, 짜증나. 너까지 왜 이러냐고!"
신경질적으로 노트북을 껐다가 다시 켜 봤지만 상황은 마찬가지였다. 담희는 길게 한숨을 뱉으며 천장을 올려다보았다.
캡틴 로이드가 여우 여자와 함께 오피스텔로 들어간 이후로 온종일 이 모양이었다. 엉망진창인 하루만큼이나 기분도 엉망진창이었다.
"집에나 가자, 집에나!"
담희가 막 자리에서 일어서려는데 가게 문이 열렸다.
캡틴 로이드 남자였다.
"오늘 영업 끝났어요."
어쩐지 심술이 난 담희는 불퉁한 목소리로 말했다. 남자는 대답 대신 쥐고 있던 책을 들어 보였다. 캡틴 로이드의 환상 동화였다.
"그거 뭐요?"
"빌려 달랬잖아."
"싫다면서요."
남자의 말에 담희는 인상을 구기며 대꾸했다. 그러거나 말거나 남자는 책을 계산대 위에 내려놓았다.
"천천히 읽고 줘요. 단, 깨끗하게."
"됐거든요."
사실은 읽고 싶었다. 하지만 그렇다고 당장 고맙습니다, 하고 받고 싶지도 않았다. 온종일 쌓였던 짜증이 그의 얼굴을 보자 한 번에 솟구치는 것 같았다.
담희의 신경질적인 대꾸에 남자가 눈썹을 끌어 올리며 담희를 바라보았다.
"무슨 일 있습니까?"
"아뇨."
"흠."
남자는 짧게 숨을 뱉으며 팔짱을 꼈다. 그의 시선이 담희의 뚱한 표정을 스쳐 책방을 둘러보았다. 그러더니 조용한 목소리로 물었다.
"노트북 때문입니까?"
"네?"
노트북의 화면은 여전히 깜박깜박 제멋대로 흔들리고 있었다.
"짜증난 거 말입니다."
"짜증 안 났어요."
담희의 대꾸에 남자는 삐딱한 표정으로 고개를 끄덕였다. 그러더니 담희의 노트북을 자신 쪽으로 끌어당겼다.
"뭐 하는 거예요?"
남자는 대꾸 없이 마우스를 쥔 채 이것저것 노트북의 설정을 건드리기 시작했다. 몇 개의 창이 열렸다 닫히고, 새로 뭔가를 업데이트하는 것 같더니, 노트북이 꺼졌다 켜졌다.
"이제 괜찮을 겁니다."
노트북을 다시 담희 앞으로 밀어 주며 남자가 말했다. 그의 말대로 다시 켜진 화면은 멀쩡했다.
"아……."
담희는 무슨 말을 해야 할지 알 수가 없었다. 고맙다고 말해야 한다는 건 알았지만, 조금 전까지 짜증을 내고 있었던 게 민망해 선뜻 감사의 말이 나오지가 않았다.

"책 빌려준 값, 노트북 고쳐 준 값. 이걸로 대신하죠."

남자가 건포도 병을 열어 건포도 서너 알을 집었다.

"그러니 고맙단 말 안 해도 됩니다."

그러곤 돌아서 가게를 나갔다.

"아, 아니……."

후다닥 담희가 따라 일어섰지만 이미 남자는 가게 문을 닫고 나간 후였다. 닫힌 문을 바라보던 담희는 계산대 위의 노트북과 동화책으로 시선을 옮겼다.

멀쩡한 노트북을 보자 이상하게 모든 게 괜찮은 것 같았다. 부러진 손톱도, 베인 손가락도, 멍든 발톱도. 자신을 짜증나게 했던 온갖 것들이 정말이지 아무것도 아닌 일처럼 느껴졌다.

담희는 계산대 위에 놓인 동화책을 집어 들었다. 환상의 세상으로 출발하기 직전의 캡틴 로이드가 책 표지에서 담희를 빤히 올려다보고 있는 것 같았다. 담희는 공연히 빙긋 미소를 지으며 책 표지를 톡톡 두드렸다.

※

담희는 가게 문에 쪽지를 붙였다.

「11시부터 1시까지 외출합니다.」

가게 문을 닫아 놓는 건 신경 쓰였지만, 그래도 어쩔 수 없었다. 오늘은 채현 작가의 신작이 나오는 날이었다. 인터넷으로 책을 주문할 수도 있었지만 담희는 한시라도 빨리 책을 가지고 싶었다.

모처럼 나온 길, 낙엽이나 밟아 볼까 싶은 생각이 없진 않았지만 일단은 책이 먼저였다. 급한 걸음으로 큰길가의 대형 쇼핑몰로 향했다. 지하 1층 전체를 차지한 서점의 오픈 날짜가 어제였다는 걸 담희는 기억하고 있었다.

새로 지은 건물은 입구부터 화려했다. 크고 높고 밝은 로비엔 이른 시간인데도 사람들로 가득했고, 호박과 낙엽으로 꾸민 포토존에는 사진을 찍으려고 줄 선 꼬마들로 와글와글 시끄러웠다. 서점으로 내려가는 에스컬레이터를 타자 다양한 오픈 행사를 알리는 안내판이 곳곳에 걸려 있었다.

어마어마한 넓이의 서점이었다. 책 냄새 대신 커피 향이 가득한 공간은 서점이라기보다 책을 주제로 한 멀티 쇼핑몰 같았다. 문구와 장난감, 온갖 취미 용품들을 파는 공간과 자유롭게 책을 읽을 수 있는 공간, 그리고 전시회와 사인회를 할 수 있는 공간도 있었다.

사람들은 그 자리에서 커피를 마시고, 샌드위치를 먹으며 책을 읽을 수 있었다. 필요하다면 책과 함께 책장을 꾸밀 그림이나 장식품도 살 수 있었다.

담벼락 헌책방과는 전혀 다른 이 공간을 담희는 한동안 바라보고 서 있었다. 낯설었다. 서점 같지가 않았다. 나쁘고 좋고의 문제가 아니라 그냥 서점과는 전혀 다른 공간 같았다.

대형 서점에 와 본 적이 없는 건 아니었지만, 근 몇 년 사이에 서점이 얼마나 많이 달라졌는지 담희는 온몸으로 느꼈다.

그럼에도 매대 가득 진열되어 있는 책을 보자 담희의 얼굴에 금방 발그레한 미소가 떠올랐다. 구김 한 점 없는 빳빳한 표지와 반들반들 윤이 나는 하얀 속표지, 새 책 특유의 바스락거리는 책장 소리는 이곳의 낯선 분위기에도 담희에게 기쁨을 주었다.

채현 작가의 신작은 중앙에 따로 코너가 마련되어 있었다. '채현 작가 특별전' 안내 입간판 옆에 그의 전작들이 전시되어 있었고, 넓은 매대 가득 신작을 비롯한 전작들이 진열되어 있었다.

"아. 어떡해."

채현의 작품으로 가득한 공간을 보자 담희는 좋아서 입이 저절로 벌어졌다. 양손을 꽉 움켜쥔 채 금방이라도 발을 동동 구를 듯 눈을 반짝거렸다. 다양한 판본의 작품들과 아직 내용을 모르는 그의 신작이 존재하는 공간은 담희에겐 그대로 보물섬 같았다.

사람들이 그 공간에 서서 사진을 찍고 책을 집어 가고 있었다. 담희는 넋을 놓고 서서 그 모습을 바라보았다. 너무 좋아서 심장이 쿵쿵 날뛰는 것 같았다.

문득 사람들이 이쪽을 흘긋거리는 게 느껴졌다. 자신을 보는 것 같진 않은데, 생각하며 담희 역시 시선을 좇아 고개를 돌리다 흠칫 고개를 들었다.

언제 온 건지 자신의 곁에 캡틴 로이드 남자가 서 있었던 것이다. 남자는 팔짱을 낀 채 담희를 내려다보며 삐딱하게 웃고 있었다.

"어, 어, 그러니까……. 아, 안녕하세요?"

당황한 담희가 더듬더듬 인사를 건넸다.

"유치원, 우등생이었습니까?"

그럴 줄 알았다는 듯 남자가 피식 웃으며 물었다.

"네?"

"인사성이 밝아서."

"뭐, 인사 잘해서 손해 보는 건 없잖아요."

조금은 민망한 표정으로 담희가 대답했다. 그러곤 주저주저하며 덧붙였다.

"엊그제는…… 고마웠어요. 노트북 고쳐 주신 거. 그리고 책 빌려주신 것도."

남자는 관심 없다는 듯, 그저 가볍게 고개를 끄덕이며 담희를 바라보고 있었다. 대체 왜 저렇게 보는 건지 알 수가 없었다. 뭔가 재밌어 하는 것 같은 시선이었다.

그 시선을 피해 채현 작가의 신작으로 시선을 옮기는데 몇몇 여자들이 여전히 캡틴 로이드 남자를 흘끔거리고 있었다.

"저기요. 혹시 유명한 분이세요?"

담희가 남자를 쳐다보며 조심스럽게 물었다.

"아마…… 아닐걸. 왜요?"

"사람들이 그쪽을 자꾸 쳐다보는 것 같아서요."

담희의 말에 남자는 별거 아니라는 듯 대답했다.

"눈에 띄게 생겼으니까."

"하!"

맞는 말이긴 한데, 그렇게 대놓고 말하다니. 담희의 코웃음에 남자는 싱긋 미소를 지어 보였다. 삐딱함을 지운 미소는 짧은 순간 담희의 심장을 흔들고 지나갔다.

뭐, 뭐야. 왜 저렇게 웃는 건데. 귀 끝이 화끈 달아오르는 기분에 당황한 담희는 짧게 헛기침을 하며 시선을 돌렸다. 그러곤 후다닥 채현 작가의 신작 매대로 걸음을 옮겼다.

《사막의 밤 고양이》

밤하늘의 한 자락을 잘라 놓은 듯한 표지 위에 별빛 같은 눈동자의 고양이가 한 마리 그려져 있었다. 제목이 마음에 들었다. 표지도 물론 마음에 들었고. 담희는 채현 작가의 신작 서적을 집어 들어 앞뒤를 뒤집어 가며 보았다. 저절로 웃음이 비어져 나왔다.

"살 겁니까?"

그녀의 곁으로 다가온 남자가 물었다.

"당연하죠!"

담희는 신간 서적에서 눈도 떼지 않은 채 대답했다. 손에 쥐고 있기만 해도 무슨 이야기일지 궁금해서 눈을 떼기가 어려웠다.

"흠, 왜요?"

남자의 질문에 담희는 무슨 그런 질문이 있냐는 듯 그를 올려다보았다.

"읽고 싶으니까요. 당연히."

"별 재미 없던데."

"읽어 보셨어요?"

"아마도?"

읽었다는 거야, 아니라는 거야? 담희가 멀뚱멀뚱 그를 올려다보자, 남자가 매대의 책을 건성으로 톡톡 두들기며 말했다.

"말도 안 되는 상황, 겉멋 든 문장, 공연히 열정적인 주인공. 그리고 말장난, 말장난, 말장난. 그게 이 작가 작품의 다잖아.

그렇고 그런 흔해 빠진 장르소설."

담희의 눈이 휘둥그렇게 벌어졌다.

"우와. 재수 없어."

"뭐?"

담희의 말에 남자의 눈꼬리가 가늘어졌다. 무의식적으로 말을 뱉어 놓고도 담희 역시 당황해 책으로 입을 가렸다.

"아니, 뭐. 어쨌거나. 취향이 아니면 아닌 거지, 무슨 말을 그렇게 해요."

"취향의 차가 아니라 진실이 그렇다는 겁니다."

"착한 주인공, 한번 읽기 시작하면 중간에 멈출 수 없는 이야기, 사람의 마음을 도닥여 주는 문장들. 스스로를 돌아보게 하는 결말. 그게 이 작가의 작품이라고요."

"대체 어디가?"

"우와. 이 아저씨가! 책을 제대로 읽어 보긴 한 거예요?"

삐딱하게 말꼬리를 잡던 남자가 담희의 말에 갑자기 풋 웃었다.

"현채운입니다. 아저씨가 아니라."

웃음 끝에 그가 말했다. 어딘지 따뜻하고 담담한 목소리였다.

"아……."

남자, 채운의 말에 언제든 재반박할 준비를 하던 담희는 그의 갑작스러운 자기소개에 할 말을 잃고 어정쩡한 표정으로 그를 바라보았다.

"더 살 책 있습니까?"

"아……니요."

담희는 여전히 얼떨떨한 표정으로 대답했다. 채운은 담희가 쥐고 있던 책을 뺏듯이 들고 앞장서 계산대로 향했다.

"뭐, 뭐예요?"

담희가 후다닥 쫓아가며 물었다. 채운은 쥐고 있던 책을 재빨리 결제하더니 담희에게 내밀었다.

"그쪽 취향을 무시한 거에 대한 사과라고 합시다."

채운의 말에 담희는 팔짱을 끼며 그를 올려다보았다. 그러곤 그가 잘 하는 방식으로 눈썹을 끌어 올리며 말했다.

"사과할 필요 없어요. 취향을 떠나서 채현 작가의 책을 그 따위로 말하는 사람한테는 아무것도 받고 싶지 않으니까."

"그 작가도 내 말 틀렸다고 하지 않을걸요."

"그걸 그쪽이 어떻게 알아요?"

담희의 물음에 채운은 대답 없이 무심한 표정으로 어깨를 으쓱해 보였다.

담희는 입술을 잘근 깨물며 그를 바라보다 채현 작가 작품전 매대로 달려갔다. 그리고 신작과 그의 처녀작을 한 권씩 집어 들고는 계산대로 돌아왔다.

갑작스레 휙 사라졌다 다시 와다닥 달려와 책을 계산하는 담희를 채운은 의아한 표정으로 바라보았다. 계산을 마친 담희가 채운에게 책을 내밀었다.

"제대로, 다시 읽어 보세요. 그러면 알 거예요. 이 작가가 얼마나 대단한 작가인지. 상상력, 문장력, 이야기를 이끌어 가는 능력이 얼마나 뛰어난지. 무엇보다 세상을 얼마나 따뜻하게 보는 사람인지 알게 될 거예요."

담희는 채운이 쥐고 있던 책을 뺏듯이 받아 들고는 그 손안에 자신이 계산한 책 두 권을 쥐여 주었다.

얼떨결에 책을 받아 든 채운은 묘한 표정으로 담희를 바라보았다. 그 눈빛의 의미를 알 수가 없었다. 뭔가 복잡한 듯, 씁쓸한 듯 쉽게 가늠이 되지 않는 눈빛이었다.

"책방 때문에 먼저 가 봐야겠어요."

담희는 채운의 시선을 피하듯 재빨리 말했다. 그러다 문득 생각난 듯 덧붙였다.

"참, 제 이름은 오담희예요. 그쪽이 아니라."

그러곤 돌아섰다. 등 뒤로 채운의 시선이 따라오는 게 느껴졌지만 담희는 돌아보지 않고 서점을 빠져나갔다.

❋

채운은 오피스텔 창가에 서서 물끄러미 창밖을 내려다보았다. 길 건너 '담벼락 헌책방'이 한눈에 들어왔다. 저녁 햇살에 주황빛으로 물든 책방은 조용하고 아늑해 보였다.

"세상을 따뜻하게 보는 사람이라……."

책방을 바라보며 채운이 조그맣게 중얼거렸다.

가뜩이나 큰 눈을 더 크게 치뜨며 채현 작가를 옹호하던 담희의 얼굴이 떠올랐다.

"뭘 안다고."

툭 뱉듯 말을 하고 있었지만, 채운의 눈가에는 희미하게 미소가 어려 있었다.

현채운이 채현 작가인 것을 아는 사람은 거의 없었다. 그는 자신이 채현인 것을 철저히 숨겼다. 그의 출판 담당자조차 그의 얼굴을 본 적이 없을 정도로. 그의 누나 역시 그가 글을 쓴다는 건 알고 있었지만, 필명이 뭔지, 무슨 내용의 글을 쓰는지 정확히 알지 못했다.

그렇다 보니 자신의 책을 좋아해 주는 사람을 직접 만난 건 처음이었다. 물론 오며 가며 자신의 책에 관한 이야기를 나누는 사람들을 못 본 건 아니었다. 자신의 책에 대한 서평을 읽었던 적도 제법 많긴 했다.

하지만 담희처럼 열정적으로 자신의 책을 옹호해 주는 사람은 처음 보았다. 채현 작가에 대한 자신의 평에 무슨 악당을 쳐다보듯 노려보던 담희의 시선이 떠올랐다. 자신보다 더 자신을 잘 아는 것처럼 책을 들이밀며 쏟아 내던 말들도.

창밖으로 보이는 헌책방의 문이 열리더니 담희가 나타났다. 그녀는 문가에 서서 노을 진 하늘을 올려다보며 기지개를 켰다. 노을에 물든 얼굴이 발그레하니 홍조를 띤 것처럼 보였다.

불쑥 채현 특별전 부스 앞에서 얼굴 가득 홍조를 띤 채 서 있던 그녀의 모습이 떠올랐다. 금방이라도 꺄르르 웃음이 터질 것 같던 그녀의 입술과 행복에 겨운 듯 양손을 꽉 쥐고 있던 모습도.

채현 작가의 특별전을 한다기에 분위기가 어떤지 보러 갔던 채운은 부스 앞에 서 있는 그녀의 모습에 '자주 보네.' 생각했었다. 대체 뭐가 저렇게 신난 거야? 호기심이 일기도 했다.

그녀가 자신의 열성적인 팬이란 걸 알고 나서는 이상하게 기분이 간질거렸다. 창밖의 담희가 햇살을 음미하듯 하늘을 향해 눈을 감고 있었다.

"착각이야, 오담희 씨. 난 세상에 대해 손톱만큼도 애정이 없는 사람이야."

채운이 창밖을 향해 속삭였다. 마치 자신의 말이 들리기라도 한 것처럼 창밖의 담희가 눈을 떴다. 그러곤 이쪽을 쳐다보았다. 그래 봤자 보이는 건 없을 터였다. 밖에서는 안이 보이지 않는 창문이었다. 멀리서도 그녀의 눈동자에 어린 저녁 햇살이 보이는 것 같았다.

담희는 가볍게 제자리 뛰기를 하더니 가게 안으로 문을 닫고 사라졌다. 채운은 그녀가 사라진 책방을 오랫동안 바라보았다.

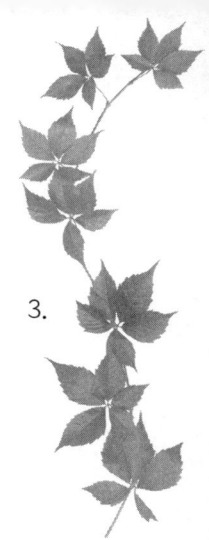

## 3.

"재미없어요?"

지구가 담희에게 말을 걸었다. 읽고 있던 책의 남은 페이지를 확인하던 담희가 뭐? 물으며 고개를 들었다.

"책이요. 재미없냐고요. 울 동호회에선 난리 났던데. 재밌다고."

"아냐. 재밌어. 엄청나게."

"그런데 왜 자꾸 남은 페이지를 확인하세요?"

"남은 분량이 줄어드는 게 아까워서. 아, 어떡해. 채현 작가는 천잰가 봐. 안 읽고 아껴 두자니 궁금해 죽겠고, 읽자니 자꾸만 페이지가 줄어들고."

담희의 말에 지구가 푸핫 웃음을 터트렸다.

"누나, 몇 살이에요?"

낄낄거리며 묻는 지구에게 담희는 가볍게 눈을 흘겼다.

"학원이나 가. 곧 중간고사라며."

"갈 거예요, 안 그래도. 아, 누나. 그 책 다 읽고 파실 거예요? 그럼 나 찜."

"안 팔아. 두고두고 읽을 거야."

담희의 말에 지구는 히죽 웃더니 '갈게요.' 인사를 하며 책방을 나갔다. 지구와 엇갈리듯 한 여자가 가게로 들어왔다.

"어서 오……. 어!"

"담희야."

"어머, 인주야!"

담희가 반가움이 가득한 표정으로 계산대를 돌아 나왔다. 동그란 안경 속 해맑은 표정의 인주가 팔짝 담희에게 다가들며 방긋 웃었다.

"이게 얼마 만이야! 너 진짜 좋아 보인다."

"어쩐 일이야? 나 여기 있는 건 어떻게 알았어?"

"혹시나 해서 와 봤지."

인주가 장난스레 웃으며 대답했다. 그녀는 담희의 고등학교 동창이었다.

지방 고등학교에서 서울의 대학교로 함께 올라온 친구들 중 하나인 인주는 올 초 다니던 회사를 그만두고 지금은 공무원 시험을 준비 중이었다.

대학교 입시 준비를 하던 때처럼 단발로 자른 머리와 학생 같은 느낌의 동그란 안경 때문인지 담희는 고등학생 시절의 인주가 다시 돌아온 것처럼 느껴졌다.

"정말 나 여기 있는 건 어떻게 알았어?"

책방 뒤뜰의 작은 벤치에 인주를 앉혀 두고, 차를 끓여 뒤뜰로 나가며 담희가 물었다.

"학교에 서류 뗄 거 있어서 나왔다가 혹시나 해서 들러 봤지. 연정이가 너 회사 때려치웠다고 하길래. 옛날에 대학 다닐 때도 심심하면 너, 여기 와서 죽치고 있었잖아."

잡풀이 자란 뒤뜰을 둘러보고 있던 인주가 담희가 내미는 머그컵을 받아 들며 대답했다. 담희는 "그랬지." 하고 조그맣게 웃으며 대답했다.

"그나저나, 여기 정말 하나도 안 변했다. 할아버지는?"

"여행 가셨어. 공부는 잘 돼?"

담희의 물음에 인주는 어깨를 으쓱해 보였다.

"뭐 그렇지. 수능 끝나고 나면 다시는 공부 안 하고 싶었는데. 으, 지긋지긋해. 나라를 위해 일할 사람을 뽑는데 왜 공부 잘하는 사람을 뽑는 건지 모르겠어. 일 잘하는 사람을 뽑아야 하는 거 아냐? 선생님이나 학자를 뽑는 것도 아니고."

인주는 불퉁하니 툴툴거리며 차를 마셨다.

"이거 뭐니? 향 좋다. 귤 냄새 나는데."

"귤껍질 차."

담희는 열어 놓은 미닫이문 너머로 책방을 흘깃 바라보며 말했다. 책장 사이로 묘랑의 신발 코가 보였다. 책장에 기대앉아 책을 읽고 있는 모양이었다.

"회사는 왜 그만뒀니? 잘 다니는 것 같더니."

인주는 차의 냄새를 맡으며 물었다. 마음에 드는 표정이었다.

"더 다니기 싫었어."

"힘들긴 하겠더라. 맨날 야근에, 주말도 휴일도 없고."

"그것도 그렇긴 한데, 그것보단 그냥 내가 정말 이 일이 하고 싶은지 모르겠더라고."

"6년이나 다녀 놓고?"

"그러게. 6년이나 다녔더라, 거길. 습관적으로. 내가 거길 왜 다니고 있는지도 모른 채."

담희는 조금 웃었다.

"별거 있니? 안정적인 미래를 위해서 그냥 다니는 거지. 나 봐라. 안정적인 거 찾겠다고 이 나이에 공부하잖아. 아! 맞다. 정원이 결혼한댄다."

"진짜? 지난 연말에 통화할 때만 해도 남자 친구 없다더니."

"올 봄에 만났대. 곧 연락 올 거야. 20대에 웨딩드레스 입는 걸 포기할 수 없어서 올해 꼭 하신단다."

"그렇구나."

"나 같으면 서른이나 서른하나에 할 텐데. 스물아홉은 너무 늙은 나이 같지 않니?"

"늙은 나이?"

담희가 갸웃 고개를 기울이며 인주를 바라보았다. 인주가 피식 웃고는 차를 한 모금 마시며 대답했다.

"스물아홉은 20대의 황혼기 같잖아. 서른은 30대의 유아기 같고. 난 빨리 올해가 갔으면 좋겠어. 그냥 새로 태어난 기분으로 30대를 맞이하고 싶어."

"너 요즘 힘들구나?"

"뭐?"

"새로 태어나고 싶어 하길래."

담희의 말에 인주는 한숨을 뱉었다.

"그런가 봐. 매일 공부만 하니까. 이게 눈에 안 보이잖아. 내가 잘하고 있는 건가, 아닌 건가. 내가 원래 공부는 좀 했잖아? 그런데 올해 한 번 떨어지고 나니까……."

인주는 알지? 하는 표정으로 담희를 바라보았다. 담희는 막연히 고개를 끄덕였다.

"나도 그래. 계속 이쪽 일을 해야 하나 싶으면서도 딱히 이제 와 뭐가 하고 싶은 건지도 모르겠고, 그렇다고 뭔가 도전하기엔 곧 서른인데 싶어서 불안하고."

"아, 누가 10년 후의 내 모습을 사진 찍어서 보내 주면 좋겠어. 그럼 내가 어떤 모습일지 조금 덜 불안할 것 같은데."

"서른아홉엔 덜 불안할까?"

"어우, 야. 그때도 불안하면 나 슬플 것 같아. 아, 맞다. 연정이 남자 친구 생겼다더라."

인주가 담희의 팔을 장난스레 찰싹 때리며 말했다.

"진짜? 저번에 나 회사 그만뒀다고 전화할 때 아무 말 안 하던데."

"나도 잘 몰라. 얼핏 들었거든. 그나저나 넌?"

"나? 나 뭐?"

담희가 눈을 깜박이며 인주를 멀뚱히 바라보았다.

"남자 친구 아직도 없냐고!"

"컴퓨터 씨랑 밤낮 데이트하다 헤어진 지 엊그제야. 남자 만날 시간이 어딨었니?"

대꾸하면서도 담희는 막연히 도하를 떠올렸다. 도하 씨면 완벽한데. 캡틴 로이드처럼 삐딱하지도 않고, 캡틴 로이드처럼 괴팍하지도 않고. 아, 뭐래? 나 왜 그 남자를 도하 씨와 비교하고 있는 거야.

"뭐 해? 갑자기."

혼자 파닥파닥 머리를 휘젓는 담희를 인주가 의아한 눈길로 쳐다보았다.

"아, 아냐. 아무것도."

"그래서 넌 앞으로 어쩔 거야?"

"글쎄. 일단은 좀 쉴까 생각 중이야. 20대에 열심히 살았으니까 네 말대로 20대의 황혼기는 30대의 새로운 시작을 위해 조금 쉬어 줘도 되지 않을까?"

담희는 할아버지의 말을 떠올리며 대답했다. 자신의 손을 도닥이며 '좀 쉬는 것도 괜찮아.'라고 하시던 할아버지.

아, 그나저나 할아버지는 어디로 가신 걸까? 벌써 1주일이나 지났는데 여전히 연락 한 통 없었다.

"경력 있는 전문직이 이래서 좋다니까. 쉬다가도 다시 일할 수 있으니까. 부럽네, 친구."

"시끄러. 미래의 공무원."

담희의 말에 인주는 피식 웃었다. 그러더니 자리에서 일어섰다.

"그만 가야겠다. 미래의 공무원이 되기 위해 공부해야지."

가게 밖까지 인주를 따라 나오며 담희가 물었다.

"정원이 결혼 전에 한 번 모이겠지?"

"그렇겠지. 그때 또…… 보……자."

말을 하던 인주가 얼핏 담희의 뒤쪽을 보더니 휘둥그레 눈이 커지며 말꼬리가 늘어졌. 넋이라도 나간 것 같은 인주의 표정에 담희가 돌아보자 채운이 여우 여자와 함께 막 카페를 나오고 있었다. 여자는 자연스럽게 채운에게 바싹 붙어 서며 그의 팔짱을 꼈다.

"얼마 남지 않았어."

낮고 나긋한 여자의 목소리가 담희에게까지 들렸다. 대답 없이 책방 쪽으로 고개를 돌리던 채운이 담희를 발견했다.

이번에도 시선을 돌리겠지, 담희는 생각했지만 채운은 시선을 돌리지 않았다. 깊이 눈을 감았다 뜬 채운이 담희를 흔들림 없이 바라보았다.

"최후의 최후까지 미뤄 봤자 달라질 건 없다고. 위험하다니까. 그러다가 정말……."

"원하는 바야."

채운이 여자의 말을 끊으며 말했다. 여전히 담희를 바라보던 시선이 천천히 여자에게로 향했다. 더 이상 떠들지 말라는 듯 눈썹이 꿈틀 뒤틀렸다.

"말도 안 돼. 그랬다간……."

"차라리 그게 내가 원하는 바라고."

여자의 얼굴이 흐려졌다.

"나 상처받아, 그렇게 말하면."

여자의 말에 채운은 짧게 코웃음을 치고는 성큼 길을 건넜다. 여자는 그 자리에 서서 멀어져 가는 채운을 한동안 바라보고 있었다. 어쩐지 슬퍼 보였다.

채운이 오피스텔로 사라지자 여자는 한숨을 뱉더니 길가에 세워진 빨간 스포츠카를 타고는 사라졌다.

"와, 뭐니? 드라마니?"

인주가 담희의 팔에 손을 얹으며 말했다. 여자의 스포츠카가 사라진 길과 채운이 사라진 오피스텔을 번갈아 바라보던 담희는 건성으로 "그러게." 하고 중얼거렸다.

"뭐 저렇게 생긴 사람들이 다 있니? 모델인가? 저렇게 생겨도 싸우는구나."

"그만 떠들고 가."

담희의 말에 인주가 피식 웃었다.

"연락할게."

인주가 모퉁이를 돌아 사라질 때까지 그 자리에 서 있던 담희는 길 건너 오피스텔로 시선을 옮겼다.

위험하다는 게 뭘까? 그게 뭔데 차라리 그게 자신이 원하는 바라고 말한 걸까? 담희는 채운과 여자의 대화를 떠올리며 생각했다. 머릿속이 이상하게 복잡했다.

"으. 남의 연애사야. 관심 꺼, 오담희!"

복잡한 머릿속을 털어 내기 위해 머리를 흔들던 담희는 흠, 한숨을 뱉으며 책방으로 들어갔다. 어수선한 머릿속을 비울 확실한 방법이 떠올랐던 것이다.

계산대로 돌아온 담희는 읽다 만 채현 작가의 책을 집어 들었다.

그날 밤늦은 시간, 책방 문을 닫고 거리로 나서며 걸어갈까, 담희는 잠깐 고민했다.

책방에서 집까지 버스로는 네 정거장 정도 되는 거리였다. 걷기엔 애매했지만, 집에 가는 길에 마트에 들러야 할 것 같았다.

쌀쌀해진 밤공기에 옷자락을 여미며 담희는 천천히 걷기 시작했다. 단풍이 들기 시작한 가로수 잎새가 가로등 불빛 아래 까딱까딱 흔들렸고, 담희는 그 모습을 올려다보며 느긋하게 걸었다. 온종일 복잡하던 머리가 차분해지는 것 같았다.

24시간 문을 여는 대형 마트로 들어가며 담희는 뭘 사야 하더라, 생각했다. 장 본 지가 오래되어서 살 게 많았다. 회사를 다니는 동안은 집에서 밥을 먹을 일이 거의 없어서 냉장고가 비든 말든 그다지 신경을 쓰지 않았었다.

하지만 이제는 아침밥 정도는 잘 챙겨 먹고 나와야 할 것 같았다. 상황에 따라 도시락을 싸서 다니는 건 어떨까 하는 생각도 들었다. 책방에서 점심과 저녁을 모두 해결하자니, 지출이 너무 컸다.

책방은 손님이 많지 않았다. 다른 헌책방에 비해 장르소설이 많다는 소문이 돌아 알음알음 찾아오는 손님들이 있긴 했지만, 책방을 유지하기에도 빠듯한 상황이었다.

뭉텅이로 팔려 오는 책들 중에는 아주 특별한 책들이 있었다. 이미 절판되어 더 이상 구할 수 없는 희귀본 서적이라든가, 의미 있는 초판본이라든가, 유명인의 낙서가 들어 있는 책이라든가, 알고 보면 학문적으로 어마어마한 가치가 있는 고서 같은 것들. 할아버지는 그런 책들을 금방 알아보셨다.

누군가의 서재를 장식하다 처분되어 트럭에 실려 오는 책들 사이에서 할아버지는 이런 특별한 책들을 골라내어 수집가들에게 팔았다. 이런 책들은 정가보다 훨씬 비싸게 팔렸고, 일부는 부르는 게 값인 경우도 있었다.

할아버지 같은 안목이 없는 담희로선 할아버지가 돌아오실 때까지 현상 유지만 잘하면 다행이었다.

잘하지 못하는 요리 실력에 그나마 할 수 있는 요리 재료 몇 가지를 샀다. 반찬 코너를 돌며 만들어진 반찬도 몇 가지 담고는 사탕이 진열되어 있는 코너로 향했다. 옆집 꼬맹이, 모린을 위한 사탕을 살 생각이었다.

오후에 샌드위치를 선물로 들고 옆집 꼬맹이가 놀러 왔다. 이름이 뭐야? 묻는 담희에게 녀석은 씩씩한 목소리로 대답했다.

'나는 강모린. 엄마는 현채린. 아빠는 강다모. 아빠는 지금 말라이, 아니 말레이시아에 있어요.'

그러곤 묻지도 않은 말을 덧붙였다.

'지금은 엄마랑 둘이 사는데요. 아빠는 어…… 이만큼 자면 같이 살 수 있대요.'

두 손을 쫙 펼치며 말을 늘어놓던 모린은 마치 할아버지처럼 뒷짐을 지고 책방 안을 어슬렁거렸다. 그러다 책등에 적힌 글자들 중에 혹시라도 아는 글자를 발견하면, '이건 모다 모. 강모린 할 때 모!' 하고 소리를 질렀다.

모린이는 책방 구석구석을 돌아다니며 책장을 구경하더니, 불쑥 책갈피를 들고 돌아왔다.

'뭐야? 이게?'
'저기 책 사이에 있었어요.'

책 사이에 책갈피가 꽂힌 채 팔려 오는 책들은 종종 있었다.

'책갈피네. 흠. 보물을 발견했으니까 상으로 뭘 줄까?'
'이게 보물이에요?'

모린의 눈이 동그랗게 커졌다. 담희는 싱긋 웃으며 서랍을 열었다. 서랍 속의 사탕 그릇에는 할아버지가 좋아하는 홍삼사탕과 계피, 박하, 누룽지 사탕밖에 없었다. 담희는 누룽지 사탕을 모린에게 내밀었다. 헤벌쭉 벌어지는 모린의 얼굴에 담희는 사탕을 좀 사 놔야겠다, 생각했었다.
또 다른 보물을 찾아 책방을 뒤지고 다니던 모린의 모습이 떠올랐다.

'우리 삼촌도 책 써요.'

라고 자신을 향해 소리치던 모습도.

'무슨 책?'
'몰라요. 재미없는 책이래요.'

흠, 책을 쓴단 말이지? 담희는 채운이 무슨 책을 쓰는지 궁금했다.
'전문 서적이려나.'
모린이 재미없는 책이라고 말하긴 했지만, 그 대답이 아니라도 소설을 쓸 분위기의 남자가 아니었다. 채현 작가의 작품을 그따위로 평하는 사람이 진짜 재미난 소설이 뭔지 알까 싶었다. 아니면 너무 잘나가는 작가에 대한 질투 같은 걸까? 별로 질투 같은 거 할 성격으로 보이진 않았었는데.

멍하니 생각하며 사탕을 집어 든 채 계산대로 향하던 담희는 멈칫 걸음을 멈췄다. 계산대 앞에 채운이 서 있었던 것이다.

아니 왜, 저 남자를 여기서 또 만나는 거지? 담희는 눈을 깜박거리며 채운을 바라보았다. 담희의 기척을 느낀 건지 채운이 흘깃 고개를 돌리다 담희를 발견하고는 인상을 찡그렸다.

"자주 봅니다."

어쩐 일로 먼저 알은척을 하는 거지?

"그러네요."

담희는 건성으로 대답하며 다른 계산대를 쳐다보았다. 텅 비었다. 밤 시간이라 그런지 세 개의 계산대 중에 두 개는 '옆 계산대를 이용해 주세요.'라는 팻말이 놓여 있었다. 담희는 뚱한 표정으로 채운이 서 있는 계산대로 다가갔다.

"날 따라다니는 건 아닌 것 같고. 집이 이 근처인가?"

"아니요."

"우연치곤 너무 잦군."

"그렇네요. 운명도 아닌데."

담희의 말에 채운이 슬쩍 인상을 찡그렸다. 하지만 어쩐지 눈동자에는 웃음이 서린 것 같았다.

아, 운명 얘긴 하지 말았어야 했는데. 담희는 입술을 잘근 깨물며 생각했다. 가끔 머릿속에 떠오른 단어들이 멋대로 튀어나올 때가 있었다. 이상하게도 채운 앞에서는 더 자주 그런 것 같았다.

"봉투 드리죠?"

채운의 물건을 계산하던 아주머니가 당연하다는 듯 봉투를 꺼내며 물었다. 네, 간결한 채운의 대답에 계산대의 아주머니는 인상 좋게 웃었다.

"한동안 안 오셔서 이사 갔나 했어요."

채운이 산 물건들을 봉투에 담아 주며 아주머니가 말을 붙였다. 사탕, 육포, 견과류, 아이스크림이 봉투에 담기는 걸 멀뚱하니 바라보며 담희는 단골인가 보네, 생각했다. 그나저나 무슨 간식거리를 저렇게 많이 산 거야?

하지만 채운은 아주머니의 알은척이 달갑지 않은지 떨떠름한 표정으로 카드를 내밀었다. 아주머니는 채운이 대답이 없자 조금 민망한 표정으로 계산을 했다.

"안녕히 가세요."

인사하는 아주머니에게도, 뒤에 서 있는 담희에게도 인사 한마디 없이 채운은 자신의 물건을 들고 마트를 나가 버렸다. 인사성이라곤 사막의 얼음 조각만큼도 없는 게 틀림없어. 담희는 절레절레 고개를 흔들며 자신의 물건을 들고 마트를 나왔다.

"책, 다 읽었습니까?"

마트의 입구를 막 빠져나오는데 목소리가 들렸다.

"엄마야!"

화들짝 놀란 담희가 휘둥그레진 눈으로 고개를 돌렸다. 당연히 먼저 가 버린 줄 알았던 채운이 문가에 서 있었다.

"놀랐잖아요."

"숨어 있었던 것도 아니고."

"아무도 없는 줄 알았다고요."

놀라서 팔딱거리는 심장을 다독이며 담희가 툴툴거렸다. 채운의 얼굴에 삐딱한 웃음이 어렸다. 재밌어하는 표정 같았다.

"캡틴 로이드요? 다 읽었어요. 돌려 드릴게요."

"아니, 그건 천천히 돌려줘도 되고."

"그럼 뭐요?"

"사막의 밤 고양이."

채운의 말에 담희는 의아한 표정으로 그를 올려다보았다. 왜 알고 싶어 하는 거지? 또다시 독서 토론이라도 하자는 건가?

"그쪽은 읽어 보셨어요? 제대로?"

담희의 물음에 채운은 그저 어깨를 으쓱해 보였다.

"좋아하지도 않는 작가 작품, 남이야 읽었든 말았든 뭘 상관이래?"

담희의 삐딱한 반응에 채운의 눈꼬리가 가늘어졌다.

"흠, 별로였습니까?"

"뭐래요? 그럴 리가 있어요? 그 작가는 천재라고요. 문체 바뀐 거 봤어요? 아니, 무슨 작가가 나오는 책마다 다른 문체를 사용할 수가 있지? 게다가 그렇게 담백한 문체로 엄청나게 복잡한 이야기를 어쩜 그렇게 재미있게 할 수 있는지. 여태까지의 채현 작가 작품 중에서도 가장 재밌어요. 책장이 줄어드는 게 아까울 정도라니까. 대체 그런 소재는 어떻게 생각해 내는 건지, 분명 머릿속이 우리랑은 다를 거야. 그렇지 않고서야……."

말을 하던 담희가 불쑥 입을 다물었다. 이 남자 앞에서 채현 작가 작품 이야기를 할 생각이 아니었는데, 자기도 모르게 흥분해 와다다다 말을 늘어놓고 있다는 걸 깨달았던 것이다.

뭐가 그리 웃긴지 입꼬리가 실룩거리는 채운을 보자 담희는 어쩐지 자신이 바보가 된 기분이 들었다. 그저 별로였냐고 물었을 뿐인데, 사춘기의 아이돌 팬처럼 바락바락 옹호하는 자신의 모습이 얼마나 웃겨 보였을까.
"먼저 갈게요. 늦었네요."
담희는 공연히 민망해져 후다닥 거리로 나섰다. 보지 않아도 채운이 킥킥거리고 있는 게 느껴졌다.
걸음을 재촉하며 담희는 입술을 꾹꾹 짓씹었다. 으, 정말. 왜 저 인간만 만나면 말이 제멋대로 튀어나오는 건지. 아무래도 어디가 고장 난 게 틀림없었다. 말하지 말아야지 필터라든가, 이 인간 앞에선 입 다물기 제어장치 같은 것.
담희는 불퉁한 표정으로 성큼성큼 걸음을 옮기며 툴툴거렸다.

책방에 출근해 환기를 시키려 문을 활짝활짝 열고 있는데 전화기가 울렸다. 국제전화번호였다. 담희는 낯선 번호에 갸웃 고개를 기울이며 전화를 받았다.
"여보세요?"
– 책방에 별일 없지?
"할아버지!"
담희의 목소리가 화들짝 커졌다.
– 엽서를 보냈는데, 받았냐?
"아뇨. 안 왔어요. 할아버지 어디세요?"
– 지금은 태국이다.

"네?"

담희가 놀랄 줄 알았다는 듯 전화기 너머로 할아버지의 웃음소리가 들렸다. 뭔가 유쾌하고 즐거운 것 같았다.

"재미있으신가 봐요."

- 그래. 그렇구나. 넌 어떠니?

"저요?"

- 책방 생활 말이다. 할 만하냐?

"음, 좋아요. 좋아할 거 알고 맡기신 거잖아요."

담희의 말에 할아버지가 클클 조그맣게 웃었다. 웃음소리 사이로 희미하게 파도 소리가 들렸다.

"바닷가예요?"

- 들리니? 아침부터 파도가 거칠구나. 오늘 날씨가 나쁠 모양이야.

날씨가 나쁘다면서도 목소리에는 웃음기가 어렸다. 이런 할아버지는 낯설었다. 담희가 아는 할아버지가 스무 살쯤 젊어진 것 같은 목소리였다.

"언제 오실 거예요?"

- 글쎄다. 아직은 모르겠다.

"엄마, 아빠, 고모까지 아침저녁으로 전화 중이세요. 오늘도 연락 없으면 경찰에 연락이라도 하실 태세라고요."

- 엽서가 벌써 도착했을 줄 알았는데. 잘 지내니까 아무 걱정 말라고 전해 다오.

"즐거우신 거 같아 다행이긴 한데, 할아버지 정말 별일 없으신 거죠?"

- 그래. 가 봐야겠다. 비 오기 전에 모래밭을 걸어 볼 생각이거든.

"파도가 거칠다면서요."

– 걱정 마라. 또 엽서 하마.

"아니, 엽서도 좋지만 가끔······."

담희는 가끔은 전화도 하라고 말할 생각이었다. 하지만 이미 할아버지가 전화를 끊은 후였다.

"태국?"

끊어진 전화기를 내려다보며 담희가 중얼거렸다.

책방이 아닌 장소에 서 있는 할아버지의 모습은 전혀 상상이 되지 않았다. 그것도 파도가 거친 바닷가 모래밭이라고? 담희는 갸웃 고개를 기울였다.

대체 할아버지가 태국의 바닷가에서 뭘 하고 있는 건지 알 수가 없었다. 그럼에도 할아버지의 목소리가 밝은 것 같아서, 건강도 괜찮게 느껴져서 마음이 놓였다.

담희는 '뭐, 즐거우면 된 거지' 생각하다 엄마에게 전화를 걸었다. 아빠가 정말로 경찰서에 연락하기 전에 할아버지의 소식을 전할 생각이었다.

엄마와의 통화를 끝내는데 문자 메시지가 들어왔다.

[혹시 알레르기 있나요?]

도하였다. 담희는 문자를 가만히 들여다보다 곧장 답신을 보냈다.

[아니요. 없어요. 전혀.]

담희가 답신을 하자마자 곧장 다음 문자가 들어왔다.

[생선 먹을 줄 알아요?]

또 질문. 무슨 100문 100답도 아니고 이 남자는 허구한 날 질문만 해 댈 모양이었다. 문자를 가만히 들여다보던 담희는 풋 웃으며 답신을 보냈다.

[네. 그것도 아주 잘.]

[좋네요. 생선 잘 먹는 담희 씨도. 오늘의 화창한 날씨도.]

질문이 아니다. 담희는 문자를 빤히 들여다보며 미간을 모았다.

무슨 뜻이야? 뭐라고 답장을 해야 할지 알 수 없는 문자였다. 한동안 문자를 노려보고 있던 담희는 어깨를 가볍게 추스른 후 답장을 보냈다.

[싫다는 말보단 좋은 거겠죠.]

도하로부터 더 이상의 문자는 없었다. 담희는 휴대폰을 내려놓고 책방 청소를 시작했다.

청소를 끝내고는 채현 작가 작품을 정리한 책장의 아래 칸을 비웠다. 비워 낸 책은 한쪽에 가지런히 탑을 만들어 쌓아 두었다. 그러곤 천천히 책장을 돌아다니며, 채현 작가 다음으로 좋아하는 작가의 작품을 찾아내 정리하기 시작했다.

무질서와 혼돈으로 가득한 이 책방에 아주 약간의 질서를 찾아 주는 것도 나쁘지 않을 것 같았다. 서가 사이를 돌아다니다 책을 뽑아내고, 먼지를 털고, 책의 상태를 살폈다. 책꽂이가 조금씩 정리되어 가는 모습이 어쩐지 뿌듯했다.

구석의 책꽂이에서 막 책을 뽑아내는데 '야옹' 고양이의 울음소리가 들렸다. 아까부터 국도가 나온 지도책을 찾고 있던 할아버지가 드디어 책을 찾았나 보다, 생각하며 담희는 서둘러 계산대로 향했다.

"어!"

계산대 앞에 도하가 서 있었다.

"점심 먹었어요?"

담희를 보자마자 도하가 활짝 웃으며 말했다.

"어쩐 일이에요?"

"현장 갔다 사무실 들어가는 길에 들렀어요. 점심이나 먹고 갈까 하고. 아! 식당 아니고 책방인 거 알아요. 그래서 점심도 사 왔어요."

종이 가방을 살짝 들어 보이며 도하가 말했다. 넉살 좋은 도하의 웃음에 담희는 덩달아 빙그레 미소를 지으며 시계를 올려다보았다. 어느새 점심시간이었다.

뒤뜰의 작은 벤치는 둘이 앉기에 딱 좋았다.

도하는 초밥 도시락의 뚜껑을 여는 담희를 조심스러운 눈길로 바라보았다. 그녀의 눈동자에 슬며시 미소가 어렸다. 다행이다. 초밥을 좋아하는 모양이었다.

"이거 사 오려고 알레르기니 생선이니 물어본 거예요?"

"현장 근처에 굉장히 유명한 일식집이 있거든요."

담희에게 나무젓가락을 떼서 건네며 별거 아닌 척 도하가 대답했다. 사실은 초밥을 사기 위해 인터넷으로 맛집 검색을 열심히 했던 건 말하지 않았다.

도하는 현장에 같이 나간 직장 선배에게 어떤 도시락을 사가는 게 좋을지 물어봤었다.

사무실의 유일한 여자 기사인 조 과장은 무심히 지적도와 현장을 비교하며 대답했다.

'여자 친구? 그럼 깔끔한 걸로. 초밥 같은 거 좋아. 생선을 못 먹는 게 아니면 좋아할걸.'

'생선 못 먹으려나.'

혼잣말하는 도하를 곁눈질로 흘깃 쳐다보던 조 과장이 놀란 눈으로 물었다.

'진짜 여자 친구야? 유 기사 애인 있었어?'
'애인이면 좋겠는데, 아직 거기까진 아니고요.'
'하, 우리의 공공재 유 기사의 마음을 흔들고 있는 운 좋은 여자가 누구야?'

조 과장의 말에 도하는 멋쩍게 웃었다.

'어떤 여자든 나보다 별로면 실격이야. 알지?'
'조 과장님만큼 멋진 분 찾기는 쉽지 않은데…….'

도하의 말에 조 과장은 피식 웃었다.

'그런 말은 우리 남편이 해 줘야 하는 건데. 공연한 말로 유부녀 마음 흔들지 말고 가서 동선 확인 좀 해. 입구 내기가 쉽지 않겠다.'
'네.'
'오늘은 민 주임이랑 퇴근하고 술 퍼야 할 것 같으니, 일 빨리 끝내자고.'

경리과 여직원인 민 주임은 유도하의 비공식 팬클럽 회장이었다. 회원이라곤 아침마다 음료를 배달하는 아주머니와 사무실 청소를 해 주는 아주머니가 다였지만, 민 주임은 회사에 여직원을 더 뽑으면 회원도 늘어날 거라고 웃으며 말했었다.

조 과장의 농담에 도하는 웃으며 빈 터를 돌아 도로로 나왔다. 그러곤 담희에게 문자를 보냈었다.

생선살이 지나치게 두툼해 한입에 넣기에 좀 커 보인다 싶었는데 담희는 그 커다란 초밥을 한입에 밀어 넣고 오물거렸다. 도하는 양 볼이 빵빵해진 채 초밥을 먹는 담희를 보며 자기도 모르게 미소를 지었다.

자신을 바라보며 웃고 있는 도하를 담희가 '왜요?' 하고 묻듯 쳐다보았다. 너무 실없이 그녀를 쳐다보고 있었던 것 같아서 도하는 재빨리 말을 돌렸다.

"여기, 좋네요. 책방 안에 이런 뒤뜰이 있는 줄 몰랐어요."

입안의 초밥을 우물우물 급하게 씹어 삼킨 담희가 주변을 휙 둘러보더니 고개를 끄덕였다.

"할머니 살아 계실 땐 정말 예뻤어요. 저기 담벼락 아래 보이세요? 무화과나무예요. 할아버지가 할머니를 위해서 심어 주셨는데, 쟤만 멀쩡하고 나머지는 그냥 잡초 밭이 되어 가는 중이에요."

아닌 게 아니라, 담장을 따라 만들어진 화단은 온갖 잡풀이 멋대로 자랐다가 가을이 되어 노랗게 시들어 가는 중이었다. 하지만 담벼락 곁에 새초롬히 선 무화과나무는 건강해 보였다.

바닥에 깔린 자잘한 돌멩이들도 예뻤고, 창고 벽을 감싸고 있는 담쟁이넝쿨도 운치가 있었다. 도심 한복판에서 보기 쉽지 않은 공간이었다.

"저건 포도나무인가요?"

무화과나무 곁에 넝쿨대가 있었다. 시든 잎새를 달고 선 덩굴이 구불구불 넝쿨 대를 감고 있었다.

"아, 청포도 나무예요. 나 어릴 적엔 여름마다 열렸는데, 할머니가 떠나고 나서는 잘 안 열린대요."

"할머니가 여기를 굉장히 아끼셨나 봐요."

"할아버지가 책을 사랑하는 만큼 할머니는 정원을 사랑하셨어요. 매일 나란히 가게로 출근해서 할아버지는 책방에, 할머니는 정원에서 시간을 보냈어요. 가끔 한가할 때 할아버지는 할머니의 정원에 앉아 저에게 책을 읽어 주셨어요."

추억을 되새기는 듯 담희의 눈가에 흐린 미소가 어렸다. 그 눈빛이 도하의 심장을 살짝 흔들었다.

"멋진…… 할아버지시네요."

담희의 눈동자에서 눈을 떼지 못한 채 도하가 막연히 중얼거렸다.

"하하. 그런데 할아버지는 책을 정말정말 졸리게 읽으셨어요. 단조롭고 느리게. 할아버지가 책을 읽어 주면 저는 거의 항상 꾸벅꾸벅 졸았어요. 도하 씨 조부모님은 어떠세요?"

"네? 아! 저희 조부모님!"

넋 놓고 담희를 바라보던 도하는 담희의 시선에 화들짝 정신을 차렸다. 담희가 왜 저러나, 하는 표정으로 자신을 바라보자 도하는 짧게 헛기침을 하며 대답했다.

"할아버지는 아버지 어릴 때 돌아가셨어요. 할머니는 제가 어릴 때 돌아가셨고요. 외조부모님은 해외에 계세요. 별로 뵌

적도 없어요."

"아……."

담희가 무슨 말을 해야 할지 몰라 하는 걸 보며 도하는 대수롭지 않게 웃었다.

"어릴 때는 명절에 할아버지 댁에 가는 친구들이 부럽기도 했는데, 사실 조부모님과의 추억이 없으니 그다지 별다른 감정은 없어요. 형들은 가끔 할머니 이야기를 하는데 전 너무 어릴 때 일이라 그런지 기억이 없어요."

"형들?"

"아, 형이 둘 있어요. 삼 형제."

담희는 고개를 끄덕이며 초밥을 먹었다.

"영화 좋아해요?"

도시락을 다 먹고 빈 종이 그릇을 챙기며 도하가 물었다.

"아마도 그럴걸요."

"그럴걸요?"

"영화관에 가 본 지 백만 년쯤 돼서 영화를 좋아하는지 잘 모르겠어요."

도하가 쳐다보자 담희는 장난스레 웃으며 대답했다. 가늘어지는 눈매와 귀엽게 당겨지는 입매. 그녀는 자신이 웃을 때 얼마나 예쁜지 알까?

"주말에 영화 볼까요?"

따라 웃고 싶어지는 얼굴을 보며 도하가 물었다.

"흠. 안 되겠네요. 책방을 비울 수가 없어요."

"책방 몇 시에 끝나요?"

"글쎄요. 9시쯤?"

끝나고 영화를 보자고 하면 못 볼 것도 없을 것 같은데, 생각했지만 도하는 더 말하지 않았다.
"잘 먹었어요. 고마……워……요."
인사를 하던 담희가 말꼬리를 늘이며 주변을 돌아보았다.
"왜요?"
"아, 아니에요, 아무것도. 사무실 들어가 보셔야죠?"
"하하. 밥 먹자마자 쫓아내는 건가요?"
"아, 아니……."
당황하는 모습이 재밌었다.
결혼식장에서 집 이야기를 하는 모습을 볼 때만 해도 조용하고 차분한 여자구나, 생각했었는데 그녀는 알면 알수록 명랑하고 유쾌했다. 금방 밖으로 드러나는 감정과 잘 웃는 모습 때문인지 도하는 그녀와 같이 있으면 기분이 좋아졌다.
"커피 마실래요?"
담희가 앞장서 미닫이문을 나가며 물었다.
"좋죠."
빨리 회사로 돌아가야 했지만 도하는 웃으며 대답했다. 야근이라도 해야지, 뭐. 담희와 시간을 조금 더 보내는 대가로 야근쯤은 얼마든지 할 수 있었다.

뭔가 아쉬운 표정으로 떠나는 도하에게 담희는 웃으며 손을 흔들었다. 도하의 차가 멀어져 모퉁이를 돌아서 사라지자 담희가 조그맣게 중얼거렸다.
"이러다 공주병 걸리겠네."
도하가 자신에게 호감을 보이고 있다는 건 알 수 있었다. 그런데 대체 왜? 사람이 사람에게 호감을 느끼는 데에는 이유가 없다지만, 그것도 뭔가 정신적인 교감 같은 게 있을 때나 가능한 거 아닌가? 아직 몇 번 만나지도 못한 도하와 자신 사이에 무슨 교감이 있었던 걸까? 생각하며 담희는 갸웃 고개를 기울였다.

"괜찮아 보이는데?"

갑작스러운 목소리에 돌아보자 카페 주인 채린이 야외 테라스 테이블에 턱을 괴고 앉아 있었다.

"아, 안녕하세요?"

"전에 그 남자지? 소개팅."

카페에서 소개팅할 때 카운터에 앉아 있던 채린이 도하를 기억하는 모양이었다.

"네."

"삶이 잔잔한 호수 같겠네. 저 남자랑 살면."

채린의 말에 담희가 그녀를 쳐다보았다. 채린은 어깨를 으쓱하더니 중얼거리듯 말을 이었다.

"책방 아가씨랑 잘 어울려. 나도 저런 남자를 만났어야 했는데."

담희는 뭐라고 대꾸해야 할지 몰라 그냥 어색하게 웃었다.

"아, 맞다. 이거."

채린이 테이블 위에 내려놓은 작은 손지갑에서 엽서 한 장을 꺼냈다. 담희가 다가가자 채린이 엽서를 건넸다.

"이틀 전에 책방 우편함 아래 떨어져 있는 걸 울 집 꼬맹이가 주워 왔더라고. 건네준다고 하다가 깜박했어요. 미안."

할아버지의 엽서였다.

"고맙습니다."
담희는 엽서를 받아 들고 책방으로 돌아왔다.

「우리나라는 하늘가 북쪽에 있고 이곳 남의 나라는 땅끝 서쪽.
예나 지금이나 기러기는 없지만 그래도 우체부는 있구나.
걱정 마라. 잘 지낸다. 명사산엔 정말로 모래 우는 소리가 들리는 구나.」

꼼꼼하고 반듯한 할아버지의 글씨체였다.
엽서를 뒤집어 보았다. 높은 절벽에 하늘로 날개를 뻗친 기와가 층층이 쌓인 건물 사진이었다. 엽서 가장자리에 중국 돈황 막고굴이라고 적혀 있었다.
"중국?"
담희는 할아버지의 엽서 내용을 다시 한 번 읽어 보다, 불쑥 예전에 할아버지가 가끔 읊어 주던 글귀가 떠올랐다.

'우리나라는 하늘가 북쪽에 있고 이곳 남의 나라는 땅끝 서쪽. 해 아래 남방에는 기러기 없으니, 누가 나를 계림으로 전해 주랴.'

틀리지 않다면 왕오천축국전에 나오는 글귀였다.
담희가 어릴 때 할아버지는 가끔 고전 시가나 한시 같은 것들을 읊어 주셨었다. '얄리얄리 얄라셩'이라든가 '어긔야 어강도리' 같은 후렴구 때문에 어린 담희는 그게 무슨 주문인 줄 알고 뜻도 모른 채 따라 외우기도 했었다. 덕분에 담희의 고전 문학

성적은 꽤 좋은 편이었다.

아까 할아버지가 전화로 '지금은 태국'이라고 하시더니, 그럼 그 전엔 중국에 계셨던 건가? 담희는 엽서를 앞뒤로 뒤집어 보며 갸웃 고개를 기울였다. 뒤늦게 배낭여행이라도 하시는 건가?

엽서를 들여다보며 생각에 잠겨 있던 담희는 불쑥 고개를 들었다. 텅 빈 책방에 누군가 있는 것 같은 기분이 들었던 것이다. 아까 도하가 영화를 보자고 할 때도 느껴졌던 느낌이었다.

누군가 자신을 보고 있는 것 같은 막연한 느낌. 담희는 천천히 주변을 둘러보았다. 텅 빈 책방엔 아무도 없었다. 하지만 어쩐지 공기가 움직이는 것 같았다. 볼 수는 없었지만 희미하게 공기가 흔들리는 걸 분명 느낄 수 있었다.

누군가 있는 것 같던 느낌은 불쑥 나타났던 것처럼 순식간에 사라졌다.

담희는 조용한 책방을 천천히 둘러보다 가볍게 고개를 저었다. 착각이었나? 텅 빈 책방은 언제나처럼 따뜻하고 조용하기만 했다.

"누나, 나도 사탕 줘요?"

지구가 책갈피를 내밀며 물었다.

노트북으로 어제 일부 완성해서 보낸 교육용 프로그램의 수정안을 확인하던 담희는 지구가 내미는 책갈피를 받아 들었다.

"꼬맹이는 이거 찾으면 사탕 주던데. 나도 줘요."

나름 애교랍시고 활짝 미소까지 지어 가며 지구가 말했다. 담희는 피식 웃으며 홍삼 캔디를 지구의 손안에 쥐여 주었다.

"먹고 힘내서 중간고사 잘 봐!"

"이런 거 말고 달달한 걸로……. 아얏!"

말하던 지구가 몸을 뒤틀었다. 막 들어서던 묘랑이 지구의 등짝을 퍽 소리 나게 때렸던 것이다.

"빈대. 공짜로 책 읽는 걸로 모자라 먹을 걸 뺏냐!"

"아, 아파! 진짜 악당이냐!"

"네가 악당이지. 이 언니 착한 거 같으니까 아주 별걸 다 뜯어 먹으려 들지?"

"그런 거 아니거든. 그냥 농담 해 본 거거든."

지구의 말을 무시하며 묘랑은 담희에게 팝콘 봉지를 내밀었다.

"드세요. 나중에."

"팝콘?"

"드실 일 생길 거예요."

슬며시 팝콘 봉지로 손을 뻗는 지구의 손등을 찰싹 때리며 묘랑이 대답했다.

"아얏! 심술 마녀!"

"넌 오늘 열심히 공부하지 않으면 중간고사 재미없을걸."

"아, 진짜. 손 더럽게 매워."

지구는 짜증스럽게 인상을 구기며 책방 구석에 던져뒀던 가방을 집어 들었다.

"지구야!"

가방을 메는 지구를 담희가 불렀다. 지구가 돌아보자 담희가 막대 사탕을 던졌다. 얼떨결에 사탕을 받아 든 그가 히죽 미소를 지었다. 볼 끝에 얼룩진 여드름 자국이 마치 보조개처럼 웃음을 따라 밀렸다.

"갈게요. 아, 그 책갈피 뭔가 적혀 있어요. 낙서."

그러곤 문을 닫고 사라졌다. 담희는 지구가 건넨 책갈피를 내려다보았다.

「기억이 존재라면 잊혀진다는 건 뭘까.」

사인펜으로 작게 흘려 쓴 글씨였다. 물끄러미 글씨를 들여다 보는 담희 곁에서 묘랑이 같이 책갈피를 들여다보았다.

"잊혀진다는 건 소멸인가?"

묘랑이 조그맣게 속삭이다 담희의 시선을 느낀 듯 가볍게 어깨를 으쓱했다. 그러곤 책꽂이 사이로 들어가 버렸다.

"소멸이라. 슬프네, 어쩐지."

흠, 작게 숨을 뱉으며 중얼거린 담희는 책갈피를 가만 들여 다보다 서랍 안에 밀어 넣었다.

오픈 카페테라스는 저녁이 되니 조금 서늘했다. 채운은 그 차가운 공기를 깊이 들이마셨다. 폐 속으로 빨려 들어가는 공기가 눈에 보이는 것 같았다.

"무슨 일 있어?"

채린이 채운의 옆자리에 와서 앉으며 물었다. 채운은 대답 대신 쥐고 있던 책으로 눈을 돌렸다.

"책 읽는 척이라면 관둬. 아까부터 그냥 들고만 있는 거 아니까."

"집에 안 가? 모린이 기다리잖아."

"할머니 집에 갔어. 조금 이따 이쪽으로 올 거야."

채린이 대답하며 마침 책방 앞에 멈춰 서는 자동차를 바라보았다.

"자주 오네, 저 총각."

채린의 중얼거림에 채운의 시선이 자동차에 가서 멈췄다. 도롯가에 멈춰 선 차에서 훤칠한 남자가 내리더니 뭔가를 챙겨 책방으로 들어갔다.

"책방 아가씨랑 잘되면 좋겠는데. 착하고 선하게 생겼어."

"기생오래비."

"뭐?"

채린이 의아한 눈으로 채운을 쳐다보았지만 채운은 못 들은 척 책으로 시선을 옮겼다. 그 모습을 가만히 바라보던 채린이 책을 슬며시 끌어 내렸다.

"왜."

"무슨 일 있냐고."

"무슨 일?"

"종일 책방만 쳐다보고 앉았잖아. 미친놈처럼 실실거리다, 빡빡 인상 쓰다 다채로운 표정 변화를 보여 주면서."

"내가?"

채운의 되물음에 채린이 눈썹을 끌어 올리며 하, 짧게 코웃음을 쳤다.

"내가 널 몰랐다면 책방 아가씨한테 관심 있는 줄 알았을 거야."

"말도 안 되는 소릴!"

"그래, 말 안 되지. 너같이 무심한 놈이 다른 사람한테 관.심. 있을 리 없으니까. 화란이 아니면 누가 네 곁에 붙어 있겠니?"

화란의 이름이 나오자 채운이 설핏 인상을 찡그렸다. 그의 여자 친구라 알려진 구화란. 채운은 불만스레 혀를 차며 책방을 쳐다보았다. 책방 창문으로 불빛이 흘러나와 도로에 노랗게 빛의 웅덩이를 만들고 있었다.

"책방 아가씨 못살게 굴지 마. 순진하고 여려 보이던데."

"그렇게 여리지도 않아."

채운은 자신의 책을 옹호하며 한 마디도 지지 않고 소리치던 담희를 떠올리며 무의식적으로 대답했다. 그 모습을 떠올리자 어쩐지 또다시 웃음이 났다.

《사막의 밤 고양이》는 쓰는 내내 힘들었었다. 이상하게 그런 글이 있다. 이야기는 머릿속에 가득 차 있는데, 도통 글로 만들어지지 않는.

힘들게 쓴 글이라 그런지 이번 이야기는 자신이 없었다. 채운 자신이 꼭 하고 싶은 이야기이긴 했지만, 다른 사람들도 이 이야기를 좋아할지 확신이 없었다.

물론 출판사에서는 이번 이야기도 마음에 들어 했고, 시장 반응 역시 좋은 것 같았다. 하지만 채운은 이미 대중적으로 유명해진 베스트셀러 작가가 쓴 글에 대한 의례적인 찬사가 아닌가 하는 의심이 들었었다.

그래서 물었다. 마트에서 담희를 만났을 때, 자신의 책에 대해. 그녀의 반응이 정말로 궁금했다.

그녀의 열정적인 반응에 채운은 간지러운 입가를 진정시키느라 애를 먹었다. 그녀의 말을 듣고 있자니 자신이 다시없는 최고의 글을 쓴 것 같은 기분마저 들었었다.

"의심스럽네. 대체 뭘까? 근 10년 내에 처음 보는 얼굴이야, 너."

채린의 말에 채운이 슬며시 퍼져 가던 미소를 거두며 책을 집어 들었다.

"모처럼 사람 같아 보이니 좋긴 한데, 한편으론 좀 무섭기도 하네. 미친 거 아닌가 싶어서."

"누나란 사람이 말하는 거하곤."

"동생이란 놈이 동생 같아야 말이지. 그나저나 꼬맹이 올 때가 된 것 같은데."

채린이 시간을 확인하며 카페 안으로 들어갔다. 그러고 보니 어느새 9시가 다 되어 가는 시간이었다. 채운은 들고 있는 책 너머로 흘깃 책방을 쳐다보았다.

기생오래비 놈은 착해 보이긴 했다. 자신이 봐도 성실하고 반듯해 보였다. 괜찮은 남자인 것도 알겠고, 좋은 신랑감으로도 보였다.

그래도 마음에 들지 않았다. 자신의 팬에게 남자 친구가 생긴다고 해서 자신이 기분 나쁠 일이 뭐가 있지? 싶으면서도 그냥 기분이 별로였다.

"쯧."

스스로가 어이없어 혀를 차면서도 채운은 책방에서 시선을 떼지 못했다.

❋

어둠이 내린 뒤뜰, 창고 벽에 아름다운 영상이 펼쳐졌다.

'영화 봅시다.'

도하가 책방 문을 밀고 들어서며 말할 때만 해도 담희는 '늦은 시간에 무슨 영화?'라고 생각했었다.
도하가 기대하라는 듯한 표정으로 들고 온 가방에서 휴대용 프로젝터와 노트북을 꺼내는 걸 본 담희는 그저 웃을 수밖에 없었다.
도하는 가져온 프로젝터와 노트북을 연결해 뒤뜰 창고 벽을 스크린 삼아 화면을 띄운 후 화면이 잘 보이게 벤치를 옮겼다.
"뭘 좋아할지 몰라 요즘 인기 있는 영화 몇 편을 담아 왔어요. 골라 봐요."
요즘 인기 있다고 소문난 영화라고 해도 그 소식을 접할 길 없었던 담희는 일단 부담 없어 보이는 코미디 영화를 골랐다.
"이런 방법은 어떻게 생각해 낸 거예요?"
"궁하면 통하는 법이죠."
싱긋 웃으며 도하가 대답했다.
"아. 맞다!"
그런 그를 바라보던 담희가 작게 외치며 책방 카운터로 통통 뛰어갔다. 그러곤 팝콘 봉지를 들고 돌아왔다.
"오늘 영화 볼 줄 알았어요?"
도하가 묻자 담희는 가볍게 어깨를 으쓱해 보였다.

"저는 몰랐지만, 제 운세는 그랬나 봐요."

"무슨······?"

"그런 게 있어요."

담희는 웃으며 팝콘 봉지를 뜯었다.

둘은 책방으로 통하는 미닫이문을 활짝 열어 놓고 벤치에 나란히 앉아 영화를 보았다. 어둠이 내린 뒤뜰은 조용했고, 적당히 선선했다. 음악 소리와 배우들의 목소리가 명랑하게 뒤뜰 위를 뛰어다녔다.

영화를 보며 하하 웃는 도하를 담희는 슬쩍 바라보았다. 그는 알면 알수록 좋은 사람 같았다. 친구로선 더할 나위 없었고, 친구보다 더한 관계로선 더더욱 좋아 보였다. 잔잔한 호수 같은 삶이 뭔지, 그를 보고 있으면 한눈에 그려졌다.

함께 밥을 먹고, 가끔은 영화를 보고, 이렇게 팝콘을 나눠 먹는 일상. 내일 당장 무슨 일이 일어날지 두근대는 건 없어도, 팔딱팔딱 날뛰는 하루는 없어도, 서로의 수다로 편안히 하루를 마무리하는 일상. 그거야말로 모두가 바라는 일상일 터였다.

"재미없어요?"

문득 도하가 물었다.

"네?"

"딴생각하는 것 같아서······."

"아, 아니······. 그냥······."

담희는 어색하게 웃었다. 그와 함께하는 삶에 관해 생각해 보던 중이라고 말할 수는 없었다. 도하가 담희의 속을 들여다 보기라도 하듯 가만히 그녀를 바라보았다.

그때 '야옹' 책방에서 고양이 울음소리가 들렸다.

"잠시만요. 손님이⋯⋯."

담희는 도하의 눈길을 피해 서둘러 책방으로 들어갔다.

"아, 안녕하세요?"

책방 계산대 앞에 채운이 서 있었다. 그는 담희가 나온 뒤뜰의 미닫이문을 흘깃 바라보고는 그녀의 표정을 살피듯 가만히 내려다보았다.

아니, 인사를 받아 주는 것도 아니고, 책을 계산하는 것도 아니고, 왜 자신만 빤히 바라만 보고 있는 건지 담희는 알 수가 없었다.

"저기요. 무슨 일이시죠?"

"아, 이거."

담희가 슬쩍 인상을 찡그리며 묻자 채운은 문득 생각났다는 듯 책을 내밀었다. 《사막의 밤 고양이》새 책이었다.

"이거 뭐요? 파시려고요?"

채운은 말없이 책의 첫 장을 넘겨서 담희 앞에 내밀었다. 책의 속지에 서명이 되어 있었다.

「담희 씨에게. - 채현」

담희는 그 글씨를 말없이 빤히 바라보았다. 글자 한 자 한 자 반듯하고 힘이 넘쳤다.

"이게 뭐죠?"

"보는 그대로."

"이거, 어디서 났어요? 이거 진짜예요?"

담희의 눈동자가 점점 커지고 있었다. 채운은 가볍게 어깨를 으쓱해 보였다. 이게 진짜 채현 작가 친필 사인이라고? 그것도 자신의 이름으로 된?

"채현 작가를 아는 거예요?"

담희가 조심스러운 목소리로 물었다.

"압니다. 잘."

"정말요? 정말로 정말요? 아, 맞다. 글 쓰신다더니, 그래서 아시는 건가? 아니, 잠깐만! 채현 작가한테 제 얘길 했어요?"

담희가 입을 딱 벌리더니 채운을 뚫어질 듯 쳐다보았다. 채운은 어깨를 으쓱해 보일 뿐 달리 말이 없었다. 그러거나 말거나 담희는 별로 개의치 않았다. 그의 어깻짓은 무언의 긍정이란 걸 본능적으로 깨달았기 때문이다.

"특별히 사인을 받아 오신 거네요, 그러니까."

"아마도."

채운의 대답에 담희의 얼굴에 배시시 웃음이 번졌다.

"우와. 우와. 정말로 우와."

발그레 홍조 띤 얼굴로 뭔가 알 수 없는 말을 혼자 중얼중얼거리던 담희가 갑자기 채운을 올려다보더니 진지한 목소리 말했다.

"고마워요. 채현 작가에 대해 나쁘게 말한 거 다 용서해 드릴게요."

채운은 삐딱하게 웃으며 고개를 끄덕였다.

"담희 씨?"

도하가 미닫이문 앞에 서서 그녀를 불렀다. 아주 잠깐 사이 그의 존재를 까맣게 잊었던 담희는 화들짝 놀라 그를 돌아보았다.

"아, 미안해요. 손님 때문에."

흥분으로 발갛게 상기된 담희의 표정에 도하는 채운을 쳐다보았다. 채운이 자신을 삐딱한 표정으로 쳐다보고 있었다.

뭐지? 이 남잔? 정확히 꼬집어 말할 순 없었지만, 뭔가 있었다, 둘 사이에. 단순한 손님과 주인 사이보다 좀 더 친밀한 어떤 느낌.

도하는 어쩐지 심장이 덜컹 주저앉는 기분이었다.

4.

"나 영화 볼 줄 어떻게 알았어?"

책 무더기에서 가볍게 보기 좋은 얇은 책들을 골라내며 담희가 물었다.

"영화요?"

발판을 가져다 놓고 책장 높은 곳의 책들을 살펴보고 있던 묘랑이 무심히 되물었다.

"팝콘. 그래서 가져온 거 아니야?"

"아, 팝콘. 그냥 목화송이 몽글거리는 이미지가 떠올라서 가져온 것뿐이에요. 영화 봤어요?"

"목화송이?"

"책방을 생각하며 카드를 한 장 뽑았더니, 불쑥 활짝 핀 목화밭이 펼쳐지잖아요, 눈앞에. 정작 뽑은 카드는 운명의 수레바퀴였는데. 그래서 팝콘 사 온 거예요. 아마도 드실 일 있을 것 같아서."

"카드? 타로 카드?"

담희가 묘랑을 올려다보며 물었다.

"네. 아침에 일어나면 그냥 심심풀이로 한 장씩 뽑아 봐요. 재능이 있는 건지 감이 좋은 건지 잘 맞아요, 그럭저럭."

별것 아니라는 듯 대답하는 묘랑을 보며 담희는 풋, 웃었다. 무슨 재능이 얼마나 좋으면 카드 한 장 뽑았다고 눈앞에 목화밭이 펼쳐지고, 목화밭에서 팝콘을 연상해 내는 걸까?

"그럭저럭이 아닌 것 같아."

"어쩌면 그럭저럭보다는 조금 더 잘 맞을지도 몰라요. 어릴 때부터 제가 찍기 신동이었거든요."

묘랑이 대수롭잖은 말투로 대답했다. 담희는 하하, 웃으며 골라낸 책들을 넓은 바구니에 담았다. 그러곤 '한 권, 오백 원'이라고 쓴 엽서를 붙여 열어 놓은 입구 문 앞에 가져다 둔 의자 위에 내려놓았다.

"손님을 늘려 보시게요?"

"그냥. 잊혀서 다시 찾지 않는 책이 되는 건 좀 슬프니까. 이러면 지나가는 사람 한 명쯤은 사서 읽어 보지 않을까? 그러다가 호기심에 책방에 들어와 볼 수도 있고."

담희의 대답에 묘랑은 발판에서 내려와 바구니로 다가갔다. 그러곤 책 제목들을 물끄러미 들여다보았다.

"내 운명의 책은 없네요."

중얼거리더니 이내 발판을 밀며 다른 책꽂이를 들여다보기 시작했다.

문가에 서서 쭈욱 기지개를 켜던 담희는 시끌시끌한 소리에 카페테라스를 쳐다보았다. 한 무리의 젊은이들이 모여 와글와글 떠들고 있었다.

저마다 다양한 카메라를 들고 사방을 손짓하는 모습으로 봐서는 어디 사진 동아리에서 출사라도 나온 모양이었다.

그러고 보니 오늘은 토요일이구나, 담희는 문득 깨달았다. 회사를 그만두고 난 이후로 요일 감각이 무뎌지고 있었다.

"지금부터 2시간 동안 각자 사진을 찍고 다시 여기로 모입시다. 이 주변 건물들은 다 예쁘니까, 멀리 가지 않으셔도 될 거예요."

카페테라스의 젊은이들이 즐거운 표정으로 자리에서 일어서더니 카페를 중심으로 사진을 찍기 시작했다.

담희는 문가에 기대선 채 사진 찍는 사람들을 구경했다. 셔터를 누르는 그 짧은 순간, 카메라 속 피사체처럼 얼음이 되는 사람들. 담희는 사진을 찍는 사람들의 모습이 카메라 속 사진보다 더 사진 같다는 생각이 들었다.

책방 계산대 위에 올려놓은 휴대폰의 진동 소리가 들렸다. 재빨리 책방으로 들어가 휴대폰을 확인했다. 도하였다.

"여보세요?"

- 책방에 놀러 갈 생각이었는데, 출장 가야 해요.

"네?"

- 하필!

뭔가 분한 듯 툴툴거리는 말투였다. 다짜고짜 불만 서린 말투로 투정을 부리는 도하가 나름 귀여워 담희는 조금 웃었다.

- 난 기분이 별론데 담희 씨는 웃네요.

"아, 미안해요. 그 회사는 주말도 없나 봐요."

― 지방 깊은 산골짜기에 노후를 위한 주택을 짓겠다는 분이 계신데, 주말밖에 시간이 안 된대요. 원래 다른 직원이 가기로 했던 일이라서, 놀러 갈 준비 다 해 놨는데. 그 직원이 어제 술 마시고 가로수 붙들고 축구를 했대요. 다리가 부러졌다나.

마치 주말 데이트 약속을 취소해야 하는 연인처럼 도하가 사정을 구구절절이 설명했다.

"깊은 산골짜기까지 가시려면 힘들겠어요."

― 날씨가 엄청 좋아서 담희 씨랑 놀 생각이었다고요. 책방에서. 온종일.

"하하하."

― 웃음소리가 좋긴 한데, 공연히 심술 나네요. 나 일한다니까 좋아하는 것 같아서.

"아니에요, 그런 거."

― 농담이에요. 아, 그리고…….

말을 해야 하나 말아야 하나 고민하듯 도하가 말꼬리를 끌었다.

― 음. 저기, 남자 손님들이랑 너무 친하게 지내지 말아요.

"네?"

― 그러니까, 이런 말 하는 거 웃긴 거 아는데, 담희 씨는 너무 순진해요.

"네?"

― 흠. 흠. 뭐 그렇다고요. 음…… 갔다 올게요.

불쑥 도하가 전화를 끊었다. 담희는 끊어진 전화기를 멀뚱히 들여다보았다.

"뭐라는 거야?"

중얼거리고 있는데, 카메라를 든 남녀 몇 명이 가게로 들어왔다.

"죄송한데, 책방 안에서 사진 좀 찍어도 될까요?"

커다란 카메라를 든 남자가 담희에게 공손히 물었다.

"네?"

전화기를 들여다보던 담희가 고개를 들었다. 남자가 쥐고 있던 카메라를 살짝 들어 보였다.

"아, 네, 네. 손님들께 방해되지 않게 조심만 해 주세요."

뒤늦게 그들의 말을 이해한 담희가 얼떨떨한 표정으로 고개를 끄덕였다. 카메라 동호회 젊은이들이 알겠습니다, 깍듯이 인사를 하고는 사진을 찍기 시작했다. 담희는 도하의 전화를 되새김질해 볼 겨를도 없이 카메라를 피해 계산대 뒤쪽으로 몸을 옮겼다.

※

다음 날 아침, 일요일을 맞아 담희는 공원으로 향했다.

오늘은 한 달에 한 번, 벼룩시장이 열리는 날이었다. 어제 오후에 놀러 온 모린이가 알려 준 소식이었다. 엄마와 벼룩시장에 가서 더 이상 가지고 놀지 않는 장난감을 팔기로 했다는 모린은 '돈 생기면 누나 사탕 백 개 사 줄게요.' 하고 들뜬 목소리로 약속을 했다.

사진 동호회 회원들이 다녀간 후 책방 분위기를 조금만 바꿔 볼까 생각하고 있던 담희는 벼룩시장에서 괜찮은 장식품이 있는지 살펴보고 싶어졌다.

사진을 찍던 사람들 중 한 명이 사진과 관련된 책을 사 가자, 책방을 사람들이 찾아와 보고 싶은 공간으로 만들면 책에 관심을 가지는 사람도 늘어나지 않을까? 하는 막연한 생각이 들었던 것이다. 그래서 어제 가게 문 앞에 '조금 늦게, 12시에 열어요.'라고 쓴 쪽지를 붙여 두고 퇴근했다.

 공원 중앙 광장으로 들어서자 벌써부터 간이 부스와 테이블들, 그리고 돗자리들이 한가득이었다. 넓었고, 참여한 사람들도 많았다.

'우린 좀 늦게 갈 거야.'

 어제 모린을 데리러 왔던 채린이 한 말로 봐서, 아직 모린이네는 와 있지 않을 터였다. 담희는 아직도 새것 같은 옷가지와 신발들, 가방과 장난감을 구경했다. 반질반질 윤이 나는 그릇도 있었고, 직접 담은 잼과 과일청도 있었다.

"어라!"

 수제 쿠키를 파는 테이블 앞에서 한 봉지 사 볼까 고민하던 담희의 눈에 누군가를 찾는 듯 주변을 두리번거리고 있는 남자의 뒷모습이 보였다. 채운이었다. 모린을 보러 온 걸까? 담희는 채운의 뒷모습을 바라보다 그에게로 다가갔다.

"안녕하세요?"

 담희의 인사에 채운이 휙 돌아섰다.

"모린이는 아마 아직 안 왔을걸요."

"압니다."

"아, 난 또. 누굴 찾는 것 같아서 모린이 찾는 줄 알고. 약속 있으신가 봐요."

"아니, 그냥. 음…… 산……책 중이랄까."

어정쩡하게 말을 끄는 채운을 보며 담희는 갸웃 고개를 기울였다. 평소대로라면 대답 대신 어깨를 으쓱하고 말았을 텐데. 평소의 그답지 않다 생각했지만, 중요한 건 그게 아니었다.

"저기, 물어보고 싶은 게 있는데요."

담희는 반짝거리는 눈으로 채운을 올려다보았다. 채운이 눈썹을 끌어 올리며 가볍게 고개를 끄덕였다. 얼른 물어보라는 듯.

"채현 작가요. 남자예요? 여자예요? 문장을 봐서는 분명 남자일 것 같긴 한데. 나이는 몇 살쯤? 많죠?"

담희의 물음에 채운이 어이없다는 듯 하, 헛웃음을 웃었다.

"아신다면서요. 친한 거 아니에요? 그러니까 막 나쁜 말도 하고, 서명 부탁도 하고 그런 거 아니에요?"

"아니, 나한테 궁금한 게 그겁니까? 채현 작가가 어떻게 생겼나 하는 것?"

"아……."

혹시 실례되는 질문이었나? 담희는 걱정스러운 표정으로 그를 바라보았다. 담희의 표정을 물끄러미 바라보던 채운이 짧게 한숨을 뱉었다.

"남자 맞아요. 젊은 남자."

낮은 목소리로 대답하던 채운이 갑자기 인상을 찡그리며 물었다.

"아니, 그런데 왜 나이 많은 남자라고 생각한 겁니까? 문체가 올드한가?"

"아뇨. 아뇨. 절대적으로 아뇨. 그냥. 세상을 보는 눈이 너무 깊어서. 그 정도 되려면 나이가 좀 있어야 되는 거 아닌가 하는 생각에."

담희의 대답에 채운이 피식 웃었다. 왜 웃는 거지? 담희가 멀뚱히 자신을 바라보고 있자 채운이 천천히 팔짱을 꼈다.

"그래서 다음은?"

"네?"

"더 궁금한 거 없습니까?"

"아……. 그러니까 지금 당장은…… 생각나는 게 없네요."

담희가 더듬더듬 대답하자 채운이 설핏 인상을 찡그렸다.

"흠. 결혼했는지, 애인은 있는지, 잘생겼는지, 뭐 그런 건 안 물어봅니까?"

"아니, 뭐. 그런 걸 알아서 뭐 하게요?"

채운의 물음에 담희가 눈을 깜박거리며 되물었다.

"남자냐, 여자냐. 젊냐, 늙었냐는 왜 물어본 겁니까? 그럼?"

"남자 문체길래 남자냐고 물어본 거고, 나이도 많지 않을까 하는 생각에 물어본 거죠. 기왕이면 젊은 작가면 좋겠다 싶기도 해서. 젊으면 앞으로도 새로운 이야기를 백만 권쯤 더 발표할 수 있을 테니까요."

담희의 대답에 채운이 웃음을 터트렸다. 날카롭던 눈매가 순식간에 부드러워지고, 고집스러워 보이던 입매가 섹시하게 당겨졌다.

맙소사. 담희는 순간 할 말을 잃었다. 저렇게 웃는 건 어쩐지 반칙 같았다. 상대를 무장 해제시키는 미소라니.

"구경 다 했습니까?"

웃음기 어린 목소리로 채운이 물었다.
"네? 아, 아니. 구경은 무슨⋯⋯."
채운을 넋 놓고 바라보던 담희는 그의 말의 의도를 미처 파악하지 못한 채 횡설수설 중얼거렸다. 채운이 벼룩시장이 열리고 있는 공원을 눈짓으로 가리켰다.
"아, 시장 구경! 아직이요."
"그럼⋯⋯ 같이 하죠, 구경."
"네?"
뜻밖의 말에 담희의 목소리가 화들짝 커졌다. 채운이 앞장서듯 성큼 걸음을 옮기다 담희를 돌아보았다. 얼른 따라오라는 듯 그의 눈빛이 담희를 재촉하고 있었다.

채운은 나란히 걷는 담희를 또다시 흘깃 곁눈질했다. 엄마 따라 시장 나온 꼬맹이처럼, 보는 것마다 호기심으로 팔딱거리는 그녀 때문에 여태 자신이 뭘 봤는지, 무슨 말을 했는지 하나도 기억이 나지 않았다.
어젯밤, 책방 앞에 붙어 있는 쪽지를 보며 채운은 그녀가 혹시 벼룩시장에 들를 생각인 건가, 하고 추측했었다. 1주일 전부터 모린이로부터 벼룩시장 이야기를 수도 없이 들었던 탓에 혹시나 하는 생각이 들었던 것이다.
뭐, 그렇다고 아침부터 벼룩시장에 와서 그녀를 만날 생각은 아니었다. 그런 생각을 한 적도 없었고, 그럴 이유도 없었다. 그럼에도 소풍 날 아침처럼, 꼭두새벽부터 눈이 떠졌다. 아침부터 햇살도 화창했고, 아침부터 공기도 상큼했다.
결국 채운은 그냥 자신의 추측이 맞았나 확인이나 해야지,

하는 마음으로 벼룩시장에 나왔다. 멀리서 살짝 그녀가 벼룩시장에 온 걸 확인만 하면 돌아갈 생각이었는데, 하필 그녀가 자신을 먼저 발견해 버리다니.

명랑하고 발랄한 목소리가 등 뒤에서 '안녕하세요?' 말을 걸던 그 순간, 채운은 누군가 심장을 확 움켜쥐는 것 같은 낯선 감각을 느꼈다.

"모린이는 뭘 좋아해요?"

장난감을 한가득 펼쳐 놓은 돗자리 앞에 멈춰 선 담희가 자신을 올려다보고 있었다. 그녀의 머리 위로 부서지는 햇살을 넋 놓고 바라보던 채운은 갑작스러운 질문에 멈칫하더니 인상을 찡그렸다. 이 아가씨가 대체 뭘 물어본 거지?

"뭐야? 몰라요? 무슨 삼촌이 이렇게 무관심해요? 멀리도 아니고 근처에 살면서."

그가 인상을 찡그리는 이유를 오해한 듯 담희가 가볍게 고개를 저으며 중얼거렸다.

"삼촌이 아빠도 아니고."

삼촌 이야길 하는 걸 보니 대충 모린이 이야기인 듯해 채운은 무심한 척 대충 대답했다. 담희가 그럴 줄 알았다는 듯한 표정으로 조그맣게 어려하실까, 중얼거리더니 늘어놓은 장난감들 사이에서 변신합체 로봇을 집어 들었다.

"로봇을 좋아하려나······."

잠깐 심각하게 들여다보던 담희가 판매하는 아이 엄마에게 양해를 구하더니 낑낑거리며 로봇을 변신시키기 시작했다. 미간에 잡힌 주름과 고민하듯 살짝 내민 입술. 그녀의 얼굴 표정을 바라보던 채운은 자신도 모르게 피식 작게 웃었다.

"제가 변신시켜 드릴까요?"

장난감 앞에 앉아 있던 남자아이가 담희의 서툰 손동작을 불안하게 바라보더니 조용히 물었다.

"아, 정말?"

담희가 로봇을 내밀자 남자아이가 뚝딱 로봇을 자동차로 변신시켜서 내밀었다.

"와!"

담희는 변신한 자동차가 신기한지 눈을 동그랗게 뜬 채 이리저리 뒤집어 보았다.

"어떻게 이렇게 변신이 되지? 요즘 장난감 정말 잘 만들지 않아요?"

담희가 채운을 향해 자동차를 들어 보였다. 채운은 그 자동차보다 자동차를 든 채 반짝거리는 눈으로 자신을 바라보는 담희가 더 눈에 들어왔다.

그녀의 얼굴 가득 생기가 넘쳐흐르고 있었다. 그가 대답하지 않을 걸 알고 있었다는 듯 담희는 가볍게 어깨를 으쓱하더니 변신 로봇의 가격을 물어보았다.

로봇을 샀는지 비닐 봉투를 건네받은 담희가 채운을 향해 물었다.

"뭣 좀 마실까요?"

그녀의 시선이 근처의 생과일 주스를 파는 트럭을 향하고 있었다.

"스트로베리 바나나."

트럭으로 걸음을 옮기며 채운이 무뚝뚝하게 대답했다.

"나도 그거 좋아해요. 스트로베리 바나나 주스 두 개 주세요."

트럭으로 앞장서서 걸어간 담희가 자신을 쳐다보며 활짝 웃더니 재빨리 주문을 했다.

"내가 먼저 말했으니 계산은 내가."

"그런 게 어딨어요? 내가 마시자고 했잖아요."

쇼핑백 속으로 들어가 버린 지갑을 찾느라 버벅이던 담희는 이미 돈을 건네고 있는 채운을 쳐다보며 말했다.

"억울하면 다음에 사든가."

채운은 삐딱하게 웃으며 대답했다. 담희가 불퉁한 표정으로 그를 바라보고 있더니, 고개를 끄덕였다.

"억울하진 않지만, 다음에 살게요. 꼭!"

채운은 슬며시 삐져나오는 웃음을 참느라 고개를 돌렸다. 그녀는 어쩐지 자꾸만 그를 웃게 만들었다.

"음, 여자 친구랑은 화해하셨어요?"

음료수를 건네받고는 담희가 불쑥 물었다. 채운은 설핏 인상을 찡그렸다.

여자 친구? 화란이? 그 여자 얘길 지금 왜 꺼내는 거지?

"글쎄 뭐. 그쪽이야말로 기생, 아니 애인이랑 잘돼 가요?"

"애인? 아, 도하 씨? 음. 글쎄 뭐."

그녀가 부정하지 않았다, 애인이란 말을. 채운은 곁눈질로 담희를 쳐다보았다. 그녀는 미간에 작은 주름을 잡으며 빨대로 음료수를 휘휘 젓고 있었다.

벌써 애인 사이까지 발전하진 않았을 터였다. 그런데 부정하지 않는 건 뭐지? 어느 정도는 그쪽에 마음을 두고 있다는 건가?

채운은 어쩐지 폐 안쪽에 안개가 낀 것 같은 기분이 들었다.

숨쉬기가 막막한 기분을 억지로 삼키며 채운은 음료수를 들이켰다. 이 발랄한 아가씨가 결국 자신을 쥐고 흔들기 시작했구나, 싶었다.

아침 내내 담희와 벼룩시장을 돌아다니며 예상치 못했던 그녀의 대답이나, 불쑥불쑥 감정이 드러나는 눈망울, 같이 있으면 모두 다 잘 될 것 같은 낙천적인 분위기 같은 것들이 자꾸만 자신을 흔들고 있다는 걸 그는 막연히 느끼고 있었다.

하지만 지금 밍밍하게 아무런 맛도 느껴지지 않는 음료수를 억지로 삼키며 그는 확실히 깨달았다. 자신의 심장이 이미 멋대로 파도에 휩쓸리고 있었다는 것을. 그래서 이대로 가다간 정말로 모든 게 엉망진창이 되리라는 것을.

※

담희는 오전 내내 노트북을 들여다보며 프로그램을 짰다. 월요일 오전이라 그런지 손님도 없이 한가했다. 평소에도 그렇게 손님이 많은 책방은 아니었지만, 오늘은 정말이지 아무도 없었다.

매일 출근 도장이라도 찍듯, 아침이면 일없이 책방 안을 한 바퀴 돌고 가는 동네 할아버지도, 오며 가며 한 번씩 들러 자신의 문학 열정을 쏟아 놓고 가는 중년 아주머니도 오늘은 오지 않았다.

담희는 그 둘을 산책 할아버지와 문학 아주머니라고 불렀다. 책방을 산책 코스 삼아 한 바퀴 돌고 가는 동네 어르신들이 몇 있긴 했는데 그중에서도 두 사람은 일주일에 네댓 번은 꼭 들르는 단골이었다.

조용한 책방에 앉아 담희는 짜 놓은 프로그램을 실행시켜 테스트를 시작했다. 회사에 있을 때보다 프로그램을 짜는 속도가 훨씬 빨랐다. 잠을 잘 자서 그런가, 아니면 여기 공기가 좋아서 그런가.

내일 정오까지 최종 수정본을 보내기로 했는데, 오늘 점심때쯤이면 완전히 끝낼 수 있을 것 같았다. 테스트 화면을 들여다보며 이것저것 실행 버튼을 눌러 보다 기지개를 켰다. 어깨가 뻐근했다. 어깨를 툭툭 두들기던 담희의 시선이 고양이 인형 옆에 놓인 부엉이 인형 한 쌍에 가 닿았다.

안경 낀 부엉이는 커다란 책을 들고 질문이라도 하듯 고개를 갸웃 기울이고 있었고, 그 곁의 부엉이는 답을 안다는 듯 깃털 손가락을 번쩍 들고 있었다.

벼룩시장에서 사 온 나무 인형이었다. 담희는 인형을 팔던 아주머니의 한마디에 인상을 찡그리던 채운의 모습이 떠올라 슬며시 웃음이 났다.

음료수를 마시고, 그만 돌아갈까 하던 찰나에 중년 아주머니가 작은 장식품들, 그릇들, 인형들이 가득한 잡동사니 상자를 여럿 늘어놓고 있는 걸 발견했다.

"이거 어때요?"

"뭐가 말입니까?"

담희가 상자 속에서 부엉이를 발견하고 묻자, 채운은 평소처럼 팔짱을 낀 채 삐딱하게 대꾸했다.

"책방에 어울리지 않나요?"

그녀의 질문에 채운은 어깨를 으쓱해 보였다. 뭐 그럴 줄 알았지만 하여간, 기왕 같이 구경하기로 한 거 조금 적극적으로 굴면 안 되나? 싶은 마음에 담희는 입술을 삐죽거렸다.

"남자분이 여자분 얼굴만 쳐다보고 있으니, 그 인형이 어떤지 알 수가 있나?"

손뜨개질을 하며 앉아 있던 인상 좋은 중년 아주머니가 빙그레 웃으며 말했다. 아주머니의 말에 담희가 설마, 하는 눈으로 채운을 쳐다보았다. 채운이 하, 어이없다는 듯 숨을 뱉더니 미간을 찡그리며 고개를 돌렸다.

"쑥스러워하는 걸 보니, 아직 멀었네. 생긴 건 아가씨들 여럿 울리게 생겨 가지고."

"아, 아니. 누, 누가 쑥스러워한다고."

채운이 중얼거렸고, 담희는 웃었다. 설마 아주머니 말대로 자신을 보고 있진 않았겠지만, 아주머니의 농담 한마디에 말까지 더듬는 그가 재밌었다.

"이거 주세요."

담희가 부엉이를 내밀자, 아주머니는 뜨개질감을 내려놓고는 상자를 뒤적거렸다.

"얘가 짝이야. 짝을 놓고 가면 안 되지."

아주머니가 다른 부엉이를 들어 보였고, 담희는 웃으며 부엉이 한 쌍을 받아 들었다. 표정 없이 멀뚱한 부엉이의 얼굴이 귀여웠다. 담희는 두 개의 부엉이를 채운 앞에 살짝 들어 보이고는 만족스럽게 활짝 웃었다. 그가 입술을 슬쩍 깨물더니 시선을 돌렸다.

아주머니가 싱긋 웃으며 조그맣게 말했다.

"숨긴다고 숨겨지나 그게. 숨겨지는 거면 거짓이지."

담희는 아주머니가 무슨 뜻으로 하는 말인지 알아듣지 못했다. 하지만 그 순간 채운이 자신을 쳐다보았다. 뭔가 복잡한 표정이었다.

그 표정의 의미는 뭐였을까? 담희는 부엉이를 바라보며 멍하니 생각했다.

그때 끼익 소리와 함께 가게 문을 열고 채린이 들어왔다. 산뜻한 원피스 차림의 그녀를 따라 상큼한 가을 공기가 함께 책방으로 들어왔다.

"안녕하세요?"

"이거 우리 모린이가 꼭 아침에 갖다 주라고 해서."

작은 투명 봉투에 골라 담은 사탕이 한가득이었다.

"와!"

"그리고 이건 내 선물!"

꽃무늬 종이 트레이에 담긴 샌드위치와 커피였다.

"아, 감사합니다."

담희가 조금 놀란 표정으로 채린을 쳐다보며 인사를 하자, 그녀가 싱긋 웃었다.

"요즘 우리 꼬맹이가 여기 자주 오는 거 알아요. 귀찮을 텐데, 잘 받아 줘서 고마워요."

"귀찮지 않아요. 재밌기도 하고."

"요즘 모린이는 매일 책방 누나, 책방 누나, 노래를 불러요. 아가씨를 좋아하는 것 같아."

담희가 하하, 웃자 채린이 그런 담희를 가만 바라보더니 생각에 잠긴 목소리로 말했다.

"옛날엔 내 동생도 책방 아가씨처럼 잘 웃었는데……."

잘 웃는 채운? 쉽게 상상이 되지 않는데. 혼자 갸웃 고개를 기울이던 담희는 벼룩시장에서 채현 작가에 대한 대답에 웃음을 터트리던 채운의 얼굴이 불쑥 떠올랐다. 그 순간 공연히 심장이 팔랑 춤을 추었다. 아, 진짜. 쓸데없이 잘생겨서는.

"믿기 어렵겠지만 어릴 땐 밝고 명랑했어요. 장난기도 많고 호기심도 많고, 조금 별난 구석도 있어서 보고 있으면 어디로 튈지 몰라 재미있었어."

그때의 채운을 떠올리는지 채린의 표정에 애정이 묻어나고 있었다. 담희는 밝고 호기심 많은, 눈동자에 장난기가 가득한 채운을 상상해 보려 했지만 잘 되진 않았다.

"뭐 하나 꽂히면 끝을 보는 성격이라 잘하는 것도 많았어요. 밝고 다재다능하고 기발한 생각도 잘 해 내고, 그래서 친구들도 많았어요. 지금처럼 세상사 무심하게 웃음 없이 사는 녀석은 아니었어."

"상상이 안 돼요. 동생분의 밝은 모습. 무슨 계기가 있었나요? 성격이 변한……."

"글쎄. 알 수 없지. 말을 안 하니. 10년 전쯤, 군대 갔다 와서 복학 전에 여행을 갔다 왔거든. 혼자. 국토 대장정인가 뭔가, 이상한 데 꽂혀서는 자전거 끌고 배낭만 달랑 메고 '다녀올게.' 손 흔들며 떠났는데, 돌아왔을 땐 뭔가……. 그때 무슨 일이 있었을 거야. 자전거도 배낭도 없이 온통 시커먼 몰골로 돌아와서는 방구석에 틀어박혀 일주일 내내 잠만 자더라고."

무심한 말투였지만, 채린의 눈동자가 천천히 가라앉았다.

"그러고 나선 저 모양. 사람들하고 어울리지도 않고, 있던 친구들도 다 끊어 내고. 세상하고 담 쌓은 꼴이, 가족 모두 그대로 수도승이 되려나 했어요. 지금 여자 친구가 있다는 게 더 신기해."

"여자 친구……."

담희가 막연히 고개를 끄덕이며 중얼거렸다. 눈부시게 아름답던 여우 아가씨. 채운을 쳐다보던 여자의 나른한 눈길이 떠올랐다.

"책방 아가씨도 본 적 있지?"

"네. 예쁘던데요. 잘 어울리고."

대답하면서도 담희는 어쩐지 기분이 별로였다. 사실을 말하는 건데, 왜 심통이 나는 걸까? 담희의 말에 동의하듯 채린이 가볍게 고개를 끄덕였다.

"예쁘지. 섹시하고. 어디 있으나 눈에 확 들어오는 외모잖아, 화란이는. 결혼을 약속한 사이라는데, 사실 난……."

"결혼을 약속……했다고요?"

담희의 심장이 덜컹 주저앉았다. 그냥 여자 친구가 아니라 결혼을 약속한 사이라는 거야?

"그렇다네. 그 여자가 처음 가게에 찾아와 그러더라고. 결혼을 약속한 사이라고. 채운이한테 들은 건 아닌데, 그렇다고 그 녀석이 딱히 부정하는 걸 본 적도 없거든. 난 별로지만 그런 거 말해 봤자 내 말 들을 녀석도 아니고, 괜히 미운 시누이 짓 한다 소리 듣기도 싫고 해서, 그냥 보고 있는 중이야. 하아."

채린이 천장을 올려다보더니 천천히 한숨을 뱉었다. 그러더니 혼잣말처럼 중얼거렸다.

"그나저나 나, 이런 이야길 왜 책방 아가씨한테 하고 있는 거지?"

담희는 뭐라고 대꾸해야 할지 몰랐다.

"책방 아가씨한테는 대나무 숲 같은, 그런 느낌이 있어. 그래서 그런가 봐."

채린이 천천히 담희를 쳐다보더니 조금 웃으며 말했다. 그녀의 웃음이 머무는 미간 끝이 미묘하게 채운을 떠올리게 했다.

담희는 그 미간을 보며 입술을 살짝 깨물었다. 결혼을 약속한 여자가 있는 남자라니. 담희의 기분이 스스로 이유도 모른 채 천천히 가라앉았다.

오후 들어 책방엔 손님이 평소보다 더 많아졌다. 젊은 사람들이 대부분이었고, 카메라를 멘 사람들도 드문드문 보였다. 사진 동호회 회원들의 사진이 인터넷상에 퍼지기 시작하면서 그걸 본 사람들이 찾아오기 시작했다는 걸 담희는 사람들의 대화를 통해 알게 되었다.

담희는 500원 바구니를 채우고, 사람들이 흩어 놓은 책을 정리하고, 공연히 책의 위치를 바꾸고, 마룻바닥에 찍힌 발자국을 닦으며 오후를 보냈다.

다행이었다. 채린이 다녀간 이후, 담희는 그 무엇에도 집중을 하지 못하고 있었다.

배낭여행에서 채운은 무슨 일이 있었던 걸까? 왜 변한 거지? 화란이란 여자와는 어떻게 만난 걸까? 결혼을 약속했다고? 온갖 의문들이 담희의 머릿속을 휘저었다. 때문에 마무리만 하면 될 것 같던 프로그램은 아까 그대로 멈춤 상태였다.

바닥을 세 번쯤 닦고 나자, 어수선하게 드나들던 손님들이 뜸해졌고, 해가 지자 책방은 다시금 조용해졌다. 고요가 찾아들자 담희의 머릿속이 또다시 와글와글 시끄러워졌다. 평소 그녀가 좋아하던 편안한 침묵 상태가 지금은 하나도 편안하지 않았다.

"아, 그만 좀 해. 임자 있는 인간은 왜 종일 생각하고 난리냐고!"

스스로가 이해되지 않았다. 담희는 휴대전화를 꺼냈다. 남의 남자 대신, 어쩌면 자기 거가 될 확률이 조금이라도 있는 도하에게 전화를 걸 생각이었다.

이 남자는 대체 어떻게 된 건지, 출장 간다고 전화한 이후로 문자 한 번 오고는 연락이 없었다.

[휴게소 간식 중에 먹고 싶은 거 있어요?]
[어묵 국물. 혹시나 해서 미리 말하지만 사 오지 마세요!]

그날 문자 메시지 확인을 늦게 한 탓에 답을 조금 늦게 보내긴 했다.

답신을 보내 놓고도 까맣게 잊고 있었다.

출장 갔다 왔을 텐데, 그러고 보니 연락이 없네, 라는 자각이 이제야 들었다. 많이 바쁜가? 설마 아직 출장지일까? 도하의 전화번호를 찾아 통화 버튼을 누르려는 찰나, 책방 문이 열렸다.

"어서 오……세요."

반사적으로 인사를 건네던 담희의 말꼬리가 늘어졌다.

채운이었다. 평소처럼 성큼 책방으로 들어선 그가 담희의 인사에 빙긋 미소를 지었다. 삐딱한 것도 아니고, 놀리는 것도 아니고 순수하게 인사를 받아 주는 미소. 봄바람처럼 살랑, 담희의 심장이 흔들렸다.
"여우. 임자. 여우. 임자······."
무의식적으로 담희가 중얼거렸다. 채운이 눈썹을 슬쩍 끌어 올리더니 피식 웃었다.
"여우와 임자가 뭡니까?"
"아! 아니에요. 아무것도!"
순식간에 담희의 귓가가 빨개졌다. 미쳤어, 오담희. 정신 차려. 담희는 입술을 잘근 깨물며 고개를 저었다. 그러곤 아무 일도 아니라는 듯, 채운을 쳐다보았다.
"무슨 일이시죠?"
"책방에 뭐 하러 왔겠습니까?"
"아, 네. 네. 둘러보세요."
금방 또 놀리듯 빙글빙글 웃으며 채운이 되묻자 담희는 그럼 그렇지, 하는 심정으로 책방 안을 향해 손을 쫙 펼치며 대답했다. 그러곤 카운터 의자에 털썩 주저앉았다. 하지만 정작 채운은 책방을 둘러보는 대신 카운터로 다가왔다.
"둘러볼 것까지야."
"네?"
"책방에 책방 아가씨를 만나러 왔습니다만."
싱긋 웃으며 카운터 너머로 자신을 내려다보는 채운을 담희는 눈을 깜박거리며 쳐다보았다. 대체 왜 이러는 거지? 약 같은 거 잘못 먹었나? 담희는 갸웃 고개를 기울이다 조금 심각한 목소리로 물었다.

"흠. 무슨 일 있어요?"

"무슨 일?"

"모르죠. 하지만 평소랑 좀, 다르네요."

"그럴 수도."

무슨 대답이 저래? 담희는 슬쩍 인상을 찡그렸다. 채운이 빙그레 미소를 지었다. 그의 시선이 고양이 벨과 나란히 놓인 부엉이 인형을 향하고 있었다.

"거짓이 아니어서 숨길 수 없다면, 외면하거나 받아들이는 수밖에. 달리 방법 있습니까?"

마치 농담처럼 채운이 담희에게로 시선을 옮기며 말했다. 담희는 멀뚱한 표정으로 그를 바라보았다. 담희의 표정을 가만히 바라보던 채운이 빙그레 미소를 지었다.

"하아. 뭐 그렇다고 쳐요. 도통 무슨 소릴 하고 있는 건진 모르겠지만. 그래서 무슨 일이시죠?"

채운이 들고 있던 작은 상자를 카운터에 내려놓았다.

"뭐예요?"

"핑곗거리."

"네?"

무슨 스무고개 놀이라도 하자는 건가? 대답마다 못 알아들을 말만 하고 있다. 담희는 삐죽 입을 내밀었다.

"그저 초콜릿, 쿠키, 사탕, 간식거리들입니다. 아무리 생각해도 다른 핑곗거리가 없어서."

"무슨 핑곗거리요?"

"책방에 책 대신 담희 씨를 보러 올 핑곗거리."

담희는 가만히 채운을 올려다보았다. 그의 대답이 뭘 의미하는지 도통 알 수가 없었다. 놀리는 건지, 장난치는 건지, 그도 저도 아니면 그저 말버릇이 저따위인 건지.

검고 깊은 채운의 눈동자가 흔들림 없이 담희의 시선을 받았다.

"장난이라면 그쯤 하세요. 별로 재미없으니까."

담희는 그 시선을 똑바로 쳐다보며 말했다.

"장난친 적 없습니다."

"아니라면 대체 지금 뭘 하고 있는 건지 물어봐도 돼요?"

"뭘 하는 걸로 보입니까?"

"애인 있는 남자의 쓸데없는 수작질이요."

와락 내뱉고는 너무 심했나? 담희는 순간 찔끔했다. 수작'질'까지는 아직 아니었던 것 같기도 했지만 이미 뱉은 말, 담희는 입술을 꽉 깨문 채 채운을 바라보았다. 하지만 정작 채운은 피식 웃었다.

"수작질도 맞고 남자도 맞는데, 애인은 없습니다만."

"하, 하지만 결혼을 약속했다고……. 여우, 아니 그러니까, 그때 그 여자랑……."

채운의 능청스러운 대답에 담희는 당황해서 중얼거렸다. 담희는 제멋대로 중얼거리는 자신의 입을 손으로 막으며 그를 흘끔 쳐다보았다.

채운이 말없이 담희를 빤히 바라보았다. 조금은 장난치듯 웃음기가 어렸던 눈동자가 순식간에 어둡게 가라앉아 있었다.

"난 약속 같은 거 한 적 없습니다. 내 미래를 그 누. 구. 하고도."

낮은 목소리로 채운이 단어들을 천천히 뱉어 냈다. 그러더니 눈썹을 슬쩍 끌어 올리며 덧붙였다.

"애인 없는 남자의 수작질은 괜찮습니까?"

"네? 무, 무슨?"

"내일부터는 핑곗거리 없이 그냥 오지요."

그 말을 남기고 채운은 책방을 나갔다. 담희는 그 자리에 앉아 책방 문이 닫히는 소리를 들었다.

"애인이 없어? 결혼 약속은 더더욱 안 했고? 그래서, 지금 나한테 수작을 걸겠다는 거야? 왜? 뭣 땜에? 왜? 왜? 왜?"

담희는 멀뚱멀뚱 눈을 깜박거리다 자리에서 벌떡 일어섰다.

"날 놀리는 건가? 재미없다고 분명 말했는데."

담희는 다시 자리에 털썩 주저앉았다. 뭔가 머릿속이 복잡했다. 그녀의 시선이 카운터 위에 놓여 있는 채운의 핑곗거리에가 닿았다. 네모난 종이 상자는 그 자체로 존재감을 가진 채, 담희를 말끄러미 바라보고 있는 것 같았다.

담희는 조심스럽게 상자의 뚜껑을 열었다. 달큰한 냄새가 풍기는 상자 안에는 색색깔로 개별 포장된 먹을거리가 한가득 들어 있었다.

담희는 상자 중앙의 새빨간 포장지를 집어 들었다. 책방 불빛에 반짝반짝 빛나는 포장지를 조심스레 벗겨 초콜릿을 입안에 밀어 넣었다. 달콤하면서도 쌉싸래한 맛이 입안 가득 퍼졌다.

핑곗거리였든 뭐였든, 맛있었다. 맛있으면 된 거지. 담희는 입안에 남은 초콜릿의 맛을 천천히 음미하며 생각했다.

❋

 아침에 책방 문을 열자마자 담희는 계산대 아래에 있는 간이 책꽂이의 책을 모조리 뽑아내기 시작했다. 책 위에 조용히 쌓여 있던 먼지들을 뒤뜰로 나가 탈탈 털어 낸 후, 미닫이문 앞에 뽑아낸 책들을 차곡차곡 쌓았다.
 이상하게도 꽂혀 있을 때보다 늘어놓았을 때 책은 훨씬 많아 보였다. 삼단짜리 간이 책장에서 뽑아낸 책이 미닫이문 반을 가리며 높다랗게 쌓였다.
 담이는 책장을 싹싹 닦고, 본격적으로 청소를 시작했다.
 그놈의 수작질. 사람 헛갈리게 뜬금없는 소리를 뱉어 놓고 사라진 채운 때문에 담희는 아침부터 몸을 혹사하는 중이었다.
 청소를 끝내자마자 책꽂이를 모조리 뒤지고 다니며 그림책과, 동화책을 뽑아내기 시작했다. 계산대 아래를 유아, 어린이 책으로 채울 생각이었다. 거의 매일 놀러 오는 모린을 위한 배려이기도 했고, 이 기회에 책방의 책들을 장르별로 새로 정리해 볼까 하는 생각도 들었던 것이다.
 "엄마야!"
 양손 가득 책을 쌓아 올려 사방에 쌓인 책 더미의 미로를 아슬아슬 빠져나오던 담희는 카운터 앞에 서 있는 남자의 모습에 화들짝 소리를 질렀다. 턱 끝까지 쌓아 들고 오던 책이 휘청 흔들리며 와르르 쏟아졌다.
 "놀랐잖아요!"
 "숨어 있었던 것도 아니고."
 채운이 장난스레 대답했다. 담희는 놀라서 쿵쿵거리는 심장을 다독이며 어쩐지 들어 본 적 있는 대사 같은데, 싶었다. 아, 마트! 이 인간은 아무래도 사람을 놀라게 하는 데 재능이 있는 것 같았다.

"하아, 아침부터 어쩐 일이에요?"

호흡을 진정시키려 길게 숨을 뱉으며 담희가 물었다.

"그냥."

"그냥?"

"오늘은 핑곗거리가 없습니다. 담희 씨 말을 빌리면, 쓸데없이 수작이나 걸러 온 겁니다."

장난기 서린 목소리로 채운이 대답했다. 대체 뭐지, 이 남자는? 아침부터? 담희는 어이없는 눈길로 그를 바라보았다.

"원래 이런 타입 아니었잖아요."

"이런 타입이 어떤 타입인데요?"

"능글능글 말꼬리 장난에, 바람둥이처럼 들이대는."

담희의 대답에 채운이 푸웃, 웃음을 터트렸다. 아, 또 저 웃음. 섹시하게 말리는 입꼬리를 바라보며 담희는 입술을 잘근 깨물었다. 그러지 않으면 그를 따라 미소라도 지을 것 같았다.

"원래 그런 타입일 겁니다. 아마도."

그가 여전히 웃음기 어린 목소리로 대답했다.

"아니야. 원래는 까칠까칠에 단답형, 재수 없는…… 으악. 나 지금 뭐래니?"

담희가 화들짝 자신의 입을 가렸다. 이상하게 이 인간 앞에만 서면 말이 제멋대로 튀어 나가는 것 같았다. 채운이 팔짱을 끼며 눈썹을 끌어 올렸다.

"아, 아니, 아니에요. 그냥 과묵하고, 자기 소신 뚜렷한…….

하아. 이것 봐요. 아침부터 사람을 놀라게 하니 내가 제정신이야?"

삐딱한 표정으로 담희를 바라보고 있던 채운이 푸하하하, 갑작스레 웃음을 터트렸다. 민망함에 입술을 잘근 깨물던 담희가 채운을 어이없는 표정으로 바라보며 중얼거렸다.

"참, 재밌기도 하겠네요."

"그래서, 셋 중에 어느 게 담희 씨 타입인 겁니까?"

웃음 끝에 그가 물었다. 금방이라도 다시 웃음이 터질 것 같은 얼굴을 하고는.

"셋 다 아니에요!"

불퉁한 표정으로 버럭 소리를 지른 담희는 바닥에 확 쪼그리고 앉아 흩어진 책들을 그러모으기 시작했다. 담희를 따라 채운도 책을 하나하나 줍더니 차곡차곡 챙겨 계산대 위에 내려놓았다.

"그럼 담희 씨 타입이 뭔지 물어도 됩니까?"

"안 돼요."

담희가 딱 잘라 대답했다. 어쩐지 말을 하면 할수록 그에게 말려드는 것 같아 더 이상 대꾸를 하고 싶지가 않았다.

"뭐, 그건 차차 알아 가면 되니까."

"하!"

"이제 뭘 하죠?"

채운은 담희의 코웃음에도 아랑곳하지 않더니 책방 안을 휙 둘러보며 물었다.

"뭘 하다뇨?"

"흠. 책꽂이에서 그림책과 동화책을 찾아오면 되는 겁니까?"

"아……."

눈치는 왜 이렇게 빠른 거지? 담희는 뭐라고 대답해야 하나 멀뚱히 선 채 그를 바라보았다. 그렇다고 대답하자니 같이 일하자는 꼴이고, 아니라고 대답하자니 거짓말이라는 걸 금방 눈치챌 것 같았다.

채운이 피식 웃더니 가벼운 걸음으로 책장 사이를 돌아다니기 시작했다.

"안 도와주셔도 돼요."

"돕는 게 아니라 그냥 담희 씨 곁에 있는 겁니다, 그냥."

책장 사이에서 채운의 목소리가 들렸다. 그의 말 한마디에 심장이 왈칵 춤을 췄다. 담희는 그 자리에 멍하니 서서 눈을 깜박거렸다.

단이 낮은 책장과 높은 책장 사이사이로 그의 머리카락이 보였다 사라졌다. 채운의 발자국 소리에 맞춰 바닥이 조용히 삐걱, 울렸다. 그의 손가락이 책등을 쓸어내리는 소리와 책을 뽑을 때 표지끼리 쓸리며 나는 소리가 공간을 가볍게 흔들고 지나갔다.

담희는 후우, 길게 숨을 뱉었다. 뭔가 이상했다. 그의 움직임이 만들어 내는 모든 소리에 자신의 심장이 반응하는 기분이었다.

'내 심장이 미쳤나 봐.'

담희는 널뛰는 심장을 토닥거리며 머리를 흔들었다. 그러곤 쌓인 동화책과 그림책을 분류해 책꽂이를 정리하는 데 온 신경을 집중했다.

채운은 창고에서 그림책 묶음을 들어내어 담희의 곁에 내려놓았다. 그녀는 아까부터 어딘지 심통 난 표정을 하고 있었다. 자신이 곁에 있는 게 못마땅한가? 채운은 슬쩍 눈치를 보았다.

물론 그렇다고 지금 물러설 생각은 없었다. 그녀가 절대적으로 자신이 싫다고 한다면 몰라도. 어차피 그에게는 느긋하게 물러서서 천천히 그녀를 흔들어도 될 만큼 시간이 많지 않았다.

책꽂이에 동화책과 그림책을 나눠 꽂고 있는 담희를 말끄러미 쳐다보던 채운이 담희의 눈앞에 책 한 권을 들이밀었다. 창고에서 그림책 묶음을 들어내다 발견한 책이었다.

담희가 이게 뭐? 묻는 표정으로 고개를 들자 채운이 책을 펼쳤다. 거대한 나무가 책 사이에서 튀어 올랐다.

"와, 팝업 책이네."

담희의 눈이 휘둥그레지더니 슬며시 입가에 미소가 퍼졌다. 그러곤 책을 받아 쥐어 책장을 넘겨 보기 시작했다. 돌담길이 나타났다가 무지개가 활짝 솟았다가 다시 출렁이는 바다가 나타났다. 바다 위로 빨간 작은 등대가 빛을 비추고 있었다.

"이거 어디서 찾았어요?"

담희가 책에서 눈도 떼지 못한 채 채운에게 물었다.

"알려 주면 그 표정 안 할 겁니까?"

"무슨 표정이요?"

"혼자만 사탕 하나도 못 받아 뿔난 어린이 표정."

"아, 뭐래! 내가 언제 또 그런 표정을!"

"뭐, 그것도 나름 귀엽긴 해요."

채운의 대답에 담희는 순간 할 말을 잃고, 멀뚱하니 그를 쳐다보다 눈을 깜박거렸다. 담희는 당황할 때마다 눈을 깜박거린다는 걸 채운은 알았다. 꼭 윙크하듯이 한쪽 눈꺼풀이 살짝 먼저 닫히는 것도. 그런 사소한 동작 하나하나가 얼마나 신경 쓰이게 하는지 그녀는 알기나 할까?

"점심 먹읍시다."

계속 쳐다보고 있다간 정말 실없는 인간처럼 히죽거릴까 봐 채운은 슬쩍 시계를 보며 말했다. 아닌 게 아니라 어느새 점심시간이었다.

"여기서 점심도 드시게요?"

"여기서 먹는 게 싫으면 나가서 먹든가."

"아, 아니. 그런 뜻이 아니라……."

"짜장면 어때요? 여기 뒤뜰에서."

채운의 말에 담희가 입을 딱 벌리더니 "아, 네에. 네. 마음대로 하세요." 체념한 듯 중얼거리며 휴대전화를 꺼냈다.

그때 마치 기다렸다는 듯이 담희의 휴대전화가 울렸다.

"아! 놀래라!"

담희가 화들짝 놀라며 전화기의 화면을 확인하더니 후다닥 전화를 받았다.

설마, 기생오래비? 채운은 아닌 척 담희 쪽으로 살짝 고개를 기울였다.

"확인하셨죠? ……네. ……지금이요? 바로? ……아, 아니에요. ……알았어요. 바로 수정해서 보낼게요."

"뭡니까?"

담희가 전화를 끊자마자 채운이 물었다.

"점심은 조금 이따 먹어야 겠네요. 확인해 봐야 알겠지만, 한

10분 정도면 될 거예요."

후다닥 계산대로 돌아 들어간 담희가 가방에서 노트북을 꺼냈다.

기생오래비가 아니라 아마도 그녀의 개인적인 일인 모양이었다. 채운은 가볍게 고개를 끄덕이며 바닥에 쪼그리고 앉아 담희가 정리하다 만 책장에 책을 꽂아 넣기 시작했다.

"어라."

담희의 혼잣말에 채운이 카운터를 흘깃 쳐다보았다. 어쩐지 그녀의 표정이 난감해 보였다. 채운은 일어서서 담희의 노트북을 들여다보았다. 화면이 검붉게 얼룩져 있었다.

"혹시, 고칠 수 있어요?"

담희가 애처로운 눈길로 채운을 바라보았다.

"봅시다, 일단."

채운이 한동안 마우스로 이것저것 확인해 보았다.

"모니터가 나갔네요. 다른 곳은 멀쩡하고, 모니터만. 이건 교체밖에 답 없는데. 급한 일입니까?"

채운이 묻자 담희가 천천히 고개를 끄덕였다.

"잠깐만 있어요."

"네?"

채운은 대답 대신 책방을 나왔다. 그러곤 오피스텔로 달려가 자신의 노트북을 들고 돌아왔다. 책방 문 앞까지 나와 서성이고 있던 담희는 채운이 노트북을 들고 돌아오자 말했다.

"필요한 프로그램이 없으면 안 돼요."

"기다려 봐요."

채운은 담희의 노트북에 케이블을 연결해 자신의 노트북 모니터에 담희의 노트북 화면이 보이게 설정을 바꿔 주었다.

"와. 컴퓨터를 잘 다루시네요."

"얼마나 걸릴지 확인해 봐요. 봐서 점심 미리 시킬 테니까. 참! 짜장? 짬뽕? 어느 쪽?"

"짜장."

담희의 말에 채운은 싱긋 미소를 지으며 뒤뜰의 미닫이문을 활짝 열었다.

정오의 햇살이 나른하게 뒤뜰 위로 내려앉고 있었다. 살랑거리는 공기와 덥지도 춥지도 않은 온도, 붉게 물든 담쟁이와 천천히 시들어 가고 있는 잡초들. 완벽한 가을이었다.

채운은 이곳이 좋았다. 이곳엔 시간이 멈춘 듯한 여유가 있었다. 살랑이는 바람결에 길거리 사람들의 수다 소리가 묻어왔다. 그 소리마저 이곳에선 유쾌하게 들렸다.

책방 할아버지가 있을 때 채운은 가끔 이곳 벤치에 앉아 책을 읽다 가곤 했다. 할아버지가 뒤뜰을 막아 놓은 적은 없었지만, 뒤뜰까지 들어와 보는 손님은 채운을 제외하고는 아무도 없었다.

"금방 끝날 것 같습니까?"

"아, 네. 시켜요. 오기 전에 끝날 것 같아요."

노트북에서 눈도 떼지 않고 담희가 대답했다. 열린 미닫이문 너머로 담희의 뒷모습이 보였다. 한 가닥으로 질끈 올려 묶은 머리카락이 그녀의 고갯짓을 따라 살랑살랑 흔들렸다. 흔들리는 머리카락까지도 채운의 눈길을 끌었다.

눈길이 가는 그 순간순간들이 그의 마음속에 새겨지고 있었는데, 처음엔 그걸 몰랐고, 그걸 인정하고 나니 더 많은 순간들이 그의 시선을 사로잡는 것 같았다.

채운은 그런 자신이 이상했고, 낯설었고, 어색했다. 하지만 괜찮았다. 엉망진창이 될 걸 알았지만, 그럼에도 상관없었다. 받아들이기로 한 순간, 모든 것이 정말로 다 괜찮은 것 같았다.

채운은 휴대전화로 음식을 주문한 후, 화단을 따라 천천히 걸었다. 바닥에 깔아 놓은 작은 돌멩이들이 그의 걸음마다 자그락거리는 소리를 냈다.

어쩐지 공연히 웃음이 났다. 슬쩍 미소를 지으며 그녀가 일을 끝냈으려나, 책방 쪽을 돌아보았다. 언제 온 건지 담희가 문가에 서 있었다.

"끝?"

채운의 물음에 담희는 대답 대신 조그맣게 중얼거렸다.

"설마……."

이내 뭔가 의심스러운 듯 미간을 찌푸렸다가, 갸웃 고개를 기울였다가, 할 말이 있는 듯 입을 딱 벌렸다가 갑작스레 팔짱을 꼈다. 그러곤 채운을 똑바로 쳐다보았다.

"뭐, 할 말 있습니까?"

채운이 눈썹을 끌어 올리며 물었다.

"그쪽이, 그러니까 댁이 말이에요. 설마 해서 묻는 건데, 혹시……."

"혹시?"

"채현 작가예요?"

채운은 순간 당황했다. 어떻게? ……아, 노트북. 거기 글 쓰던 자료가 있을 터였다. 바탕화면에 생각난 아이디어와 문장들을 끄적여 놓은 쪽지 창도 몇 개 떠 있을 터였고.

할 일을 마치고 노트북의 연결 잭을 분리하다 그걸 본 모양이었다. 그 누구에게도 보여 준 적 없는 노트북이라 정말이지 까맣게 잊고 있었다.

담희의 눈이 점점 커다랗게 벌어졌다.

"말도 안 돼. 진짜? 정말? 아니야! 아니야! 그럴 리가. 채현 작가는 분명 더 차분한 느낌의, 그러니까 좀 더 나이가 많고, 좀 느긋하고 마음 넓은. 그러니까 약간, 약간⋯⋯."

담희가 채운을 아래위로 훑어보며 충격과 당황이 어린 목소리로 중얼거렸다.

"제가 환상을 깼습니까?"

"아! 아니, 그런 게 아니라. 아, 뭐야. 그러니까 진짜, 정말로 댁이 채현 작가라는 거예요?"

"실망시켜 미안하지만, 그렇습니다."

채운이 조금 웃으며 대답했다.

"실망이 아니라⋯⋯. 맙소사. 채현 작가라니."

담희의 눈동자가 복잡하게 흔들렸다. 발갛게 상기된 얼굴로 뭔가 감격한 듯 아련하게 눈빛이 흐려지는 것 같더니 갑작스레 인상을 확 찡그렸다.

"아니, 그럼 지금까지 자기가 채현 작가면서 나한테 그렇게 채현 작가에 대해 나쁜 말을 했단 거예요? 우와, 짜증나. 뭐, 뭐, 팬심 충만해서 '오빠, 최고! 오빠, 사랑해요.' 외쳐 대는 나를 보니까 재밌었나? 우와. 우와. 진짜 성격 이상하네."

"오빠 최고! 오빠 사랑해요! 란 말 아직 못 들었습니다만."

"아, 됐거든요."

담희의 불퉁한 표정에 채운이 웃음을 터트렸다. 웃으면 안 되는 상황인 건 알았지만, 정말이지, 이 여자는 뭐가 이리 귀여운지 모르겠다.

"재밌나 봐요."

"흠. 흠. 아, 속인 건 미안하지만, 채현 작가의 실체를 아는 유일한 사람이라는 걸로 봐주면 안 됩니까?"

담희의 눈동자가 활짝 커지더니 그런 자신에게 당황한 듯 흠, 헛기침을 하며 대답했다.

"나밖에 모른다고요? 출판사는? 그쪽 누나는?"

"모릅니다."

"말도 안 돼. 은둔형 작가인 건 알았지만……. 진짜 성격 이상한가 봐."

"네?"

되묻는 채운의 말에 담희가 화다닥 자신의 입을 가리며 말했다.

"아, 아니. 성격이 독특하시다고……."

샐쭉 웃으며 말하는 그녀를 바라보던 채운이 피식 웃었다.

"그쪽만 할까."

웃음기 담긴 채운의 목소리가 정말이지 못 말리겠다는 듯 중얼거렸다.

"네?"

"짜장면 왔나 봐요. 밥이나 먹읍시다."

되묻는 담희의 말을 무시하며 채운이 책방으로 들어갔다. 배달원이 막 계산대 위에 음식을 꺼내 놓는 중이었다.

"맙소사. 정말로 채현 작가라니! 어떡해."

뒤뜰에 남겨진 담희는 채운의 뒷모습을 보며 혼자 중얼거렸다. 뒤늦게 심장이 폭발할 듯 날뛰고 있었다.

"그러니까, 사람들은 프로그래머라고 하면 당연히 컴퓨터를 잘하는 줄 안단 말이에요. 물론 그게 사실이기도 하지만, 컴맹인 프로그래머들도 있거든요, 나처럼. 소프트웨어를 만드는 프로그램은 논리, 연산에 맞춰서 프로그램을 원하는 대로 움직이게 식을 만들면 되잖아요. 난 그것만 잘해요. 저렇게 하드웨어적으로 컴퓨터가 고장 나 버리면 어찌할 바를 모르겠어요. 그나저나, 그럼 저거 새로 사야 할까요? 들고 다닐 만한 무게의 노트북은 저거뿐인데."

담희는 채운을 쳐다보지도 않은 채 고장 난 노트북에 대해 쉴 새 없이 종알거렸다. 짜장면을 비비는 손이 같은 동작을 무한 반복하고 있었다.

사실 채운을 쳐다볼 수가 없었다. 자신이 지금 뭐라고 떠들고 있는지도 확실히 몰랐다.

채운이 채현 작가라는 걸 알고 난 이후로, 대체 어떻게 이 남자를 대해야 할지 알 수가 없었다. 그의 작품을 움켜쥐고 좋아서 팔딱거리는 모습을 보여 준 것도 민망하고, 그렇다고 지금 와서 채현 작가가 누구? 하는 모습으로 새침을 떨기도 뭐했다.

"흠. 채현이 아니라고 할 걸 그랬나?"

"네?"

채운의 중얼거림에 담희가 화들짝 고개를 들었다.

"드디어 고개를 들었네. 짜장면하고만 대화할 생각인가 했습니다."

"아, 아니. 제가 또 언제……. 하아. 그래요. 제가 그러고 있네요. 그러게 왜 아닌 척은 해서……. 아니, 그럼 들키지를 말든가. 제가 지금 어떡해야 하나 고민 중이라고요."

담희의 대답에 채운이 피식 웃었다.

"뭘 또 어떡합니까? 그냥 하던 대로 하면 되지."

"하던 대로?"

"생각나는 대로, 거침없이, 솔직하게."

"작가님 눈엔 제가 그렇게 보이나 보군요."

"작가님? 하하!"

채운이 웃음을 터트렸다. 잘못한 것도 없이 담희의 귀가 빨갛게 달아올랐다.

"아, 진짜. 웃지 좀 마세요. 자꾸 웃으니까 민망하다가 갑자기 짜증이 나려고 하잖아요. 아니, 비밀이면 비밀답게 입 꽉 다물고 있으면 되지, 왜 채현 작가에 대해 떠봐서는 이렇게 여러 가지로 사람을 난감하게 만들어요?"

"작가님이란 호칭, 어색하고 낯설어요. 그러니까 원래 부르던 대로 불러요. 그쪽이라든가, 댁이라든가, 채운 씨라든가. 뭐, 정 새로운 관계 정립을 원한다면 오빠도 괜찮고."

채운이 장난스레 눈동자를 반짝이며 말했다.

"됐거든요! 아, 정말! 채현 작가가 맞긴 해요? 내가 상상한 모습은 이런 게 아니란 말이에요."

"상상한 모습이 뭔데요? 중년의 배 나온 인상 좋은 아저씨?"

"아니, 왜 인상 좋은 아저씨는 배가 나왔다고 생각해요? 그런 경직된 사고방식으로 어떻게 그런 다채로운 글을 쓴 거래? 아닐 거야. 정말 진짜, 채현 작가가 아닐 거야. 이건…… 이건, 꿈일 거야. 제가요, 채현 작가를 만나는 상상을 안 해 본 건 아니에요. 하지만 이런 식은 아니었어요."

"이런 식?"

"이렇게 나란히 앉아 짜장면을 비비며, 말도 안 되는 대화를 하는 거."

"그럼 어떤 걸 꿈꿨는데요?"

"그러니까…… 아니에요. 말 안 할 거예요."

채운이 눈썹을 끌어 올리며 삐딱하게 쳐다보았다. 하지만 담희는 입을 꽉 닫았다.

구름이 낮게 깔린 흐린 날씨라든가, 하얗게 포말을 만들고 있는 파도라든가, 바다로 길게 뻗은 데크에 맨발로 앉아 글을 쓰고 있는, 막 노년에 접어들까 말까 하는 은발의 신사 같은 것. 멀찍이 떨어진 백사장에서 그 모습을 바라보며 새로운 이야기를 기다리고 있는 자신의 모습 따위를 굳이 설명할 생각은 조금도 없었다. 이런 걸 설명했다간 분명 채운이 지금의 세 배쯤은 더 낄낄거릴 게 분명했다.

"그렇게 쳐다봐도 대답 안 해요. 어쨌거나 이런 식은 절대, 절대 아니에요."

"흠, 그럼 이렇게 합시다. 내가 채현이 아닌 걸로."

"네?"

"담희 씨 환상 속의 작가는 그냥 환상 속에 두고, 난 그냥 까칠한 단답형 재수 없는 단골손님인 걸로. 쓸데없이 수작질이나 거는. 어때요?"

채운이 싱긋 가볍게 웃으며 말했다. 낮고 담담하면서도 어딘지 따뜻한 그의 목소리에 담희는 순간 할 말을 잃었다. 자신을 미소 어린 눈으로 바라보며 차분한 말투로 말도 안 되는 제안을 하는 채운은 어쩐지 담희가 생각하던 채현 작가와 닮은 것 같았다. 갑작스레 심장이 두근 떨렸다.
"아…… 그러니까…… 짜장면이 불었네요. 몽땅."
당황한 담희가 말을 돌리자 채운이 풋, 짧게 웃었다.
"정말이지 예상 밖의 대사만 하는 아가씨야."
그의 말에 가볍게 입을 삐죽거린 담희가 뚝뚝 끊어지는 짜장면을 젓가락으로 집어 올렸다.
얼굴에 미소를 담고 담희를 바라보던 채운이 멈칫 당황한 표정을 지었다.
"하아."
채운이 짜증스레 한숨을 뱉었다. 갑작스런 한숨에 담희가 의아한 표정으로 그를 쳐다보았다. 채운이 젓가락을 쥐고 있는 자신의 손을 내려다보더니, 입술을 질끈 깨물었다. 장난기를 담고 반짝거리던 눈동자가 어둡게 가라앉는 걸 담희는 당황스러운 눈길로 쳐다보았다.
"미안합니다. 가 봐야겠습니다."
채운이 들고 있던 그릇을 바닥에 내려놓으며 말했다.
"네?"
"다음번에 제대로 먹읍시다, 점심."
"아, 아니. 왜……."
채운은 벌떡 일어서더니 담희를 짧게 바라보고는 책방으로 들어가 미닫이문을 닫았다.
"저, 저기요!"
담희가 후다닥 닫힌 미닫이문을 열어젖히며 쫓아 나갔다. 책방에 그의 모습은 보이지 않았다. 책방 문을 밀고 가게 밖까지 쫓아 나갔지만 그는 어디에도 없었다.

"하아, 대체 뭐냐고."

가을의 햇살이 쏟아지는 거리를 담희는 황당하고도 어이없게 바라보며 중얼거렸다.

※

오피스텔을 바라보는 담희의 표정이 복잡했다. 알다가도 모를 남자였다. 어제 그렇게 가 버리고 난 후, 채운은 코빼기도 보이지 않고 있었다.

물론 원래도 그렇게 자주 보던 사이는 아니었지만, 그런 식으로 갔으니 오늘은 어쨌든 설명을 하러 올 줄 알았는데, 아니었다.

담희는 자신이 뭔가 실수를 했나? 혹시 짜장면이 너무 불어서 먹기 싫었던 걸까? 온갖 말도 안 되는 이유를 찾다가 그런 스스로에게 진절머리를 내며 책방으로 들어왔다.

"에휴."

책방 안은 곳곳에 탑을 쌓고 있는 책들로 북적북적 복잡했다. 반대로 들쭉날쭉 비어 있는 책장은 이라도 빠진 것처럼 휑하고 어수선했다.

가볍게 시작한 책장 정리가 그놈의 까칠 단답형 재수 없는 단골손님 때문에 대형 공사가 되고 말았다. 머릿속에 들어앉아 끝없는 굿판을 벌이고 있는 이 단골손님을 쫓아내려고 너무 앞뒤 보지도 않고 일을 벌인 것 같아 담희는 한숨이 나왔다.

"기왕 시작한 거 끝을 보지, 뭐! 아자!"

담희는 공연히 혼자 기합을 넣고는 문가의 책장부터 정리하기 시작했다.

갑자기 문가에 그늘이 졌다. 발판을 끌어다 놓고 문가 쪽, 책장 높은 곳을 정리하던 담희가 갸웃 고개를 돌리니, 아침마다 출근 도장 찍듯 책방에 들르는 산책 할아버지가 난장판이 된 책방의 열린 문 앞에 서서 물끄러미 내부를 들여다보고 있었다.

"안녕하세요?"

"대청손가?"

느릿한 말투로 산책 할아버지가 물었다.

"네. 책장 정리도 새로 하고요."

담희의 대답에 산책 할아버지는 뭔가 생각에 잠긴 표정으로 서 있었다. 그러더니 담희에게 잠깐 와 보라는 듯 손짓을 했다. 담희는 발판에서 내려와 문밖으로 나갔다.

"아가씨. 내가 부탁 하나 해도 될까?"

"네?"

"혹시 말이야. 책장 정리를 하다가 《젊은 베르테르의 슬픔》이란 책을 발견하면 나한테 알려 줄 수 없을까?"

"《젊은 베르테르의 슬픔》이요?"

"아무거나는 아니고. 책 첫 장을 넘기면 만년필로 글이 적혀 있는 책이야."

"책 속지에 만년필로 글이 적혀 있는 '젊은 베르테르의 슬픔'이란 말씀이시죠?"

"그래."

담희가 금방 말귀를 알아들은 게 기특하다는 듯 산책 할아버지가 고개를 끄덕였다.

"그럴게요. 혹시라도 발견하게 되면 잘 챙겨 둘게요."

"없을지도 몰라. 없을 가능성이 훨씬 많은 거 아니까 너무 무리 안 해도 돼."

"있을지도 모르니까, 잘 찾아볼게요."

담희가 웃으며 대답했다. 산책 할아버지는 가볍게 고개를 끄덕이더니, 언제나와 같은 산책 걸음으로 왔던 길을 되짚어 돌아갔다.

담희는 아침 햇살 아래로 느릿느릿 걸어가는 산책 할아버지의 뒷모습을 바라보았다. 가을 속을 걸어가는 할아버지의 뒷모습을 보고 있자니 담희는 자신의 할아버지가 떠올랐다. 할아버지는 잘 계시는 걸까? 담희는 막연히 우편함을 바라보았다. 태국에서 전화 온 지도 며칠 지났는데, 감감무소식이었다.

"엽서를 보낼 생각이면 좀 자주 보내든가. 걱정되게시리."

담희가 조그맣게 툴툴거리며 책방으로 들어가려는데, 자동차가 책방 앞에 멈춰 섰다.

"잘 지냈어요?"

도하였다.

"안녕하세요?"

담희의 인사에 도하가 차에서 내리며 활짝 웃었다.

"나 기다리고 있었어요?"

"음……. 그렇다고 해 두죠. 어쩐 일이에요?"

"하루 휴가예요. 주말 내내 회사 일로 묶여 있었잖아요."

도하가 차에서 커다란 종이 가방을 꺼내며 대답했다.

"양심은 있는 회사네요, 다행히."

"이거!"

도하가 종이 가방을 내밀었다.

"뭐예요? 설마 어묵 국물은 아니죠?"

"아, 그거 사 와야 했나요? 사 오지 말래서 그건 안 샀는데."

농담 같은 도하의 말을 들으며 담희가 종이 가방의 입구를 벌려 보자, 호두과자 상자가 보였다. 그 사이로 맥반석 오징어 다리가 들어 있는 팩도 보였고, 츄러스와 고구마 스틱도 슬쩍 보였다.

"이게 뭐예요? 휴게소를 통째로 쓸어 왔어요?"

"온종일 여기서 먹을 거예요, 함께."

도하가 싱긋 웃으며 앞장서 책방으로 향하더니 입구에서 주춤 걸음을 멈췄다.

"가게가……."

"아, 정리 중이에요. 장르별로 찾기 좋게 바꿔 볼까 하고."

"나 올 줄 알고 있었죠?"

도하가 담희를 향해 물었다.

"네?"

"그래서 일 벌여 놓은 거 아니에요? 나 일 잘하는 거 알고."

도하의 말에 담희가 하하, 웃음을 터트렸다.

"웃는 거 보니 좋네요. 혼자 산골짜기 들어갈 때는 그렇게 심술 나던 웃음인데."

도하의 말에 종이 가방을 계산대에 가져다 놓던 담희가 그를 돌아보며 물었다.

"아, 산골짜기는 잘 다녀왔어요?"

"그럼요. 엄청 잘 다녀왔죠. 첩첩산중에 단풍은 예쁘게 물들었지요. 날씨는 끝 간 데 없이 푸르지요. 공기는 맑다 못해 달달하지요. 풍경에 취했는지 길을 잘못 들어 그 산속을 뱅뱅 돌았어요."

"정말요?"

"그러다 타이어는 터지고, 전화기 고장 나고, 땅 주인이랑 장소 엇갈려 또다시 헤매고. 그래서 주말, 월요일 몽땅 지방에서 보내고 어제 돌아왔어요. 그래서 연락 못 했고, 그래서 이제 찾아온 거죠."

"우와. 그렇게 고생하셨는데, 집에서 쉬어야 하는 거 아니에요?"

"집에서 말고, 여기서 쉬려고 했는데……."

도하가 어깨를 으쓱하며 어수선한 책방을 휙 둘러보았다. 그러더니 활짝 웃으며 덧붙였다.

"책 정리하면서 쉬죠, 뭐. 그럼…… 뭐부터 할까요?"

"아, 책에 먼지가 많아서 옷 더러워질 거예요. 그냥 계산대 의자에 앉아서 쉬세요. 좋아하는 책 있으면 가져다 읽으셔도 되고."

"그게 더 불편해요."

"아……. 그렇긴 하겠네요."

담희가 난처하게 웃자, 도하는 걸치고 있던 겉옷을 벗어 계산대에 내려놓았다. 그러곤 양 소매를 걷어 올리고 담희를 쳐다보며 준비 완료예요, 하고 말했다. 그 능청스러운 태도에 담희는 결국 풋, 웃으며 그의 손에 책을 한 무더기 얹어 주었다.

"그럼 저기, 책꽂이 맨 위부터 이것들을 꽂아 주세요. 분류는 제가 할 테니까, 이쪽부터 차례대로 꽂으시면 돼요."

도하가 싱긋 웃으며 발판도 없이 책을 꽂기 시작했다.

"키 커서 좋겠어요."

담희가 웃으며 말하자 도하는 슬쩍 까치발을 들고는 더 키가 큰 척 웃어 보였다.

언제 봐도 유쾌한 사람이구나, 담희는 생각했다. 채운처럼 복잡하지도 않고, 채운처럼 신경 쓰게 하지도 않고, 채운처럼 담희의 기분을 들었다 놨다 하지도 않았다. 도하는 그냥 편하고 유쾌했다.

오전 내내 둘은 책을 정리했다. 담희가 거대한 책 무더기에서 분류한 책들을 책장 가까이 가져다 두면 도하는 책을 차곡차곡 책장에 꽂았다. 책을 정리하며 별것 아닌 이야기들을 나눴다.

도하가 좋아하는 유명 건축물 이야기라든가, 그가 설계했던 인상적인 집들에 관한 이야기라든가, 존경하는 건축가들에 관한 이야기들. 담희는 그가 해 주는 이야기들이 재미있었지만, 건축은 자신이 잘 모르는 세상이었다.

담희는 도하와 같이 있는 시간이 편하면서도 심심했다. 채운과 함께 있을 때와는 정반대였다. 채운과 함께 있을 때는 편안할 새가 없었다. 심심할 새도 없었고. 맨발로 호숫가에 서 있는 게 아니라 쉼 없이 달려드는 파도 앞에 서 있는 것처럼 끝없이 발가락이 간지러운 기분이었다.

도하는 책을 꽂고 잡다한 이야기를 늘어놓는 사이사이 담희를 바라보았다. 그녀는 어쩐지 딴 세상에 가 있는 것 같았다. 그의 이야기에 맞장구를 치고 그의 이야기에 웃음을 터트렸지만, 그 내면 깊이의 어딘가는 다른 곳에서 다른 생각에 빠져 있는 것 같았다.

아들 셋인 집안의 막내인 도하는 상대의 감정에 예민했다. 원래도 다정한 성격이었지만 무뚝뚝한 형들 대신 집안의 살가운 아들 노릇을 하느라 늘 상대가 무슨 생각을 하는지, 어떤 기분인지 살피며 배려하는 게 습관이 된 것이다.

가끔 큰형이 자신에게 '그렇게 살면 안 피곤하냐?' 물었지만, 도하로선 상대가 불편해하는 상황이 더 피곤했다. 살짝 허영기가 있는 둘째 형은 '우리처럼 생기면 살짝 재수 없게 굴어도 다 용서가 돼.'라고 했지만, 그것 역시 도하로선 이해 불가의 세상이었다.

도하는 책방의 동선을 생각하며 흩어진 책 무더기를 다른 곳으로 옮기고 있는 담희를 물끄러미 바라보았다. 지난주와는 달랐다. 어딘지 정확히 꼬집을 수는 없었지만, 지난주의 담희와 이번 주의 담희는 조금 다른 사람같이 느껴졌다.

불쑥 영화 보던 밤에 만났던 손님이 떠올랐다. 그냥 손님이라고 담희는 말했지만 도하는 그 남자가 계속 신경이 쓰였다.

그 사람은 상대방이 쉽게 말 붙이기 어려운 분위기와 어디서든 저절로 주인공이 될 것 같은 분위기를 가진 남자였다. 어떤 상대든 주눅 들게 하는 눈빛을 가진 남자에게 담희는 아무렇지도 않게 활짝 웃고 있었다.

예의 바른 미소가 아닌 정말로 기뻐서, 좋아서 웃는 밝은 웃음. 자신에게 그런 웃음을 보여 준 적이 있었나? 도하는 자문했고, 답을 얻을 수 없었다.

"도하 씨?"

담희가 자신을 바라보고 있었다.

"저기, 힘드시면 좀 쉬세요. 여기까지만 하고 점심 먹어요."

담희가 예의 바르게 웃으며 말했다. 도하는 짧게 흠, 숨을 뱉었다.

"담희 씨, 혹시 주말에 무슨 일 있었어요?"

"네? 무슨 일? 아뇨. 뭐 별로. 왜요?"

"아니에요."

도하는 더 묻지 못하고 싱긋 웃었다. 담희는 갸웃 고개를 기울이더니, 정리하고 있던 책으로 시선을 돌렸다. 도하는 그렇게 아무렇지도 않게 시선을 돌리는 담희를 말없이 바라보았다.

자신의 미소 앞에서 이렇게 무심히 돌아앉는 사람을 겪어 보지 못한 도하는 이런 상황을 어떻게 해결해야 할지 알지 못했다.

어쩐지 씁쓸해지는 기분을 되씹으며 도하는 쥐고 있던 책을 책꽂이에 꽂았다.

오후가 되자 묘랑이 근육통 파스를 들고 놀러 왔다.

"언니!"

조용한 묘랑의 목소리에 담희가 책장 사이에서 고개를 빼고 내다보았다.

"어서 와, 묘랑 씨."

"이거……."

파스를 내밀던 묘랑이 막 책장 사이를 빠져나오는 도하를 보자마자 그대로 굳어 버렸다. 묘랑의 시선을 느낀 듯 그는 빙그레 미소를 지으며 눈인사를 건넸다. 넋 나간 듯 서 있던 묘랑이 무의식적으로 중얼거렸다.

"완벽해. 로맨스 남주야."

그러곤 순식간에 빨개진 얼굴로 후다닥 책장 사이로 몸을 숨겼다. 도하가 담희를 돌아보았다. 그녀는 그저 피식 웃으며 어깨를 으쓱해 보였다.

뭐가 부끄러운지 묘랑은 도하의 시선을 피해 책장 사이사이로 숨어 다니며 정리를 도왔다. 그녀가 자신을 피해 다니는 걸 눈치챈 도하가 의아한 표정으로 그녀를 바라보다 담희에게로 다가왔다.

"혹시 내가 뭐 실수했나요?"

"네?"

"자꾸만 피해서."

도하가 묘랑이 몸을 가린 책장 쪽을 바라보며 작은 목소리로 속삭였다.

"아……."

담희가 풋 조그맣게 웃었다. 그러곤 책장을 흘깃 바라보며 농담처럼 속삭였다.

"음…… 도하 씨가 너무 멋져서 그래요. 순진한 아가씨들의 정상적인 반응이라고 해야 하나."

"멋진 거 맞나?"

"네?"

도하의 혼잣말에 담희가 그를 바라보았다. 물끄러미 담희를 바라보는 도하의 눈빛이 진지했다.

"담희 씨에게도 멋진 게 맞냐고요."

"아, 당연히……."

멋지죠, 라고 말하려고 했지만 그의 눈빛이 너무 진지했다.

멋지냐고 묻는 그 말의 의미 안에 담긴 그 무엇이 담희의 입을 막았다.

"누나!"

갑자기 벌컥 문이 열리더니 지구가 책방으로 달려 들어왔다.

"어, 어서 와!"

이 상황을 벗어날 수 있게 해 준 지구가 반가워 담희가 과장되게 반가워하며 몸을 돌렸다.

"중간고사 끝난 기념으로 오늘 학원 안 가요. 종일 여기 있어도⋯⋯. 누구시죠?"

신난 목소리로 떠들며 책장 사이로 고개를 들이밀던 지구가 도하를 보더니 인상을 찡그리며 물었다. 마치 아끼는 누나의 남자 친구를 보듯, 못마땅한 표정이었다.

"친구."

담희가 도하를 흘깃 돌아본 후 웃는 얼굴로 대답했다. 어쩐지 씁쓸해지는 기분을 삼키며 도하는 예의 바르게 미소를 지었다.

"친구란 말이죠?"

지구는 삐딱한 표정으로 도하와 담희를 번갈아 보더니 생각이 필요하다는 듯 고개를 끄덕이며 팔짱을 꼈다.

지구까지 넷이서 책장 정리를 하자 흩어져 있던 책들이 빠르게 줄어들기 시작했다. 그 사이사이 지구는 수시로 담희에게 달려왔다.

'누나, 안 되겠어요, 저 형은. 회귀 판타지와 정통 판타지도 구분 못 한다고요.' 혹은, '누나. 저 형이랑 뭘 해 볼 생각이라면 애초에 관두세요. 저 형이 퓨전 무협을 김용 사부 무협지랑 같이 꽂고 있다고요. 아무리 몰라도 그렇지 김용 사부 무협을 이런 식으로 모독하는 사람과 뭘 한다는 건 책방 지킴이로서의 자존심 문제라고요.'라면서 끝없이 담희를 괴롭혔다.

그 모습을 진지하게 바라보던 도하가 결국은 지구를 붙들고 인상 좋은 미소를 띤 채 말했다.

"책에 관해선 네가 선배인 것 같으니, 지도 좀 부탁할게."

지구는 흠, 흠, 헛기침을 하며 '누나, 그래도 어…… 좀 착한 거 같으니까 조금 만나 보셔도 될 것 같아요.'라고 말했다.

도하는 모두와 쉽게 어울렸다. 어쩌다 들른 손님들과도 허물없이 친해졌고, 장르소설의 복잡하고도 세세한 세상에 대해 끝없이 지식 자랑을 늘어놓고 있는 지구에게도 친절했다. 게다가 자신을 책장 칸막이 사이로 흘끔거리며 피해 다니는 묘랑에게도 다정하게 말을 걸었다.

책장 정리를 도와준 모두가 고마워 담희는 거대한 피자를 주문했다. 모두들 뒤뜰에 둘러앉아 즐거운 피자 파티를 벌였다.

묘랑은 피자를 먹는 내내 담희를 바라보는 도하를 관찰하다, 피자 파티가 끝날 즈음 주저주저하며 도하에게 다가가더니 타로 카드를 쭈욱 펼쳤다.

"저…… 한 장만 뽑아 보세요."

남청색 별무늬 카드 뒷면들을 쳐다보던 도하가 담희를 쳐다보았다. 담희는 웃으며 어서 뽑아 보라는 듯 손짓을 했다. 도하가 카드를 뽑아 묘랑에게 내밀었고 묘랑은 말없이 카드를 들여다보더니 후다닥 늘어놓은 카드들을 챙겨 가방 안에 집어넣었다.

"뭐야. 해석은?"

지구가 남은 거대한 피자 한쪽을 둘둘 말아 한입에 밀어 넣으며 물었다. 묘랑은 지구의 말은 무시한 채 도하와 담희를 번갈아 쳐다보더니 말없이 책방으로 돌아가 로맨스 소설들을 정리하기 시작했다.

담희는 묘랑의 눈앞에 어떤 장면이 펼쳐졌는지, 그 장면에서 뭘 연상해 냈는지 궁금했다. 하지만 묘랑은 돌아갈 때까지 아무 말도 하지 않았다.


"미안하네요, 종일."

도하의 차 안에서 담희가 정말로 미안한 표정으로 말했다. 곁눈질로 담희를 흘긋 바라보며 도하는 아무렇지도 않은 투로 되물었다.

"뭐가요?"

"기껏 놀러 왔는데, 온종일 일만 시켜서요."

"난 오늘 재미있었어요. 담희 씨랑 온종일 같이 있었던 것도 좋았고, 재미난 사람들을 잔뜩 만난 것도 좋았고, 책방이란 곳이 얼마나 많은 노동을 요구하는 곳인지 알게 된 것도 좋았어요."

도하의 농담에 담희는 조금 웃었다.

밤 시간이었지만 도로에는 차가 많았다. 평소 버스를 타고 다닐 때는 차가 밀리든 말든 별 신경 쓰지 않던 담희였다. 어차피 네 정거장. 밀려 봤자 금방이었고, 정 밀리는 게 갑갑하면 중간에 내려 걸어가면 그뿐이었다.

하지만 지금은 도하의 자동차 안이었다. 차가 밀리면 도하가 집에 너무 늦게 들어가게 될 테고, 그럼 내일 출근하는 게 힘들지 않을까? 공연히 마음이 쓰였다.

"그러고 보면 난 책방에 가 본 적이 별로 없었던 것 같아요."

도하가 차창 앞으로 펼쳐진 붉은 후미 등 행렬을 물끄러미 바라보며 입을 열었다.

"어머니가 교육열이 대단해서 어릴 때부터 좋다는 책은 모조리 전질로 들여 주셨거든요. 형들 때부터 들여 놓은 책들이 많으니까 난 책을 살 필요도 없었고, 그렇게 책이 사방에 쌓여 있으니까 읽기도 전에 질려 했던 것 같아요. 문제집 사러 몇 번가 봤나? 오늘처럼 오래 서점에 있어 본 건 처음이에요."

"서점의 느긋함 같은 걸 느끼게 해 줬어야 했는데, 책장 정리만 하게 해서 미안해요."

"또! 그렇게 자꾸만 미안하다고 하니까, 기분 별로예요."

도하가 불퉁하니 중얼거렸다.

"알았어요. 미안하단 말 그만할게요. 그나저나 차 많이 밀리네요."

담희는 조금 웃으며 말을 돌렸다.

"그러게요. 오래 같이 있으란 계시 같은 건가."

농담처럼 대답하는 도하를 담희는 말없이 바라보았다. 뭔가 이상하게 미안했다. 데려다준다고, 꼭 데려다주겠다고 우기는 도하에게 이끌려 차를 탔지만, 그러지 말았어야 했는데, 하는 생각이 자꾸만 들었다.

성큼 다가서는 그를 마냥 거절하자니, 거절할 이유가 떠오르지 않았다. 같이 있는 게 즐거웠고, 편했으며, 친구 하자던 처음 그의 말 그대로 딱히 선을 넘지도 않았다. 그렇다고 허물없이 친구 놀이를 하자니 도하의 눈빛이 담희를 자꾸만 미안하게 만들었다.

　담희는 그가 편한데도 미안한 이유를 알 수가 없었다. 여중, 여고, 여대를 나온 담희는 학교 졸업도 전에 회사에 들어가 밤낮없이 컴퓨터만 들여다보았었다. 연애는 고사하고 남자들과 길게 대화조차 제대로 해 본 적 없던 그녀로선 이 상황이 낯설었고, 어색했다.

　"담희 씨, 전화 오는 것 같은데요."

　도하의 말에 멍하니 생각에 잠겼던 담희는 화들짝 놀라 고개를 들었다. 자신의 가방 속에서 진동 소리가 희미하게 반복되고 있었다. 후다닥 가방을 뒤적여 휴대전화를 꺼냈다. 곧 결혼한다던 담희의 친구 정원이었다.

　담희가 전화를 받자 정원이 내일 저녁 8시 모임 소식을 알려 왔다.

　"8시는 좀……."

　- 책방 얘기 들었어. 좀 일찍 문 닫으면 안 돼?

　"먼저 모여 있어. 상황 봐서 일찍 갈 수 있으면 가고, 아님 조금 늦게 가지, 뭐. 장소 옮기게 되면 알려 주고."

　- 그래, 알았어. 내일 봐.

　"친구 모임?"

　통화를 끝낸 휴대전화를 가방에 밀어 넣는데 도하가 물었다.

　"네. 친구가 결혼한대요."

　"같이 가면 안 되겠죠?"

　"네?"

　"담희 씨 친구들은 어떤 사람인가 궁금해서."

　도하가 조금 웃으며 말했다. 담희는 도하의 말에 어떻게 반응해야 할지 몰라 눈을 깜박거렸다. 그 모습을 흘깃 바라보던 도하는 도로를 바라보며 조그맣게 물었다.

"내가 부담스러워요?"

도하의 질문에 담희는 뭐라고 대답해야 할지 알 수가 없었다. 잘못한 것도 없이 담희는 시선을 내리깐 채 조그맣게 대답했다.

"음……. 글쎄요. 잘 모르겠어요. 그냥 미안해요, 계속."

"흠, 미안한 건 부담스러운 것보다 좋은 걸까? 나쁜 걸까?"

도하가 마치 혼잣말처럼 중얼거렸다. 그러더니 막 빨간 신호로 바뀐 건널목 앞에 차를 세우며 담희를 바라보았다.

"어쨌거나 아무 생각 없다와 너무너무 싫다보다는 미안하다는 게 좋은 거겠죠."

담희는 할 말이 없었다. 또다시 불쑥 미안해요, 라고 말하게 될까 봐 그냥 입을 꽉 닫았다. 왜 미안한지도 모른 채 마냥 미안한 마음을 짓씹으며 담희는 자신을 바라보는 맑은 눈동자를 피해 창밖으로 시선을 돌렸다.

❊

9시가 되기 전에 후다닥 가게 문을 닫은 담희는 책방에서 멀지 않은 대학가 호프집으로 날듯이 뛰어갔다. 이국적인 분위기의 독일식 호프집에는 이미 친구들이 와서 이야기를 나누고 있었다.

공무원 시험 준비 중인 인주, 결혼을 앞둔 정원과 작년에 회계사 시험에 통과해 회계사로서 바쁘게 살고 있는 연정, 그리고 스포츠신문 기자지만 연예인 사생활을 취재하느라 더 바쁜 정수까지. 담희를 포함한 다섯은 지방 고등학교에서 함께 서울로 올라온 친구들이었다.

"그래서 신랑을 어디서 만났는데?"

"선봤어."

정원이 건네는 청첩장을 받아 펼치며 담희가 묻자 정원이 민망한 듯 웃으며 대답했다.

"너 운명적 만남파 아니었어?"

건너편에 앉아 있던 정수가 담희 앞에 맥주잔을 밀어 주며 물었다.

"선 자리에서 운명적인 인연을 만날 수도 있다고, 울 엄마가 하도 볶아서."

"그래서 운명적으로 만난 거야? 선 자리에서?"

"아니, 운명은 아닌 것 같았는데, 또 만나다 보니 그게 운명 같더라."

그렇게 말하는 정원의 얼굴은 편안해 보였다. 빠듯한 결혼 일정을 맞추느라 힘들었는지 살도 빠지고, 피부도 까칠했지만, 그래도 행복해 보였다.

"얼굴 보니까 좋아 보이네. 운명 맞나 봐, 그 신랑 될 사람이."

"담희 네가 그렇게 말하니까 어쩐지 안심된다."

담희의 말에 활짝 웃으며 정원이 말했다.

오랜만엔 만난 친구들과 대화를 나누며 담희는 10년 전, 자신들의 모습을 떠올렸다. 열아홉 살, 그들은 수능을 앞두고 있었고 매일, 내일이 불안했다.

그 끝날 것 같지 않던 입시 공부 사이사이, 그들은 자신들이 꿈꾸는 대학과 먼 미래 어느 날에 대한 소원과 그들이 꿈꾸는 사랑에 관해 수다를 떨며 그 시간을 버텼다.

가만 생각해 보니 그때도 인주는 10년 후, 자신의 모습을 누군가 살짝 알려 주면 좋겠다고 했었던 것 같다. 그때의 그들을 생각하며 담희는 막연히 중얼거렸다.

"결혼하면 불안하진 않겠다. 미래를 함께할 누군가가 있으니까."

"언제나 내 편이 되어 줄 사람이 있다는 게 든든하긴 해."

정원이 고개를 끄덕였다.

"내 편이 되어 줄까? 영원히?"

연정이 정원의 얼굴을 쳐다보며 혼잣말처럼 중얼거렸다.

"무슨 뜻으로 하는 말이야?"

기분이 상한 듯 입을 꽉 다문 정원 대신 인주가 물었다. 연정이 당황한 듯 인주를 돌아보았다.

"아, 정원이 얘기가 아니고. 나."

"너? 너 뭐?"

연정이 흠, 한숨을 뱉었다.

"나 남친 생겼어."

"얼핏 듣긴 했어. 근데 웬 한숨?"

"연봉 2억이야."

"근데?"

"어쩐지 내 편 안 돼 줄 것 같아. 근데 연봉 2억이야."

"너 돈 잘 벌잖아. 연봉 2억 남자보다 한숨 안 쉬게 하는 남자를 만나는 게 좋지 않을까?"

담희가 조심스럽게 말했다.

"너라면 그렇게 말할 줄 알고 있었어. 하지만…… 아, 모르겠다. 어쩐지 연봉 2억은 그냥 차 버리기엔 좀……."

"그 남자도 그렇게 생각하고 있을지 누가 아니? 너 지금 연봉 얼마야? 이것저것 다 합치면 한 5천쯤? 더 되려나? 앞으로 너 하기 따라서 억대도 가능하지 않아? 네 남친도 너 능력 땜에 만나는 거라면 너 어쩔래?"

맥주를 물 마시듯 들이켜고 있던 정수의 말에 연정은 미간에 주름을 잡았다.

"뭐, 그럴지도 모르지. 그럴 확률도 높고."

마치 다른 사람 이야기를 하듯 연정이 중얼거렸다.

"그런데 왜 만나? 내가 너 정도 능력 가졌으면, 나만 바라보면서 나 대신 살림해 줄 자상한 남자 데려다 집에 들어앉혀 살림 시키겠다. 연봉 2억이 뭐 대수라고."

정수의 말에 우리는 다 같이 웃음을 터트렸다. 독신주의자에 스스로를 골수 페미니스트라 칭하는 정수는 고등학교 때도 그랬다.

가난한 남자와의 운명적 사랑이 가능한가에 대한 끝없는 논쟁을 벌이는 정원이와 연정이 곁에서 정수는 늘 쿨하게 외쳤다.

'맘에 들면 네가 능력 키워서 데리고 살아. 돈 없는 사랑이 가능하려면 네가 돈 벌면 돼.'

'독신주의자는 빠져.'

'독신주의라고 했지, 연애도 안 한다고는 안 했다.'

연정이 한마디 하면 정수는 금방 자유연애를 주장하곤 했다. 자신의 소신대로 정수는 나름 열심히 연애를 했고, 우리 중 가장 화려한 20대를 보내는 중이었다.

"내가 볼 땐 결혼할 남자는 평범한 게 최고야. 연봉 2억에 여자 한숨 쉬게 하는 남자보단 적당한 능력에, 적당히 다정하고, 같이 있을 때 편한 사람이 더 나아. 우리 형부, 연봉 그렇게 많지도 않고, 언니랑 둘이 운명적 사랑 어쩌고도 없었지만 지금 행복하게 살아. 언니 말이, 살아 보면 안대. 어제가 그제 같고, 내일도 오늘 같은 뭐 그런 게 행복이라는 걸. 내가 봐도 그렇고."

인주의 말에 정원이 열렬히 고개를 끄덕였다. 둘을 바라보며 담희는 도하를 떠올렸다. 도하라면 완벽했다. 알고 있었지만, 그런 생각을 하는 순간 어제 도하의 차 안에서 느꼈던 미안함이 함께 떠올랐다.

"정말 편한 게 최고일까?"

담희가 조그맣게 중얼거렸다. 그녀의 곁에 앉았던 인주가 담희의 얼굴을 빤히 들여다보았다.

"왜? 어디 편한 남자 나타났니?"

"그러게, 표정이 어째 조금 수상하다. 뭔데? 누군데? 어?"

갑작스레 자신에게 모이는 시선에 담희는 당황했다.

"아, 아니야. 아무도 없어. 그냥 편한 게 정말 최고인 건가? 싶어서."

"아니긴. 뭐 있어. 이 언니 예민한 거 알지?"

정수가 실눈을 뜨며 웃었다. 담희는 대답 없이 그냥 웃었다.

"말할 준비 안 된 거 같으니까 일단 넘어가 줄게. 다음번엔 안 봐줘."

"그래그래. 고오맙다."

담희가 고개를 끄덕이며 대답하자 친구들은 실없이 깔깔 웃었다. 어쩐지 고등학교 때로 돌아간 것 같은 기분이 들었다. 따지고 보면 열아홉 그때나 지금이나 담희는 크게 달라진 게 없는 것 같기도 했다.

시험을 치렀고, 대학에 들어갔고, 졸업을 하고 직장에 들어가 오늘까지도 열심히 주어진 길을 걸어온 것. 그게 어른이 되었다는 증거가 될 수 있을까?

스스로가 뭘 하고 싶은지도 모르고, 자신의 감정이 요즘 들어 왜 이렇게 들쑥날쑥거리는지도 모르는데, 그런데도 어른이라고 할 수 있을까?

담희는 친구들과 웃었고, 함께 수다를 떨었다. 그러면서도 뭔가 개운치 못했다. 어른이 되어 가는 친구들 사이에서 자신만 어쩐지 방황하고 있는 것 같은 기분이 들었다.

친구들의 대화는 어느새 신혼여행지와 가고 싶은 여행지로 바뀌어 있었다. 담희는 머릿속을 휘젓는 생각들을 모조리 쫓아내기 위해 더 열심히 친구들의 대화에 끼어들었다.

친구들과 헤어져 담희는 잠깐 고민했다. 택시를 탈까? 12시가 가까워진 시간이었다. 담희는 차도까지 내려서서 택시를 잡기 위해 손을 흔들고 있는 사람들을 바라보다 천천히 책방으로 향했다. 책방을 조금 지나 있는 버스 정류장엔 아직 버스가 다닐 터였다.

책방으로 돌아가는 길을 따라 담희는 부쩍 깊어진 가을의 밤을 천천히 걸었다. 가로등 불빛이 흩어 놓는 가로수의 그림자를 한 발짝 한 발짝 꼭꼭 눌러 밟으며 담희는 뜬금없이 채운을 생각했다. 그렇게 가 버리고 여태도 연락 한 번 없는 그를 왜 자꾸 생각하고 있는지.

담희는 채운이 궁금했다. 10년 전 배낭여행에서는 무슨 일이 있었던 건지, 왜 자신이 채현 작가인 걸 꼭꼭 숨기고 있는 건지, 왜 갑자기 자신에게 관심이라도 있는 것처럼 자꾸만 말을 거는 건지, 그러다 갑작스레 도망치듯 책방을 떠난 건지.

"흠."

담희는 얇은 가을 점퍼 호주머니에 양손을 푹 찔러 넣고는 타박타박 걸으며 한숨을 뱉었다. 답 없는 질문들이 머릿속에서 춤을 추고 있었다.

책방이 보이는 모퉁이를 막 돌아서던 담희는 그 자리에서 멈칫 걸음을 멈췄다. 채운이 서 있었다. 책방 넓은 창가에, 노랗게 쏟아지는 가로등 불빛을 받으며 책방 유리 너머를 물끄러미 바라보고 서 있었다.

담희는 그 자리에 서서 가만히 채운을 바라보다 천천히 그에게로 다가갔다. 그는 조금 슬퍼 보였다. 담희는 그의 곁에 멈춰선 채 채운이 들여다보고 있는 책방 유리창 너머를 들여다보았다.

채현 작가의 작품들이 창틀에 보기 좋게 진열되어 있었다. 그러고 보니 오늘 책방 정리를 하면서 그의 작품들을 창가 가장 잘 보이는 장소에 새롭게 진열했다. 채운은 그 작품들을 물끄러미 들여다보고 있었다.

채운은 자신의 곁에 조용히 다가와 자신처럼 물끄러미 책방 안을 들여다보는 담희를 유리창을 통해 바라보았다. 거울처럼 비치는 유리창 속 담희가 고개를 들더니 자신을 바라보았다.

"안녕하세요?"

담희의 인사에 채운이 고개를 돌려 그녀를 바라보았다. 양손을 호주머니에 푹 찔러 넣은 채 담희가 갸웃 고개를 기울이며 자신을 올려다보았다.

채운이 천천히 눈을 감았다 뜨더니 희미하게 미소를 지었다. 달무리 진 하늘의 흐린 반달 같은 미소였다.

"늦었습니다."

낮고 조용한 목소리였다.

"그러게요. 이 늦은 시간에 여기서 뭐 하세요?"

담희의 물음에 채운은 대답 대신 다시 창문 너머를 들여다보았다. 또, 또 대답 안 하지. 담희는 조금 불퉁한 기분이 들었다. 그렇게 불쑥 사라졌다 이렇게 나타나서는 묻는 말에 대답도 하지 않다니.

담희의 기분을 아는지 모르는지 채운이 마치 지나가는 바람 같은 목소리로 중얼거렸다.

"내가 없어지면 저 책들은 어떻게 될까요? 없어질까? 아니면 그냥 잊혀지려나."

"왜 그런 말을 하는 거죠?"

채운이 담희를 돌아보았다.

"글쎄."

그러곤 마치 아무 일도 없었다는 듯 싱긋 웃었다. 옆 카페에서 틀어 놓은 음악 소리가 도로에 은은하게 퍼지고 있었다. 채운의 웃음만큼이나 부드러운 음악 소리.

"나랑 정식으로 만나요."

불쑥 그가 말했다.

"네?"

담희가 눈을 깜박였다. 그가 무슨 말을 하는 건지 알 수가 없었다. 채운의 말이 귓가를 스쳐 머릿속이 아니라 가을 밤 속으로 사라져 버린 기분이었다.

"사귀자고요, 나랑. 제대로."

채운이 진지한 표정으로 담희를 바라보고 있었다.

"왜……요?"

담희의 질문에 채운이 피식 웃었다. 그의 눈에 천천히 장난기가 스며들고 있었다.

"왜일 것 같습니까?"

"나…… 좋아해요?"

"흠, 어쩌면."

"네?"

"관심 있어요. 신경 쓰이고."

"그게 뭐야."

담희가 중얼거렸다. 채운이 조그맣게 웃음을 터뜨렸다. 낮은 웃음소리가 기분 좋은 울림이 되어 허공을 맴돌았다.

"그게 뭔지 나도 궁금합니다. 그러니 만나 봐요."

채운의 목소리가 가을 밤 속으로 스며들어 담희를 가만히 흔들었다.

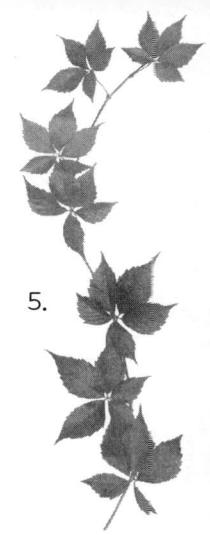

## 5.

  담희는 공원 커피 자판기에 동전을 밀어 넣고 버튼을 눌렀다. 또르르 떨어지는 커피 물 소리를 들으며 뻐근한 눈두덩을 엄지손가락으로 문질렀다.
  '사귀자고요, 나랑. 정식으로.'라고 말하던 채운의 목소리가 좁은 원룸 안에서 자꾸만 되살아나 그녀의 잠을 마구 휘저어 대는 통에 밤을 하얗게 새우고 말았다.
  결국 새벽같이 원룸을 빠져나와 공원으로 왔다. 서늘하면서도 상큼한 아침 공기를 들이켜며 운동장을 한 바퀴쯤 걸었지만 여전히 머릿속은 멍하고 혼란스러웠다.
  담희는 자판기에서 커피를 꺼내 근처 벤치에 가서 앉았다.

  '버스…… 시간이 다 돼서.'

사귀자는 채운의 말에 담희는 그렇게 대답하며 도망치듯 그 자리를 벗어났다. 뭐라고 대답해야 할지 알 수가 없었다.

왜 거절하지 못했지? 생각해 보면 어쩐지 거절하기 싫었던 것 같다. 그 마음이, 그의 말에 살랑살랑 흔들리며 거절을 떠올리지도 못했던 그 마음이 대체 뭐였는지 담희는 알 수가 없었다. 그에게 관심이 있었나? 아니면 채현 작가에 대한 호감 같은 거 때문일까?

커피를 한 모금 삼키며 벤치에 기대 묵직한 눈을 꽉 감았다. 아침 에어로빅 음악 소리가 멀리서 희미하게 들리고 있었다.

문득 막연히 누군가의 시선이 느껴지는 듯했다. 감았던 눈을 뜨며 주변을 둘러보자 자판기에 기대서 있는 채운이 보였다. 가벼운 운동복 차림의 채운은 팔짱을 낀 채 빙그레 웃으며 담희를 바라보고 있었다.

잠을 못 자서인지 시신경에서부터 뇌까지의 정보 전달이 느려진 기분이었다. 두어 번 눈을 깜박이던 담희의 눈이 뒤늦게 휘둥그레졌다.

"뭐예요? 아침부터?"

채운이 자신의 운동복을 가리키듯 가볍게 손짓을 하며 말했다.

"보시다시피."

"보시다시피? 보시다시피 뭐요? 스토킹?"

담희의 대답에 채운이 푸핫, 웃음을 터트렸다. 얼떨결에 말을 뱉은 담희는 입을 꽉 다물었다. 저 인간 앞에만 서면 언어회로에 필터가 사라져 버리는 게 틀림없었다.

"잠 못 잤습니까?"

담희는 대답 대신 커피를 홀짝였다. 따뜻하던 커피는 어느새 식어서 담희의 머릿속처럼 희끄무레한 상태가 되어 있었다. 채운이 성큼 다가오더니 벤치에 나란히 앉았다.

"나 때문에?"

그가 빙그레 웃으며 물었다. 커피를 삼키던 담희는 켁, 짧게 기침을 했다.

"뭐래요?"

"그랬으면 좋았을 텐데. 기껏 사귀자고 했는데, 대답도 없이 도망가서는 푹 자고 나오면 내가 뭐가 됩니까?"

"짜장면 비비다 갑자기 도망쳐서 며칠을 코빼기도 안 보이다 나타난 사람이 할 말은 아니지 싶네요."

"화났습니까?"

"화낼 게 뭐가 있다고."

"흠."

채운이 삐딱하게 웃으며 담희를 바라보았다. 그 시선에 담희는 짜증스레 눈을 떼굴 굴렸다.

"아, 그래요. 화난 건 아니지만 황당하긴 했어요. 아니, 짜증났나? 아, 몰라. 아무튼. 기분이 좋진 않았다고요. 볼 때마다 삐딱선 타고 사람 놀려 먹더니, 무슨 약 먹은 사람처럼 다정하게 굴다가 갑작스레 휙 사라졌는데, 당연한 거 아냐? 기분 좋으면 그게 더 이상한 거지. 그래 놓곤 다짜고짜 불쑥 사귑시다! 라니. 잠이 와? 잠 못 잔 사람 놀리는 것도 아니고, 못 잔 거 뻔히 알면서 못 잤으면 좋겠다는 건 또 뭐……."

"미안합니다. 갑자기 사라져서."

와다다다 말을 쏟아 놓던 담희는 채운의 갑작스런 사과에 할 말을 잃고 멀뚱히 그를 쳐다보았다.

"사정이 있었습니다."

"그 사정이 뭔지 물어도 대답 안 할 거죠?"

채운이 대답 대신 살짝 미안한 듯한 미소를 지었다.

"하아. 뭐가 이래. 따지지도 못하게 사과부터 하고."

담희는 쥐고 있던 커피를 벌컥벌컥 들이켜고는 종이컵을 콱콱 구겨 쥐었다.

"조금 천천히 사과할 걸 그랬나?"

장난스레 중얼거리는 채운의 말에 담희는 미간을 모은 채 자리에서 벌떡 일어섰다. 그러곤 종이컵을 쓰레기통에 휙 집어 던지곤 중얼거리며 돌아섰다.

"갈래요. 아침부터 말장난할 힘 없어요."

채운이 따라 일어서며 그녀와 나란히 보폭을 맞췄다. 따라오는 그를 무시하며 담희는 성큼성큼 걸음을 옮겼다.

"그래서 생각해 봤습니까?"

"뭘요?"

"사귀자는 내 말."

그의 말에 담희가 불쑥 걸음을 멈췄다. 그러곤 휙 돌아서 채운을 올려다보았다.

"대체 무슨 생각이에요?"

"뭐가 말입니까?"

"왜 사귀자고 하는 거예요? 나 보면 두근거려요? 안 보면 보고 싶기도 하고?"

"그래야만 사귀자고 하는 겁니까?"

채운이 되물었다.

"그렇지도 않은데 사귀자고 하는 게 더 이상한 거라고요. 그냥 궁금하고 신경 쓰인다고 사귀는 게 어딨어? 그럼 난 사귈 사람 사방에 널렸어요."

불퉁한 담희의 대답에 채운이 조금 웃었다. 그러더니 흠, 짧게 한숨을 뱉고는 말했다.

"보고 싶습니다, 안 보면."

"설마."

갑작스러운 채운의 말에 담희는 반사적으로 대꾸했다.

"담희 씨 웃는 거 보면 같이 웃고 싶어집니다. 담희 씨랑 이야기하다 보면 내가 가진 문제 같은 거, 다 무시하고 싶어집니다. 담희 씨랑 같이 있으면 그냥…… 즐겁고, 좋습니다."

그의 말에 담희는 당황했다. 심장 안쪽이 쿵쾅쿵쾅 날뛰는 건 어제 마신 술이 뒤늦게 커피를 만나 위장을 흔들기 때문일까? 잠을 못 자 멍한 머리가 그의 말들을 소화하느라 과부하에 걸린 기분이었다.

"이제 사귀자고 해도 됩니까?"

채운이 조금은 삐딱하게, 한편으론 다정하게 물었다.

"아…… 안 돼요. 하지 말아요."

당황한 담희가 휘둥그레진 눈으로 대답했다.

"이번엔 또 왜?"

"몰라요, 나도. 하지만 지금 사귀자고 하면 내 마음도 모르고 그래요, 만나요, 할 것 같단 말이에요."

담희의 대답에 채운이 웃음을 터트렸다. 뭐가 그리 재밌는지 하하, 즐겁게 웃던 채운이 웃음 끝에 물었다.

"그럼 안 됩니까?"

"안 되죠. 내 마음도 모르고 대답했다가, 갑자기 무르고 싶어지면 어떡해요?"

담희의 커다란 눈동자가 어쩔 줄 몰라 하고 있었다. 그 모습을 물끄러미 바라보던 채운이 피식 웃었다.

"그럴 일 없을 겁니다."

뭐가 그럴 일 없다는 거지? 무르고 싶은 맘 생기지 않을 거란 건가? 그와의 대화는 왜 이렇게 복잡한지 모르겠다. 담희가 멀뚱히 그를 바라보며 눈을 깜박거렸다.

채운이 갑자기 손을 뻗었다. 담희가 화들짝 놀라 쳐다보자 그는 빙그레 웃으며 담희의 머리카락에 붙은 나뭇잎을 떼 냈다.

"책방으로 갈 겁니까?"

채운이 떼어 낸 나뭇잎을 손끝으로 빙글 돌리며 물었다.

"아, 아니요. 집에 갈 거예요."

갑작스레 바뀐 대화 주제에 당황한 담희는 채운의 손끝에서 빙글빙글 맴을 도는 나뭇잎을 바라보며 얼떨떨하게 대답했다.

"집, 멉니까?"

"그냥, 뭐……. 잠깐, 그건 왜 물어요?"

대답 대신 그가 웃었다.

"따라올 생각이면 관둬요. 스토커 같으니까."

"그럴 생각 없었는데……."

놀리듯 삐딱한 표정으로 채운이 대답했다. 담희는 삐죽삐죽 입을 내밀고는 그를 휙 노려보았다.

"사람 놀리는 게 취미지, 정말. 나 먼저 갈 거니까 거기 서서 열까지 세고 와요."

담희의 말에 채운이 웃음을 터트렸다.

참 재밌기도 하겠네. 담희는 공연히 불퉁거리며 화다닥 걸음을 옮겼다. 장난스럽게 숫자를 세는 채운의 목소리가 담희의 등을 살금살금 간지럽히며 따라왔다.

❇

책방에 도착해서 막 문을 열고 있는데, 우체부 아저씨가 엽서 한 장을 우편함에 떨구고 지나갔다. 담희는 한걸음에 달려가 우편함을 열어젖혔다.

예상대로 할아버지의 엽서였다.

「모래밭에 남겨진 내 발자국은 내가 생각한 것보다 더 비틀비틀, 엉망이구나.

그래도 한 발짝, 한 발짝 최선을 다해 걸어서인지 선명하고 뚜렷하긴 하다.

태국에서 거북이 한 마리를 입양했다. 돌아가면 소개시켜 주마.」

담희는 할아버지의 편지를 되풀이해 읽었다.

"거북이?"

담희는 갸웃 고개를 기울이며 엽서를 뒤집어 보았다. 백사장을 기어가는 아기 거북이의 모습이 담겨 있는 엽서였다.

담희는 할아버지의 엽서를 다시 한 번 읽어 보고는 엄마에게 전화를 걸었다. 어쨌거나 할아버지의 동향을 전해 드려야 할 것 같았다.

할아버지에 대한 근심과 걱정 끝에 엄마는 지나가는 말처럼 '그래서 그 헌책방을 네가 더 보고 있어야 한다는 거구나.'라며 한숨을 뱉었다.

"또 연락드릴게요."

담희는 엄마의 한숨을 못 들은 척 웃으며 대답하고는 전화를 끊었다. 그러고는 책방 정리를 시작했다.

여전히 책방은 어수선했다. 한 이틀 열심히 책방 정리를 해서인지 문가 쪽의 책장은 거의 완벽하게 정리가 되어 있었다. 하지만 안쪽은 아직도 여기저기 어수선하고 정신이 없었다.

쉽게 끝날 정리가 아니었다. 책이 너무 많았다. 사방에 쌓인 책들을 이리저리 옮겨 가며 정리를 했다. 어쨌거나, 딴생각을 날려 버리기엔 괜찮은 노동이었다.

"언니!"

한참 책장을 정리하고 있는데 묘랑이 찾아왔다.

"일찍 왔네."

"갑자기 휴강돼서."

카페인 음료를 내미는 묘랑을 담희는 웃으며 바라보았다.

"묘랑 씨, 부업으로 타로 카드 가게 열어도 될 것 같아."

"그건 제 운명이 아니에요."

묘랑은 진지한 표정으로 대답하더니 마셔요, 말하며 카페인 음료를 따서 내밀었다.

"안 그래도 엄청 졸렸는데. 고마워, 묘랑 씨."

담희의 말에 묘랑은 그저 어깨를 으쓱해 보였다. 그러곤 말없이 담희가 정리하다 만 책장들을 정리하기 시작했다.

"안 해도 돼."

"재밌어요, 책장 정리. 보물 창고를 정리하는 기분이라."

담희는 웃으며 책장에 기대 카페인 음료를 마셨다. 책을 꽂던 묘랑이 마음에 드는 책을 발견한 듯 한동안 표지를 들여다보고 서 있었다. 담희는 음료를 마시며 묘랑을 바라보다 말을 걸었다.

"묘랑 씨, 일전에 여기 왔던 남자 있잖아."

묘랑이 담희를 돌아보았다.

"그때 피자 먹으면서 타로 카드 뽑았던 거, 물어봐도 돼?"

담희의 물음에 묘랑이 가볍게 어깨를 으쓱해 보였다.

"별거 아닌데. 그분이 언니를 너무 열렬히 쳐다봐서 정말로 언니의 로맨스 남자가 맞나 궁금해서 뽑아 본 것뿐이에요."

"그래서?"

묘랑이 담희를 쳐다보았다. 잠깐 고민하는 것 같은 표정이었다.

"말하기 곤란하면 안 해도 돼."

"뭐 그렇다기보단, 그냥 이건 어디까지나 나 혼자 재미로 보는 거라."

"나도 알아. 뭐, 큰 의미 가지고 물어보는 건 아니고. 그냥……."

담희는 그냥이라고 말하며 카페인 음료를 가볍게 흔들었다. 조금 남은 음료가 캔 안에서 찰랑 흔들렸다. 마치 어쩌지 못하고 흔들리고 있는 담희의 마음처럼.

묘랑이 담희를 가만히 바라보더니 쥐고 있던 로맨스 소설을 담희 앞에 들어 보였다. 검은 슈트 차림의 남자가 여자를 애틋하게 바라보고 있는 표지의 로맨스 소설이었다.

"이 남자, 그 남자분 닮지 않았어요?"

"글쎄……."

단정하고 반듯한 느낌이 도하와 닮았다면 닮았지만, 잘 모르겠다. 담희가 갸우뚱 표지 그림을 바라보고 있자 묘랑이 어깨를 으쓱해 보였다.

"언니가 취향이라고 했던 이사님 나오는 로맨스. 그 남자분은 이사님을 닮았네요. 닮았는데, 정말 이사님일까? 아니면 그냥 닮은 사람인 걸까."

"뭐?"

묘랑은 들고 있는 책 표지를 들여다보며 말했다.

"언니 마음먹기 달렸어요. 그 남자는 누구한테든 완벽한 이사님이 될 수 있는 사람이라서. 언니가 마음만 먹으면 언니의 완벽한 이사님이 될 테고, 그게 아니라면 이사님을 닮은 누군가가 될 테죠."

그러곤 돌아서서 책을 정리하기 시작했다.

묘랑의 말에 담희는 눈을 깜박거렸다. 검은 옷을 입은 이 아가씨는 정말로 모르는 게 없는 것 같았다. 담희는 흠, 길게 숨을 뱉으며 남은 음료를 마셨다.

'내가 마음먹기에 달린 것. 알지. 아는데, 그게 쉽나.'

담희는 빈 캔을 만지작거리며 도하를 생각했다. 누구한테든 완벽한 이사님이라. 그래, 그럴 것 같다. 꼭 자신이 아니어도, 도하는 어쨌거나 누군가의 완벽한 로맨스 남주가 될 수 있을 것 같았다. 하지만 채운은…….

담희는 채운이 다른 누군가의, 특히 여우 여자의 완벽한 이사님이 된 모습을 떠올려 보다 입술을 잘근 깨물었다. 어쩐지 기분이 나빠졌다.

"으, 몰라, 몰라."

담희는 마구 머리를 흔들며 빈 캔을 버리러 뒤뜰로 향했다.

뒤뜰 문을 활짝 열어 놓고 나오는데, 채운이 막 책방으로 들어서는 중이었다. 담희는 그 자리에 멈칫 얼어붙은 듯 서서 그를 바라보았다.

채운이 인사를 건네듯 빙그레 미소를 지었다. 찰랑찰랑한 가을 햇살을 받고 선 그의 미소에 담희는 순간 심장이 콩, 날뛰었다. 조금 전 마신 음료 속 카페인이 아무래도 핏줄 속에서 뜀뛰기라도 하는 모양이었다.

"언니. 젊은 베르테르의 슬픔."

묘랑의 목소리가 책장 사이에서 들렸다. 넋 놓고 있던 담희는 화들짝 놀라며 책장을 돌아보았다. 책장 사이로 책을 흔들고 있는 묘랑의 손이 보였다. 채운을 슬쩍 곁눈질하며 담희는 그녀에게로 향했다.

묘랑에게 책을 건네받아 첫 장을 넘겼지만, 아무것도 적혀 있지 않았다.

"이 책 아니야."

묘랑은 고개를 끄덕이며 한 무더기의 책을 안고 책장 모퉁이를 돌아 반대쪽으로 들어가 버렸다.

"찾는 책이?"

언제 온 건지 채운이 담희가 쥐고 있는 책을 어깨 너머로 내려다보며 물었다. 좁은 책장 사이 바싹 다가선 그의 몸에서 부드러운 온기와 함께 가을 햇살 같은 냄새가 났다. 맑고 선선하면서도 바삭바삭 잘 마른 물빛 하늘 냄새.

담희는 어쩐지 볼에 따끈하게 열기가 도는 것 같았고, 공연히 붉어진 얼굴이 민망해 흩어진 책을 살펴보는 척 고개를 숙인 채 대답했다.

"젊은 베르테르의 슬픔. 조금 특별한."

"특별한? 음…… 혹시 속지에 글이 적혀 있다거나 한?"

"알아요?"

담희가 붉어진 얼굴도 잊은 채 채운을 휙 돌아보았다. 바싹 다가서 있던 채운의 목선이 담희의 시선을 가득 채웠고, 화들짝 놀란 담희가 주춤 물러섰다.

"어!"

물러서던 담희가 바닥에 쌓인 책에 발이 걸려 휘청 흔들렸다.

"조심."

채운이 재빨리 담희의 팔을 잡았다. 그의 손이 닿은 팔뚝에 화끈 열기라도 오르는 것 같았다.

"아……. 그러니까 고, 고마워요."

그의 손에서 팔을 당겨 빼며 담희가 당황한 목소리로 말했다.

"고마울 것까지야."

농담처럼 대답한 채운이 담희를 내려다보며 빙그레 미소를 짓더니, 휘청거릴 때 얼굴로 흘러내린 담희의 머리카락을 가볍게 귀 옆으로 넘겨 주었다.

"아, 아니. 이런 건 안 해 줘도……."

당황한 담희가 한 발 물러서며 중얼거렸다. 채운이 삐딱하게 눈썹을 끌어 올리더니 팔짱을 끼며 픽 웃었다.

"흠, 흠. 아. 어쨌든, 그래서 특별한 그 책을 안다는 거예요?"

어색해지는 분위기를 무마하려 담희가 재빨리 말을 돌렸다.
"아마도."
"어딨어요?"
"알려 주면 뭘 해 줄 겁니까?"
"뭘 해 줘야 하는데요?"
어쩐지 불안한 기분으로 담희가 되묻자 채운이 빙그레 미소를 지었다.
"나랑 다시 점심 먹읍시다. 책방 말고 밖에서."
"책방을 비워 놓을 순 없어요."
담희가 곤란한 표정으로 대답하자, 채운이 가볍게 고개를 끄덕이며 말했다.
"책방 문제만 해결하면 되는 겁니까?"
"네?"
"진묘랑 씨!"
채운이 조금 큰 목소리로 묘랑을 불렀다. 책장 정리를 하고 있었던 듯 양손에 책을 움켜쥔 묘랑이 책장 모퉁이에서 얼굴을 내밀었다.
"맙소사!"
묘랑이 쥐고 있던 책을 툭 떨어뜨리더니, 놀라고 당황한 표정으로 채운을 쳐다보았다.
"알바 할 생각 있습니까?"
채운의 말을 제대로 알아듣지 못한 듯 묘랑의 눈이 채운을 지나 담희를 향했다. 도하를 보고 부끄러워하던 것과 달리 이번엔 굉장히 놀라고 당황한 것 같았다.
"됐어요. 뭐 하는 거예요?"

담희가 중간에 끼어들었다.

"진묘랑 씨?"

채운이 다시 불렀다.

"네? 네?"

뒤늦게 화들짝 커진 눈으로 묘랑이 허둥지둥 대답했다.

"3시간 정도 책방 좀 봐 줘요. 아르바이트 시급 챙겨 드리겠습니다."

"네, 네, 네? 책방 아르바이트요? 조, 좋아요!"

멍하니 대답하던 묘랑이 갑자기 정신이 번쩍 든 표정으로 대답했다.

"아, 아니. 안 그래도……."

"아니에요! 제가 꼭 아르바이트를 할게요. 이 책방에서 아르바이트를 하는 게 제 꿈이란 말이에요."

열정적인 표정으로 말하는 묘랑을 보자 담희는 더 이상 말을 할 수가 없었다. 꿈이라는데 뭐라고 할 수 있을까.

"아……."

난감해하는 담희를 향해 채운이 씨익 웃어 보였다.

"갑시다."

"지금 당장이요?"

채운이 대답 대신 앞장서 책장 사이를 빠져나갔다.

"묘랑 씨, 책 가격은……."

"알아요. 거기 붙어 있는 거. 걱정 말아요. 빨리 가세요."

묘랑은 이 기회를 놓칠 수 없다는 듯 담희를 책방에서 몰아냈다.

"아, 아니. 저기, 내 지갑……."

묘랑의 긴 팔이 계산대 너머로 넘어가 담희의 겉옷과 가방을 움켜쥐더니 그녀의 품에 안겨 주었다.

"다녀오세요. 천. 천. 히."

결국 담희는 쫓겨나다시피 책방을 나설 수밖에 없었다. 문가에서 묘랑이 흐뭇한 표정으로 손을 흔들더니 문을 쾅 닫았다. 얼떨떨한 표정으로 책방을 돌아보던 담희가 멍하니 눈을 깜박이다 채운을 쳐다보았다.

"어디 갈 거예요?"

담희의 물음에 채운은 대답 없이 씨익 웃었다. 느긋하게 거리를 걷는 채운과 보폭을 맞추면서도 그녀는 자꾸만 책방을 돌아보았다.

"그만 돌아봐요. 기왕 나온 거."

채운이 그런 담희를 흘긋 쳐다보며 말했다.

"기왕 나온 게 아니라, 쫓겨난 기분이에요."

"뭐였든. 나온 건 나온 거니까."

채운의 느긋한 말에 담희가 픽 웃으며 어이없다는 듯 그를 쳐다보았다.

따갑지 않은 가을 햇살이 도로 위에 나붓하게 내려앉고 있었다. 채운의 얼굴 위로 어른거리는 가로수 그림자를 바라보던 담희가 흠, 길게 한숨을 뱉었다. 그래 기왕 나온 거. 그녀는 햇살을 음미하듯 하늘을 향해 살짝 고개를 들더니 갑자기 쭈욱 기지개를 켰다.

"아, 날씨 좋다."

채운이 빙그레 미소를 지었다.

짧은 가을이 만개한 시기였다. 담희는 온통 짙붉게, 샛노랗게, 다갈색으로 물든 도로를 느긋이 걸으며 배시시 웃었다.

채운은 온종일 책방에 매여 책방 넓은 창으로 단풍 진 가로수를 바라보던 담희에게 가을을 즐길 시간을 주고 싶었다. 물론 덤으로 둘이서 점심도 먹고. 어쨌거나 지금 담희의 표정을 보니 그녀가 이 시간을 즐기고 있는 것 같아 채운은 마음이 놓였다.

"그런데요. 묘랑 씨 이름은 어떻게 알았어요?"

담희가 지나가는 말투로 물었다. 채운은 아차, 싶었다.

"둘 다 단골이라서 아는 사이인 건가? 했지만 아까 묘랑 씨 표정 보니까 굉장히 놀란 것 같던데."

채운은 대답 대신 어깨를 으쓱해 보였다. 뭐라고 설명할 말이 없었다. 담희는 또, 또 대답 안 하지, 하는 표정으로 삐죽이 자신을 쳐다보았다.

짧은 바람이 담희의 머리카락을 흩어 놓고 지나갔다. 바람결에 낙엽이 화다닥 날렸다. 비처럼, 눈처럼 낙엽이 쏟아졌다. 삐죽거리던 담희의 시선이 쏟아지는 낙엽을 향하더니, 순식간에 얼굴 가득 웃음이 어렸다.

햇살이 그녀를 어루만지고, 낙엽이 그녀를 쓰다듬었다. 초승달 모양으로 가늘어지는 담희의 눈매와 금방 발그레 벌어지는 입술. 순간 채운의 심장 안쪽에서 찰랑, 파문이 일었다.

그녀의 햇살 같은 미소와 낙엽처럼 바삭거리는 웃음소리. 파문이 파도가 되어 온몸으로 퍼져 갔다. 채운의 시선 속으로 담희가 가득 들어찼다.

담희와 채운은 대학가 카페 같은 분위기의 한정식집 2층 창가에 마주 앉았다.

비비기 아까울 만큼 다채로운 색깔의 비빔밥을 담희는 일말의 망설임도 없이 싹싹 비비더니 크게 한입 떠서 얌, 맛있게 먹었다. 채운이 씨익 웃었다.

숟가락을 움켜쥔 야무진 손과, 햇빛을 본 적 있나 싶게 하얀 피부, 비빔밥이 맛있는지 입 끝에 살짝 어린 미소. 채운은 담희에게서 눈을 뗄 수가 없었다.

미쳤군. 채운은 낯선 스스로를 향해 생각했다.

"비벼 드려요?"

"뭐?"

담희가 놀리듯 자신을 바라보고 있었다.

"안 드셔서. 비빔밥 비빌 줄 모르나 했죠."

담희의 말에 채운이 삐딱하게 웃으며 말했다.

"다람쥐 같아서."

"네?"

"볼록한 볼이."

채운의 말에 담희는 입안의 음식을 급히 씹어 삼키며 삐죽한 표정을 지었다.

"귀엽네. 밥 비비는 걸 잊을 만큼."

뒤늦게 젓가락으로 밥을 설렁설렁 비비며 채운이 덧붙였다. 켁, 사레가 들린 듯 담희가 밭은기침을 하며 급히 물을 찾았다. 채운이 물 잔을 그녀 앞으로 밀어 주자, 벌컥벌컥 물을 들이켠 담희가 컵을 소리 나게 테이블에 내려놓았다.

"흠, 흠. 아! 정말, 진짜로 나한테 반하기라도 했어요? 왜 자꾸 그래요?"

"반했다고 하면 사귀자고 해도 됩니까?"

채운의 말에 담희가 어이없다는 표정을 짓더니, 갸웃 고개를 기울이고는 채운을 말끄러미 바라보았다. 까만 눈동자가 햇살을 받아 짙은 밤색 빛으로 반짝였다.

"나 떠보는 거면 그만하세요. 정말로 설레려고 하니까."

"다행이네, 설렌다니."

채운이 씨익 웃으며 말했다.

"하아, 제 말의 핵심은 설렌다가 아니라 떠본다! 거든요."

"떠본 적 없으니까 그만할 것도 없고. 그러니 핵심은 설렌다, 아닐까 싶습니다."

"네, 네. 설레요. 그러니까 식사나 하세요."

귀 끝이 빨개진 담희가 그릇으로 시선을 옮기며 말했다.

채운은 저절로 웃음이 났다. 뭐가 저렇게 매번 솔직한지. 가뜩이나 생각이 표정으로 다 드러나면서 또 그걸 쉽게 인정하는 걸 보면 거짓말은 못 할 것 같았다.

그 솔직함을 생각하다 채운은 또다시 웃었다. 왜인지 자꾸만 웃음이 났고, 그런 자신이 정말이지 낯설었다.

미쳤군. 정말. 웃으며 채운은 생각했다.


해가 저물고 있었다. 자홍빛 햇살이 책방을 살구색으로 물들였다. 담희는 넓은 창밖을 내다보다 불을 켜야겠네, 생각했다.

드문드문 드나드는 손님들 사이로 채운이 책을 정리하고 있었다. 책방 안에서의 그는 편안해 보였다. 느긋하게 돌아다니며 책을 살피고, 장르별로 책을 꽂고, 마음에 드는 책을 발견하면 그대로 책장에 기대 책을 읽었다. 사람들과 어울리지는 않앉지만, 책방 안의 책처럼 책방과 채운은 잘 어울렸다.

그는 간간이 담희를 바라보며 미소를 지었고, 가끔은 삐딱하게 장난을 쳤다. 채운 때문에 안절부절못하던 것도 잠시, 담희는 그와의 시간이 재밌었다. 그리고 처음으로 편안했다.

삐걱, 울리는 나무 바닥 소리에 돌아보자 채운이 책장에 기대 자신을 바라보고 있었다. 그의 손에 《젊은 베르테르의 슬픔》이 들려 있었다.

"아!"

담희가 한걸음에 달려가 책을 받아 쥐고는 첫 페이지를 넘겼다.

낡고 바랜 종이 위에 남청빛 만년필 글씨가 또렷했다.

「자야 씨에게.

나는 당신의 베르테르이지만, 당신의 알베르트는 아닙니다.

미안합니다. 당신의 알베르트를 찾길 바랍니다.

당신을 사랑했습니다.」

"헤어지자는 편지, 같은 건가?"

담희가 중얼거렸다.

"이 책 읽어 봤습니까?"

"중학교 때 읽어 보긴 했는데, 자세히 기억나진 않아요. 알베르트가 여자 주인공 남편이죠? 맞나?"

담희가 막연히 책 내용을 떠올려 보며 물었다. 채운이 가볍게 고개를 끄덕였다.

"이거 어디 있었어요?"

"창고에."

담희는 눈을 깜박였다. 책방 창고에 대해 채운이 담희보다 훨씬 많이 알고 있는 것 같았다. 그러나 창고는 손님들이 드나들 수 있는 공간이 아니었다.

"창고에 있는 거 어떻게 알았어요?"

"저번에 동화책 찾을 때 봤습니다."

그럴 리가, 담희는 생각했다. 책 속지에 글이 적힌 걸, 동화책 찾다가 봤다고? 그럴 리가. 담희는 말없이 채운을 올려다보았다.

채운이 슬며시 눈길을 거두더니 "불, 켜야겠습니다." 하고 말하며 계산대로 향했다.

그는 뭔가를 숨기고 있었다. 거짓말을 한다기보단 뭔가를 말하고 싶지 않아 하는 것 같았다. 담희는 흠, 한숨을 뱉었다. 말하지 않는 그 뭔가가 뭔지 궁금했다.

불을 켜는 채운을 책장 사이로 쳐다보고 있는데 휴대전화의 진동이 느껴졌다. 국제전화였다. 담희는 급히 전화를 받았다.

"할아버지?"

- 그래. 나다. 잘 지내?

"그건 제가 물어봐야 할 말이잖아요. 잘 지내세요?"

- 그럼. 더없이 잘 지낸다.

할아버지의 목소리는 편안하고 느긋했다.

"엽서 받았어요. 거북이는 뭐예요?"

- 하하. 나중에 보여 주마. 지금은 베트남이야.

"베트남? 동남아 일주라도 하세요?"

담희가 눈을 깜박거리며 물었다. 할아버지는 대답 대신 웃으셨다. 뭔가 재밌어하는 웃음소리였다. 웃음이 밝았고, 그래서 정말로 즐거운 것 같아 담희는 마음이 놓였다.

"그래서 언제 오실 건데요? 고모가 할아버지 연락 오면 모시러 갈 테니 위치 받아 놓으래요."

- 베트남에선 좀 오래 있을 거야. 책방을 더 부탁해야겠구나.

"뭐 그건 상관없는데……."

- 네 고모한테는 말하지 마라. 봐서 내가 연락하든가 하마.

"좀 자주자주 연락 주세요. 다들 걱정하시잖아요."

말하며 계산대를 돌아보던 담희는 자신을 쳐다보며 빙그레 미소를 짓고 있는 채운과 눈이 마주쳤다. 그의 시선을 느끼며 통화를 하자니 말이 꼬이는 기분이었다.

담희는 채운에게 가볍게 눈짓을 하고는 통화를 하며 가게 밖으로 나왔다.

- 그래. 책방은 별일 없지?

"책장 정리를 하는 중이에요."

- 뭐, 시간은 잘 가겠구나.

조심스럽게 말을 꺼낸 담희에 비해 할아버지는 대수롭지 않게 대답했다. 할아버지의 목소리를 가만히 듣고 있던 담희가 책방 문을 흘긋 보고는 책방에서 조금 물러나며 입을 열었다.

"할아버지, 저기…… 책방 단골 중에요. 길 건너 오피스텔에 사는 남자, 아세요?"

- 길 건너? 누구? 아. 혹시 키 크고 훤칠하게 생긴 작가 양반?

"네. 그 사람이요. 어때요?"

- 왜? 무슨 일 있냐?

"아, 아니, 그냥……."

담희는 뭐라고 말해야 할지 몰라 말을 얼버무렸다. 그 사람이 사귀자고 해요, 라고 말하기엔 뭔가 쑥스러웠다. 할아버지가 흠, 짧게 숨을 뱉는 소리가 들렸다.

- 관심 있니?

잠시 후, 뭔가 생각하는 듯한 목소리로 할아버지가 물었다.

"관심은 무슨……."

담희의 목소리에 당황이 묻어났다. 가만히 담희의 목소리를 듣고 있던 할아버지가 담희야, 하고 불렀다.

"네?"

- 스물아홉은 말이다. 여전히 마음이 시키는 걸 해도 되는 나이란다. 넌 서른이 아니라 스물아홉이고, 그건 넌 아직 20대란 의미거든.

"할아버지……."

- 괜찮은 사람이야, 그 작가 양반. 조금 별난 구석은 있지만.

전화기 너머에서 할아버지가 웃음기 어린 목소리로 말씀하셨다.

"그런 거 아니라니까."

- 숙소 가는 차가 도착했구나. 또 연락하마.

할아버지가 웃으며 전화를 끊었다. 담희는 끊어진 전화기를 들고 할아버지의 말을 되뇌었다.

마음이 시키는 걸 해도 되는 나이. 전화기를 말없이 바라보던 담희가 책방을 돌아보았다. 열린 문 너머 채운이 보였다.

그는 계산대 아래에 꽂아 놓았던 팝업 책을 꺼내 펼쳐 보고 있었다. 흐린 햇살이 모조리 그에게만 쏟아지고 있기라도 한 듯 멀리 떨어진 곳에서도 그는 반짝반짝 빛나는 것처럼 보였다.

담희는 흠, 심호흡을 했다. 그러곤 책방으로 성큼 들어섰다.

채운이 고개를 들어 담희를 바라보았다.
"사장님, 잘 계신답니까?"
"네. 그리고……."
담희가 말꼬리를 끌었다.
"그리고?"
"그리고 말씀하시네요. 제가 아직 스물아홉이라고."
담희의 얼굴을 바라보던 채운이 슬쩍 미간을 모았다.
"그런데?"
"내 마음이 시키는 걸, 아직은 해도 되는 나이래요."
"담희 씨 마음이 시키는 게 뭔데요?"
채운이 책을 내려놓고 천천히 팔짱을 끼며 물었다. 담희는 잘근 입술을 깨물더니 흠, 다시금 심호흡을 했다. 채운의 시선이 담희의 시선을 흔들림 없이 바라보고 있었다.
"만나 봐요, 저랑. 정식으로."
말하는 담희의 얼굴이 살구빛 햇살만큼이나 발그레하게 물들었다.
채운이 담희의 말을 되뇌어 조용히 그녀를 바라보았다. 이내 그의 입꼬리가 씨익 길어졌다. 반짝거리던 눈동자가 가늘어지며 눈가에 웃음이 와르르 떨어졌다.
"듣던 중 반가운 소리네."
마치 혼잣말처럼 중얼거린 채운이 살짝 허리를 숙여 담희와 시선을 맞췄다. 웃음이 별처럼 쏟아지는 눈동자가 담희의 눈동자와 얽혔다.
채운이 그녀의 흘러내린 머리카락을 살짝 귀 뒤로 넘겨 주며 속삭였다.

"잘 부탁해요, 오담희 씨. 무르고 싶지 않을 겁니다."

담희는 사귀자고 말한 이후로 채운을 어떻게 쳐다봐야 할지 알 수가 없었다. 마치 정말로 사귀자고 한 것이 맞나 확인이라도 하듯 끝없이 자신에게 쏟아지는 눈길이라든가, 눈길이 마주칠 때마다 넋 나가게 미소를 뿌리는 채운 때문에 담희는 자꾸만 얼굴이 붉어졌고, 그런 민망함을 감추려 부러 더 종종거리며 돌아다니는 중이었다.

"책 읽는 속도가 무척 느리신가 봐요."

공연히 책장을 닦고, 책을 꽂고, 눈에 들어오지도 않는 책을 들척거리며 책방 안을 왔다 갔다 바지런을 떨어 대던 담희가 결국 채운을 쳐다보며 말했다. 아까부터 한 장도 넘어가지 않은 책을 든 채 담희를 눈으로 좇고 있던 채운이 빙그레 미소를 지었다.

"누굴 좀 보느라고."

"그러니까! 왜 자꾸 보냐고요. 책이나 읽으시지."

"책보다 더 눈길이 가니까."

"그럴 리가."

조금은 놀리듯 말하는 채운에게 담희가 불퉁하니 대답했다. 그러지 않으면 정말요? 하고 헤벌쭉 웃어 버릴 것 같았다.

담희로선 조금 전까지 남이었던 사람인데 '사귑시다' 말했다고 금방 마주 보고 하하호호 하기가 어쩐지 쑥스러웠고, 그럼에도 자꾸만 그에게로 향하는 시선이 수줍고 두근거려 어찌할 바를 모르는 상황이었다.

채운이 쥐고 있던 책을 덮어 내려놓으며 싱긋 웃었다.

"담희 씨는 책 속의 어떤 이야기보다 훨씬 재밌습니다. 책 속 어떤 글귀보다 더 마음을 흔들고, 책 속 인물들보다 훨씬 신경 쓰이게 합니다. 책 속의 사건들보다……."

"그만!"

담희가 눈을 휘둥그레 뜨며 말했다.

"우와. 작가 아니랄까 봐 말 갖다 붙이는 게 아주……."

"갖다 붙이는 게 아니라 저절로 나오는 겁니다. 원래 진심은 그런 거라서."

채운이 빙그레 웃으며 말했다. 그의 장난기 어린 눈동자가 대체 지금 진심을 말하는 건지, 놀리는 건지 담희를 헛갈리게 했다.

"언제 집에 갈 겁니까?"

채운이 슬쩍 시계를 쳐다보며 물었다. 9시가 가까워지고 있었다.

"곧 갈 거예요. 피곤하실 텐데, 먼저 가셔도……."

"집에 데려다줄 겁니다. 스토커 아니고, 남자 친구로서."

채운이 남자 친구라는 단어에 살짝 힘을 주며 말했다. 담희는 입을 딱 벌렸다. 남자 친구! 심장이 딸꾹질이라도 하는 것처럼 콩콩거렸다.

"아…… 그러니까 정리를, 음. 그러니까, 마무리 정리를 해야……."

담희는 붉어지는 얼굴을 어쩌지 못한 채 후다닥 문밖에 내놓았던 500원 바구니를 가지러 나갔다.

원래 저렇게 능글거리는 인간인 거야? 선선한 밤공기에 따끈한 볼을 식히며 담희가 책방을 흘깃 쳐다보았다. 채운이 삐딱한 표정으로 웃고 있었다.

"무르고 싶지 않을 거라더니, 그냥 물러 달라 그럴까?"

담희는 수줍음으로 어찌할 바를 모른 채 중얼거렸다. 남들은 다들 연애를 어떻게 하는 건지 모르겠다.

빵!

가벼운 경적 소리가 들렸다. 차도로 도하의 차가 미끄러져 다가오고 있었다. 다가오는 차를 바라보던 담희는 복잡한 표정으로 급히 책방으로 들어갔다.

"잠깐만 책방 좀 봐 줘요."

겉옷과 지갑을 챙기며 담희가 말했다. 채운이 눈썹을 끌어 올리며 그녀를 바라보았지만, 담희는 말없이 책방을 나섰다. 갓길에 멈춰 선 자동차에서 도하가 내리는 중이었다.

"마중……은 아닌 것 같네요."

반갑게 돌아서던 도하가 담희의 굳은 표정을 보더니 말했다. 입술을 꽉 깨문 담희의 표정에 설핏 미안함이 번졌다.

"저랑 얘기 좀 해요."

담희의 조심스러운 목소리에 도하의 마음이 천천히 가라앉았다.

도하와 담희는 처음 만났던 카페의 바로 그 테이블에 그때처럼 마주 앉았다. 화창하고 따뜻하던 그날과 달리 서늘한 10월의 밤공기가 둘 사이를 차갑게 식히고 있었다.

"미안해요, 도하 씨."

머그컵 가득 담긴 차에는 손도 대지 않은 채 담희가 말했다. 그녀의 표정이 긴장한 듯 굳어 있었고, 미안한 듯 가라앉아 있었다. 그 복합적인 표정을 바라보며 도하는 설핏 주먹을 쥐었다. 그녀가 무슨 말을 할지 알 것 같았다.

"거절인가요?"

"미안해요."

도하의 말에 담희가 입술을 잘근 깨물더니 작게 속삭였다. 담희의 조심스러운 표정을 바라보던 도하가 조금 미소를 지었다. 습관적으로 상대의 기분을 배려하며 짓는 그의 미소.

"친구 하자고 했잖아요. 뭐가 미안해요."

약간은 가볍게 도하가 말했다.

"그래서 어찌할 바를 몰랐어요. 친구 하자고 했지만, 도하 씨 눈은 친구 아닌 거 알았으니까."

도하의 미소가 조금 흐려졌다. 담희는 그 미소 속에 꼭꼭 감춰진 쓸쓸함을 읽었다. 또다시 미안했고, 그 미안함 때문에 공연히 애꿎은 자신의 손가락을 비틀어 댔다.

"그래서 늘 미안했나 봐요. 도하 씨 눈 속의 감정에 대답해 줄 수 없어서."

담희를 바라보던 도하의 시선이 천천히 눈앞의 머그컵으로 미끄러졌다. 손조차 대지 않은 차가 조용히 식어 가고 있었다.

"만약에 지난 주말, 내가 지방 출장 대신 담희 씨와 시간을 보냈다면 이 대답, 달라졌을까요?"

"네?"

"막연히 눈치채고 있었어요. 거절당할 거라는 거. 담희 씨를 집에 데려다주고 돌아가면서 거절하겠구나, 생각했었어요."

도하의 목소리는 담담했다.

"만약에 출장 가기로 했던 동료가 전날 회식을 하지 않았다면, 회식을 했어도 술 취해 다리를 부러뜨리지 않았다면, 내가 대신 간 출장지에서 길을 헤매지 않았다면, 아니 타이어가 터지지 않았거나, 휴대폰이 고장 나지 않았다면. 그보다도 애초에 담희 씨가 회사를 그만두지 않았다면. 그랬다면 어땠을까? 돌아가는 차 안에서 계속 생각했어요. 어디선가부터 모든 타이밍들이 자꾸만 빗나가고, 어그러지고, 그 모든 것들이 담희 씨에게서부터 날 밀어내고 있다는 생각이 들었어요."

담희는 뭐라고 대답해야 할지 알 수 없었다. 애초에 회사를 그만두지 않았다면, 할아버지가 책방을 떠맡기지 않았을 테고, 그랬다면 채운을 만날 일도 없었을 터였다.

채운을 만나지 못했다면 눈앞의 이 자상한 남자에게 마음이 갔을까? 그랬을 수도 있고, 아닐 수도 있었다.

담희는 반듯하고 따뜻해 보이는 그의 얼굴을 바라보았다. 채린의 말대로 잔잔한 호수 같은 삶을 예상하게 하는 편안한 인상과 착한 눈빛.

담희는 지금 이 순간을, 햇살 좋은 날의 호수 같은 그를 걷어찬 지금 바로 이 순간을 어쩌면 후회할지도 모른다고 생각하면서 말했다.

"그 어긋난 타이밍들이 어쩌면 말이에요. 도하 씨를 위한 건지도 몰라요."

"무슨……."

"도하 씨가 도하 씨와 완벽하게 어울리는 누군가를 만날 타이밍을 위해서, 지금 모든 것들이 엇갈린 거라고요."

도하는 늘 다른 사람의 기분을 살피는 그처럼 담희가 지금 자신의 기분을 살피고 있는 게 느껴졌다. 그 마음 씀씀이에 습관처럼 도하는 웃었다.

"그래요. 그럴 겁니다. 완벽한 타이밍으로 만날 누군가가 있겠죠. 담희 씨 말대로."

과연 그럴까, 생각했지만 도하는 대답했다. 달리 할 말이 없었다.

"꼭 그럴 거예요."

담희가 확신을 담아 고개를 끄덕여 보였다. 남의 속도 모르고. 도하는 마주 고개를 끄덕이며 생각했다.

웃으며 '담희 씨의 기억에 남는 집, 언젠간 보고 싶군요.'라는 말을 남기고 도하가 떠났다.

멀어져 모퉁이를 돌아 사라지는 붉은 후미 등을 담희는 오래 바라보았다. 차가 사라지고도 붉은 잔상이 오래 담희의 눈동자를 아리게 만들었다.

흠, 길게 숨을 뱉으며 담희는 천천히 몸을 돌렸다. 책방 문 앞에 채운이 팔짱을 낀 채 기대서 있었다. 언제부터 거기 서 있었던 걸까? 책방에서 흘러나온 빛에 음영 진 채운의 얼굴은 무슨 생각을 하는지 알아보기 힘들었다.

담희가 다가가자 채운은 기대선 그대로 담희를 내려다보았다.

"사귀자 말한 첫날에 다른 남자와 차를 마시고 오다니. 여자 친구가 너무 예쁜 것도 문제네요."

"내가 지금 뭘 하고 왔는지 알아요?"

농담 같은 채운의 말에 담희가 물었다. 채운은 대답 없이 담희를 말끄러미 쳐다보았다.

"1등 당첨된 로또 복권을 찢어 버리고 오는 길이에요. 그것도 두 번이나 이월된."

"찢지 말고 잘 보관해 두지 그랬습니까."

채운의 말에 담희가 삐딱한 표정으로 그를 올려다보았다.

"틀렸어요, 그 대답."

"네?"

"그 복권 생각나지 않게 해 줄게요, 라든가. 그 복권보다 내가 더 큰 복권이에요, 라든가. 복권 찢은 거 후회하지 않게 해 줄게요, 라든가 뭐 그렇게 대답해야 한다고요."

"미안합니다, 오담희 씨."

채운이 조그맣게 속삭이듯 말했다.

"아, 또 뭘 사과까지."

삐딱하게 받아칠 줄 알았는데, 너무도 선선히 사과를 하는 채운의 반응에 담희는 갸웃 고개를 기울였다. 이 남자와의 대화는 도통 종잡을 수가 없었다.

"집에나 가요. 정말로 길고 긴 하루네요."

담희가 책방 앞의 바구니를 들고 성큼 앞장서 책방으로 들어가며 말했다.

채운은 담희의 뒷모습을 바라보며 흠, 짧게 숨을 뱉었다.

담희에게 정말로 어울리는 사람은 자신이 아니라 기생오래비라는 거, 알고 있었다. 자기가 사귀자고 하지 않았다면 담희는 기생오래비를 거절하지 않았을 터였다. 그것 역시도 알고 있었다. 하지만, 어쩔 수가 없었다.

그녀와 함께하는 순간순간을 그는 외면할 수가 없었다. 그녀와 함께 있으면 세상이 달라 보였다. 무심히 흘려보내던 일상의 모든 순간이 아름답고 소중하게 느껴졌다.

채운은 담희가 기생오래비를 나중에라도 다시 만날 수 있게, 친구로라도 남겨 뒀어야 했다고 생각했지만, 그럼에도 그녀가 기생오래비를 거절한 게 진심으로 기뻤다. 그런 자신이 얼마나 이기적인지.

채운은 부지런히 계산대를 정리하고, 뒤뜰로 향하는 문을 단속하는 담희를 바라보며 생각했다.

'정말로 미안합니다, 오담희 씨.'

책방의 불이 꺼졌다. 어둠이 순식간에 짙어졌고, 그 어둠 속에서 담희가 걸어왔다. 채운의 생각을 알지 못하는 담희가 채운을 향해 살풋 웃어 보였다.

"걸어갈까요?"

책방 문을 잠그고 돌아선 담희가 물었다.

"피곤해 보이는데."

"맞아요. 피곤해요, 엄청. 누구 덕에 어제 잠을 설쳤잖아요. 오늘도 파란만장하게 보냈고. 정말로 피곤해요. 눈에서 레이저 나오는 기분이랄까. 하지만 걸어가고 싶어요. 나름 첫 데이트니까."

말하며 담희가 민망한 듯 샐쭉 웃었다. 첫 데이트라. 채운이 담희를 따라 빙그레 웃더니 그녀의 손을 자연스럽게 잡았.

담희가 휘둥그레진 눈으로 채운을 쳐다보았다.

"나름 첫 데이트니까."

채운이 놀리듯 담희의 말을 따라 하며 맞잡은 손을 살짝 들어 보였다. 그러곤 당황해 눈을 깜박이는 담희를 향해 속삭였다.

"걸어 봅시다. 이 밤을."

낮고 은근한 그의 목소리. 담희는 붉어진 얼굴을 감추려 고개를 돌리며 공연히 헛기침을 했다.

채운의 손은 소설가의 것 같지가 않았다. 소설가의 손이 어떤지는 모르겠지만, 어쨌거나 글만 쓰는 고운 손과는 거리가 있었다. 크고 단단하고 따뜻한 그의 손이 10월의 쌀쌀한 밤공기에 차가워진 담희의 손을 데워 주고 있었다.

아늑하고 든든한 그의 손. 어쩐지 설레면서도 편안해지는 그의 손. 담희는 어정쩡하게 그에게 잡혔던 손을 꼭 마주 쥐었다.

채운이 흘긋 곁눈질로 바라보자, 배시시 담희가 미소를 지었다. 미소 짓는 담희의 눈동자에 가로등 불빛이 아롱아롱 물결쳤다.

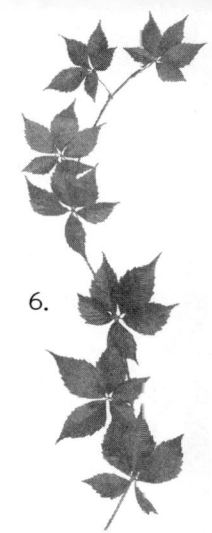

6.

"여기요."

담희가 산책 할아버지에게 《젊은 베르테르의 슬픔》을 건넸다. 언제나처럼 산책하듯 책방에 들른 할아버지는 담희가 내미는 책을 받지도 못한 채 가만히 바라보았다.

"있었군, 이 책이. 정말로."

뒤늦게 조심스러운 손길로 책을 받아 쥐며 할아버지가 중얼거렸다. 한참을 고민하듯 책 표지를 들여다보던 할아버지가 조심스럽게 첫 페이지를 넘겼다.

만년필로 꾹꾹 눌러쓴 글씨가 나타나자 마디지고 굽은 손가락으로 천천히 글씨를 문질렀다.

"없어졌을 거라고 생각했어, 진작에."

할아버지의 주름진 얼굴에 복잡한 감정이 뒤섞였다.

"저…… 할아버지."

담희는 조심스러운 손길로 할아버지가 쥐고 있던 책을 살짝 당겼다. 할아버지가 고개를 들었다. 담희는 말없이 책의 맨 뒷장을 펼쳐 할아버지 앞에 내밀었다.

책의 마지막 장 앞의 누런 종이 위에 정갈한 글씨의 짧은 글이 적혀 있었다.

「당신은 베르테르도 알베르트도 아닙니다.
당신은 그냥 당신입니다.
나는 자신의 감정에만 몰두해 자살해 버린 베르테르도,
롯테를 제대로 이해하지 못한 채 결혼한 알베르트도 원하지 않습니다.
내가 원하는 건 그냥 당신입니다.
기다리겠어요. 영원히. 자야.」

할아버지의 손이 바르르 떨렸다. 담희는 급히 의자를 끌고 왔다. 할아버지는 의자에 털썩 주저앉아 세월에 번진 글자를 읽고 또 읽었다.

모르셨구나. 담희는 생각했다. 아침, 산책 할아버지가 오기 전에 책의 상태를 살피기 위해 책을 넘겨 보다 발견한 글씨였다.

할아버지가 이 글을 읽었을까? 읽었다면 그 후에 어떻게 되었을까? 궁금해서 글자가 있는 페이지를 넘겨 보여 드린 건데.

담희는 할아버지의 눈동자가 뿌옇게 흐려지는 걸 보며 조용히 물러나 구석진 곳의 책을 정리하기 시작했다. 어쩐지 할아버지에게 시간을 드려야 할 것 같았다.

할아버지의 깊고 슬픈 후회의 한숨 소리가 책방의 조용한 공기를 흔들었다.

"그땐 어렸어. 철없었고. 사랑이 뭔지도 제대로 몰랐지."

조용히 책장을 정리하고 있는데 할아버지의 목소리가 들렸다. 담희가 돌아보자 할아버지는 책에 시선을 둔 채 담담한 목소리로 말을 하고 있었다.

"진정한 사랑은 이뤄지지 않을 때 완성된다고 믿을 만큼 바보였어. 나는 고작 스물이었거든. 열정적인 사랑은 결국 생활에 찌들어 흔적도 없이 사라져 버릴 테고, 선녀 같던 여자는 그렇고 그런 여자가 되어 내 곁에서 잔소리나 퍼붓고 살 걸 생각하면 그녀를 아름답게 놓아주고 돌아서는 게 최선이라 생각했지. 내 마음속 완벽한 사랑으로 남겨, 두고두고 추억할 수 있게."

담희는 정리하던 책을 움켜쥔 채 꼼짝없이 서서 할아버지의 이야기를 들었다.

"이 책에 편지를 써서 자야 씨에게 전했지. 겉멋 든 어린애처럼. 그리고 군대를 갔어. 그사이 집으로 소포가 와 있었더라고. 소포 속에 들어 있던 이 책을 보고는 내 마지막 편지를 되돌려 보냈구나, 나를 이제 완전히 잊기로 했구나, 나는 생각했었어."

할아버지는 책 속 자야 씨의 글귀를 손으로 더듬었다.

"답장이 있는 줄은……. 진작에 알았다면, 그랬다면……."

할아버지의 목소리가 잦아들었다. 담희는 할아버지의 이야기에 어떻게 반응해야 할지 알 수 없었다. 할아버지가 천천히 자리에서 일어섰다.

"아들놈이 이번에 집을 재건축한다고 다 부쉈어. 그러면서 다락방에 쌓아 놨던 책 박스를 이 책방에다 처분했다더라고. 그 얘길 듣자 불쑥 이 책이 아직 있으려나, 궁금했어. 수십 년이 지난 지금에서야. 내 젊은 날 저지른 최고로 멍청한 짓의 증거물."

그러더니 계산대 위에 5만 원짜리 지폐를 내려놓고는, 책을 소중히 움켜쥔 채 열린 문으로 몸을 돌렸다.

"아가씨. 고마워."

문으로 나서기 직전 할아버지가 조그맣게 속삭이듯 인사를 했다. 뒤늦게 담희는 계산대 위의 돈을 집어 들고는 할아버지를 쫓아 책방을 나갔다.

"할아버지, 책값 너무 많이 주셨어요."

담희의 말에 할아버지는 가볍게 손을 흔들어 보이고는 언제나처럼 느릿느릿 멀어져 갔다. 담희는 돈을 든 채 멀어져 가는 할아버지를 바라보았다.

"할아버지에겐 그것도 싼값일지 모릅니다."

갑작스런 목소리에 돌아보자 채운이 팔짱을 낀 채 벽에 기대서 있었다. 문 바로 옆, 담쟁이넝쿨이 늘어진 벽에 마치 책방의 일부인 것처럼 느긋이 기대선 채운을 보자 담희는 저절로 얼굴이 환하게 밝아졌다.

"언제 왔어요?"

"한참 전에."

"할아버지 이야기, 들었어요?"

"사랑에도 여러 가지 방식이 있긴 하지만, 저 할아버지는 그 여자분을 정말로 사랑했던 게 아닐지도 모릅니다."

"네?"

"정말로 사랑했다면, 선녀 같던 여자가 그렇고 그런 여자가 될 걸 걱정하지 않았을 겁니다."

채운이 모퉁이를 돌아 사라지는 할아버지를 바라보며 말했다.

"그러면요?"

담희의 물음에 채운이 담희에게로 시선을 옮겼다.

"그녀와 함께 늙어 갈 모든 나날들이 기대로 가득했겠죠. 그녀가 발랄한 아가씨에서 중년의 여인이 되어 가고, 눈가에 주름이 생기고, 머리카락이 하얗게 변해 가는 모든 나날들을 기억할 수 있다는 기대감, 앞으로 같이할 길고 긴 시간들에 대한 설렘이 먼저였을 테니까. 정말로 사랑했다면 그렇게 쉽게 헤어질 생각을 하진 못했을 겁니다."

채운의 대답에 담희가 빙그레 미소를 지었다. 채운이 삐딱한 표정으로 눈썹을 끌어 올렸다.

"왜 웃습니까?"

"지금 그 말, 뭔가 내가 좋아하는 '그' 작가가 할 법한 말이었어요."

"하!"

담희의 말에 채운이 민망한 듯 짧게 헛웃음을 웃으며 책방으로 들어갔다. 민망해하는 채운의 모습은 처음 보았다. 어쩐지 재밌어서 담희는 그를 쫓아 가게로 들어가며 히죽거렸다.

"우와."

책을 정리하던 담희가 막 뽑아낸 책을 움켜쥐고는 짧게 감탄사를 내질렀다. 모퉁이에 비스듬히 기댄 채 책장 정리와 책 읽기를 동시에 하고 있던 채운이 담희를 바라보았다. 그녀의 얼굴이 발그레하게 밝았다.

"이거 읽어 보셨어요?"

담희가 채운을 향해 쥐고 있던 책의 표지를 보여 주었다.

외국 작가가 쓴 환상모험 소설이었다. 채운은 눈썹을 설핏 끌어 올리며 담희를 바라보았다. 그러든지 말든지 담희는 책장을 주루룩 넘겨 보며 활짝 웃었다.

"안 읽어 보셨나? 진짜 재밌는데. 상상력이 얼마나 기발한지, 나 이거 중학교 때 처음 읽고 홀딱 반해서는 용돈 털어서 이 작가 책 닥치는 대로 사 읽고 그랬어요."

"흠."

"여기 삽화도 작가가 직접 그렸대요. 진짜 잘 그리지 않았어요?"

담희는 책 중간을 펼쳐 채운을 향해 들어 보였다. 하지만 채운은 양면 가득 들어찬 그림 쪽으론 눈길 한 번 주지 않고 그저 어깨를 으쓱해 보였다.

"이 작가는 정말이지 어디 가둬 놓고 글만 쓰게 하고 싶어요. 너무 느리게 글을 내놓는다니까요."

담희가 책장을 이쪽저쪽으로 넘기며 방글방글 웃었다. 채운이 눈썹을 삐딱하게 끌어 올리더니 지나가는 말처럼 한마디 했다.

"좋아하는 작가가 많은가 봅니다."

"한 열 명쯤?"

책을 넘겨 보느라 고개 한 번 들지 않고 담희가 대답했다. 그 모습을 바라보던 채운이 흠, 불만스레 한숨을 뱉었다. 그러나 담희는 책에 빠진 듯 페이지를 넘기다 혼자 풋, 웃음을 터트렸다.

"아, 여기. 다시 봐도 웃겨. 대체 이런 건 어떻게 생각해 내나 몰라?"

"쯧!"

 채운이 불만스레 혀를 찼다. 책을 쥐고 히죽거리던 담희가 흘깃 그를 바라보았다. 뭔가 묘하게 삐딱한 표정으로 채운이 선반에 책을 꽂고 있었다.

"왜요?"

"뭐가?"

"왜 기분 상했어요?"

"기분 안 상했습니다."

 담희가 갸웃 고개를 기울이며 채운을 바라보았다.

"그쪽은 일하는데 나만 책 읽고 있어서 그래요?"

"뭐?"

 담희가 눈을 깜박이며 채운을 바라보았다. 어이없는 표정으로 담희를 바라보던 채운이 어울리지 않게 삐죽거리는 투로 말했다.

"그럴 리가 있습니까? 그냥, 그러니까, 어, 담희 씨가 좋아하는 작가는 채…… 흠. 그 내가 잘 아는 '그' 작가뿐인 줄 알았습니다만."

 그의 말에 담희가 눈을 깜박거렸다. 아, 뭐야, 지금? 이것도 일종의 질투 같은 건가? 담희는 황당하면서도 슬며시 웃음이 났다.

"설마. 그럴 리가 있겠어요? 세상에 재미난 책이 얼마나 많은데."

비어져 나오는 웃음을 입 끝에 물고서 담희가 대답했다.

"하, 그렇겠지요. 세상에 재미난 글을 쓰는 작가가 얼마나 많겠습니까."

"그럼요. 가장 대표적인 작가가 채운 씨가 아는 바로 '그' 작가잖아요."

"하!"

담희의 말에 채운이 삐딱하게 헛웃음을 뱉었다.

"바로 '그' 작가는 이 작가랑 다르게 엄청 성실해서 책도 엄청 빨리 내요. 바람직하다니까. 그러니 내가 좋아하는 작가들 중에서도 세 손가락 안에 꼽히는 거죠."

"세 손가락?"

"그나마도 둘은 이미 이 세상 작가가 아니네요. 그러니 채운 씨가 아는 바로 '그' 작가는 내가 좋아하는 현존 최고의 작가인 거죠."

"흠, 흠. 그…… 지금 쥐고 있는 그 책, 재밌으면 나도 좀 봅시다."

조금 전과는 달리 살짝 풀어진 말투였다. 담희는 빙그레 미소를 지으며 책을 들고 그의 곁으로 다가갔다.

"여기요."

담희가 책을 내밀자 채운이 책을 받아 들면서도 시선은 책장을 향하고 있었다. 스스로가 어이가 없어 민망한 듯했다. 담희는 그런 채운을 빤히 바라보다 히죽히죽 웃었다.

"좀, 귀엽네요. 의외로."

"이 책이?"

"그 책을 쥔 그쪽이."

"그런 면이 없지 않아 있는 건 사실이지만, 뭐 그쪽만 할까?"

채운이 슬쩍 곁눈질로 담희를 보며 말했다. 담희가 하하, 웃음을 터트렸고 그 웃음에 끌린 듯 채운이 피식 웃었다. 어쩐지 심장이 팔랑거리는 것 같았다.

"누나!"

갑자기 문이 왈칵 열리더니 지구가 들어왔다. 공연히 화들짝 놀란 담희가 목소리를 키웠다.

"왔어?"

"제가 생각을 해 봤는데요. 판타지 책장을 남성향과 여성향으로 재분류하고, 무협은 아예 책장을 분리……."

요즘 새로운 책장 정리법에 관해 매일 새롭게 연구해 오는 지구가 또다시 새로운 의견을 역설하며 책장 사이로 고개를 들이밀다 입을 닫았다. 지구의 눈이 담희와 채운을 번갈아 바라보았다.

"아, 방해했다면 죄송."

뭔가 당황한 듯한 표정이 지구의 얼굴을 스치더니 녀석이 불쑥 책장 사이로 사라졌다.

"방해한 거 없거든!"

대체 뭘 생각하고 있는 거야? 공연히 얼굴이 빨개져서 담희가 외쳤다.

"방해한 거 맞는데."

채운의 중얼거림에 담희가 가볍게 그를 흘겨보며 책장 사이를 빠져나갔다. 계산대로 나오는 담희를 보자마자 지구가 쪼르르 다가왔다.

"누나 양다리예요?"

지구는 책장 사이의 채운이 들을까 걱정되는지 조그맣게 속삭이는 목소리로 물었다. 자신이 담희의 친남동생이라도 되는 듯 자못 심각하면서도 걱정스러운 표정이었다.

"뭐래?"

"그럼 저 9써클 마도사같이 생긴 남자랑 그때 그 형이랑 저울질 중?"

"까분다."

"헐! 대박! 누나 그렇게 안 봤는데."

담희의 말은 건성으로 듣는지 지구는 혼자 충격에 빠진 것처럼 중얼거렸다.

"뭘 또 그렇게 안 봐?"

담희는 어이없는 표정으로 중얼거리며 계산대로 들어갔다.

"나는 누나가 위대한 모험을 떠나는 주인공의 지고지순한 고향 첫사랑과인 줄 알았단 말이에요. 그런데 알고 보니 등장하는 순간 남자들의 혼을 쏙 빼놓는 전설의 마녀과였던 거지."

"가지가지 한다. 아무리 생각해도 너, 판타지를 너무 많이 읽은 것 같다."

담희는 대수롭지 않게 중얼거렸고, 뭔가 혼자만의 세상에 빠진 듯한 지구는, 내가 생각했던 누나는 이런 사람이 아니야, 중얼중얼 혼잣말을 하며 책장 사이로 사라졌다.

"전설의 마녀였던 거군. 어쩐지."

책장 가에 서서 담희를 바라보던 채운이 빙그레 웃으며 말했다.

"뭐, 9써클 마도사랑 만나려면 그 정도는 돼야 하지 않겠어요?"

놀리는 듯한 채운의 시선에 지지 않고 담희 역시 삐딱하게 웃으며 말했다. 채운이 피식 웃더니 계산대로 다가왔다.

"한 마디도 지는 법이 없지. 하여간 가지가지로 마음에 든다니까."

채운의 시선이 담희의 얼굴을 간지럽게 훑었다. 담희의 얼굴이 슬며시 붉어졌다. 채운은 반짝거리는 담희의 눈동자와 발그레한 뺨을 바라보다 흠, 길게 숨을 뱉었다.

"확실히 방해야, 저 녀석은."

"네?"

담희의 되물음에 채운은 그저 삐딱하게 웃더니, 아까 담희가 건네줬던 책을 살짝 들어 보였다.

"대체 뭐가 그리 재밌는지, 담희 씨 취향 분석이나 해야겠습니다. 방해꾼 사라지면 불러요."

그러곤 장난스레 담희의 볼을 톡 두드리고는 뒤뜰로 나갔다. 그의 손이 닿았던 볼이 간질거렸다. 마치 호수에 퍼져 가는 작은 파문처럼. 담희는 공연히 볼을 부풀리며 뒤뜰 벤치에 앉아 책을 펼치는 채운을 바라보았다.

9써클 마도사라. 마법사 중에 가장 강한 존재. 그래 보이긴 한다. 그렇지 않고서야 눈빛 하나로, 작은 스침 하나로, 사람의 심장을 이렇게 흔들어 놓을 순 없겠지.

담희는 공연히 휴, 한숨을 뱉었다. 어쩐지 그와 함께 있는 이 공간의 산소가 모조리 증발해 버린 것 같았다.

❋

 일요일 오후에는 손님이 별로 없었다. 오후 서너 시간, 묘랑에게 책방을 부탁한 담희는 책방에서 한 정거장쯤 떨어져 있는 고모네로 향했다.
 그사이 가족 식사 모임에 참석했던 채운은 채린과 함께 카페로 돌아왔다.
 "언니, 나갔어요. 언제 올지는 몰라요."
 오자마자 곧장 책방에 들른 채운에게 묘랑은 읽고 있던 책에서 고개 한 번 들지 않은 채 말했다.
 채운은 뒤늦게 아직 그녀의 전화번호도 모르는구나, 하는 자각이 들었다.
 그녀는 늘 책방에 있었고, 책방을 찾아가기만 하면 언제든 만날 수 있었다. 그게 아니더라도 그녀는 이상하게 그의 시야 안에 항상 나타났었다. 이렇게 갑자기 어딘가로 가 버리면 그는 그녀에게 연락할 길이 없구나, 처음으로 깨달았다.
 "혹시 연락처 모릅니까?"
 묘랑은 급한 일 있으면 연락하라며 남겨 준 전화번호를 알려 주었다. 채운은 전화번호를 휴대전화에 저장하며 책방을 나왔다.
 전화번호를 받고도 채운은 전화를 걸지 않았다. 대신 카페테라스에 자리를 잡고 앉아 담희가 돌아오길 기다렸다. 정말이지 스토커가 따로 없군. 스스로의 행동이 기가 막혀 채운은 쯧, 혀를 찼다.
 지구에 붙어 있는 달처럼 그의 일상이 온통 그녀만을 바라보며 회전하고 있는 기분이었다. 열정으로 넘쳐 나던 그의 10대 시절에도 겪어 보지 못한 감정이었고, 그가 꽂혔던 그 어떤 것보다도 그를 들뜨게 만드는 경험이었다.

바로 옆 테이블에서는 갓 스물이나 됐나 싶은 젊은 연인 한 쌍이 찰싹 붙어 사진을 찍고 있었다.

채운은 슬쩍 그들을 바라보고는 조금 웃었다. 저 나이 때의 담희는 뭘 했을까? 그녀의 대학 시절이 궁금해졌다. 그녀의 10대 시절도. 그리고 그녀의…… 먼 미래도.

채운의 표정이 조금 가라앉았다.

"마셔."

채린이 진하게 내린 커피를 내밀며 옆자리에 와서 앉았다.

"요즘 책방에 붙어산다며?"

채린이 자기 몫으로 들고 온 커피를 홀짝 들이켜며 물었다. 채운은 대답 없이 길거리 단풍 진 가로수로 시선을 옮겼다.

"무슨 생각이야?"

"뭐가?"

"책방 아가씨한테 관심 있어?"

"있어. 진지하게 만나는 중이고."

채운의 말에 채린이 말의 진위를 따져 보는 듯 말없이 채운을 바라보았다. 그녀의 미간에 천천히 주름이 잡혔다.

"화란이는?"

채운이 불만스럽게 흠, 한숨을 뱉었다. 그러곤 채린을 천천히 바라보았다.

"아무 사이 아니야."

"아무 사이 아닌데, 걔 입에서 결혼할 사이라는 말이 나와?"

"혼자 멋대로 생각한 거야."

"멋대로? 어떤 정신 나간 여자가 멋대로 그런 생각을 해? 빌미를 줬으니 그런 생각을 하는 거지. 게다가 넌, 단 한 번도 화란이의 말을 내 앞에서 반박한 적 없었어."

채린의 눈동자가 화가 난 듯 가늘어졌다.

"빌미 준 적 없어. 화란이에게도 확실하게 말했고. 그런데도 멋대로 생각하는 거, 반박하기도 지쳐서 그냥 놔둔 거야. 어차피……."

무슨 말인가 더 할 듯하던 채운이 입을 닫았다. 그의 눈동자가 어둑하게 가라앉았다.

"네가 화란이에게 다정하게 구는 거 한 번도 본 적 없긴 해. 하지만 걔가 옆에 있는 걸 용인하고, 걔가 하는 말을 반박하지 않는 거, 그 모든 게 화란이에게는 여지를 주는 걸로 보였을 수 있어. 누가 봐도 그렇게 보이니까."

"누나는 화란이 별로 안 좋아하지 않았나?"

"안 좋아해. 안 좋아하는 건 맞는데 그렇다고 걔가 누군가의 희망고문에 시달리다 상처 입고 아프길 바란 적은 없어."

채린이 채운을 똑바로 쳐다보며 말했다. 채운이 흠, 길게 숨을 뱉었다.

"스스로 만든 희망고문이야. 난 더 어쩌지 못할 만큼 확실하게 말했어. 그런데도 찾아와 내 옆에 붙어 있는 거, 말리기도 지쳤을 뿐이야."

채운의 말을 들으며 채린 역시 흠, 한숨을 뱉었다.

"요즘의 너 보기 좋아, 사실은. 사람 같아. 조금은 잃어버렸던 동생 찾은 기분도 들고."

채린이 채운의 눈을 보며 말했다. 채운은 그 시선을 피하듯 거리를 바라보았다.

"현채운. 기왕이면 화란이 확실하게 정리해. 넌 아니라고 하지만 어쩌면 네가 막연히 여지를 주고 있었던 건지도 몰라. 알겠니? 그리고 책방 아가씨, 상처받는 일 없게 해. 그랬다간 너 내 손에 죽어."

마치 농담처럼 채린이 덧붙였다.

"누가 보면 내 누나가 아니라 책방 아가씨 언닌 줄 알겠다."

"어쩔 수 없어. 우리 모린이가 그 아가씰 사랑하거든. 그 소개팅 총각이나 너 아니었음 내 예비 며느리가 됐을 아가씨라고."

화내던 표정 그대로 진지하게 농담을 한 채린이 할 말 끝났다는 듯 자리에서 일어나 매장으로 들어가 버렸다. 남겨진 채운은 황당한 표정으로 채린의 뒷모습을 바라보았다. 예비 며느리? 오담희는 정말로 절대 마녀인 건가?

"채운 씨!"

불쑥 도로에서 발랄한 목소리가 들렸다. 채운이 고개를 돌리자, 막 길가에 멈춰 선 푸른색 픽업트럭에서 절대 마녀, 담희가 손을 흔들고 있었다.

채운이 천천히 자리에서 일어서 픽업트럭으로 다가갔다.

"뭡니까?"

"드라이브할래요?"

그녀가 활짝 웃으며 말했다.

채운은 태연한 척 팔짱을 낀 채 턱에 힘을 주었다. 그러지 않고선 차창 위의 손잡이를 부여잡고 내가 운전하겠습니다! 운전하게 해 주시죠! 외칠 것 같았던 것이다.

담희의 운전 실력은 호기롭게 드라이브할래요? 물은 것치고는 꽤나 어설펐다. 차선도 잘 지켰고, 신호도 잘 지켰지만, 차선 변경이라도 할라치면 앞뒤 옆 다 확인하느라 한참이 걸렸다.

딴에는 부드럽게 멈췄다 부드럽게 출발한다 생각하는 것 같은데, 급정거 아닌 급정거에 급출발 아닌 급출발을 하는 중이었고, 때문에 채운은 뒷목에 담이라도 올 것 같았다.

"어디 갑니까?"

바싹 붙어 지나가는 오토바이에 눈이 휘둥그레진 담희를 향해 채운이 물었다. 긴장한 티를 내지 않으려 어찌나 턱에 힘을 줬는지 목소리가 각 잡힌 군인같이 들렸다.

"중고 가구 매장에요."

"중고 가구 매장?"

"의자랑 테이블을 살까 하고. 마침 구청 소식지 보니까, 멀지 않은 곳에 대형 중고 매장이 있더라고요. 일요일에는 깜짝 할인 행사도 한대요. 대신 배송은 안 해 준대서 할아버지 차 빌려 왔어요."

깜박이를 켜고 주변 차선을 앞뒤 옆 열심히 확인하면서 담희가 말했다. 채운이 백미러와 사이드 미러를 재빨리 확인하고는 조용히 말했다.

"지금 바꿔요."

담희가 차선을 변경하고는 조금 무안한 듯 웃었다.

"오랜만에 운전대를 잡았더니 생각보다 더 엉망이네요."

"잘하는 중이니 빨리 갈 생각 말고 이대로만 갑시다."

채운이 굳은 듯한 얼굴에 억지로 미소를 지으며 말했다.

"양 주먹이 하얗게 질린 거 다 보여요."

"원래 하얀 손입니다. 날 보지 말고, 도로만 봅시다."

채운의 말에 담희는 빙그레 미소를 지었다.

오랜만의 운전이긴 했다. 전에는 가끔 할아버지 대신 운전을 하기도 했는데, 프로그래밍 회사에 다니고부터는 운전을 할 일이 거의 없었다. 그래도 이렇게 어설플 거라곤 생각하지 못했는데, 도로에 넘쳐 나는 자동차를 보니 다시 초보로 돌아간 것처럼 낯설고 두근거렸다.

운전을 가르쳐 주신 할아버지는 담희에게 운전하는 걸 보면 그 사람 성격이 보인다고 말씀하시곤 했다. 얼마나 자주 차선을 바꾸는지, 신호등 앞에서 어떻게 행동하는지, 주변 상황에 어떻게 대처하는지를 보면 그 사람의 내면에 잠든 성격을 알 수 있다고.

담희는 운전대를 잡지는 않았지만, 그녀의 서툴고 느린 운전을 보면서도 아무 말 하지 않는 그가 마음에 들었다. 할아버지가 봤다면 뭐라고 하실까? 느긋하다고? 참을성이 많다고? 그도 저도 아니면 별난 놈일세, 이랬을까?

담희는 날 선 턱선과 꽉 움켜쥔 주먹이 뻔히 보이는데도 태연한 척 억지로 미소를 짓고 있는 그를 보고는 빙그레 웃었다. 그가 마음에 들었다. 정말로. 머리부터 발끝까지 모두. 늘 삐딱하게 굴면서도 필요할 때는 입을 다물 줄 아는 남자라니. 담희는 공연히 자꾸만 웃음이 비어져 나왔다.

"오늘 고마웠어요."

어둠이 내린 밤, 담희는 따듯한 귤껍질 차를 새로 산 테이블에 내려놓으며 말했다. 뒤뜰 벤치 앞에 놓인 작은 테이블은 벤치와 원래부터 한 쌍이었던 듯, 예쁘게 어울렸다.

벤치에 앉아 있던 채운이 차를 집어 들며 싱긋 웃었다.

"앉아요."

채운이 눈짓으로 자신의 옆자리를 가리켰다. 담희가 조금 멋쩍게 웃더니 그의 곁에 나란히 앉았다. 그가 자연스럽게 벤치 등받이에 팔을 얹었다. 담희의 등에 닿은 채운의 팔이 따뜻했다.

"공기가 차네요, 이제."

담희가 자신의 컵을 두 손으로 감싸 쥐며 말했다. 등받이에 걸쳐져 있던 채운의 팔이 담희를 가볍게 감싸 안았다. 담희가 휘둥그레진 눈으로 채운을 쳐다보았다.

"공기가 차다면서요."

"아, 아니, 공기가 차댔지 누가 춥대요?"

"그러니까 한 팔이죠. 춥다고 했으면 두 팔?"

"아, 뭐래?"

당황해 얼굴이 달아오르는 담희를 바라보며 채운이 씨익 미소를 지었다. 눈앞에서 섹시하게 말려 올라가는 입꼬리를 바라보다 담희는 화들짝 고개를 숙였다. 아, 너무 가까워. 심장이 크기를 확장하기라도 한 듯, 몸 전체가 쿵쿵 울리는 기분이었다.

"그…… 취, 취미가 뭐예요?"

붉어진 얼굴을 감추려 공연히 차를 마시며 담희가 물었다.

얼굴 위로 차의 온기가 간지럽게 올라왔다.

"취미라……."

채운이 피식 웃었다. 그러곤 뭔가 생각에 잠긴 듯한 표정으로 천천히 컵을 테이블에 내려놓았다. 대답 없는 그가 이상해 고개를 들던 담희는 채운의 눈동자 속을 살짝 스쳐 지나가는 씁쓸함을 보았다.

"예전엔 새로운 것에 도전하는 게 취미라면 취미였습니다만, 지금은……."

낮고 조용한 목소리로 속삭이던 채운의 시선이 그를 홀린 듯 바라보고 있는 담희에게로 옮겨 왔다. 씁쓸하고 어둡던 눈동자에 천천히 장난기가 어렸다.

"오담희 씨의 취향 분석?"

"재밌죠? 나 놀리면."

"재밌기도 하고 귀엽기도 하고."

"아, 진짜! 작작 좀 하죠."

담희가 쥐고 있던 컵을 테이블에 내려놓으며 불퉁하니 대꾸했다. 채운이 빙그레 웃었다.

"담희 씨는 할머니가 돼도 재밌을 것 같습니다."

"아, 네, 네. 그러시겠죠."

담희가 삐딱하게 대꾸하며 밤바람에 볼을 간질이는 머리카락을 휙 쓸어 넘겼다.

"그 머리카락이 모두 하얗게 센다고 해도, 담희 씨는 귀여울 것 같습니다."

"그만……하……죠."

그를 향해 고개를 돌리는데 채운의 손가락이 담희가 쓸어 넘긴 머리카락을 가볍게 만지작거리기 시작했다. 그의 손끝을 따라 작은 전기가 찌르르 흐르는 것 같았다. 머리카락을 만지던 채운의 손이 귀를 따라 내려와 담희의 턱선을 가볍게 쓸어내렸다.

담희의 커다란 눈동자가 채운을 바라보았다. 턱 끝에 머문 그의 손이 천천히 담희의 얼굴을 들어 올렸다. 검고 깊은 눈동자가 담희를 집어삼킬 듯 내려다보고 있었다.

"눈가에 주름이 잡혀도 여전히 예쁠 것 같습니다."

속삭이는 목소리와 함께 그의 눈동자가 천천히 다가왔다. 담희는 눈을 감을 수도 돌릴 수도 없었다. 그의 시선에 사로잡힌 듯 그녀는 다가오는 채운을 커다랗게 뜬 눈으로 바라보았다.

그의 입술이 닿으려는 찰나, 멈칫한 채운이 고개를 들었다. 그의 시선이 천천히 담희에게서 벗어나 책방을 향했다. 그의 시선을 좇아 담희 역시 고개를 돌렸다.

뒤뜰 미닫이문 앞에 여우 여자, 화란이 붉은 입술을 꽉 깨문 채 충격과 분노가 뒤섞인 표정으로 서 있었다.

"지금 뭐 하는 거야?"

화란의 목소리가 바르르 떨리고 있었다. 당황해 일어서려는 담희를 채운이 가볍게 당겨 안으며 물었다.

"뭐 하는 걸로 보이는데?"

"이 여자도 알아? 지금 네가 어떤 상황인지?"

"지금. 내가. 어떤. 상황인데?"

채운의 목소리에 냉기가 어렸다. 말속에 담긴 무언의 분노가 채운의 팔에 닿아 있는 담희의 피부를 통해 전해지는 것 같았다.

"이 여자가 네 상태를 알고도 네 곁에 붙어 있을 것 같아?"
"네가 상관할 바 아냐."
"상관 안 할 수가 없는 거 네가 더 잘 알면서."
분노를 참는 듯 양손을 꽉 움켜쥔 채 속삭이듯 하는 화란의 말에 채운이 피식 비웃음을 흘렸다. 둘의 차가운 기 싸움 사이에 끼여 앉은 담희는 이 상황을 이해하기 위해 미간을 찌푸렸다.
"그 여자가 네 상태를 알고도 받아들일 수 있을까?"
담희를 안은 채운의 팔에 힘이 들어갔다. 입술을 잘근 깨물던 담희가 흠, 한숨을 뱉으며 입을 열었다.
"그 상태가 뭔데요? 말해 봐요. 내가 받아들일 수 있는지 보게."
담희의 말에 두 사람의 시선이 일시에 담희에게로 쏠렸다. 화란이 입꼬리를 삐딱하게 늘어뜨리며 채운에게로 시선을 옮겼다.
"말해 줘?"
채운의 손이 담희를 꽉 끌어안았다. 그녀는 채운을 올려다보았다.
"조금 전에 하려던 건 다음에 다시 합시다. 오늘은 먼저 가야겠군요."
담희의 눈동자를 들여다보며 채운이 속삭였다. 어딘지 조금은 슬픈 듯한 눈빛이었다. 채운이 담희의 머리카락을 슬쩍 넘겨 주고는 일어서 성큼 걸음을 옮겼다.
"한 마디만 더 해 봐."
화란을 스쳐 지나가며 채운이 경고하듯 차갑게 속삭였다. 그러곤 앞장서 뒤뜰을 나갔다. 화란이 담희를 흘깃 바라보더니 화다닥 그를 쫓아 나갔다.

남겨진 담희는 얼떨떨한 표정으로 그들이 사라진 문을 바라보았다. 뭐지? 대체 이 상황은? 남겨진 담희는 어이없는 표정으로 하! 헛웃음을 뱉었다. 채운이 그녀에게 숨기는 게 뭔지 궁금했다. 그녀가 받아들이기 힘들다는 상황이 뭔지도 알고 싶었다.

담희는 그 자리에 앉아 혼란스러운 시선으로 다 식은 채 덩그러니 놓인 채운의 머그잔을 오래 바라보았다.

담희는 흠, 길게 숨을 뱉으며 계산대 위에 엎드렸다. 피곤했다. 멍하고 퀭하게 지친 눈 밑으로 시커멓게 그늘이 져 있었다. 프로그래밍 마감하느라 사흘 밤낮 꼬박 새웠을 때보다 더 피곤했다.

어제 그렇게 가 버린 채운은 여전히 연락조차 없었다. 담희는 공연히 길 건너 오피스텔을 쳐다보다, 카페를 쳐다보다, 책방으로 들어오기를 반복하다 결국은 계산대에 엎드린 채 늘어졌다.

"뭘까? 내가 받아들이기 어렵다는 게. 그 여자랑 이혼이라도 한 거야? 아니지, 채린 씨가 결혼할 사이라고 했으니까, 결혼은 아직 안 했단 건데. 그럼 파혼한 사이인가? 그것도 아니면 숨겨 놓은 애가 있나? 혹시 어디 아픈 건가? 으……."

엎드린 채 중얼거리던 담희는 혼란스러운 머리를 계산대에 비비다 벌떡 일어섰다. 책방 청소를 하든, 책장 정리를 하든, 이도 저도 아니면 뒤뜰 화단의 잡풀이라도 뽑아야겠다는 생각이 들었던 것이다.

담희가 막 계산대를 빠져나오는데 가게 문이 열렸다.

"어서 오……세요."

인사를 건네며 고개를 돌리던 담희의 목소리가 천천히 잦아들었다. 화란이었다. 가게로 들어선 그녀는 곁눈질 한 번 없이 담희를 훑어보았다.

가까이서 본 화란은 얼핏 볼 때보다 더 인상적이었다. 크고 긴 눈매에 그녀의 머리색을 닮은 황갈색 눈동자는 기묘한 빛을 담아 반짝였고, 도톰하고 붉은 입술은 묘하게 자극적이었다. 이상할 정도로 사람을 들뜨게 만드는 분위기가 늘씬한 그녀의 몸 전체를 휘감고 있는 것 같았다.

그 자극적인 시선으로 자신을 훑어보는 화란을 담희는 팔짱을 끼며 응시했다.

"다 봤어요?"

담희의 물음에 화란이 눈썹을 끌어 올렸다.

"재밌네. 몇 살이에요?"

"언니, 동생 할 거 아니잖아요?"

"제법. 순하게 생겨서는 깡도 있고."

담희의 대답에 화란이 삐딱하게 입으로만 웃으며 말했다. 웃지 않는 눈매는 날카롭게 담희를 향하고 있었다. 어쩐지 시선을 피하고 싶게 만드는 눈빛이었지만 담희는 목에 힘을 주고 억지로 그 시선을 맞받았다.

"무슨 일이시죠?"

"채운 씨에 대해 얼마나 알고 있어요?"

얼마나? 그걸 어떻게 측정할 수 있지? 담희는 선뜻 대답하지 못했다. 대답 없는 담희를 바라보던 화란이 흠, 한숨을 뱉더니 조용히 말했다.

"하긴 알면 저렇게 태평하진 못하겠지. 그 사람, 나랑 결혼해야만 하는 사람이에요."

"결혼, 해야만 하는 사람?"

천천히 되물었다. 담희는 그 말이 뭘 의미하는 건지 이해가 되지 않았다.

"그런데 지금 그걸 거부해요. 아가씨 때문에."

"둘이 해결할 문제네요. 날 찾아올 게 아니라."

담희는 조용히 대답했다. 둘 사이에 무슨 일이 있었던 건지 전혀 알 수 없는 담희로선 달리 대답할 말도 없었다. 화란의 미간이 짜증스레 구겨졌다.

"해결이 안 되니까 찾아온 거잖아. 그 사람이 나 아니고 널 선택하면 어떻게 되는 줄 알기나 해?"

짜증과 분노가 뒤섞인 화란의 눈동자가 차갑게 번득였다. 황갈색 눈동자에 어린 냉기가 담희를 그대로 옭아매는 것 같았다. 담희는 움츠러드는 심장을 보호하듯 팔짱 낀 양팔을 몸에 바짝 끌어 붙이며 담담한 척 대답했다.

"알아야 할 일이면 채운 씨가 말해 줄 거라고 생각해요."

사실은 어제 하려다 만 이야기를 물어보고 싶긴 했다. 하지만 그건 어디까지나 채운에게 들어야 할 말이었다. 이 여자가 아니라. 고집스러운 담희의 눈동자를 바라보던 화란이 하, 어이없다는 듯 한숨을 뱉었다.

"그 사람을 생각하는 마음이 조금이라도 있다면 그와 헤어지는 게 좋아. 그게 채운 씨를 살리는 길이니까. 이 말 하려고 왔어."

분노를 참으며 조용히 속삭이듯 말을 남기고 화란이 책방을 나갔다.

남겨진 담희는 굳은 듯 서서 꽉 닫힌 책방 문을 바라보았다. 채운 씨를 살리는 길? 그녀와 결혼하는 게? 그게, 그게 대체 무슨 뜻이야?

끝없는 의문들이 마치 거대한 늪지처럼 담희를 혼란의 소용돌이로 빨아들이고 있었다.

"언니."

검은색 치마에 은색 레이스가 치렁치렁한 드레스 차림의 묘랑은 거대한 검은 고양이처럼 빈백 의자에 웅크리고 앉아 책을 읽다 담희를 불렀다.

중고 가구 매장에서 사 온 빈백 의자는 자주 세탁을 해 줘야 할 것 같았지만, 어쨌거나 책방 나무 바닥과 잘 어울렸다. 처음 이 의자를 보자마자 묘랑은 만족스런 표정으로 히죽 웃었고, 그 이후로 그곳은 묘랑의 지정석이 되다시피 한 상태였다.

"응?"

팝업 책 속 출렁이는 바다 그림이 있는 페이지를 펼쳐 놓고는 페이지 한쪽 구석에 붉게 솟은 등대를 하염없이 바라보고 있던 담희가 맥없는 목소리로 대답했다.

"무슨 일 있어요?"

"인생에도 등대 같은 게 있으면 얼마나 좋을까?"

"등대요?"

"이쪽이 육지예요! 거기 암초 조심하시고! 뭐 그런 거 있잖아. 막막할 때 길잡이가 되어 줄 뭔가 말이야."

담희의 대답에 묘랑이 물끄러미 담희를 바라보았다.

"뭐 답답한 일 있어요?"

묘랑의 물음에 담희가 책을 소리 나게 덮으며 흠, 한숨을 뱉었다. 그 모습을 물끄러미 바라보던 묘랑이 조용한 목소리로 물었다.

"혹시 그 남자 때문에 그래요?"

"그 남자?"

"언니 남자 친구."

담희는 대답 대신 눈을 깜박였다. 어떻게 알았지?

"카드 뽑아 봤니?"

"엄청 티 나요. 누가 들어오기만 해도 화들짝했다가 금방 시무룩하는 것도 그렇고, 한숨 폭폭 내쉬며 창밖을 노려보는 것도 그렇고. 싸웠어요?"

"아…… 그건 아닌데……."

담희는 채운이 말하지 않는 무언가가 있다는 걸 진작부터 알고 있었다. 그게 뭐였든 화란과 연관된 일일 터였다. 가끔 채운에게 느껴지던 어두운 그늘도 그것과 연관되어 있을 터였고.

담희는 그 무엇이 무언지 정말로 궁금했다. 하지만 채운이 준비가 되면, 자신에게 다 말해 줄 거라고 생각했었다. 끝까지 숨기지는 않을 거라고, 막연히 믿었었다.

하지만 지금, 화란이 그녀의 머릿속을 온통 흩어 놓고 사라진 지금, 그가 말해 줄 때까지 마냥 기다려야 하는 건지 혼란스러웠다.

담희는 묵직한 눈두덩을 문지르며 가볍게 어깨를 으쓱해 보였다. 묘랑에게 뭐라고 설명하기가 어려웠다. 그래서 말을 돌렸다.

"뭐 읽고 있어?"

묘랑이 쥐고 있던 책을 슬쩍 내려다보더니 담희에게 들어 보였다. 달빛이 아름다운 궁궐 배경의 동양 판타지 로맨스였다.

"재밌어?"

"여자 주인공이 좀 답답해요. 왜 말을 안 하나 몰라."

"뭐?"

"지금 남자 주인공이랑 오해가 쌓여서 갈등하는 부분이거든요. 이해가 안 되면 물어보면 될 걸 혼자 끙끙 앉아서 오해만 키우고 있어요. 로맨스 읽다 보면 이게 제일 이해 안 돼. 말 한마디면 해결될 걸 꼭 혼자 끙끙 앓아서 일을 키워. 사랑하게 되면 말하기가 더 어려운가?"

묘랑이 책장을 휙휙 넘겨 보며 중얼거렸다.

"맞아. 꼭 물어보면 될 걸, 혼자 오해하면서 속병 앓이를······."

그녀의 말에 막연히 맞장구를 치던 담희가 갑자기 입을 다물었다.

사돈 남 말 하고 있네, 정말. 담희는 스스로가 어이없어 풋 웃었다. 묘랑이 의아한 눈으로 담희를 바라보았다.

"묘랑 씨는 등대 같아."

"네?"

빙그레 웃는 담희를 묘랑이 멀뚱멀뚱 바라보았다.

"묘랑 씨, 바빠?"

묘랑이 고개를 저었다. 담희는 겉옷을 걸치고 휴대전화를 챙겼다.

"잠깐만 책방 좀 봐 줘."

여전히 멀뚱한 묘랑을 두고 급히 카페로 향했다.

담희는 채린에게 채운의 전화번호를 물어보았다. 그녀가 알려 주는 번호로 곧장 전화를 걸었지만 연결음만 공허히 울려 댔다.

소리샘으로 연결되는 전화를 끊으며 담희는 다시 전화를 해야 하나? 문자를 보내 볼까? 고민했다. 그런 그녀를 지켜보고 있던 채린이 쪽지를 내밀었다.

"직접 찾아가 봐요. 집에 있을 거야, 아마."

얼떨결에 쪽지를 받아 들었다. 쪽지에는 오피스텔 주소와 도어록 비밀번호가 적혀 있었다. 내용을 확인한 담희가 당황한 표정으로 채린을 바라보았다.

"왜 이걸……."

"그 녀석이랑 만나고 있는 거 알아요."

"아…… 네."

담희는 채린의 눈치를 보며 고개를 끄덕였다. 소개팅 남자와 자신의 동생을 저울질하고 있었다고 생각할까 봐 담희는 신경이 쓰였다.

"요즘 채운이를 보면 조금 인간다워진 것 같아서 좋아요. 다 아가씨 덕분이야. 그래서 고맙고, 미안하기도 하고, 그래."

담희는 뭐라고 대꾸해야 할지 몰라 그저 민망한 표정으로 조금 웃어 보였다. 담희를 가만히 바라보던 채린이 따라서 미소를 지으며 창밖으로 시선을 옮겼다. 카페 창밖으로 오피스텔이 그림처럼 서 있었다.

"뭐가 문제인지 그 녀석 가끔 잠수를 타요. 전화도 안 받고, 집 안의 작업실에 틀어박혀서 나오질 않아. 전에는 작가라 그런가 보다 했어요. 뭔가 영감을 받아서 틀어박혔나 보다, 그랬는데……. 모르겠어, 지금은. 참, 그 애가 작가인 건 알아요?"

"네."

"뭘 쓰는지도?"

담희가 막연히 고개를 끄덕였다. 채린이 픽 웃었다.

"가족보다 낫네. 우린 몰라요. 아가씨라면 그 애의 잠수병도 고쳐 놓을 수 있을 거야. 아, 거기 집 안에 잠긴 방이 하나 있어요. 거기가 작업실인데, 거긴 아무도 못 들어가요. 아마도 거기 틀어박혀 있지 않을까 싶어."

담희는 고개를 끄덕이며 카페를 나섰다.

"내 동생, 잘 부탁해요."

채린이 카페 입구를 나서는 담희를 향해 말했다. 담희는 대답 대신 미소 띤 얼굴로 고개 숙여 인사를 하고는 카페를 나왔다. 그길로 곧장 길을 건너 오피스텔로 들어섰다.

채운의 오피스텔 문 앞에서 담희는 잠깐 망설였다. 무작정 이렇게 찾아온 게 잘한 행동인지 알 수가 없었다.

"잘못한 행동일 건 또 뭔데?"

담희는 망설이는 자신에게 소리 내 중얼거리며 초인종을 눌렀다. 오피스텔 실내를 울리는 초인종 소리가 희미하게 들렸다. 하지만 그뿐, 조용했다. 다시 한 번 벨을 눌렀지만 아무도 나오지 않았다.

집에 없는 걸까? 담희는 채린이 적어 준 쪽지를 들여다보았다. 현관 도어록 비밀번호 여섯 자리가 담희의 손가락을 자꾸만 끌어당기는 것 같았다.

열고 들어가 볼까? 그래도 되나? 망설여졌다. 아무리 남자 친구라도 해도 그래도 될 만큼 스스럼없는 사이인지 확신이 들지 않았다. 남자 친구의 누나가 허락했다고 해도 멋대로 집 안에 들어가는 건 어쩐지 실례일 것 같았다.

담희는 문 앞에 서서 고민스레 도어록을 노려보다 대신 그에게 전화를 걸었다. 연결음이 길게 이어졌고, 그 사이로 희미하게 전화벨 소리가 들리는 것 같았다.

담희는 전화기를 귀에서 떼고는 오피스텔 현관문에 귀를 댔다. 분명 집 안에서 전화벨이 울리고 있었다. 그녀는 전화를 끊었다. 집 안에서 울리던 벨 소리도 멈췄다.

전화기를 놓고 나간 게 아니라면 집 안에 그가 있다는 뜻이었다. 전화를 받을 수 없는 상황인 걸까?

갑자기 불쑥 채운을 살리는 길이라던 화란의 말이 떠올랐다.

채운이 어디 아픈 걸까? 갑자기 쓰러졌나? 무서운 생각이 들었다. 담희는 화다닥 도어록의 비밀번호를 누르고 문을 열었다.

넓고 깔끔한 현관엔 슬리퍼 한 켤레만 덩그러니 놓여 있었다. 반쯤 열린 현관 중문을 밀고 들어서자 거대한 원룸처럼 보이는 공간이 나타났다. 거실 겸 부엌 겸 침실인 공간. 기둥과 책장으로 분할된 공간 사이로 넓은 테이블이 보였다.

테이블 위에 지갑과 휴대전화가 던져지듯 놓여 있었다. 지갑? 그가 집에 있는 걸까?

"채운 씨."

담희가 조그맣게 그를 불렀다. 휑하니 넓기만 한 집에 담희의 목소리가 울렸다. 담희는 집 안을 둘러보고, 화장실 문도 열어 보았다. 아무도 없었다. 다시 한 번 구석구석 둘러보던 담희는 침대를 가린 책장 옆으로 문이 있는 것을 발견했다.

채린이 말하던 작업실인 것 같았다. 담희는 조심스럽게 다가가 문을 가볍게 노크했다.

"채운 씨, 안에 있어요?"

대답이 없었다. 한 번 더 노크한 담희가 문손잡이를 돌렸다. 문은 잠겨 있었다. 귀를 대 보았지만 아무 소리도 들리지 않았다.

"채운 씨!"

목소리를 키우며 다시 문을 똑똑 두드렸다. 조용했다. 이 안에 있는 걸까? 진지하게 노려보면 문 저쪽을 볼 수 있기라도 하는 것처럼 담희는 잔뜩 인상을 찡그린 채 문을 노려보았다. 설마 쓰러진 건 아니겠지?

담희는 불퉁하니 입을 내밀었다가 인상을 찡그렸다가 혹시나 하는 마음으로 문에 다시 귀를 대 보았다. 공기가 흐르는 소리마저 들릴 것 같은 고요. 담희는 그 적막한 공기의 소리에 귀를 댄 채 오래 서 있었다.

없는 걸까? 아니면 없는 척하는 걸까? 담희는 몸을 틀어 문에 기댔다. 넓은 집 안이 한눈에 들어왔다. 테이블에 팽개친 듯 놓인 지갑과 휴대전화 말고는 사람의 흔적이 거의 없었다.

그가 어제 여기 있긴 했었던 걸까? 주름 하나 없는 침대 시트가 눈에 밟혔다. 담희는 미간을 찡그린 채 기대선 문에 뒷머리를 가볍게 콩 찧었다.

※

그날 밤, 담희는 늦게까지 책방을 닫지 못했다. 뒷정리를 하고 집으로 가야지 생각하면서도 멍하니 문만 바라보고 앉아 있었다.

그의 집을 나온 이후 줄곧 이 상태였다. 뭔가 설명할 수 없는 불안 같은 게 심장 안쪽에 웅크리고 앉아 있는 기분이었다.

흠, 길게 한숨을 뱉으며 피곤한 눈을 꾹 감았다 떴다. 그 순간 문이 열리고 그가 들어왔다. 담희는 헛것을 본 건가, 생각하며 몇 번 더 눈을 깜박거렸다. 채운이 보일 듯 말 듯 미소를 지었다.

"드디어 나타났네요."

조그맣게 담희가 속삭이듯 말했다.

"미안합니다."

채운의 대답에 담희가 한숨을 쉬었다.

"미안합니다 말고, 나한테 할 말 없어요?"

담희의 물음에 채운의 시선이 천천히 가라앉았다. 담희는 그의 표정을 말없이 바라보며 대답을 기다렸다.

침묵이 책방 안에 차곡차곡 쌓여 대답을 기다리는 담희를 짓누르는 것 같았다. 입술을 잘근 깨문 담희가 채운을 향해 말했다.

"대답하기 싫으면 안 해도 돼요. 대신 이쯤에서 우리 그만해요. 비밀이 너무 많은 건 싫으니까."

담희가 자리에서 일어섰다. 채운을 억지로 외면하며 아무렇게나 던져져 있던 겉옷을 챙겨 들었다.

"믿을지 모르겠지만."

채운이 불쑥 입을 열었다. 주춤 담희가 행동을 멈추고 그를 돌아보았다. 미간에 주름을 잡은 채 먼 어딘가를 향해 있던 채운의 시선이 천천히 담희를 향했다.

"나는 때때로 사라집니다."

낮고 조용한 목소리로 그가 말했다. 검고 깊은 채운의 눈동자가 담희를 고요히 바라보고 있었다. 외면할 수 없는 간절함이 담긴 눈동자를 묵묵히 바라보던 담희가 다시 자리에 앉았다.

# 7.

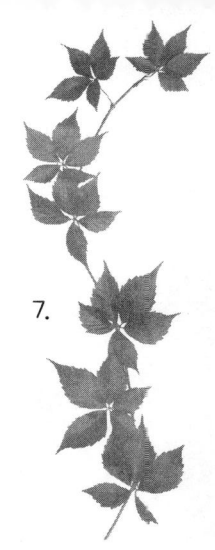

 햇살이 아름다웠다. 낙엽 진 나무의 앙상한 가지들이 청명한 하늘을 향해 힘껏 손을 뻗고 있는 늦가을, 아찔할 정도로 차갑고 달달한 산속의 공기를 음미하며 채운은 길가 바위에 걸터앉아 사과를 씹었다.

 자전거로 전국을 돌아보겠다 작정하고 집을 출발한 지 27일째, 지금까지의 여행은 그의 일정대로 무리 없이 진행되고 있었다. 크게 나쁜 날씨도 없었고, 자전거도 아직까지 멀쩡했다.

 이대로라면 다음 달 중순쯤에는 한라산 꼭대기에 발 도장을 찍을 수 있을 것 같았다. 기온이 하루가 다르게 뚝뚝 떨어지고 있었지만, 그때까지는 그럭저럭 노숙도 버틸 수 있을 것 같았다. 채운은 만족스럽게 씨익 웃으며 사과를 깨물었다.

 직접 딴 사과는 달고 맛있었다. 이틀을 사과 농장에서 보내며 사과 따기를 도와주고 얻은 것이었다.

채운은 자전거 일주 중에 경험 삼아 가끔은 농장에서 일을 도왔다. 그 일당으로 따뜻한 식사와 잠자리를 얻었고, 더불어 다양한 간식거리를 얻기도 했다.

지도와 일정표를 펼치고 와작와작 사과를 씹으며 다음 일정을 확인했다. 이 산을 넘으면 작은 마을이 있을 터였고, 거기서 오늘 하루의 일정을 마무리할 생각이었다.

"조금 서둘러야겠네."

늦가을 짧은 해 아래 산을 넘어야 했다. 지도와 일정표를 챙겨 넣는데, 등 뒤 수풀에서 바스락 소리가 났다. 채운이 돌아보자 커다란 고양이처럼 보이는 동물이 시들어 가는 수풀에 반쯤 몸을 숨기고 이쪽을 바라보고 있었다.

채운은 빙그레 웃었다.

"안녕?"

그의 말을 알아듣기라도 한 것처럼 동물은 뾰족한 귀를 쫑긋해 보였다.

"잘 지내."

가방을 챙겨 메며 채운이 가볍게 손을 흔들었다. 그러곤 자전거를 끌고 부지런히 등산로를 따라 산길을 걸었다.

문득문득 풀숲이 흔들렸다. 시든 이파리 사이로 황갈색 눈동자가 채운을 말끄러미 쳐다보기도 했다. 고양이를 닮은 동물이 따라오는 걸 채운은 눈치챘다. 인가가 나오거나, 사람들이 많이 지나다니는 길로 들어서면 돌아가겠지, 생각하며 걸음을 서둘렀다.

청명하게 맑던 하늘이 조금씩 흐려지고 있었다. 비가 오려나, 하늘을 올려다보며 채운은 흠, 한숨을 뱉었다. 입김이 공기

중으로 흩어졌다. 산속이라 날씨가 제법 찼다.

거친 산길이 평탄하고 좁은 길로 바뀌었다. 채운은 끌고 가던 자전거에 올라 페달을 밟았다.

"마을에 도착할 때까지 비가 오지 않으면 좋겠는데."

하늘을 흘깃 올려다보며 채운이 중얼거렸다. 차가운 공기에서 희미하게 비 냄새가 났다.

아직 해가 넘어갈 시간이 아니었지만, 구름이 짙어지면서 사부작사부작 사위가 어두워지고 있었다. 공기 중에 설핏설핏 물방울이 날렸다.

"쯧!"

채운은 짧게 혀를 차며 조심스럽게 자전거의 페달을 밟았다. 느낌으론 곧 마을이 나올 것 같았지만, 어둠이 찾아드는 산길에서 서둘러 봤자 좋을 건 없었다.

급하게 꺾어지는 모퉁이를 돌아서는데 불쑥 고양이를 닮은 동물이 튀어나왔다.

"앗!"

채운은 자전거의 브레이크를 잡으며 급히 핸들을 틀었다. 휘청 불안정하게 자전거가 흔들렸다. 멈출 듯 비틀거리던 자전거가 급작스럽게 휘어진 내리막에서 빗방울에 젖은 낙엽을 밟으며 미끄러졌다.

잇따라 길을 가로지른 굵은 나무뿌리가 미끄러지던 자전거를 잡아챘다. 채운의 몸이 자전거에서 튀어 올라 비탈길로 내동댕이쳐졌다.

하늘과 땅과 나무와 잡풀들이 어지러이 시야를 흔들고, 날카로운 통증이 온몸을 할퀴었다. 무거운 배낭이 중심을 잃은 채운을 비탈 아래로 밀고 내려갔다. 미끄러지던 채운의 몸이 뿌리를 반쯤 드러낸 거대한 나무 아래 처박혔다.

"윽!"

뒤통수와 어깨가 뒤틀린 나무뿌리에 거세게 부딪히며 극심한 통증이 밀려들었다. 움직일 수가 없었다. 채운은 아득하게 가라앉는 정신을 억지로 부여잡고 버텼지만 몽롱하게 의식이 흐려졌다.

어느 순간, 누군가 자신을 들여다본다고 느꼈다. 막연히 누군가 자신의 심장이 뛰고 있는지 확인하는 것을 느끼기도 했다.

살았구나, 누가 날 발견했구나, 정신이 어둠 속으로 잠겨 드는 중에서도 생각했고, 안심하며 의식의 끈을 놓았다.

"나를 구한 건 화란입니다."

채운의 목소리는 담담하고, 낮았다. 책장에 기대 나무 바닥의 무늬를 눈길로 따라가며 이야기를 하던 채운이 천천히 담희에게로 시선을 옮겼다.

"생명의 은인이란 거네요, 그 여자가."

진지하게 채운의 이야기를 듣고 있던 담희가 조그맣게 속삭였다.

"생명의 은인……."

담희의 말을 되뇌는 채운의 목소리에는 어쩐지 냉소가 묻어났다. 의아했지만 담희는 채운이 이야기를 계속할 수 있도록 입을 다물고 기다렸다. 까맣고 커다란 눈동자 가득 채운을 담고서. 그녀의 시선에 붙들린 채 채운이 이야기를 이어 갔다.

누군가 자신을 발견했다는 안도감에 채운은 완전히 정신을 놓았다.

낯설고 감미로운 향이 자신을 끝없는 잠으로 끌고 가던 그 밤, 채운은 자신의 얼굴을 쓰다듬는 차가운 손길을 느꼈던 것 같다.

며칠이 지났는지 알 수가 없었다. 잠들고 깨고를 반복하며, 채운의 정신은 알 수 없는 세상을 맴돌았다.

잠이 깨는 그 찰나, 찰나에 뜨겁게 자신을 들여다보고 있는 여자를 본 것 같았다. 숲속에서 자신을 물끄러미 바라보던 고양잇과 동물과 같은 황갈색 눈동자를 가진 여자였다. 현실과 꿈이 뒤섞인 듯 몽롱했다.

"안심해요. 내가 당신을 구했어. 이제 다 괜찮아요."

먼 곳인 듯, 가까운 곳인 듯 끝없이 귓가를 간지럽히는 속살거림.

"푹 자고 일어나요. 그리고 나에게 와요. 당신은 이제 내 거야. 우린 오래오래 함께할 거예요. 영원히."

영원히. 오락가락하는 정신 사이로 스며들던 단어들.

채운은 막연히 뭔가가 이상하다고 생각했다. 병원이 아니야, 이곳은. 눈을 뜨려고 애를 썼지만, 자신의 몸이 아닌 듯 모든 것이 무겁고 느렸다. 또다시 잠이 찾아오고 있었다.

어둠으로 가라앉는 정신을 놓치지 않기 위해 혀를 깨물었다. 화끈한 통증이 아릿하게 번지며 잠속으로 빠져들던 정신이 조금 또렷해졌다.

억지로 눈을 뜨고 주변을 살폈다. 정갈한 온돌방. 은은한 등불이 일렁이는 방에는 아무도 없었다. 조심스럽게 몸을 일으켰다. 휘청, 온몸이 흔들렸고 머리가 어지러웠다. 눈을 감고서 천천히 숨을 뱉었다.

자리에서 일어서는 그 시간이 수억 년인 듯 더디고 느렸다. 딱히 아픈 곳은 없었지만 물속을 걷는 것 같은 기분이었다. 힘이 들어가지 않는 다리와 무거운 몸. 채운은 힘들게 방을 나섰다.

거대한 저택 같은 집 안을 헤매며 현관을 찾았다. 어디선가 두런거리는 사람들의 말소리가 들렸다. 저 사람들이 자신을 구해 준 걸까? 아니면 자신을 감금해 둔 걸까? 채운은 알 수가 없었다.

하지만 도망쳐야 할 것 같았다. 이성적인 생각은 아니었다. 그저 몸 안의 세포 하나하나가 자신에게 경고를 발하고 있는 것 같았다. 끝없이 가라앉는 정신을 꾸역꾸역 붙든 채 본능이 이끄는 대로 문을 찾아 그 집을 빠져나왔다.

산속이었고, 한겨울인가 싶게 추운 밤이었다. 채운은 길의 흔적을 따라 무작정 산길을 걸었다. 머리는 여전히 안개 속을 헤매듯 흐릿했고, 몸은 무거웠다.

어떻게 그 산을 내려왔는지 모르겠다. 하늘이 희붐하게 밝아 올 때쯤 채운은 온몸이 긁히고 반쯤은 꽝꽝 언 채로 농가에 도착했다. 채운이 사과 따기를 했던 집이었다.

그분들의 도움으로 집에 돌아왔다. 그대로 일주일을 내리 잠만 잤다.

시간이 지나면서 자전거 여행에서의 기억은 꿈처럼 잊히는 것 같았다. 가끔 불쑥 꿈속을 찾아오는 황갈색 눈동자 외에는 일상이 천천히 돌아오고 있었다. 그 여자가 찾아오기 전까지는 정말로 그런 줄 알았다.

새 학기가 시작 된 3월, 활기 넘치는 대학 교정에 뭇 학생들의 시선을 한 몸에 받으며 서 있는 여자를 보는 순간, 채운은 낯설고 감미롭던 그 밤의 향이 다시금 자신을 휘어 감는 것 같은 기분을 느꼈다.

황갈색 눈동자의 여자, 구화란은 채운에게 말했다. 자신이 채운의 목숨을 구했다고, 채운의 영혼이 세상을 벗어나려는 걸 자신이 붙들어 뒀다고. 자신의 영혼과 채운의 영혼을 하나로 엮어 그를 이승에 붙들어 둔 거라고.

"하지만 네가 멋대로 집을 떠났지. 널 완벽하게 구하기 전에. 넌 지금 불완전한 상태야."

"말도 안 되는 소리."

채운은 그녀의 말을 무시했다.

"믿지 않아도 곧 믿게 될 거야. 당신의 영혼이 때때로 당신의 몸을 떠날 테니까. 당신의 몸은 흔적 없이 사라질 거야."

그녀의 말대로 채운은 때때로 사라졌다. 길을 걷다, 수업을 듣다, 잠을 자다 불쑥. 마치 투명인간이 되기라도 하듯 그 자리에서 형체가 사라졌다.

그는 여전히 그 자리에 있었지만, 아무도 그를 보지 못했다. 정해진 시간도, 규칙도 없었다. 그냥 어느 순간 예고도 없이 그는 사라졌다.

"나와 결혼해. 그럼 완성되지 못했던 그날의 의식을 완성할 수 있어. 당신은 더 이상 사라지지 않을 거야."

"너, 정체가 뭐야?"

채운의 물음에 화란은 빙그레 웃으며 채운에게로 한 걸음 다가왔다.

"너의 운명. 너와 함께할 존재. 그러니까 결혼해. 우린 오래오래 행복할 거야. 영원히."

영원히. 그 단어를 듣는 순간 채운은 물러섰다.

"됐어. 이대로."

채운의 말에 화란은 당황했다.

"나와 함께하지 않는다면, 당신은 완전히 사라질 거야. 불완전한 상태로 내가 당신을 붙들고 있는 데는 한계가 있다고."

"상관없어."

"고작 10년이야. 그 시간이 지나면 당신은 때때로가 아니라 영원히 사라지는 거라고. 당신이란 존재의 모든 흔적들과 함께. 당신 가족, 친구, 그 누구도 당신을 기억하지 못하게 될 거란 말이야."

화란의 말에 채운은 삐딱하게 웃었다.

"차라리 잘됐네. 아무도 기억하지 못한다면, 사라지는 것에 대한 미련도 없어질 테니까."

화란은 입을 다물었다. 채운은 그런 화란을 향해 놀리듯 덧붙였다.

"난 내가 선택한 일이 아닌 건 절대 안 해. 그게 뭐든. 목숨? 그딴 걸로 날 설득할 생각 마."

말은 그렇게 했지만, 채운이 자신의 상태를 받아들이는 데는 오랜 시간이 걸렸다. 친구들과의 모임에서 갑작스레 사라지는 일을 몇 번쯤 겪고는 친구들을 멀리하기 시작했다.

투명한 영혼의 상태로 서 있는 자신을 통과해 지나가는 사람들을 겪은 뒤로 채운은 은둔하기 시작했다. 세상과 담을 쌓고

집 안에서 칩거하며 본의 아니게 알게 되는 사람들의 비밀에 귀를 닫았다.

그사이 화란은 지치지 않고 채운을 찾아왔다. 자신의 완전한 소멸을 받아들일 수 있는 인간은 없을 거라고 화란은 철저히 믿었다. 최후의 그날이 오면 결국 채운이 자신의 제안을 받아들여 자신의 남자가 될 거라고 믿어 의심치 않았다.

"그런 일은 없을 거야. 어차피 한 번뿐인 인생이야. 10년이었든 100년이었든 어떻게 사느냐가 중요한 거지. 난 내가 선택하지 않은 삶을 영원히 사는 쪽보다 내가 선택한 삶을 화끈하게 살 거라고."

"두고 보면 알겠지."

채운의 말을 화란은 늘 자신만만한 미소로 되받았다.

"어릴 때부터 꿈꿨던 것들, 생각했던 것들, 도전해 보고 싶은 것들을 모조리 글로 토해 내면서 현실과는 거리를 두고 살았습니다. 그렇게 세상에 대한 미련 같은 거 모조리 정리했다 생각했습니다. 담희 씨를 만나기 전까진."

담희를 바라보는 채운의 눈동자는 복잡했다. 슬픔과 체념과 미련이 온통 뒤섞인 눈동자.

"약속된 10년이 곧 끝납니다. 나는…… 사라질 겁니다, 영원히. 내가 사라지면 날 기억하는 사람은 아무도 없을 겁니다. 나는 애초에 존재한 적 없는 완전한 무의 상태로 돌아갈 테니까."

담희는 천천히 눈을 깜박였다. 이 이야기를 어떻게 받아들여야 할지 알 수가 없었다. 담희의 반응을 예상한 듯 채운이 희미하게 미소를 지었다. 후, 불면 금방이라도 꺼질 것 같은 미소였다. 설큰, 심장이 아렸다.

"그…… 그러니까 그, 사라지는 그걸 고칠 수 있는 방법은 없대요?"

입술을 앙다물던 담희가 조심스럽게 물었다. 대답 대신 채운은 슬프게 웃었다. 체념 어린 그의 눈동자를 들여다보며 담희는 입술을 깨물었다. 그래, 영원히 사라지는 상태를 받아들이기까지 그 역시 안 해 본 게 없겠지.

채운이 흠, 길게 한숨 같은 숨을 뱉으며 기대고 있던 책장에서 몸을 뗐다. 그리고 담희에게로 천천히 다가가며 속삭이듯 말했다.

"담희 씨는 손해 보는 거 없어요. 그저 당신 인생의 두 달을 나에게 빌려주기만 하면 돼요. 내가 사라지고 나면 당신에게 나, 전혀 존재한 적도 없는 사람이 되니까. 그러니까 그냥 두 달만 나와 만나요. 그것조차 싫다면 더 이상 당신 눈앞에 나타나지 않을 테니까."

"너무해."

담희가 툭 말을 뱉었다. 채운이 눈썹을 슬쩍 끌어 올리며 '뭐가?' 하고 묻듯 담희를 바라보았다.

"왜 손해가 아니야? 내 두 달이 우스워요? 내 감정이 우습냐고! 이 세상에서 완전히 사라질 남자에게 적선하듯 내 감정과 내 시간을 달라는 거예요?"

담희의 큰 눈망울 가득 넘쳐 나는 혼란이 금방이라도 눈물로 변할 것처럼 일렁거리고 있었다. 채운이 입꼬리를 길게 끌며 미소를 지었다. 사람을 홀리는 매력적인 미소를 띤 채, 담희의 볼 끝에서 흔들리는 머리카락을 살짝 쓸어 넘겨 주었다.

"이기적이라서 미안합니다. 그래도…… 생각해 봐요."

낮고 조용한 그의 목소리. 그 목소리 속에 담긴 무언가가 담희의 심장을 건드렸다.

어떤 대답이라도 괜찮아요. 거절이라도. 부담 갖진 말아요. 그냥, 생각만 해 봐요.

그의 눈동자에 담긴 말들. 그의 목소리 속에 숨겨진 단어들. 담희는 그 말들을 심장으로 들었다. 담희는 자신을 향해 미소 짓고 있는 채운을 바라보며 잘근 입술을 깨물었다.

바람이 불었다. 돌풍처럼 화다닥 불었다가 이내 조용해지는 바람은 담희의 마음처럼 어지럽고 어수선했다. 담희는 창가에 서서 멍하니 밖을 내다보았다. 가을이 바람에 무너지듯 낙엽이 흩어지고 쏟아지고 흩날렸다. 메마른 낙엽이 보도 위를 정신없이 휘돌았다.

"그런 게 어딨어? 그런 건 책 속에서나 일어나는 일이라고."

창밖으로 보이는 오피스텔 건물을 향해 담희가 중얼거렸다. 판타지는 어디까지나 판타지 세계에서나 일어나는 일이어야 했다. 현실 속에서 자꾸만 사라지는 사람이 있다는 게 말이 되냐고.

"으, 뭐가 이래. 뭐가 이러냐고."

불었다 멈추기를 반복하는 돌풍처럼 담희는 중얼거리다 멈추고, 멍하니 서 있다 툴툴거렸다. 그러다 불쑥 떠올렸다. 할아버지가 책방을 맡기기 위해 불렀던 첫날을.

 책방 안을 거닐다 얼핏 봤던 책을 고르는 남자, 채운의 모습. 돌아봤을 때는 그 어디서도 흔적을 찾을 수 없었던 그의 모습.

 그러고 보니, 선아 선배와 전화 통화를 하던 그 밤에도 인기척도 없이 나타났던 그가 떠올랐다. 그를 감싸고 일렁이던 공기의 움직임도.

 "맙소사."

 담희는 털썩 책장에 무너지듯 기댔다. 그 사람 말이 모두 진짠가 봐. 정말로 진짜였나 봐. 그렇다는 건…….

 "영원히 사라진다는 거야? 정말로? 진짜 정말로?"

 담희의 목소리가 천천히 잦아들었다. 책방 문을 흔들고 가는 돌풍이 담희의 심장으로 곧장 돌진하는 것 같았다. 문을 흔들듯 그녀의 심장을 쾅쾅 두들기는 돌풍. 아릿한 통증이 심장을 움켜쥐고, 차가운 바람이 심장을 식히고 있었다.

 가게 문이 왈칵 열렸다.

 "아휴, 무슨 바람이 이렇게 불어."

 문학 아주머니였다. 자식들을 모두 대학에 보내 놓고, 뒤늦게 못다 이룬 문학의 꿈을 키우고 있는 아주머니는 오며 가며 곧잘 책방에 들르곤 했다. 넋 놓고 있던 담희는 느릿느릿 몸을 일으켜 계산대로 향했다.

 "어서 오세요."

 "무슨 일 있어? 목소리가 왜 그래? 어머, 얼굴이…… 어디 아파?"

 바람에 엉망으로 엉킨 머리를 손가락으로 대충 정리하던 아주머니가 담희의 얼굴을 보더니 휘둥그레진 눈으로 물었다.
"제 삶에 돌풍이 부네요."
"뭐?"
"아니에요, 아무것도. 참. 저번에 말씀하셨던 시집 찾아 놨어요."

담희는 맥없이 웃으며 계산대 서랍을 열고 시집을 꺼냈다. 아주머니는 시집을 받아 들면서도 담희의 표정을 살피고 있었다.

"힘든 일 있어?"
"아니에요. 그보다 시화전 준비는 잘 되세요?"

자신에게 쏠리는 관심이 싫어 담희는 말머리를 돌렸다. 동네 문화센터에서 문학 공부를 하면서 만난 사람들과 시를 쓰는 모임을 만든 아주머니는 조만간 시화전을 열 계획이라고 말한 적이 있었다.

"아, 시화전. 안 그래도 지금 그것 때문에 나갔다 오는 거야. 전시 장소를 알아보는 중이거든. 작품 선정도 끝났고, 쓰고 꾸미는 것도 끝났고, 표구사에 맡기기만 하면 되는데, 전시 장소가 문제네."

"문화센터 로비에 전시하기로 하셨다면서요."
"그랬는데, 갑자기 로비 공사를 해야 한대. 천장에 물이 샌다나, 금이 갔다나. 하여간 문제가 생겼대. 날짜를 연기하든지, 장소를 새로 찾든지 해야 해서 일단 장소를 알아보는 중이야."

"아……."
"참, 이거."

아주머니가 메고 있던 커다란 가방에서 위생 팩에 담긴 삶은 고구마를 꺼냈다.

"시골 사는 친구가 보내 준 건데, 엄청 달아. 먹어 봐."

아주머니가 고구마를 담희 품에 안겨 주었다. 아직도 희미하게 온기가 느껴졌다. 그 은근한 온도, 달착지근한 고구마 냄새와 함께 전해지는 현실적인 감각.

사람이 사라지는 비현실이 아닌 실제적인 온도는 이상하게 담희를 안심시켰다. 심장에서 휘돌던 돌풍이 천천히 잦아드는 것 같았다.

"고……맙습니다."

"우리 큰딸 입버릇이 그거야. 배부르고 등 따시면 고민의 반은 사라진다. 뭔지 몰라도 먹고 힘내요."

담희가 설핏 웃자 아주머니가 고개를 끄덕이며 빙그레 미소를 지었다.

문학 아주머니가 떠나고 혼자 남은 담희는 고구마를 한 입 베어 물고는 천천히 꼭꼭 씹었다. 달고 부드럽고 맛있었다. 그리고 목이 메었다.

불쑥 친구네 집에서 만화책을 잔뜩 빌려 놓고 온종일 라면과 고구마를 먹으며 키득거렸던 어느 날이 떠올랐다. 고등학교 2학년 때였나? 사랑 얘기 가득한 만화책을 돌려 가며 읽다가 자신들이 꿈꾸는 사랑에 관한 대화로 밤을 새운 날이었다.

신데렐라 같은 사랑을 꿈꾸는 친구도 있었고, 소박한 사랑을 꿈꾸는 친구도 있었다. 별나게도 비극적인 사랑의 주인공이 되고 싶어 하는 친구도 있었다. 그때 담희는 고구마를 뚝뚝 베어 물며 무심히 말했던 것 같다.

'난 그냥 단 한 순간만이라도 좋으니까 미친 것 같은 사랑을 해 보고 싶어. 그 한 순간이 너무 열렬해서 다른 그 무엇도 눈에 들어오지 않는 사랑.'

'야! 그런 낭만적인 이야길 고구마 물고 하냐!'

옆에서 듣고 있던 친구가 껴안고 있던 쿠션을 담희에게 던졌다. 담희는 장난스레 히죽 웃었다.

사실 담희는 한 번도 그런 종류의 사랑을 꿈꿔 본 적이 없었다. 그때도 친구들과의 수다에 취해서 한 말이었을 뿐. 담희가 꿈꾸는 건, 그저 오래오래 행복하게 살았습니다로 끝나는 사랑이었다.

미친 듯한 사랑이든 은은한 사랑이든 담백한 사랑이든 상관없이 무조건 행복한 결말이 준비된 사랑.

"오래오래 행복하게 살았습니다."

담희는 조그맣게 중얼거려 보았다. 그녀의 목 메인 목소리는 낯설고 답답하게 들렸다. 담희는 흠, 숨을 뱉으며 고구마를 바라보았다.

답답한 건 싫었다. 목이 메는 것도. 오래오래 행복하지 못한 것도 싫었다. 그중에서도 가장 싫은 건 고민거리도 아닌 걸 고민거리랍시고 붙들고 앉아 있는 자신이었다.

그가 지금 당장 사라진 것도 아닌데, 왜 벌써 겁먹고 앉아 있는 거지? 그가 사라지지 않을 방법이 있을 거야. 시도도 해 보기 전에 웅크리고 있는 건 그녀답지 않았다.

담희는 벌떡 일어섰다. 그러곤 곧장 책방을 나와 오피스텔로 향했다. 바람이 정신없이 불었다. 담희는 흩날리는 머리카락을 휙 쓸어 넘기면서 곧장 오피스텔로 들어갔다.

채운의 집 벨을 눌렀지만, 아무 반응이 없었다. 집에 있다면 대답하지 않을 리가 없었다.

결의에 찬 표정으로 벨을 눌렀던 담희는 허탈한 표정으로 터덜터덜 오피스텔을 나왔다. 낙엽과 흙먼지가 돌풍에 휩쓸려 그녀에게 달려들었다. 담희는 눈을 감으며 고개를 틀었다. 바람이 지나고 고개를 들자 채운이 보였다.

길 건너 책방 창가에 서서 담희를 바라보고 있는 그는 어쩐지 긴장한 것처럼 보였다. 담희는 흠, 길게 숨을 뱉고는 천천히 2차선 도로를 건넜다.

채운은 뭔가 각오를 다진 듯 입술을 잘근 깨문 담희를 말없이 바라보았다. 걸음걸음 그녀가 가까워질수록 채운은 자신의 심장이 아프게 쿵쿵거리는 것을 느꼈다. 그녀가 거절한다면 자신은 어떻게 될까. 그녀의 거절을 생각하는 것만으로도 심장이 부서지는 것 같았다.

그의 앞에 멈춰 선 담희는 갸웃 고개를 기울이며 그를 올려다보았다.

"여기서 뭐 하세요?"

채운은 대답 없이 어깨를 으쓱해 보였다.

"또 대답 안 하지. 사라지는 것보다 그게 더 문제야."

담희의 말에 채운이 피식 웃었다. 그 슬쩍 짓는 미소를 바라보던 담희가 조용히 입을 열었다.

"그래요. 두 달 드릴게요, 당신에게."

"흠."

그녀의 대답에 채운이 안도하듯 길게 숨을 몰아쉬었다.

"대신!"

"대신?"

"채운 씨는 나에게 나머지 남은 인생을 몽땅 주세요."

담희의 말에 채운이 천천히 눈을 깜박였다. 갑자기 웃음이 났다. 그녀는 심각한 상황을 별거 아닌 것처럼 느끼게 하는 재주가 있었다.

"그 말은 일종의 청혼입니까?"

"아! 뭐래! 그게 어째서? 그건 그냥! 그러니까 일종의 노예 계약……. 아, 뭐라니? 나."

당황한 담희의 횡설수설에 채운이 푸하하 웃음을 터트렸다. 웃는 그를 떨떠름하게 바라보던 담희 역시 결국 따라서 피식 웃었다.

허리를 꺾고 웃던 채운이 웃음이 뚝뚝 떨어지는 눈빛으로 담희를 바라보았다.

"그럽시다. 두 달 뒤 내 남은 삶, 담희 씨에게 드리지요. 모두."

남은 삶 따위 없겠지만, 곧 영원히 소멸하겠지만 채운은 대답했다. 진심으로. 진심으로 그러고 싶었다.

그의 말에 담희는 불쑥 얼굴이 붉어져 흠흠, 헛기침을 했다. 자신이 말할 때는 괜찮았는데, 이 남자가 말하니 공연히 두근거렸다.

채운이 담희의 붉어진 뺨을 엄지손가락으로 살짝 쓸었다. 소멸해 그 무엇도 남지 않는다고 해도, 드리겠습니다. 채운의 마음이 닿은 피부를 통해 전해지는 것 같았다.

그의 눈동자를 가만히 바라보던 담희가 자신의 볼에 닿아 있는 채운의 손에 자신의 손을 조심히 포겠다.

"해답 없는 문제는 없어요. 세상의 모든 문제에는 답이 있어요. 그 답을 아직 찾지 못한 것뿐이지. 채운 씨가 아직 시도해 보지 않은 방법이 있을 거예요, 분명. 내가 그 방법, 꼭 찾아낼 거예요."

다부진 표정으로 담희가 고개를 끄덕이며 말했다. 그런 담희를 가만히 바라보던 채운이 빙그레 미소를 지었다.

"그럼 제일 먼저 해 볼 방법은 키스인가?"

"뭐!"

담희가 화다닥 물러섰다.

"저주를 푸는 가장 흔한 방법이잖아. 키스. 사랑을 담은."

"으악! 이 남자가."

당황한 담희를 바라보며 채운이 장난스레 웃었다.

"뭐가 맨날 나만 진지해!"

그 모습을 바라보던 담희가 불퉁 돌아서며 책방으로 향했다.

그녀의 뒷모습을 보며 채운이 빙그레 웃었다. 두 달, 그녀가 거절하면 어쩌나, 허락한다고 해도 우울과 걱정으로 그 기간을 보내면 어쩌나 불안했는데, 다행이었다. 그녀가 웃어서, 자신의 장난을 웃으면서 받아 줘서, 그래서 그 역시도 웃을 수 있었다.

담희가 책방 문을 열고는 안 와요? 묻듯 자신을 바라보았다.

"저러니 안 반해?"

채운이 중얼거리며 성큼 그녀를 따라 책방으로 걸음을 옮겼다.

담희는 읽고 있던 책을 내려놓았다. 열린 미닫이문 사이로 채운이 뒤뜰의 방풍막을 손보고 있는 게 보였다.

창고에서부터 책방으로 들어오는 미닫이 앞까지 뒤뜰의 일부는 겨울이면 방풍막을 씌워 작은 테라스처럼 사용하곤 했다. 채운은 방풍막의 상태를 미리 살펴보고 뒤뜰에서 사용하는 작은 온풍 시설의 상태도 시험해 보는 중이었다.

"안 해도 돼요."

담희가 말했지만, 채운은 그저 빙그레 웃어 보이곤 할아버지보다 더 능숙하게 책방을 손보고 다녔다.

담희는 읽고 있던 동화책을 다시 내려다보았다. 미녀와 야수 그림책. 여자 주인공 벨은 저주에 걸린 야수를 구하기 위해 사랑을 담아 그에게 키스를 하고 있었다.

그 옆의 책은 개구리 왕자였고, 그 아래엔 하울의 움직이는 성의 허수아비 왕자였다. 모두 키스로 저주를 푸는 장면이 펼쳐져 있었다.

"흠."

담희는 책을 모두 덮었다.

"이게 말이 돼? 이딴 걸로 저주가 풀리는 게?"

책을 차곡차곡 정리한 담희는 뚱한 표정으로 움켜쥔 책을 가만 들여다보았다. 몇 시간 전에 채운이 웃으며 '저주를 푸는 가장 흔한 방법'이라고 했던 말이 떠올랐다.

담희는 책을 소리 나게 계산대에 내려놓고는 결의를 다지듯 양 주먹을 꽉 움켜쥔 채 뒤뜰로 향했다.

"저기."

한쪽 무릎을 세우고 앉아 실외용 미니 온풍기의 상태를 살펴고 있던 채운이 고개를 들었다.

"눈 감아 봐요."

담희의 말에 채운이 눈썹을 끌어 올렸다.

"진짜 말 안 들어. 감으라면 좀 감지."

불퉁하게 중얼거리는 담희의 말에 채운이 픽 웃더니 눈을 감았다. 담희는 흠, 심호흡을 하고는 용기를 내어 허리를 숙이고 그의 입술에 입을 꾹 맞췄다.

갑작스러운 감촉에 채운이 한쪽 눈을 살짝 떴다. 미간을 잔뜩 모은 담희의 얼굴이 가까이 다가와 있었다. 귀 끝까지 빨개진 담희가 슬쩍 물러서더니, 자신을 바라보았다.

"어때요?"

"뭐가?"

"저주를 푸는 가장 흔한 방법이라면서요?"

"그건 키스. 이건 뽀뽀."

눈 둘 데를 몰라 하며 주저주저 중얼거리는 담희를 채운이 짓궂게 놀리듯 대답했다.

"으. 진짜!"

담희가 불퉁 입을 내밀며 책방으로 돌아가려고 몸을 휙 돌렸다. 채운이 일어서며 돌아서는 담희의 손목을 잡아당겼다. 담희의 몸이 휘청 그의 품에 안겼다.

"아, 뭐, 뭐예요?"

"뭘 거 같습니까?"

채운이 담희의 볼 끝을 간지럽히듯 속삭였다. 당황한 채 휘둥그레 뜬 담희의 눈동자를 바라보던 채운이 빙그레 미소를 띤 채 고개를 숙였다. 그의 입술이 담희의 입술에 닿았다. 천천히,

부드럽게.

담희의 심장이 쿵, 울렸다. 꼭 감은 눈꺼풀이 바르르 떨렸다. 따뜻하고 부드러운 입술이 담희의 입술을 열고 들어와 그녀를 달래고 쓰다듬었다.

정신이 아득하게 흐려졌다. 그녀의 등을 감싸는 그의 손이, 자신의 품속으로 더 가까이, 더 깊이 끌어당기는 그의 손이 담희의 가라앉는 정신을 어지럽게 흔들었다.

바람이 요란하게 둘을 쓰다듬고 지나갔다. 채운이 흩날리는 담희의 머리카락을 쓸어 넘기며 천천히 입술을 뗐다. 까맣고 깊은 눈동자가 담희를 가만히 응시하더니 희미하게 미소를 지었다.

담희의 손 아래 미친 듯 날뛰는 그의 심장이 느껴졌다. 그녀의 심장 리듬과 호흡을 같이하는 듯한 그의 심장.

담희는 멍하니 눈을 깜박였다. 채운이 윙크하듯 감기는 눈꺼풀 위에 가볍게 입을 맞췄다. 그 가벼운 입맞춤에 담희가 짧게 숨을 몰아쉬었다.

검게 일렁이는 눈동자로 담희를 가만히 바라보던 채운이 흠, 길게 한숨을 뱉었다. 그러곤 마지못한 듯 삐딱하게 웃더니, 농담처럼 중얼거렸다.

"아무래도 한 번으론 안 되나 봅니다."

"네, 네? 무, 무슨……."

"저주를 푸는 키스. 매일, 좀 더 자주 하면 효과가 있을지도……."

"아! 됐거든요."

채운의 농담에 담희가 화다닥 그의 품에서 빠져나오며 툴툴거렸다. 채운이 빙그레 미소를 지으면서도 아쉬운 듯 담희를 놓아주었다.

"하여간 짓궂어."

담희는 붉어진 뺨을 손바닥으로 쓱쓱 문지르며 재빨리 책방으로 들어갔다. 그러곤 계산대 위에 쌓여 있는 동화책들을 움켜쥐고는 툴툴거렸다.

"이런 걸로 저주가 풀릴 리 없잖아!"

아직도 두근거리는 심장이 수줍기도 하고 그런 자신이 민망하기도 해서 담희는 공연히 동화책들을 책꽂이에 소리 나게 밀어 넣었다.

❈

다음 날 아침, 원룸 건물 입구를 나서며 담희는 하늘을 올려다보았다. 말간 유리 같은 하늘이 상큼하니 펼쳐져 있었다.

그 청아하게 맑은 하늘을 보자 공연히 좋은 일이 생길 것 같은 기분이 들었다. 담희는 활짝 밝게 웃으며 버스 정류장으로 향하는 내리막 계단을 통통 달려 내려갔다.

"늘 그렇게 웃으며 뛰어다닙니까?"

갑작스런 목소리에 담희는 화들짝 놀라 커진 눈으로 고개를 돌렸다. 계단 끝 난간에 채운이 기대서 있었다.

"우와!"

담희가 반갑게 활짝 웃으며 그에게로 폴짝폴짝 다가갔다.

"좋은 일이 생길 것 같더니. 여기서 뭐 하세요? 나 데리러 왔어요?"

"흠. 너무 좋아하니까, 괜히 왔나 싶네."

눈 속에 웃음을 가득 담고서 채운이 삐딱하게 말했다. 그러거나 말거나 담희는 채운을 빤히 올려다보며 방글방글 웃었다.

"괜히 삐딱하게 구는 거 보니까 보고 싶어 왔구나. 그죠? 내가 안 보면 금방 보고 싶어지는 타입이긴 해요."

담희의 능청에 채운이 피식 웃었다. 그러더니 고개를 숙여 담희에게 가볍게 입을 맞췄다.

"뭐, 뭐, 뭐……."

"담희 씨는 금방 보고 싶은 데다가 금방 입 맞추고 싶은 타입입니다."

당황한 담희를 향해 채운이 씨익 웃어 보이더니, 갑시다, 말하며 그녀의 어깨를 가볍게 감싸 쥐고 걷기 시작했다.

"못 말려. 능글능글."

빨개진 얼굴을 감추려 공연히 툴툴거리며 담희는 채운의 팔 아래를 빠져나왔다. 그러곤 슬쩍 그의 손을 잡았다. 채운이 빙긋 웃으며 그 손을 더 꽉 잡았다.

손을 잡은 채 걸어서 책방으로 향했다. 담희는 그의 손을 잡는 게 좋았다. 이렇게 잡고 있으면 그가 사라지는 일 따위는 절대로 일어나지 않을 것 같았다. 든든하고 따뜻한, 실제적인 감각. 담희는 그의 손을 꼭 쥐었다가 놓았다가 다시 꼭 쥐었다. 채운이 담희를 내려다보았다.

"왜?"

"그냥. 손이 예뻐서요."

담희는 웃으며 그의 손을 다시 꼭 쥐었다. 이렇게 쥐고 있으면 사라지지 않을 것 같다는 말은 하지 않았다. 그런 말로 두

달을 날려 버릴 생각은 없었다. 그가 사라지지 않을 방법을 찾기 위해 노력하겠지만, 그 과정을 근심과 걱정으로 보낼 생각은 조금도 없었다.

채운이 담희를 물끄러미 바라보다 그대로 시선을 하늘로 옮겼다. 이 여자를 만나지 않았다면 좋았을 텐데. 오담희 때문에 자꾸만 미련이 생겼다.

이 세상에서 흔적도 없이 사라지는 것이 처음부터 아무렇지도 않은 건 아니었다. 사람은 누구나 죽어. 그게 언제일지 아무도 모르지만 결국은 죽어. 난 그 날짜를 알고 있는 것뿐이야. 채운은 스스로에게 늘 말했다.

담담하게 그 사실을 받아들였다가도 갑작스레 몸이 사라지면 채운은 또다시 절망했고, 우울해했고, 좌절했다. 비상식적인 인생을 받아들이는 건 쉬운 일이 아니었다.

하지만 10년, 그 시간 동안 채운은 천천히 자신의 운명을 받아들였다.

여전히 이따금 우울했지만 그럭저럭 자신의 소멸을 인정했고, 그날이 오면 조용히 이 세상에서 사라질 생각이었다.

그랬는데 커다란 눈동자로 다 잘될 거야, 속삭이는 이 여자 때문에, 자신을 보면 햇살처럼 환하게 웃는 이 여자 때문에 채운의 담담함은 무너지고 있었다.

이 아가씨와 함께하는 미래는 어떨까? 보기만 해도 웃음이 나는 이 여자와 함께하는 삶은 얼마나 재밌을까? 이 예쁜 아가씨의 발랄한 눈동자는 나이를 먹으면 어떻게 변할까? 작은 일에도 꺄르르 웃음을 터트리는 이 여자가 할머니가 되면 어떻게 바뀔까?

끝없이 궁금했고, 한없이 기대가 됐다. 그리고 그녀의 웃음을 지켜 주면서 그 긴 시간을 함께하고 싶었다.

엉망진창. 채운은 스스로의 소멸을 받아들이기 점점 어려워지고 있었다. 이럴 줄 알았지만, 그래서 그녀를 멀리하고 외면하려 했지만 어쩔 수 없었다. 그녀는 요요의 줄처럼 도망가려는 자신을 다시 그녀 곁으로 자꾸만 끌어당겼다.

두드리면 챙 하니 맑은 소리가 퍼질 것 같은 하늘을 올려다보면서 채운은 흠, 숨을 뱉었다. 그녀는 방법을 찾아낼 수 있을 거라 했지만, 그런 방법은 없었다. 채운이 아는 한 그의 소멸은 정해진 운명이었다.

결국 담희는 자신을 잊을 터였다. 다행이지. 사라진 자신을 기억하고 슬퍼하는 그녀를 보지 않아도 되니까.

담희가 자신을 빤히 바라보고 있었다. 채운이 그 시선을 향해 빙그레 미소를 지었다.

"그거, 반칙이에요."

"반칙? 뭐가 말입니까?"

"딴생각하다 걸려 놓곤 웃음으로 때우는 거."

"하하, 날씨가 좋아서 소풍 가면 좋겠다, 생각했습니다."

채운은 웃으며 은근슬쩍 말을 돌렸다. 담희는 입꼬리를 당기며 웃는 채운을 바라보다 억지로 시선을 돌렸다. 정말이지 어쩜 저렇게 웃는지 모르겠다. 사람 설레게.

"소풍 가요, 조만간."

담희는 심장 두근거리게 만드는 그의 미소를 피해 저 멀리 보이기 시작하는 책방을 바라보며 대답했다. 집배원 아저씨가 책방 우편함에 우편물을 넣고 있었다.

책방에 도착하자마자 담희는 우편함부터 열어젖혔다. 세금 고지서 사이에 할아버지의 엽서가 끼어 있었다.

「몇 년 전, 잡지책을 들여다보던 네 할머니가 그러더구나.
이 케이블카를 타면 구름 위에 있는 기분하고 비슷하려나, 라고.
이 다음에 만나면 어떤 기분인지 말해 줄 수 있겠구나(별로야. 멀미 날 것 같아).
나는 잘 지내니 걱정 마라.」

엽서 뒷면은 유럽풍 성곽을 배경으로 길게 매달린 케이블카 사진이었다. 귀퉁이에 '베트남, 바나힐, 세계에서 두 번째로 긴 케이블카'라고 할아버지의 설명이 적혀 있었다.

"할아버지는 대체 뭘 하고 계신 걸까요?"

엽서를 골똘히 들여다보며 담희가 중얼거렸다. 담희 대신 책방의 앞뒤 문을 열고 환기를 시키던 채운이 담희 곁으로 다가왔다. 그러곤 어깨 너머로 엽서를 들여다보았다.

"알고 있죠? 할아버지가 뭐 하고 계신지."

담희는 처음 만난 날 뭔가를 아는 것처럼 '사장님은 한동안 못 돌아오실 것'이라고 말했던 채운의 말을 떠올리며 물었다.

"여행 중이시죠. 50년을 기다린 여행."

"50년을 기다린?"

"직접 물어보는 게 좋을 것 같은데. 내가 말해 줄 수 없는 문제라."

"네?"

채운은 가볍게 어깨를 으쓱해 보였다. 담희는 대답을 기다리며 그의 얼굴을 말없이 바라보았다. 그 시선에 결국 채운은 한숨을 뱉으며 조심스런 목소리로 입을 열었다.

"흠, 그게…… 난 뜻하지 않게 사람들의 비밀을 알게 되는 경우가 있습니다."

"아……."

담희는 막연히 고개를 끄덕였다. 그가 그 자리에 있다는 걸 모르는 사람들이 조심하지 않고 내뱉는 비밀들에 대한 이야기인 것 같았다.

"그렇게 알게 된 비밀을 내가 말해 줄 순 없습니다."

"진정한 대나무 숲이 여기 있었네요."

"대나무 숲이 아니라 그냥 새이자 쥐일 겁니다."

채운이 자조적으로 중얼거렸다. 담희가 마음에 들지 않는다는 듯 슬쩍 인상을 찡그렸다.

"그렇게 말하지 말아요."

담희의 말에 채운은 그저 어깨를 으쓱해 보였다. 그 반응을 바라보던 담희가 입을 삐죽 내밀었다.

"새치고는 지나치게 글을 잘 쓰잖아요. 쥐치고는 너무 잘생겼고."

채운이 피식 웃었다.

"하여간 예쁜 말만 한다니까."

"제가 원래 말 한마디로 천 냥 빚을 갚는 타입이거든요."

담희가 생긋 웃으며 말하자 채운이 담희의 머리를 쓰윽 쓰다듬으며 중얼거렸다.

"그리고 자꾸만 쓰다듬고 싶어지는 타입이지요."

"뭐야, 그게. 강아지도 아니고."

뾰로통하니 중얼거리며 담희는 할아버지의 엽서를 들여다보았다. 50년을 기다린 여행? 할아버지가 이 여행을 50년 전부터 계획했단 건가? 알 수가 없었다.

"너무 걱정하지 않아도 될 겁니다. 느긋하신 분이라 무리한 여행을 하실 분이 아니잖습니까?"

"그래요. 그럴 거예요."

채운의 말을 들으며 담희는 고개를 끄덕였다.

"헐! 뭐냐?"

지구가 갑자기 소리를 질렀다. 제본용 풀로 벌어진 책을 꼼꼼히 붙이고 있던 담희가 지구의 경악에 고개를 들었다. 평소와 다른 복장의 묘랑이 문가에 서 있었다.

고양이 귀와 꼬리가 달린 옷에 고양이 얼굴로 분장까지 한 묘랑은 뮤지컬 캣츠에 나오는 배우처럼 보였다.

"해피 할로윈."

묘랑은 지구의 뜨악한 표정 따위는 안중에도 없다는 듯, 호박 모양 막대 사탕을 담희에게 건넸다.

"아. 할로윈이구나, 오늘이."

담희가 휴대폰의 날짜를 확인하며 막연히 중얼거렸다. 그에 비해 지구는 묘랑을 아래위로 훑어보며 어이없는 표정을 지었다.

"그 꼴로 여기까지 온 거? 대박."

"너도 입을래? 말벌하고 해적 옷 있는데."

"미쳤냐?"

지구는 묘랑의 말에 꽥 소리를 질렀다.

"싫음 말고. 언니는?"

"나?"

"음, 호박 앞치마 있어요. 딴 건 언니한테 안 맞겠네."

묘랑이 돌돌 끌고 온 여행용 가방을 열어젖히며 중얼거렸다.

"앞치마 정도면 뭐."

담희의 말에 묘랑이 가방에서 주황색 호박 모양의 앞치마를 꺼내서 내밀었다. 어깨 끈에는 거대한 거미도 한 마리 달려 있었다. 하하, 웃으며 담희가 앞치마를 두르자 묘랑이 조그만 유령이 달랑달랑 흔들리는 머리띠를 건네주었다.

담희가 머리띠를 하고는 고개를 젖히자 머리 위에서 유령이 까딱까딱 춤을 추었다.

"누나까지!"

지구가 묘랑과 담희를 번갈아 쳐다보더니 뚱한 표정을 지었다. 하지만 담희는 싱긋 웃으며 지구를 바라보았다.

"뭐 어때? 오늘 아니면 못 하는 거잖아. 내년이 될 때까지는."

"유치해요, 누나."

"괜찮아. 내년에 유치한 것보다 올해 유치한 게 나아. 내년의 나보단 지금의 내가 훨씬 어리니까."

"뭔가 설득력 있는 말이네요."

고개를 끄덕이며 지구가 중얼거리더니, 그래도 난 안 해요, 하고 툴툴거리며 책장 사이로 들어가 버렸다. 그때 갑자기 문이 왈칵 열리더니 모린이 담희가 벼룩시장에서 사 준 변신합체 로봇을 휘두르며 달려 들어왔다.

"안녕하세요! 어. 거미다!"

씩씩하게 인사를 하던 모린이 담희의 앞치마를 가리키며 눈을 휘둥그레 떴다.

"안녕?"

담희가 장난스레 머리띠의 유령을 갸웃 흔들어 보이며 인사를 건넸다.

"유령이다!"

보는 것마다 눈을 동그랗게 뜨며 반응하는 모린이 재밌어서 담희는 빙그레 미소를 지었다. 묘랑이 모린을 보더니 가방을 다시 열었다. 그러곤 챙 넓은 마법사 모자와 조그만 망토를 꺼냈다.

"이거 입을래?"

묘랑의 말에 모린이의 입이 헤벌쭉 벌어졌다. 모린이에게 눈두덩까지 푹 뒤덮는 모자를 씌워 주고 팔랑거리는 망토를 둘러 주는 묘랑을 바라보던 담희가 방긋 웃으며 물었다.

"우리 파티 할까?"

"파티요?"

평소보다 두 배는 더 커진 눈으로 모린이 되물었다.

"할로윈 파티."

"책방에서 할로윈 파티라니!"

묘랑이 뭔가 감격에 겨운 듯한 표정을 지었다. 담희는 히죽 미소를 짓고는 지구를 불렀다. 그와 함께 뒤뜰의 테이블을 계산대 옆으로 옮겨 왔다.

"이거 뭐 하게요?"

"할로윈 파티 할 거야, 우리. 지금부터."

담희의 말에 지구가 뜨악한 얼굴을 하더니 충격 받은 목소리로 중얼거렸다.

"나의 책방이⋯⋯. 나의 고요한 책방이⋯⋯."

그러거나 말거나 묘랑은 행복에 겨운 표정으로 가방을 뒤져 책방을 장식할 물건들을 꺼내기 시작했다. 작은 호박등, 유령 모양 구슬, 깜찍한 삼지창과 실로 만든 거미줄까지. 그 곁에서 모린이가 쉼 없이 우와, 우와를 연발했다.

"그 가방은 대체 뭐냐! 마녀의 짐 창고냐!"

지구가 버럭버럭 소리를 질렀지만, 묘랑은 콧노래를 부르며 모린이와 함께 장식품을 책장 사이에 갖다 놓았다.

"책방 꾸미기를 부탁해. 나는 잠깐 나갔다 올 테니까."

빙긋 웃으며 담희는 책방을 나와 근처 빵집에서 케이크를 샀다. 편의점에도 들러 음료수와 사탕을 사서 돌아오던 담희는 문학 아주머니가 카페테라스에서 차를 마시고 있는 것을 보았다.

아주머니는 같이 시를 쓴다던 할머니와 함께 이야기를 나누다 지나가는 담희와 시선이 마주치자 손을 흔들었다.

"책방에서 뭐 해? 아까 보니 뭔가 시끌시끌하더라."

"할로윈 파티요."

"그 도깨비 분장하고 하는 그거?"

아주머니가 괴물을 의미하듯 눈꼬리를 일그러뜨리며 물었다.

"하하하. 그 정도는 아니고요. 그냥 다과회 같은 거예요. 두 분도 오세요."

"젊은 애들 노는데, 무슨."

아주머니가 손사래를 치더니 아, 맞다, 중얼거리며 자신의 가방을 끌어다 열었다. 가방 안이 복잡한지 한참을 뒤적거리더니 작은 밀폐용기를 꺼내 내밀었다. 받아 들고 보니 인절미와 절편이 들어 있었다.

"와, 떡이네요."

"가져가서 나눠 먹어. 맛이 괜찮아."

"같이 가서 드세요. 책방 단골들 몇이 모여 그냥 노는 거예요."

문학 아주머니가 할머니를 흘깃 보더니 담희를 다시 바라보았다. 책방 단골들의 다과회라니 호기심이 생기는 눈치였다. 그 호기심을 부채질하듯 담희가 방긋 웃어 보였다.

❃

오후 내내 채운은 자신의 오피스텔 책상에 앉아 글을 썼다. 약속된 두 달이 끝나기 전에 그녀에게 재미있는 이야기를 선물하고 싶었다.

그 글마저도 자신이 사라지면 그녀의 기억 속에서 지워져 버리겠지만, 그런 건 상관없었다. 그녀에게 누구도 줄 수 없는, 오직 자신만이 줄 수 있는 것을 주고 싶었다.

그녀를 떠올리는 것만으로도 이야기가 저절로 만들어지는 것 같았다. 손가락이 멋대로 자판 위를 달려 단어를 만들고 문장을 만들고 이야기를 지어내고 있었다. 정신없이 이야기를 만들던 채운은 시끄러운 알람 소리에 번뜩 정신을 차렸다.

담희와 함께 저녁을 먹을 생각으로 맞춰 둔 알람이었다. 채운은 알람을 끄고는 쓰던 글을 저장한 후 오피스텔을 나왔다.

길을 건너 책방으로 향하던 채운이 문득 걸음을 멈췄다. 책방 넓은 창으로 사람들이 보였다. 손님이 많을 시간은 아닌데, 어쩐지 북적거리는 느낌이었다. 와하하하, 웃음소리가 문밖에서도 들렸다.

채운은 창문 너머로 책방 안을 들여다보았다.

묘랑과 지구, 가끔씩 들러 담희에게 자신이 쓴 시를 읽어 주는 아주머니, 아주머니와 함께 시를 쓴다는 할머니 그리고 누나 채린과 꼬맹이 모린이까지. 책방에서 자주 보는 얼굴들이 모여 있었다.

사라질 때면 대부분 오피스텔이나 책방에서 시간을 보내는 채운으로선 하나같이 익숙한 얼굴들이었다.

이야기를 나누기도 하고, 책장을 살펴보기도 하고, 뭔가를 먹기도 하면서 사람들은 웃음을 터트렸다.

늘 세상과 겉도는 것 같던 묘랑도, 자신의 꿈 이야기를 아무도 들어 주지 않는다고 우울해하던 지구도, 뒤늦게 시작한 문학 공부가 어색한지 늘 수줍게 시집을 뒤적이다 사라지던 아주머니도 담희가 있는 책방에서는 행복해 보였다.

채운은 책방에서 보던 익숙한 사람들의 낯선 표정을 물끄러미 바라보았다. 담희의 할아버지가 있을 때는 볼 수 없던 모습이었다. 그때는 늘 조용했다. 정적이 머무는 공간처럼 책방에는 시간도 소리도 모조리 멈춘 것 같은 고즈넉함이 있었다.

하지만 지금은 평소의 조용한 책방이 아니었다. 수줍은 사람들의 작은 사랑방처럼 책방에는 아늑함과 온기가 넘치고 있었다.

커다란 마법사 모자에 망토까지 두른 모린이에게 뭔가를 건네주던 담희가 시계를 바라보았다. 그러더니 문밖으로 시선을 돌리는 게 보였다. 채운의 얼굴에 빙그레 미소가 떠올랐다. 그녀가 자신을 기다리고 있었다. 심장이 달큰하게 날뛰었다.

채운은 큰 보폭으로 성큼성큼 가게 문을 열고 들어갔다. 문을 바라보던 담희의 눈동자가 자신의 눈동자와 마주쳤다. 기다렸다는 듯 그녀의 눈에 웃음이 어렸다. 가늘어지는 눈 속에 햇살 같은 미소가 찰랑찰랑 넘쳤다.

그 밤, 담희는 유령 머리띠를 하고 집으로 향했다. 채운의 어깨 위에는 까마귀 한 마리가 앉아 있었다.

"이거 정말 귀엽지 않아요?"

담희가 고개를 갸웃 흔들며 말했다. 유령이 담희의 머리 위에서 흔들흔들 춤을 추었다.

"할로윈 파티라는 거, 처음 해 봅니다."

"나도 처음이에요. 내년엔 나도 묘랑 씨처럼 전체 분장을 해 볼까 봐요. 같이 할래요?"

채운은 대답 대신 빙그레 웃었다. 내년 할로윈을 아주 당연하다는 듯 말하는 담희에게 그는 달리 해 줄 말이 없었다. 채운을 바라보던 담희가 그의 손을 꼭 쥐었다.

같이 걷는 버스 네 정거장 거리는 너무도 짧았다. 담희의 집으로 올라가는 계단이 가까워졌을 때, 채운이 불쑥 걸음을 멈췄다. 그가 담희와 맞잡은 자신의 손을 내려다보았다.

"왜요?"

담희의 물음에 채운이 쓸쓸하게 미소를 지었다.
"미안합니다."
채운의 눈동자를 들여다보며 뭐가요? 물으려던 담희는 곧 입술을 잘근 깨물었다. 그의 사과의 의미를 알아들었던 것이다.
"가지 말아요."
담희는 눈을 깜박이며 그의 손을 더 꼭 쥐었다. 채운이 자신을 바라보는 담희에게 고개를 숙여 입을 맞췄다. 깊고 진한 입맞춤. 담희의 눈이 살며시 감겼다.
"옆에 있을게요."
그의 숨결이 담희의 입술을 간지럽혔다. 어느 순간, 손안의 온기가 사라졌다. 천천히 눈을 뜬 담희는 지그시 입술을 깨물었다. 차가운 밤거리에 그녀는 홀로 서 있었다.

채운은 담희의 시선이 자신을 지나쳐 주변을 둘러보는 걸 본다. 자신과 맞잡았던 손을 천천히 움켜쥐는 것도. 그녀는 입술을 잘근 깨물더니 천천히 숨을 뱉는다.
"옆에 있겠다고 했죠?"
그녀가 조그맣게 속삭인다.
- 옆에 있습니다.
채운이 대답한다. 담희는 듣지 못한다. 하지만 희미하게 미소를 짓는다. 마치 자신의 대답을 듣기라도 한 것처럼.
담희는 미소를 띤 채 천천히 걸음을 옮긴다. 그녀의 곁에서 채운은 보폭을 맞춘다. 바람이 그녀의 옷자락을 흔든다. 채운은 바람을 막듯 담희의 앞에 서서 그녀를 보며 걷는다. 뒷걸음으로 천천히.

그녀의 시선이 머무는 곳에, 그녀의 숨결이 닿는 곳에, 그녀의 손길이 스치는 곳에 채운은 머물고 닿고 스치며 걷는다.

그 밤, 채운은 담희의 곁을 맴돈다. 잠들지 못하고 뒤척이는 그녀의 곁에 앉아 만질 수 없는 그녀의 머리카락을 쓰다듬고, 닿지 않는 그녀의 볼을 쓰다듬는다.

- 보이지 않아도 난 여기 있습니다. 사랑합니다, 오담희 씨.

그리고 들리지 않는 고백을 그녀의 귓가에 속삭이며 토닥토닥 그녀를 재운다.

## 8.

 책방 문을 열어 놓고, 도로에 잔뜩 쌓인 낙엽과 쓰레기를 빗자루로 쓸어 모으며 담희는 길 건너 오피스텔을 바라보았다. 그가 돌아왔을까? 아니면 여전히 사라져서 돌아오지 못하고 있는 걸까?

 눈앞에서 채운이 사라지는 걸 직접 경험한 담희는 어쩐지 초조해졌다. 그를 다시 보지 못할까 봐 걱정스러웠고, 답을 찾지 못할까 봐 불안했다.

 "나쁜 생각이 나쁜 일을 만드는 거야. 나쁜 생각이 나쁜 일을 만드는 거야."

 중얼중얼, 우울하게 가라앉는 마음을 스스로 다독이며 담희는 도로를 깨끗하게 쓸었다.

 "나쁜 생각이 나쁜 일을 만드는 게 아니라, 네 욕심이 나쁜 일을 만드는 거야."

갑작스러운 목소리에 쓰레기를 치우고 일어서던 담희가 고개를 들자 화란이 자신의 붉은 스포츠카 앞에 기대서 있었다.

담희는 대빗자루의 손잡이를 꽉 움켜쥐며 화란을 바라보았다. 기분 같아서는 그대로 싹싹 쓸어 내 버리고 싶었지만, 대신 담희는 삐딱하게 미소를 지었다. 채운이 자주 그러는 것처럼.

"욕심은 내가 아니라 그쪽이 부리는 중인 것 같은데요."

"뭐?"

"난 채운 씨와 마음을 주고받은 거고, 당신은 그에게 마음을 달라고 떼쓰는 중이니까. 얻지 못하는 것에 욕심부리는 건 그쪽 아닌가?"

화란의 얼굴이 설핏 일그러졌다. 눈부시게 아름다운 얼굴에 날카로운 기운이 흘렀다.

"그를 살리려고 이러는 거야."

"정말로 살리고 싶었다면, 애초에 저주를 걸지 말았어야 했어요. 당신이 건 저주를 풀 방법을 알려 줬어야 했다고요."

"저……주?"

화란은 어이없는 말투로 중얼거렸다.

"아닌 것 같아요? 그쪽은 채운 씨를 구한 게 아니라 그에게 저주를 건 거예요. 당신이 아니면 안 되는 선택지를 펼쳐서 그의 미래를 뺏었으니까."

"그 숲에서 내가 아니었으면 그는 죽었어. 그의 목숨을 구한 건 나야. 아예 없어질 인생이었다고. 여분으로 생긴 삶, 나와 함께하자는 게 욕심이야? 나와 함께하기만 하면 완벽한 행복이 준비되어 있는데 그게 저주라고?"

"완벽한 행복……."

담희가 조그맣게 중얼거리더니 피식 웃으며 화란을 쳐다보았다.

"혹시 인어 공주 이야기 알아요?"

"뭐?"

"인어 공주는 다리를 얻는 대신 목소리를 잃게 되죠. 만약에 인어 공주가 목소리를 잃지 않아서 왕자에게 당신의 목숨을 구한 건 이웃나라 공주가 아니라 자신이라고 말했다면 그 이야기, 어떻게 됐을까요?"

뜬금없는 담희의 말에 화란이 미간을 찡그린 채 담희를 바라보고 있었다.

"인어 공주와 왕자가 결혼해 완벽한 행복을 누리는 이야기가 됐을까요?"

"무슨 말이 하고 싶은 건데?"

"왕자가 사랑한 건 이웃나라 공주였어요. 동화책에서 왕자는 인어 공주를 여동생처럼 아꼈다고 했지 사랑했단 말은 없어요. 아마, 왕자는 인어 공주가 자신의 목숨을 구한 걸 알았을 거야. 그러니 일면식도 없는 인어 공주를 성에 들여 여동생처럼 보살폈지. 안 그래요? 왕자는 이미 이웃나라 공주와 사랑에 빠져서 자신의 목숨을 구한 건 인어 공주라고 말할 수 없었을 거예요. 그랬다간 인어 공주와 결혼해야 하니까."

"그딴 얘기, 지금 왜 하는 거냐고!"

"왜 할까요? 목숨을 구해 줬다는 이유로 인어 공주와 결혼을 해야 했다면, 왕자는 절대로 완벽하게 행복할 수 없었을 거란 걸 말하고 싶은 거예요, 난. 자기의 선택이 아닌, 어쩔 수 없이 한 결혼이니까. 그럼 인어 공주는 완벽히 행복했을까? 천만에.

인어 공주 역시 왕자가 사랑한 건 자기가 아니란 걸 아는데 어떻게 완벽하게 행복할 수 있겠어요?"

담희가 삐딱한 표정으로 화란을 쳐다보았다. 화란이 짜증스럽게 인상을 일그러뜨리더니 차갑게 물었다.

"그래서, 넌 지금 채운 씨가 널 사랑한다고 말하고 싶은 거야? 그러니 그냥 그가 소멸하도록 놔두라는 거냐고?"

"아뇨. 당신에게 그의 저주를 풀어 달라고 말하는 거예요. 그래서 당신이든 나든 그도 아니면 다른 무엇이든 채운 씨 스스로 선택하게 해 달라고 말하는 거예요. 그래야 채운 씨가 완벽하게 행복해질 테니까. 당신이 만든 가짜 행복 말고, 스스로 선택한 진정한 행복을 느낄 테니까."

담희는 담담히 화란을 바라보며 말했다.

"그가 널 선택할 거란 자신감이 있나 봐."

화란의 목소리가 비아냥으로 일그러졌다. 담희가 흠, 한숨을 뱉었다.

"그건 중요한 게 아니라고 이미 말했어요."

"난 저주를 건 적 없어. 그를 구한 거지."

그녀는 담희를 도전적으로 바라보았다. 황갈색 눈동자에 고집이 느껴졌다. 담희는 그 눈동자를 물끄러미 바라보다 가볍게 고개를 끄덕였다.

"그렇다고 해 두죠. 하지만 마음이 바뀌면 언제든 와요. 너무 늦어지기 전에."

담희는 빗자루를 챙겨 책방으로 들어갔다. 그 뒷모습을 날카로운 눈으로 바라보던 화란의 시선이 책방 벽으로 향했다. 다른 사람들의 눈에는 보이지 않는 채운이 책방 벽에 팔짱을 낀 채 서 있었다.

"마음에 안 들어."

− 난 마음에 드는데.

채운이 삐딱하게 웃으며 대답했다. 화란이 사나운 표정으로 채운을 노려보았다.

"뭐가? 대체 뭐가 그렇게 마음에 드는데?"

− 다.

"다? 저딴 평범한 애가?"

− 그러게. 너도 좀 평범하게 날 구하지 그랬어? 그 산속에서 평범하게 119를 불렀다면, 나도 평범하게 너에게 감사하면서 너와 조금 다른 관계가 됐을지도 몰랐을 텐데.

차갑게 대꾸한 채운이 벽에서 몸을 뗐다. 그리곤 곧장 책방으로 들어가 버렸다. 눈길 한 번 주지 않고 책방 문을 통과해 들어가 버리는 채운을 화란은 입술을 짓씹으며 바라보았다.

※

오후, 조용한 책방에 하늘색 체육복 차림의 모린이 문을 활짝 열어젖히며 달려 들어왔다.

"안녕?"

"안녕, 하십니까!"

담희의 인사에 평소의 공손한 배꼽인사 대신, 짜랑짜랑한 목소리로 모린이 인사를 했다.

"깜짝이야."

"태권도 배웠어요. 엄마가 태권도 도장에 보내 줬어요. 어,

거기, 사, 사, 사번, 아닌데, 음, 거기 선생님이요. 씩씩하게 인사를 해야 한대요."

"사범님?"

"네. 사범님이요."

"모린이는 원래부터 씩씩하잖아."

담희의 말에 모린이 히죽 수줍게 웃었다.

"그래서 오늘 뭐 배웠는데?"

"오늘은 인사하고 뛰었어요. 발차기도 했는데, 나는 잘 못해서, 어, 그냥 봤어요. 또……. 어? 삼촌이다!"

쫑알쫑알 떠들던 모린이가 뒤뜰 문을 향해 갸웃 고개를 기울이더니 불쑥 외쳤다. 담희가 화들짝 돌아보자 반쯤 열린 뒤뜰 문 너머 그의 모습이 보였다. 그는 스스로의 상태를 확인하듯 자신의 손을 들여다보고 있었다.

"돌아왔다."

조그맣게 속삭이는 담희의 목소리가 안도감 때문인지 가볍게 떨렸다. 그가 천천히 고개를 들더니 담희를 바라보았다. 담희의 시선과 채운의 시선이 얽히고, 그 순간 채운이 그녀에게 성큼성큼 다가왔다. 곧장, 주변의 다른 것은 전혀 보이지 않는 것처럼.

담희와 시선을 맞추며 성큼 다가선 채운이 담희를 와락 끌어안았다.

"미안합니다. 혼자 집에 가게 해서."

담희를 안은 채 채운이 속삭였다.

"혼자 아니었어요. 옆에 있었잖아요, 계속."

그의 실체를 느끼게 하는 온기를 온몸으로 느끼며 담희가 대답했다.

"어떻게 알았습니까?"

"몰랐어요. 하지만 그렇게 약속했잖아요."

채운이 빙그레 미소를 지으며 그녀를 안은 팔에 힘을 주었다.

"삼촌?"

모린이 휘둥그레진 눈으로 둘을 올려다보고 있었다. 모린의 목소리에 화들짝 놀란 담희가 그의 품에서 벗어나려 버둥거렸다. 하지만 채운은 담희를 더 꽉 끌어안으며 모린을 내려다보았다.

"언제 왔냐, 꼬맹이?"

"책방 누나 왜 안아요?"

"좋아서."

채운의 대답에 모린이 입을 딱 벌렸다. 그러더니 갑자기 엄마를 부르며 책방을 달려 나갔다.

"엄마, 삼촌 이상해!"

미처 닫히지 못하고 반쯤 열린 책방 문 사이로 외치는 모린이의 목소리가 희미하게 들렸다. 그 소리에 담희가 풋 웃음을 터트렸다.

"저 꼬맹이가!"

"아이들의 눈은 언제나 정확하죠. 좋아하는 게 별로 없었나 봐요, 그동안은."

놀리듯 하는 담희의 말에 채운이 눈썹을 끌어 올리며 피식 웃었다.

"담희 씨가 없었잖아, 그동안은."

"하여간 말은 잘해."

담희가 피식 웃으며 그의 품에서 빠져나와 그의 손을 잡고 가볍게 흔들었다.

"그쪽만 할까?"

"내가 뭐요?"

채운은 대답 대신 빙그레 웃었다. 또 대답 안 해, 불퉁거리는 담희를 보면서도 채운은 인어 공주 이야기를 할 생각은 없었다. 대신 그는 담희의 볼을 살짝 꼬집으며 속삭였다.

"그런 게 있습니다. 말 잘하는 오담희 씨."

11월로 접어들자 책방은 담쟁이 단풍에 감싸여 온통 짙붉은 색으로 바뀌었다. 붉게 타오르는 책방은 점점 차가워지는 날씨와 달리 점점 따뜻해지는 것처럼 보였다.

담희는 아침마다 흩어진 낙엽을 쓸고, 책방 창문을 말갛게 닦았다. 깊어진 가을이 맑은 창을 타고 책방 안까지 가득 스며들었다.

채운은 아침이면 담희를 데리러 갔다가, 밤이면 담희를 데려다주었다. 가끔은 함께 새벽의 공원을 산책했고, 때때로 밤의 대학가를 거닐며 소소한 데이트를 즐겼다.

그 사이사이 채운은 불쑥, 예고도 없이 사라졌다. 그리고 사라졌던 것처럼 조용히 돌아왔다. 담희는 그가 사라질 때마다 심장이 쿡 아려 왔고, 그가 돌아올 때마다 안도의 한숨을 몰아쉬었다.

담희는 그와의 시간이 불안하면서도 행복했다. 그와의 하루하루가 초조하면서도 느긋했고, 씁쓸하면서도 달콤했다.

채운은 온풍막이 쳐진 뒤뜰에서 글을 쓰기도 하고, 집에서 글을 쓰기도 했다. 채운이 글을 쓰는 동안 담희는 민속 신앙, 저주, 점술, 마법의 유례, 전설과 무속에 관한 책들을 뒤졌다.

저주에 걸린 왕자를 구하는 이야기, 저주에 빠진 공주를 구하는 이야기를 읽었고, 인터넷으로 정보를 모았다. 유명한 점쟁이나 신학자, 신화학자들에게 편지를 쓰기도 했다. 하지만 신통한 건 없었다.

"왜! 없냐고. 이딴 일이 일어났으면 해결책도 있어야 할 것 아냐!"

읽고 있던 책을 소리 나게 덮으며 담희가 툴툴거렸다.

"그 여자 멱살을 잡고 탈탈 털면 답이 나오려나. 하아."

길게 한숨을 뱉으며 계산대 위에 엎드린 담희가 덮어 놓은 책 위에 머리를 콩콩 가볍게 찧었다.

"언니."

빈백 의자에 앉아 책을 읽던 묘랑이 담희를 불렀다.

"어?"

담희가 엎드린 채 고개만 돌려 묘랑을 쳐다보며 대답했다.

"왜 그래요? 요즘."

"갑자기 인생이 판타지가 됐는데, 내가 요정도 마녀도 마법사도 아니네. 안타깝게."

"흠, 지구한테 판타지병 옮았어요?"

"그런가 봐. 우리 판타지 천재 지구는 이 답을 알려나?"

멍한 담희의 대답에 묘랑이 가만히 담희를 바라보더니 남자 친구 때문이군요, 조그맣게 중얼거렸다. 대답 없이 자신을 바라보는 담희를 흘긋 쳐다본 묘랑이 빈백 의자에 늘어지듯 기대더니 책방 천장을 가만히 올려다보았다.

"옛날에 말이에요. 언니가 이 책방에 오기 전에, 그 아저씨를 몇 번 본 적이 있어요. 볼 때마다 뭔가 엄청나게 존재감이 넘치는데, 이상하게 신기루 같은 느낌이 드는 사람이라고 생각했었어요. 이곳이 아니라 다른 곳에 속한 사람 같은 느낌이랄까. 좀 비현실적인 느낌이라 나는 내가 유령을 보는 게 아닐까 생각했었어요."

느릿느릿 이야기하는 묘랑을 담희는 물끄러미 바라보았다. 묘랑이 긴 팔다리를 쭉 뻗더니 담희를 바라보았다.

"그 아저씨가 내 이름을 불렀을 때, 내가 얼마나 놀랐는지 알아요? 언니랑 다정하게 서 있는 모습을 보고는, 그때 봤던 그 사람 맞아? 나에게 아르바이트를 제안하며 언니를 향해 웃고 있는 이 남자가 정말로 그 남자가 맞다고? 나는 내 눈을 의심했다고요. 언니랑 함께 있는 아저씨는 예전에 내가 알던 그 아저씨가 아닌 것 같았어요. 훨씬 사람답고, 안정되고 편안해 보이는 게…… 신기루가 아니라 실재하는 사람 같았어."

묘랑의 말을 들으며 담희는 조금 웃었다. 그때, 채운이 묘랑에게 3시간만 책방을 봐 달라고 했을 때 쥐고 있던 책을 떨어뜨리며 놀라던 그녀가 생각났던 것이다.

"하긴 언니랑 함께 있는 사람들은 다들 그런 것 같긴 해. 지구만 해도 예전엔 저렇게 밝은 녀석이 아니었다고요. 맨날 뚱한 표정으로 와서는 책을 중얼중얼 읽다 도망치듯 가 버리던 녀석이 요즘은 맨날 실실거리잖아. 그리고 나도……."

묘랑은 뭔가 더 이야기를 할 듯하더니 갑자기 자리에서 벌떡 일어서서 성큼성큼 계산대로 다가왔다. 그러곤 매일 메고 다니는 작은 크로스백을 열어 담희에게 내밀었다. 작은 가방 안에는 다섯 종류의 다양한 타로 카드 팩이 들어 있었다.

"해 줄 건 없고, 한 팩 골라요."

담희가 멀뚱멀뚱 가방 안을 들여다보고 있자 묘랑이 말했다. 담희는 가장 작은 팩을 골랐다.

"손톱요정 덱. 주로 운명을 다루는 카드인데……."

묘랑이 중얼거리더니 팩에서 카드를 꺼냈다. 화투장만큼 작은 카드들을 묘랑이 현란한 손놀림으로 섞었다. 그러곤 무작위로 다섯 장을 골라 담희에게 내밀었다.

"알고 싶은 답을 생각하면서 한 장만 골라 봐요."

담희가 카드를 뽑아 건네자 묘랑이 카드를 들여다보았다. 그러더니 몇 번 눈을 깜박인 그녀는 담희를 바라보며 조심스럽게 입을 열었다.

"언니, 내가 하는 카드 뽑기가 엉터리인 건 아는데요. 음…… 그래도 내가 해 줄 수 있는 게 이것밖에 없어서, 언니의 고민에 도움이 되고 싶어서 뽑아 보라고 한 건데요."

"그런데?"

묘랑은 카드를 들여다보며 슬쩍 인상을 찡그리더니, 자신 없는 말투로 물었다.

"언니, 지금 책 읽고 싶어요?"

"뭐?"

"책장에서 책을 고르라는데요."

묘랑의 말에 담희가 눈을 깜박였다.

"언니가 알고 싶은 답이 책에 있는 걸까?"

여전히 카드를 노려보며 생각에 잠긴 채 묘랑이 중얼거렸다.

책을 고르라고? 묘랑의 말을 되뇌던 담희가 자리에서 벌떡 일어섰다. 그러더니 책장 사이로 성큼 걸어 들어갔다. 뭐든 시도해 볼 각오가 되어 있는 담희로선 책을 고르는 것쯤이야 백만 번도 더 해 볼 용의가 있었다.

담희는 손끝으로 책등을 쓸며 성큼성큼 책장 사이를 걸었다. 나무 바닥이 삐걱 크게 울리는 곳에 멈춰 선 담희는 손가락이 가리키는 책을 바라보았다. 추리 스릴러 소설 코너였고 언젠가 읽어 본 적 있는 책이었다. 읽은 지가 오래돼서인지 내용은 잘 기억이 나지 않았다. 담희는 책을 뽑아 들었다.

담희가 책장을 휘리릭 넘겨 보며 계산대로 돌아오는데, 책 사이에서 엽서 한 장이 떨어졌다. 밋밋한 하얀 엽서에는 볼펜으로 눌러쓴 글귀가 있었다.

「보이지 않아도 존재하는 것들을 기억할 것.」

담희는 엽서의 글귀를 천천히 다시 읽었다.

"뭐예요?"

여전히 계산대 앞에서 카드를 쥔 채 서 있던 묘랑이 물었다.

"엽서."

대답하며 담희가 엽서를 계산대 위에 내려놓았다. 묘랑이 갸웃 고개를 기울였다.

"보이지 않아도 존재하는 것? 한낮의 별 같은 걸 말하는 건가?"

묘랑의 말을 들으며 엽서를 가만 들여다보던 담희가 문득 계산대 서랍을 열고는 작은 상자를 꺼냈다. 상자 뚜껑을 열자 낙엽들과 책갈피들이 들어 있었다. 담희는 그 속을 뒤져 담쟁이 이파리와 책갈피 하나를 꺼냈다.

처음 채현 작가의 책을 정리할 때 그의 단편집에서 나온 담쟁이 이파리와 지구가 사탕을 달라며 가져다준 책갈피였다. 두 개 모두 글귀가 적혀 있었다.

「이것이 정말 운명일까.」
「기억이 존재라면 잊혀진다는 건 뭘까.」

담희는 엽서 옆에 낙엽과 책갈피를 나란히 놓았다. 셋 모두 다른 듯 같은 글씨체였다.

"닮았네요, 글씨가."

묘랑의 말에 담희는 고개를 끄덕였다. 그러다 문득 생각난 듯 책갈피의 글귀를 가리키며 묘랑에게 물었다.

"전에 묘랑 씨가 잊혀진다는 건 소멸이라고 말했던 거 기억나?"

묘랑이 눈을 깜박이더니 막연히 고개를 끄덕였다. 담희는 세 개의 글귀를 차례차례 다시 읽어 보다 묘랑을 바라보며 싱긋 웃었다.

"어쩌면 이게 답일지도 몰라."
"도움이 된 건가요?"
"묘랑 씨는 내 요정인 것 같아."

고개를 끄덕이며 담희가 대답하자 묘랑이 수줍게 어깨를 으쓱해 보였다.

"도움이 되었다니…… 좋네요."

언제나처럼 입술을 거의 움직이지 않는 말투로 중얼중얼 대꾸하면서도 묘랑의 얼굴에 희미하게 홍조가 떠올랐다. 담희에게 도움이 된 것이 정말로 기쁜 것 같았다.

"고마워."

담희의 인사에 빈백 의자로 돌아가며 묘랑은 부끄러운 듯, 행복한 듯 미소를 지었다.

❋

담희는 채운에게 엽서를 들어 보였다.

하루를 마감할 시간, 온풍 시설로 따뜻한 뒤뜰에 나란히 앉아 껍질을 깐 귤 조각을 막 담희 입 앞에 들이밀던 채운이 멈칫 엽서를 바라보았다.

"어떻게 생각해요?"

채운은 묻는 담희의 입안에 귤을 밀어 넣으며 빙긋 웃었다.

"아, 아니, 나도 손 있다고요."

얼떨결에 귤을 받아 물고는 우물우물 담희가 중얼거렸다.

"손 버린 사람이 하면 됩니다. 굳이 묻히지 말아요."

"왜 이렇게 또 자상하고 그러지?"

"원래 그렇다니까, 내가."

채운이 빙그레 웃으며 말했다.

"아하, 그렇단 말이죠? 기대해 볼게요, 앞으로."

담희의 말에 채운이 눈을 떼굴 굴리며 장난스레 웃었다. 따라서 히죽 웃던 담희가 엽서를 들여다보았다.

"묘랑 씨의 타로가 준 힌트예요. 의미 없는 엽서가 아니에요."

"묘랑 씨가 평범하지 않은 건 알지만, 모든 걸 예지하고 맞힌다고 할 순 없습니다."

"그래요. 그렇죠. 하지만 난 이게 가장 가능성이 있는 것 같아요. 왜 하필 이 시점에 이 엽서를 발견했겠어요? 뜬금없는 말도 아니에요. 보이지 않아도 존재하는 것. 채운 씨잖아요. 의미가 있다고요."

열성적으로 말하는 담희를 채운이 물끄러미 바라보았다. 그러더니 흠, 짧게 숨을 뱉으며 말했다.

"그거, 내가 쓴 겁니다."

"네?"

"그 엽서도, 책갈피도, 낙엽도 내가 쓴 거예요. 그것 말고도 더 있을 텐데, 이 책들 사이에."

채운이 책방 안을 휙 눈으로 훑으며 말했다. 담희가 천천히 눈을 깜박였다.

"채운 씨가 쓴 거라고요? 왜요?"

"그냥."

"그냥……이라고요?"

담희가 그 의미를 해석해 보려는 듯 느리게 되물었다. 채운이 무심히 귤껍질을 벗기며 대답했다.

"내가 영원히 사라지고, 내 흔적들도 모조리 사라지고, 그래서 아무것도 없는 완전한 무의 상태가 된다는 것에 대한…… 의미 없는 반항 같은 겁니다. 끄적거린 글을 여기저기 남겨 놓는 것. 결국 그것들도 사라지겠지만, 그동안이라도 나의 흔적들을 열심히 남기는 것. 답이 아닙니다. 의미 없는 낙서지."

채운이 담희의 입 앞에 귤을 내밀며 조금 웃었다. 담희는 그 귤을 받아먹을 생각도 않은 채 채운을 바라보다 천천히 고개를 저었다.

"아니에요."

단호한 담희의 대답에 채운이 눈썹을 끌어 올렸다.

"세상에 의미 없는 우연은 없어요."

채운이 들고 있던 귤을 자신의 입에 넣으며 말했다.

"그럴지도 모르지만, 그게 답이 될 순 없습니다."

"나는 왜 갑자기 회사를 그만뒀을까요?"

"네?"

"두 달 더 다니다 그만둘 수도 있었고, 아예 그만두지 않을 수도 있었어요. 또 할아버지는 왜 갑자기 여행을 가셨을까요? 여행 같은 거 한 번도 가신 적 없던 분이. 할아버지는 가게를 남한테 맡기는 분도 아니시죠. 그런데 나에게 책방을 맡기셨네요. 채운 씨는 왜 하고 많은 날 중에, 내가 책방을 맡은 바로 그 순간 나에게 캡틴 로이드 책을 샀을까요? 내 첫사랑이 나오는 책이었는데. 그 책 아니었다면 나는 채운 씨에게 말을 걸지 않았을 거예요. 아무리 잘생겼어도."

담희가 빙긋 웃었다. 채운이 천천히 팔짱을 끼며 담희를 바라보았다.

"'이것이 정말 운명일까' 물었나요?"

담쟁이 낙엽을 채운에게 살짝 들어 보이며 담희가 물었다. 그러곤 답을 기다리지도 않고 대답했다.

"네. 맞아요. 운명이에요. 채운 씨와 나는 운명인 거예요. 그래서 나는 회사를 그만뒀고, 책방에서 캡틴 로이드를 든 채운 씨와 만난 거예요. 두 달 후가 아니라, 바로 지금. 채운 씨가 영영 사라진 후가 아니라, 사라지기 전에."

담희는 이번엔 책갈피를 채운에게 들어 보였다.

"'기억이 존재라면 잊혀진다는 건 뭘까?' 물었어요? 몰라요, 그런 거. 내가 아는 건 기억이 존재라는 이 말이에요. 그래서 나는 '보이지 않아도 존재하는' 채운 씨를 기억하고, 기억해서 잊히지 않게 할 거예요. 이게 답이에요. 채운 씨가 책방 곳곳에 남겼다는 많은 글귀 중에서 이 셋을 내가 찾아낸 건, 이게 답이기 때문이에요. 세상에 의미 없는 우연은 없어요. 이유 없이 일어나는 일도 없고요."

다부진 말투로 담희가 말했다. 단단함이 느껴지는 그녀의 눈빛을 채운은 말없이 바라보았다. 어쩐지 웃음이 날 것 같았다.

그 말이 정답이어서가 아니라, 그녀의 눈빛에 서린 의지가 너무 강렬해서, 그 의지가 온전히 자신만을 위한 것이어서, 채운은 어쩐지 심장이 시큰하게 아려 왔고, 한편으론 불쑥 웃음이라도 터질 것 같은 이상한 기분이 들었다.

"흠, 대체 왜 이렇게 예쁩니까?"

채운의 말에 담희가 동그랗게 눈을 뜨더니 이내 빙그레 미소를 지었다.

"귤을 먹어서죠."

그리곤 얼른 귤을 내놓으라는 듯 입을 살짝 벌린 채, 턱짓으로 테이블의 귤을 가리켰다. 채운이 풋, 웃음을 터트리며 담희의 입안에 귤을 하나 넣어 주었다.

만족스레 귤을 받아먹는 담희의 입에 채운이 재빨리 입을 맞췄다. 화들짝 놀란 담희가 채운을 향해 가볍게 눈을 흘겼지만 채운은 하하, 웃으며 그녀의 어깨에 팔을 둘렀다. 그러곤 그녀를 자신의 곁으로 바짝 끌어당겼다.

"내 운명이 이렇게 새콤할 줄 몰랐습니다."

"새콤?"

"달콤하기도 하고."

담희가 미간을 모으며 채운을 올려다보았다. 채운이 빙그레 미소를 지으며 담희의 입술에 입을 맞췄다. 깊고 부드럽게. 나른하게 눈을 감는 담희의 입술을 살짝 깨물며 채운이 연극조로 속삭였다.

"귤 같은 나의 운명이여."

푸웃, 담희의 입가가 웃음으로 길게 벌어졌다. 채운이 빙그레 웃으며 미소가 흐르는 그녀의 입술에 자잘한 키스를 뿌렸다.

※

오후 8시. 담희는 급히 책방 뒷정리를 했다. 평소보다 조금 일찍 가게 문을 닫으면서도 마음이 급했다.

책방 문을 닫고 돌아서는데 채운이 성큼성큼 길을 건너 다가왔다.

"사 왔어요?"

담희의 물음에 채운이 꽃다발을 내밀었다. 계절에 어울리는 다양한 소국들을 적절히 섞어 만든 아담한 꽃다발은 가을이 한

움큼 들어찬 듯 아름다웠다. 꽃다발의 손잡이를 감싼 리본은 루비처럼 붉어서 전체적으로 은은한 가운데서도 화사한 느낌이었다.

"예쁘다. 센스 있네요."

"꽃집 아주머니 센스죠."

"가요. 늦었어요."

"잠깐만."

채운이 담희의 손을 당겼다. 왜요? 묻듯 담희가 채운을 바라보았다. 채운이 그녀의 손바닥을 펼치더니 작은 브로치를 내려놓았다.

"뭐예요?"

선명한 보라색에 흰 줄이 섞인 꽃 한 송이가 들어 있는 브로치는 동그랗고 앙증맞았다.

"담희 씨 심부름이긴 하지만, 꽃은 처음 사 봤습니다."

"그런데요?"

"태어나서 처음 산 꽃은 애인을 위한 것이어야 하니까."

"네?"

"꽃다발 주문해 놓고, 이걸 먼저 계산했다고요. 그러니까 분명 처음 산 꽃은 담희 씨에게 준 겁니다, 내가."

담희가 눈을 깜박이며 채운을 바라보다 하하, 웃음을 터트렸다.

"정말, 왜 귀엽기까지 한 거예요?"

"내가 좀 완벽하죠. 갑시다. 늦었다면서."

채운이 살짝 민망한 듯 웃으며 말했다. 담희는 브로치를 겉옷 위에 달았다. 그리곤 채운의 손을 잡고 재빨리 걸음을 옮겼다.

대학가의 밤 시간은 북적북적 활기가 넘쳤다. 젊어서 힘들고, 젊어서 바쁜 청춘들이 거리 가득 넘실거렸다. 하지만 그 젊음 때문에 밝았고, 그래서 열렬했고, 더없이 뜨거웠다.

담희는 채운의 손을 잡고 그 열기 속을 바삐 걸으며 브로치를 내려다보았다. 상점 불빛에 반짝반짝 빛나는 브로치.

"이거, 팬지인가요?"

"그렇다더군요."

담희가 채운을 올려다보자 채운이 어깨를 으쓱해 보이며 대답했다.

"꽃은 잘 몰라서."

"나도 잘 몰라요. 꽃 선물 받아 본 게 처음이라."

담희가 방긋 웃으며 말했다.

"처음? 그런 줄 알았으면 제대로 된 꽃다발을 준비할 걸 그랬습니다."

"이게 더 좋아요. 이건 시들지 않으니까."

담희가 브로치를 만지작거리며 대답하자 채운이 빙긋 웃으며 담희의 손을 꼭 쥐었다.

둘은 나란히 근처의 지하철역 계단을 내려갔다. 담희는 북적거리는 지하철역사 안을 두리번거렸다.

"저쪽."

채운이 담희를 끌고 지하철역 안쪽, 문화 예술 공연장으로 향했다. 지하철 넓은 공간에 작은 무대가 있었다. 휴대용 이젤에 전시된 시화들이 무대 주변을 장식하고 있었고, 무대 뒤에는 '아롱다롱 모임, 시화전 및 시 낭송회'라고 적힌 현수막이 걸려 있었다.

무대 앞에 가져다 놓은 간이 의자에 소수의 사람들이 앉아 있었다. 무대 위에서는 나이 지긋한 할머니가 떨리는 목소리로 시를 낭송하고 계셨다. 담희와 채운은 빈 간이 의자에 앉아 조용히 시를 감상했다.

서툴지만 진실하고, 투박하지만 아름다운 시어들이 소란한 지하철 역사 안을 떠다녔다. 시화판을 훑으며 지나가는 퇴근길 바쁜 걸음 위로도, 밤 시간을 즐기러 몰려가는 청춘들의 걸음 위로도 시어들은 온기처럼 쏟아졌다.

다듬어지지 않은 생활의 언어들이 서툰 음색으로 살아나는 걸 담희는 채운의 손을 잡은 채 들었다. 할머니의 가늘게 떨리는 목소리도, 할아버지의 그렁그렁한 목소리도, 아주머니의 긴장한 목소리도 담희는 좋았다.

주변은 어수선했고, 시 낭송에 관심을 가지는 사람들도 몇 되지 않았지만, 무대에 오른 사람들은 진지했고, 열정적이었다. 대학가 도로에 넘치던 젊음의 열정과는 조금 달랐지만, 여기 좁은 무대 위, 노년의 열정도 그 못지않게 뜨거웠다.

담희는 채운의 팔에 자신의 팔을 감으며 그를 흘깃 바라보았다. 이 사람의 노년은 어떨까? 그가 말했던 함께 늙어 가는 것에 대한 기대가 뭔지 알 것 같았다.

담희의 시선을 느낀 듯 채운이 그녀를 쳐다보더니 왜? 입 모양으로 물었다. 담희가 방긋 웃더니 똑같이 입 모양으로 대답했다.

'사랑해요.'

채운이 천천히 눈을 깜박였다. 잘못 본 걸까? 잘못 이해한 건 아닐까? 그러다 담희의 귓가에 속삭였다.

"내가 제대로 들은 거 맞습니까?"

담희가 빨개진 얼굴로 웃으며 그의 귀에 또박또박 속삭였다.

"사. 랑. 해. 요."

채운의 심장으로 담희의 목소리가 음절음절 날아와 박혔다. 심장이 울컥 솟구쳐 찌릿하게 울렸다.

"꼭 이러지. 예고 없이."

채운이 담희 곁에 바싹 고개를 숙이며 속삭였다.

"고백을 예고하고 하는 사람도 있어요?"

담희가 장난스레 웃으며 말하자 채운이 눈썹을 삐딱하게 끌어 올렸다. 아하, 그래? 채운이 담희에게 귓속말을 할 것처럼 고개를 숙였다. 담희가 고개를 내미는 순간 채운이 그녀의 입술에 쪽 소리 나게 입을 맞췄다.

"뭐예요! 사람 많은 데서."

당황한 담희에게 채운이 놀리듯 윙크를 하며 말했다.

"시 낭송 끝났습니다만."

그리고 보니 사람들이 일어서서 박수를 치기 시작했다. 담희 역시 빨개진 얼굴로 채운을 흘깃 노려보며 자리에서 일어섰다.

"어머나, 와 줬네."

문학 아주머니가 의자 사이를 헤치며 다가왔다. 담희는 꽃다발을 내밀었다.

"멋졌어요. 시도, 낭송도."

"무슨 꽃다발까지. 고마워, 정말."

"잘 들었습니다. 아름다운 시였습니다."

채운이 아주머니에게 정중한 목소리로 말했다. 아주머니의 얼굴이 감격한 듯 환하게 밝아졌다.

"어머나. 작가님께 그런 말을 들을 줄은. 빈말인 줄은 알지만, 고마워요."

"빈말 아닙니다."

"아휴, 그냥 하는 소린 거 알아요. 어쨌거나 고마워, 두 사람다."

행복해 보이는 아주머니의 얼굴이 발그레하게 홍조를 띠었다. 담희는 어쩐지 할아버지가 떠올랐다. 담희에게 책방을 맡기고 택시를 타고 떠나던 순간의 할아버지도 문학 아주머니처럼 발그레 들떠 보였었는데.

"할아버지도 행복했나 봐요. 책방을 떠나 여행을 가면서."

몇 번씩 감사를 표하고 돌아서는 아주머니의 뒷모습을 바라보며 담희가 조그맣게 중얼거렸다.

"나이는 상관없는 거죠. 마음이 시키는 것에 도전하는 건. 용기만 있으면 되니까. 용기를 내기까지가 어려워서 그렇지, 사람은 용기를 내는 순간 행복해지나 봅니다."

채운의 말에 담희가 빙그레 미소를 지으며 고개를 끄덕였다.

"그래서 내가 행복하군요. 마음이 시키는 대로 채운 씨와 만나서."

방글방글 웃는 담희를 물끄러미 바라보던 채운이 짧게 한숨을 뱉었다.

"사람 없는 곳으로 가야겠습니다."

"네?"

"사람 많은 곳에서 키스해도 된다면 상관없지만."

"아! 뭐래!"

담희가 놀란 눈을 휘둥그레 뜨고는 그를 올려다보더니, 그의 손을 살짝 잡으며 말했다.

"그보다 사람 아아아아주 많은 곳에 가야겠어요."

채운이 어디? 묻듯 눈썹을 끌어 올렸다.

"쇼핑. 나 살 거 있어요."

"지금?"

"지금!"

"하, 심장 안에 물고기 한 마리를 풀어 놓고는 쇼핑이라니."

채운이 기가 막힌다는 표정으로 담희를 바라보았다. 담희가 방긋 귀엽게 웃으며 채운의 손을 가볍게 흔들었다. 채운이 졌다는 듯, 머리를 저으며 한숨을 뱉었다.

채운과 함께 대형 서점에 들른 담희는 즉석카메라를 샀다.

"고작 카메라 사자고 지금 여길 온 겁니까?"

채운이 떨떠름한 표정으로 묻자 담희는 카메라에 필름을 넣으며 대답 없이 생긋 웃었다.

"휴대폰 카메라도 있는데, 굳이?"

"이걸로 찍으면 세상에 딱 한 장밖에 없는 사진이 나오거든요. 복사도 안 되고, 삭제도 안 되는."

"흠, 복사할 수 없는 시간이라."

담희의 말에 채운이 조그맣게 중얼거렸다. 그 생각하는 듯한 얼굴을 담희가 사진에 담았다.

"사진 찍히는 거, 안 좋아합니다만."

갑작스러운 촬영에 채운이 슬쩍 미간을 찌푸렸다.

"앞으론 좀 좋아해 보세요. 나를 위해."

하얗게 튀어나온 사진이 인화되길 기다리며 담희가 말했다.
"의외로 막무가냅니다."
"제가 그런 면이 없지 않아 있네요."
그의 말투를 흉내 내는 담희 때문에 채운은 어이없다는 듯 픽 웃었다.
"대충 찍었는데도 멋진 거 봐 봐. 나 촬영에 소질 있나 봐요."
"모델 덕이 아니고?"
선명해진 사진을 들고 담희가 종알거리자 채운이 카메라를 빼앗듯 가져가며 말했다. 담희가 화들짝 놀라 고개를 들자 채운이 그 모습을 재빨리 사진에 담았다.
"뭐예요?"
채운이 대답 없이 찍힌 사진을 챙기며 빙긋 웃었다. 그 모습을 바라보던 담희가 채운의 팔을 가볍게 당겨 카메라를 다시 받아 왔다. 그러곤 당긴 그의 팔 사이로 들어가 그의 품에 등을 붙이곤 함께 사진을 찍었다. 채운이 피식 웃더니 그대로 담희를 꽉 끌어안았다.
"아니, 이건 아니고······."
당황한 담희가 그의 품에서 벗어나려 팔을 당겼지만, 채운은 장난스레 더 꽉 끌어안고는 그녀의 귓가에 입을 맞췄다. 담희의 얼굴이 순식간에 귀 끝까지 빨개졌다.
"저, 저기요! 여기 공공장소거든요."
"가까운 데, 공공장소 아닌 오피스텔이 하나 있는데 말입니다."
채운이 빙그레 웃으며 담희의 귓가에 속삭였다.
"이 사람이 정말!"

"윽!"

"아얏!"

당황한 담희가 확 고개를 젖혔고, 그 탓에 고개를 숙이고 있던 채운의 턱과 담희의 머리가 딱! 소리 나게 부딪혔다.

"아이야……."

담희가 부딪힌 뒤통수를 문지르며 채운을 노려보았다. 채운 역시 자신의 턱을 문지르며 담희를 바라보다 풋 웃음을 터트렸다.

"웃기기도 하겠네. 하여간 가지가지로 사람 놀리는 게 취미지."

"놀린 건 아닙니다만."

"아니, 왜 날이 갈수록 응큼해져요?"

"날이 갈수록 예뻐지는 누구 때문이겠죠."

채운이 빙그레 웃었다. 담희는 놓치지 않고 그 웃는 얼굴을 찰칵 사진으로 남겼다. 채운이 흠, 한숨을 뱉더니 물끄러미 담희를 바라보았다. 어쩐지 알 것 같았다. 그녀가 왜 갑자기 카메라를 사서 자신의 모습을 사진으로 남기고 있는지.

채운은 희미하게 미소를 지으며 담희의 머리를 휙 흩었다.

"뭐예요, 또!"

담희가 흐트러진 머리를 손으로 정리하며 불퉁한 얼굴로 그를 바라보았다. 채운이 담희를 가만히 바라보며 말했다.

"사랑해, 오담희 씨."

낮고 울림 깊은 목소리가 은은한 파문처럼 담희의 심장을 흔들었다. 담희는 천천히 눈을 깜박였다.

"아, 그러니까……. 그래도 오피스텔엔 안 가요."

멍한 목소리로 담희가 중얼거렸다. 채운이 풋, 웃음을 터트리더니 겨우 정리된 담희의 머리를 또다시 흩어 놓았다.

※

다음 날부터 담희는 채운의 사진을 찍기 시작했다. 채운이 느긋하게 길을 건너는 모습을, 책꽂이 사이를 거니는 모습을, 미간을 모은 채 노트북을 들여다보며 글을 쓰고 있는 모습을.

채운이 자신만의 시간을 보내는 그 순간순간을 사진으로 찍었고, 그 아래 짧은 글을 남겼다.

그의 큰 걸음 위로 떨어지던 늦가을 햇살, 그의 긴 손가락이 짚어 내던 책의 제목, 노트북을 들여다보는 눈동자 속 진지함 같은 것들. 그 순간의 기분, 찰나에 스치는 느낌들을 담희는 차곡차곡 모았다.

마치 기억의 조각처럼 사진들을 저장하고 그가 사라져 보이지 않는 순간마다 저장한 사진을 되감기하듯 들여다보았다.

담희는 믿었다. 그를 기억하는 게 그의 저주를 푸는 답이라고. 그게 답이 아니면 어쩌지? 하는 불안이 없는 건 아니었지만, 그럴 때마다 고개를 저었다.

"이게 답이야! 의미 없는 우연은 없어."

담희는 아침에 눈을 뜨면 그의 사진을 들여다보며, 주문처럼 그의 이름을 외웠다.

"현채운. 사라지지 않을 거예요. 절대로."

그 옛날 아침마다 캡틴 로이드를 외웠던 것처럼, 담희는 그를 외웠고, 그를 새겼고, 그를 기억했다.

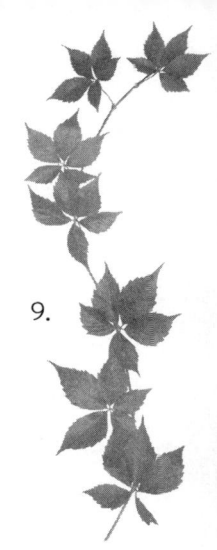

9.

 11월 마지막 주에 정원이의 결혼식이 있었다. 담희는 작정하고 그날 하루 책방 문을 닫았다. 미리 며칠 전부터 '토요일 하루 쉽니다.'라고 쓴 쪽지를 책방 문에 붙여 두고는 채운의 눈을 들여다보며 다짐까지 했었다.

 '토요일에 데이트해요. 결혼식 끝나고, 오후 내내. 그러니까 그날은 사라지지 말아요.'

 채운은 대답 없이 싱긋 웃었다. 그럽시다, 대답하고 싶었지만, 그가 확언할 수 있는 문제가 아니었다.
 올해 안에 결혼식을 하겠다고 급하게 잡은 날짜라 예식 시간이 일렀다. 이른 식이 끝나자마자 담희는 친구들에게 양해를 구했다.

"책방 문 닫고 왔다며. 약속 있어?"

인주의 물음에 담희는 가볍게 고개를 끄덕였다.

"전에 고민하던 편한 남자, 만나기로 한 거야?"

"편한 남자?"

연정의 물음에 담희가 눈을 깜박이며 그녀를 바라보았다.

"전에, 편한 게 정말 최고인가, 고민하고 있었잖아."

"아……."

그래, 그랬었지. 스스로의 마음조차 모른 채 고민하던 순간이 있었지.

"아니, 마음 편한 남자 말고, 마음 떨리는 남자를 만나러 가려고."

"뭐?"

인주와 연정이 동시에 되물었다. 정수만 담희를 물끄러미 바라보고 있었다.

"오늘은 미안. 정말."

"할 수 없지. 우리 순진한 담희의 마음을 흔들고 있는 남자가 대체 어떤 사람인지 엄청 궁금하지만, 일단은 보내 줄게. 대신."

정수의 말에 담희가 눈을 깜박이며 그녀의 다음 말을 기다렸다.

"그 남자, 다음에 우리 모일 때 데려와. 알았지?"

담희는 생긋 웃으며 고개를 끄덕이고는 급히 예식장을 빠져나왔다.

예식장에서 멀지 않은 고궁 입구에서 채운을 만나기로 했는데, 약속 시간까지는 아직 약간 여유가 있었다. 익숙지 않은 하이힐을 신은 담희는 천천히 걸으며 휴대폰을 들여다보았다. 그가 만약에라도 사라지게 된다면 문자를 보내기로 했는데, 다행히 아무 연락도 없었다.

모퉁이만 돌면 고궁이었다. 빨라지는 걸음으로 급히 모퉁이를 돌아서자 채운의 모습이 보였다. 세련된 정장에 코트를 걸친 그를 보자마자 심장이 쿵 울렸다.

자신의 심장이 미친 듯이 날뛰는 이유가 가뜩이나 눈에 띄는 인물이 멋지게 차려입어서인지, 아니면 낯선 장소에서 보는 그가 너무 좋아서인지, 담희는 알 수가 없었다.

저절로 활짝 벌어지는 입술을 억지로 끌어당기며 멀리서 그를 감상했다. 서늘함과 따뜻함이 모두 담긴 긴 눈매와 괴팍함과 반듯함이 머문 미간, 고집스러우면서도 유연한 그의 성격을 닮은 콧날과 장난기와 섹시함이 모두 서린 입매. 온갖 미묘함이 혼재되어 그 자체로 사람들의 시선을 끌어당기는 채운은 혼자만 햇살을 받고 서 있기라도 한 것처럼 선명하고 입체적이었다.

사람들의 시선 속에 무심히 서 있는 그를 보자 담희는 어쩐지 뿌듯했다. 그 남자가 내 애인이라고요! 외치고 싶어서 입이 근질거리는 기분이었다.

그가 손목시계를 확인하더니 주변을 둘러보다 담희를 발견하고는 화들짝 놀란 듯 천천히 눈을 감았다 떴다. 그의 시선이 담희를 머리끝부터 발끝까지 천천히 훑었다. 담희는 그의 시선을 온몸으로 받으며 총총히 그에게로 다가갔다.

"왜 이렇게 차려입었어요?"

담희가 채운의 코트 깃을 살짝 당기며 물었다.

"담희 씨에게 맞추려고."

"네?"

"결혼식에 정장 입고 갔을 테니까, 담희 씨가."

"오, 센스!"

담희의 장난스러운 감탄사에 채운이 피식 웃더니 새삼 그녀의 얼굴을 바라보았다.

청바지에 운동화, 화장기 없이 말간 얼굴에 가볍게 묶어 올린 머리의 담희만 보아 오던 채운은 오늘의 그녀가 너무도 낯설었다.

길게 늘어뜨린 머리카락도, 정성 들여 화장한 얼굴도, 밤색 인어라인 원피스에 가볍게 걸친 코트도, 그에 맞춰 신은 굽 높은 하이힐도 모두 새롭고 신기했다. 평소보다 훨씬 성숙해 보이는 그녀를 보며, 이런 모습도 있었구나, 채운은 생각했다.

심장이 제멋대로 두근두근 떨렸고, 그녀의 모습에서 쉽게 눈을 뗄 수가 없었다. 사춘기도 아니고 이 나이에 별. 채운은 스스로가 어이없었지만, 어쩔 수 없었다. 이 여자는 참 가지가지로 사람 심장을 흔드는 재주가 있었다.

"음, 나 오늘 좀 많이 예뻐 보여요?"

자신을 너무도 빤히 바라보는 채운의 시선에 담희가 눈을 깜박이며 물었다. 채운이 빙그레 웃으며 대답했다.

"입술, 예쁘게 발랐는데 키스해도 되려나 생각하고 있었습니다."

"안 돼요! 아, 미리 말하지만, 머리 모양 망가지니까 쓰담쓰담도 안 돼요. 화장 지워지니까 얼굴 만지작도 안 되고요."

담희가 단호하게 대답했다. 그러곤 방긋 웃으며 덧붙였다.

"손잡는 건 돼요."

"하, 고맙기도 하지."

채운이 과장되게 한숨을 뱉으며 중얼거렸다.

"원래는 소풍을 가려고 했는데, 너무 차려입어서 그건 다음에 해요. 대신 우리 뭐 할까요?"

"골라요. 일, 멋진 레스토랑에서 식사. 이, 여기까지 왔으니 고궁 산책. 삼, 기껏 나왔지만 어두컴컴한 영화관 찾아서 영화 감상. 사, 세상이 한눈에 내려다보이는 스카이라운지에서 차 한잔. 오, 다 싫다. 오붓하게 오피스텔로."

채운이 손가락을 하나씩 펼치며 쭉 읊었다.

"3번, 5번 빼고 다 하죠. 그럼 점심부터 먹을까요?"

담희가 채운의 손가락에서 3번과 5번을 접고 나머지를 꼭 쥐며 말했다. 그럴 줄 알았지, 채운이 삐딱하게 중얼거리더니 담희의 손을 당겨 자신의 팔에 팔짱을 끼웠다.

"갑시다. 오붓한 오피스텔 대신 오붓한 레스토랑으로."

못 말려, 담희가 툴툴거렸지만 채운은 그녀를 곁눈질하며 싱긋 웃었다.

채운이 이렇게 도심 한가운데로 나와 본 건 정말이지 오랜만이었다. 갑자기 사라지는 문제로 운전을 하지 않은 지도 오래되었고, 대중교통 역시 같은 이유로 꺼리게 되면서 채운의 행동반경은 늘 고만고만했다.

토요일 낮 시간 담희와 함께 사람들이 북적이는 도심의 한가운데를 걷다 보니, 어쩐지 채운은 스스로가 평범해진 것 같은 기분이 들었다.

갑자기 예고도 없이 사라지는 일 따위 일어난 적도 없었고,

조만간 영원히 소멸해 버리는 일과는 백만 광년쯤 떨어져 있는, 그냥 평범하고도 평범한 사람.

호텔 레스토랑 입구에 서서 담희는 채운을 바라보았다. 채운이 뭐? 묻듯 바라보자, 담희는 문을 어서 열라는 듯 눈짓을 했다.

채운이 빙그레 웃으며 공손한 자세로 입구의 문을 열어 주자 담희는 꼿꼿이 허리를 편 채 거만한 여왕님의 표정으로 살짝 고개를 끄덕였다. 그리곤 제 풀에 풋, 웃음을 터트렸다.

장난꾸러기 요정 같은 담희 때문에 채운은 덩달아 하하, 웃음을 터트렸다. 세상 속에서 이렇게 소리 내 웃어 본 게 얼마만인지, 그는 기억도 나지 않았다.

그녀와 있는 매 순간이 즐거웠고, 행복했고…… 슬펐다. 그녀와의 시간이 행복한 만큼 흐르는 시간이, 닫힌 미래가 그는 진심으로 슬퍼지기 시작했다.


늦가을과 이른 겨울의 경계선, 구름이 낮게 깔린 날씨는 적당히 포근한 듯 쌀쌀했다. 담희와 채운은 레스토랑과 고궁 산책, 스카이라운지에서의 차 한 잔까지 마치고도 아직 해가 남아, 저물녘의 돌담길을 걸었다.

"가을이 끝났나 봐요, 이제."

느릿느릿, 타박타박. 채운과 손을 잡고 걷던 담희가 허공에 호, 입김을 만들며 말했다. 희미한 입김의 기운이 허공에 날렸다.

"우리 내년에 여기 다시 와요. 이렇게 낙엽 다 떨어지기 전에. 단풍이 가득가득할 때."

담희가 채운을 바라보며 말했다. 채운은 대답 없이 빙그레 웃었다. 그 모습을 물끄러미 바라보던 담희가 진지한 목소리로 말했다.

"약속해요. 사라질 준비 같은 거 하지 말고!"

"사라질 준비 같은 거 한 적 없습니다만."

"거짓말. 내가 미래를 이야기할 때마다 대답 대신 웃기만 하는 거 모를 줄 알고?"

담희의 말에 채운이 희미하게 웃더니 천천히 하늘을 올려다보았다.

"시선 회피하지 말아요."

"눈 옵니다."

"네?"

채운의 말에 담희가 고개를 들었다. 작은 티끌들이 점점이 흩어지고 있었다. 손바닥을 펼치자 산뜻한 기운이 손바닥에 닿는가 싶게 사라졌다. 담희는 저절로 입가가 벌어졌다.

"진짜 눈이다. 아, 잠깐. 이게 아니라……."

담희가 벌어지는 입을 꽉 닫으며 채운을 불퉁하니 노려보았다.

"내년에도 나랑 첫눈을 맞겠다고 약속해요."

고집스러운 담희의 표정을 바라보던 채운이 희미하게 웃으며 고개를 끄덕였다.

"그래요. 약속……하겠습니다."

그의 대답에 담희가 손을 뻗어 채운의 어깨를 톡톡 두드렸다.

"착하기도 하지."

"하!"

어이없다는 듯한 채운의 반응에도 담희는 아랑곳하지 않았다. 그저 점점 굵어지는 눈송이를 바라보며 채운의 팔에 자신의 팔을 감았을 뿐.

티끌 같던 눈 조각이 송이가 되어 폴폴 날렸다. 담희는 빙그레 웃으며 포실한 눈송이가 공기 속에서 춤추는 걸 바라보았다. 마음이 편안해지는 눈송이들.

"첫눈을 함께 맞았으니, 우리 소원이 이뤄질 거예요."

"그런 말 들어 본 적 없는데."

"참, 작가라는 분이 이렇게 상상력이 부족해서야."

담희가 쯧쯧 혀를 찼고, 채운은 피식 웃었다. 둘은 첫눈치고는 소담하게 쏟아지는 눈송이를 맞으며 지하철역으로 향했다. 눈송이가 만든 물 자국이 길 전체를 축축하게 적시고 있었다. 봄바람에 흩날리는 민들레 씨앗 같은 눈송이를 바라보며 걷던 담희가 "앗!" 짧게 비명을 질렀다.

높은 구두의 뒷굽이 살짝 솟아오른 보도블록에 걸려 발목이 틀어졌다. 휘청 엎어질 뻔한 담희를 채운이 재빨리 붙들었다.

"괜찮아?"

조심스레 바닥을 디뎌 보던 담희가 욱신하게 쑤시는 통증에 슬쩍 입술을 깨물었다. 짧게 숨을 마신 담희가 채운을 바라보며 민망한 듯 중얼거렸다.

"뭐, 심하진 않아요."

"아파 보이는……. 젠장."

채운이 불쑥 짧게 욕설을 뱉었다. 당황한 담희가 그를 바라보자 채운이 사납게 인상을 구기고 있었다.

"하필."

채운이 어둡게 가라앉은 눈으로 담희를 바라보았다. 좌절과 분노가 서린 눈동자. 미안함과 체념이 서린 눈동자. 담희는 자신을 붙들고 있는 그의 손을 가만히 움켜쥐었다. 그리고 속삭였다.

"조금 이따 봐요. 난 괜찮으니까."

채운이 차마 담희의 눈을 보지 못하고 눈을 감았다. 그의 얼굴에 내려앉은 눈송이가 눈물처럼 그의 볼을 타고 흘렀다.

희미하게 흔들리는 공기, 일렁이는 눈송이.

그가…… 사라졌다.

남겨진 담희는 입술을 천천히 깨물었다. 그가 사라진 공간 위로 눈송이가 자유로이 유영하고 있었다. 금방이라도 눈물이 왈칵 쏟아질 것 같았다.

하지만 담희는 턱에 힘을 주며 억지로 눈물을 무시했다. 채운이 여전히 담희의 곁에 있을 터였다. 담희는 자신이 우는 모습을 그에게 보여 주고 싶지 않았다. 그가 슬퍼할 테니까, 아파할 테니까, 또다시 미안해하며 어찌할 바를 몰라 할 테니까. 스스로가 선택한 적 없는 자신의 운명 때문에 자신을 끝없이 탓할 테니까.

담희는 조심스럽게 걸음을 옮겨 근처의 벤치에 앉았다. 젖어 들기 시작한 벤치의 습기가 눅눅하게 옷을 파고들었다. 담희는 가만히 하늘을 올려다보았다. 어둠이 젖어 드는 하늘로 눈송이가 먼지처럼 날리고 있었다.

더 이상 아름답지 않은 눈송이, 설레지 않는 눈송이.

완벽한 하루였는데. 정말로 완벽한 하루였는데. 이렇게 사라지면 안 되는 날이었는데. 담희는 울컥 슬퍼지는 마음을 꾹꾹 눌러 담으며 속삭였다.

"지금 사라진 건 용서해 드릴게요. 대신 내년 첫눈도 함께 맞기로 한 약속, 꼭 지켜요. 그 약속 지키지 않으면 그땐 용서 안 할 거니까."

손에 느껴지던 담희의 온기가 흐려진다. 채운은 눈을 뜨지 않아도 자신의 모습이 사라졌다는 걸 그 미묘한 온도 변화로 느낀다.

- 빌어먹을.

그는 울컥 치솟는 분노와 슬픔으로 이를 간다.

담희가 천천히 벤치로 걸어가는 게 보인다. 미세하게 절뚝이는 걸음. 바르르 떨리는 턱선. 담담한 척, 괜찮은 척 애쓰고 있지만 그녀는 하나도 괜찮아 보이지 않는다. 하늘을 향한 담희의 눈동자에 설핏 어린 물기를 닦아 주고 싶다.

씩씩한 척 속삭이는 그녀의 목소리에 섞인 가냘픈 떨림.

- 빌어먹을. 빌어먹을!

박박 가는 이 사이로 채운의 슬픈 분노가 쏟아진다. 그녀의 곁을 맴돌면서도 아무것도 할 수 없다는 무력감이 그를 휘어잡고 분노를 부채질한다.

쏟아지는 눈을 맞고 한참을 앉았던 담희가 천천히 자리에서 일어선다. 예쁘게 찰랑이던 머리카락이 축축하게 젖어 파리하게 언 얼굴에 늘어졌다.

춥고 외로워 보인다. 차분히 걷고 있지만 발목이 아픈지 희미하게 인상을 찡그린다.

그녀를 따뜻하게 안아 주고 싶은데, 그녀가 아프지 않게 부축해 주고 싶은데, 그녀의 옷 위로 쌓이는 눈을 걷어 주고 싶은데. 채운은 맥없이 그녀를 통과하는 자신의 손을 슬프게 바라보다 꾹 주먹을 움켜쥔다. 파르르 움켜쥔 주먹이 떨린다.

담희가 택시를 탄다. 어지간하면 버스를 탈 그녀가 택시를 타는 걸 보니, 발목이 많이 아픈 것 같다.

그녀가 집으로 가는 내내 채운은 목구멍을 타고 오르는 분노를 꿀꺽꿀꺽 삼킨다.

택시에서 내린 그녀가 계단 앞에 서서 하늘을 바라본다. 눈이 멎었다. 소담하게 쏟아지던 눈은 젖은 흔적만 남긴 채 모두 사라졌다. 온종일 행복했던 데이트가 희미한 흔적만 남기고 사라진 것처럼.

"옆에 있다면, 이제 괜찮아요. 혼자 갈 수 있어요. 사랑해요."

계단 한 칸을 올라선 담희가 속삭인다. 그만 돌아가란 말인 걸 알지만 채운은 그냥 그녀 곁에 머문다.

희미한 미소를 띤 채 서 있던 담희가 길게 한숨을 뱉는다. 그러곤 구두를 벗는다. 맨발로 천천히 계단을 오르는 담희를 채운은 아프게 입술을 깨물며 본다.

부은 발목이 건물 현관 불빛에 선명하다. 원룸 건물 안으로 사라지는 담희를 채운은 더 이상 따라가지 못하고 바라본다. 닫히는 문 사이로 담희의 얼굴이 슬프게 가라앉는 걸 보자 더 이상 다가갈 수가 없다. 계단을 돌아 사라지는 그녀의 얼굴이 채운의 심장에 아프게 박힌다.

심장에 금이 간 것 같다. 그녀를 힘들게 하고 있는 자신에 대한 혐오가, 돌아오는 길 내내 꾹꾹 누르고 있던 분노가 울컥 폭발한다. 채운의 눈동자에 광폭한 열기가 뻗는다.

그대로 몸을 돌려 채운은 도심을 날아간다. 무시무시한 속도로. 단 한 번도 이런 식으로 움직여 본 적이 없던 채운은 자신이 중력을 벗어나 움직일 수 있다는 걸 처음 안다.

어둠이 내린 도심의 야경 속을 질주한 채운은 곧장 거대한 건물 속으로 뛰어내린다. 자신의 영혼을 억지로 엮고 있는 그 흔적을 따라 벽을 통과하고, 문을 뚫고, 거침없이 나아간다.

한강의 야경이 한눈에 들어오는 넓은 거실, 서툰 피아노 소리가 들린다. 채운은 그 거실로 성큼 들어선다. 피아노 소리가 뚝 멎는다.

드넓은 거실 한가운데 그랜드피아노가 놓여 있다. 피아노 앞에 앉아 있던 화란이 거칠게 들어서는 채운을 향해 시선을 든다.

"날 찾아오는 날이 올 거라고 했잖아. 결국은."

득의양양. 화란이 아름다운 미소로 채운을 맞는다. 찢어 버리고 싶은 미소. 채운은 서늘하게 날 선 목소리로 외친다.

- 지금 당장 네가 묶어 뒀다는 내 영혼을 풀어!

"뭐?"

화란이 자리에서 일어선다.

- 네 멋대로 얽어 놓은 날 놔 달라고!

그녀의 눈동자에 화르르 불기가 오른다.

"미쳤어? 그럼 넌 당장 소멸해. 알긴 해?"

- 알아! 아니까 당장 소멸시키란 말야!

채운의 날카로운 목소리가 공기를 진동시킨다. 그 기운에 화란이 주춤 물러선다.

"뭐야? 뭔데? 걔 때문에 그래? 걔가 못 견디겠대? 그래서 헤어지재?"

채운은 이를 빠득 간다. 담희가 아니라 자신이 못 견디겠다고, 불쑥 사라져 그녀를 길거리에 혼자 남겨 두는 자신을, 슬픈 그녀가 슬픈 표정조차 짓지 못하게 만들고 있는 자신을 더 이상 못 견디겠다고 채운은 말하지 않는다.

채운이 사라질까 마음 졸이면서도 겉으로는 환하게 웃는 담희를 볼 때마다 아프고 미안하고, 그러면서도 그녀와의 미래를 꿈꾸는 자신을 더 이상 못 견디겠다고 절대 말하지 않는다. 대신 낮게 으르렁거리듯 내뱉는다.

- 너랑 얽혀 있는 거 신물 나. 지겨워. 그러니까 소멸시켜!

"고작 한 달 남았는데?"

그래, 한 달. 채운은 이를 간다. 희망도 없는 한 달. 희망이 없는 걸 아는데도 버릴 수 없는 한 달. 담희와 보낼 수 있는 최대의 시간이자 커지는 갈망으로 질식할 것 같은 시간.

채운의 얼굴을 바라보던 화란의 얼굴에 천천히 그늘이 진다.

"채운 씨를 10년이나 지켜봤는데, 이런 얼굴 처음 본다. 이렇게 격하게 구는 것도."

화란이 짧게 한숨을 뱉으며 피아노 의자에 다시 앉는다.

채운은 주먹을 움켜쥔 채 한 달이란 시간에 갇혀 어찌할 바를 모른다.

이 자리에서 소멸해, 담희가 더 이상 슬프지 않게 자신을 잊고 내일 아침부터는 평소의 그녀로 돌아오기를 바랐건만. 고작 한 달인데, 딱 한 달만 더 욕심내고 싶어 하는 자신의 마음이 분노 위에 춤을 춘다.

불쑥 담희의 목소리가 들리는 것 같다.

'약속해요. 사라질 준비 같은 거 하지 말고.'

― 젠장.

채운의 분노에 슬픔이 스민다. 그 말을 핑계 삼아 그녀 곁에 더 오래 머물고 싶어지는 나약함이라니. 채운은 입술을 깨물며 얼굴을 일그러뜨린다.

"당장 소멸하고 싶을 만큼 그 여자를 사랑한단 건가?"

한참을 피아노 건반만 노려보던 화란이 중얼거린다.

"돌아가. 어차피 시간도 얼마 안 남았어. 그 시간을 즐겨 봐. 그 여자를 배려하는 채운 씨를 도와줄 마음 따위 없으니까."

금방이라도 화란의 목을 비틀어 버릴 듯 파랗게 끓어오르던 분노가 급격히 식는다. 고작 한 달……. 채운은 그대로 몸을 돌린다.

남겨진 화란은 멀어지는 채운을 보지 않는다. 얽혀 있는 영혼의 감각으로 그가 단 한 번의 망설임도 없이 곧장 집을 나가 어둠 속으로 사라지는 걸 느끼며, 피가 맺히도록 입술을 앙다문다. 그가 떠난 공간 위에 고요가 적막이 되어 내려앉는다.

뭐가 잘못된 거지? 대체 어떡해야 했던 걸까? 그를 사랑했는데, 10년을 기다렸는데 결국 자신의 운명은 물거품이 될 인어공주였던 걸까?

화란의 눈동자가 슬픔으로 흐려졌다. 어디선가 거대한 삵 한 마리가 사뿐히 걸어와 화란의 무릎에 가볍게 뛰어오른다. 화란은 삵의 등에 얼굴을 묻는다.

축축하게 삶의 등이 젖어 든다. 삶은 목을 틀어 얼굴을 묻고 있는 그녀를 물끄러미 바라본다.

"그를…… 놔줘야 하는 걸까?"

눈물로 얼룩진 화란의 목소리가 웅얼웅얼 어둠 속으로 잦아든다.

※

"혹시 노끈 있습니까?"

누렇게 변색된 열다섯 권짜리 대하소설을 산 남자가 담희에게 물었다.

"아, 묶어서 가시게요?"

"종이 가방이 아무래도 약한 것 같아서요."

담희는 서랍을 열고 노끈을 꺼내 그에게 건넸다. 그러곤 모아 놓은 전단지를 꺼내 접어 남자가 묶고 있는 노끈 사이에 끼웠다.

"아무리 낡은 책이지만, 끈 자국 생기면 속상하잖아요."

담희의 말에 수더분하게 생긴 남자는 머리를 긁으며 빙그레 웃었다.

"미처 생각 못 했네요. 여자 친구한테 선물할 거였는데."

"여자 친구분이 책을 좋아하시나 봐요."

"이 작가의 팬이에요. 초판본 전질을 구해 오면 결혼해 주겠다고 해서, 출장 갈 때마다 책방을 뒤지던 중이었어요."

"그럼 이게 청혼 선물이 되겠네요."

남자가 해맑게 웃으며 고개를 끄덕였다.

노끈으로 묶은 한 무더기의 책을 들고 멀어져 가는 남자를 담희는 문가에 서서 오래 바라보았다. 청혼 선물로 초판본 책을 요구한 여자와 그걸 찾기 위해 헌책방을 뒤지는 남자라. 담희는 그들이 오래오래 행복하게 살기를 빌어 주며 길 건너 오피스텔을 바라보았다.

"우리도 오래오래 행복하자고요."

힘차게 속삭인 담희는 책방 계산대로 돌아왔다. 부은 발목은 이틀 사이 제법 가라앉았지만 여전히 조금 불편했다. 의자에 앉아 발목을 책이 들어 있는 상자 위에 올려놓고 담희는 채현 작가의 책을 다시 펼쳤다.

책 첫머리에 적힌 그의 사인을 보자 어쩐지 웃음이 났다. 담희는 그 사이에 끼워 놓은 사진을 꺼냈다. 담희를 놀릴 때 잘 짓는 채운 특유의 표정이 담긴 사진이었다.

"빨리 돌아와요."

담희가 사진을 보며 속삭였다.

담희의 말에 대답이라도 하듯 문이 열렸다. 담희가 고개를 들자 화란이 책방으로 들어왔다.

담희는 말없이 화란을 바라보며 앉아 있었다. 화란은 계산대 위에 놓인 채운의 사진을 한동안 바라보더니 흠, 체념 어린 한숨을 뱉었다.

"그 사람이 사라지는 걸 막을 방법은 없어요."

조용히 담희에게로 시선을 옮기며 화란이 말했다.

"안 믿어요."

담희의 대답에 화란이 쓸쓸하게 웃었다.

"상관없어요. 믿든 안 믿든, 결국 그조차도 잊을 테니까. 그 사람이 사라지고 나면 그쪽은 아무것도 기억하지 못할 테니까."

"그런 소릴 하러 온 건가요?"

"그 사람을 포기하려고, 난."

"네?"

"그냥, 포기하고 놔주려고."

"무슨…… 의미예요?"

채운을 바로 소멸시키겠다는 건가? 담희는 불안하게 커진 눈으로 화란을 쳐다보았다. 화란이 피식 웃었다.

"그쪽이 생각하는 그거 맞아요. 그를 붙들고 있는 거 그만할 거야. 그럼 그는 소멸되겠지."

"멋대로…… 멋대로 채운 씨의 미래를 뺏더니, 이제 남아 있는 시간조차 뺏겠다는 거예요?"

"그게 내가 해 줄 수 있는 최선이야. 그 사람이 사라지는 걸 막을 순 없지만, 그 사람을 되돌릴 수 있는 기회라도 주는 것. 바늘 끝 같은 기회라도."

화란의 목소리는 낮고 담담했다.

"되돌릴 수 있는 기회?"

미심쩍은 표정으로 담희가 되물었다.

"기회만 주는 거야. 난 더 이상 어떻게 해 줄 수 없어요."

"그 기회가 뭔데요? 내가 뭘 해야 하는 거죠?"

화란의 황갈색 눈동자가 담희를 뚫어질 듯 바라보았다. 화려하고 아름다운 눈동자는 슬프게 가라앉아 있었다.

"그쪽이 할 수 있는 건…… 그냥 지금을 즐기는 것?"

담희는 화란의 말을 어떻게 받아들여야 할지 알 수가 없었다. 황갈색 눈동자에 어린 슬픔이 진심인 걸까? 의심스러웠지만 그럼에도 그녀가 말했던 기회라는 말을 믿고 싶었다.

"채운 씨에게 남은 시간이 얼마나 될지 모르겠어요. 잘 해 봐요. 당신의 사랑이 기적이 될 수 있게."

화란의 시선이 담희의 시선을 지나 가까운 책장을 향했다. 담담히, 그러나 애틋하게 화란의 시선이 책장에 머물더니, 그대로 돌아섰다.

"저기요!"

돌아서는 화란을 담희가 다급히 불렀다. 하지만 화란은 더이상 할 말 없다는 듯 허리를 쭉 펴고 책방을 나가 버렸다. 담희가 황급히 쫓아 나갔지만, 그녀의 붉은 스포츠카는 이미 모퉁이를 돌아 사라지는 중이었다.

담희는 그 선명한 붉은빛이 사라진 길을 입술을 깨물며 바라보았다.


그 밤, 담희는 잠결에 눈을 떴다. 창밖 가로등 불빛이 비쳐 드는 방 안, 채운의 검은 눈동자가 담희를 바라보고 있었다.

느리게 눈을 깜박이던 담희가 "안녕하세요?" 잠에 취한 목소리로 느릿느릿 인사를 건넸다.

"인사성 밝아. 우리 유치원 우등생 담희."

침대 끝에 걸터앉아 담희의 볼을 쓰다듬던 채운이 빙그레 웃으며 속삭였다. 담희의 눈이 화들짝 커지더니 벌떡 일어나 앉았다.

"꿈, 아니네."

채운이 피식 웃더니 담희의 볼을 살짝 꼬집었다.

"아야! 아, 진짜."

담희가 그의 팔을 툭 때리며 장난스레 그를 노려보았다.

"깨웠다면 미안합……."

"보고 싶었어요."

와락 그의 목에 팔을 두르며 담희가 속삭였다. 그 여자 때문에 이대로 영원히 사라져 버린 건 아닌가, 그래서 다시는 그를 보지 못하는 건 아닌가 걱정되고 불안했던 담희는 두 팔에 힘을 줘 그를 끌어안았다.

채운이 빙그레 웃으며 담희를 더 바싹 끌어안았다. 온기가 느껴지는 그의 품. 넓고 아늑하고 안도감이 느껴지는 그의 품.

"계속 옆에 있었습니다."

"알아요."

짧게 숨을 뱉으며 담희가 채운에게서 몸을 떼고는 그의 눈을 바라보았다.

"그 여자 말, 들었죠?"

채운이 고개를 끄덕이며 빙긋 웃었다.

"언제 사라질지 모른대요. 하지만 기회가 있다고 했어요."

"늘 언제 사라질지 몰랐잖습니까. 그러니까 새삼 불안해하지 말아요. 깊은 잠도 못 자고, 한숨 쉬면서 전전긍긍하지도 말고."

채운이 담희의 흐트러진 머리카락을 넘겨 주며 말했다.

"흠, 정말 내내 옆에 있었군요. 아니, 잠깐. 그럼 다 봤어요? 나 옷 갈아입는 거, 화장실 가는 거, 속옷만 입고 머리 말리는 거?"

채운이 빙그레 미소를 지었다.

"아! 뭐야! 이 변태 스토커! 대체 여자 혼자 사는 방에 멋대로 들어오는 건 무슨 매너야?"

새빨개진 얼굴로 빽 소리를 지르는 담희를 보며 채운이 하하, 웃음을 터트렸다.

"하하, 뭐 내가 딱히 매너 있던 적은 없었던 것 같긴 한데."

"그게 자랑이에요?"

"문밖에 있었습니다. 담희 씨 잠들 때까지."

채운이 여전히 웃음 어린 표정으로 놀리듯 말했다. 뾰로통하니 채운을 바라보던 담희가 또 금방 샐쭉한 표정이 되어 속삭였다.

"문밖에는 왜 있어요? 마음 아프게."

"그러게. 내가 언제부터 매너 있었다고. 들어와 있었으면 좋았을 텐데 말입니다. 담희 씨의 새로운 모습을 볼 수 있는 기회였는데."

"으, 진짜."

담희가 불퉁하니 툴툴거렸다. 그런 담희를 가만히 바라보던 채운이 빙그레 웃으며 속삭였다.

"툴툴거려도 예쁜 여자는 담희 씨밖에 없을 겁니다. 그러니까 공연히 슬픈 표정으로 한숨 쉬지 말아요. 어차피 일어날 일은 일어날 텐데, 그 시간을 한숨으로 날려 버리면 아깝잖습니까."

"왜 이렇게 말을 잘해요? 사람 설레게."

"내가 원래 사람 설레게 하는 면이 없잖아 있지요."

싱긋 웃으며 농담하는 채운을 가만히 바라보던 담희가 미간에 주름을 잡으며 입을 열었다.

"기회가 뭘까요? 그 기회가 뭔지 찾아야 해요."

"지금 이 순간을 즐기는 것밖에 할 수 있는 게 없다고도 했잖습니까. 그냥 즐겨요. 그러다 보면 기회가 올지도 모르지."

담희의 볼을 엄지손가락으로 슬쩍 쓸며 채운이 대답했다.

"흠, 본인 일인데 너무 무심해."

담희가 불퉁하게 중얼거렸다. 채운이 빙그레 미소를 지었다. 볼을 쓸던 채운의 손이 담희의 입술 끝에 주춤 머물렀다. 담희가 그 손끝에 살짝 입을 맞췄다. 채운이 천천히 눈을 깜박이더니 짧게 한숨을 뱉었다.

"이제 자요. 난 갈 테니까."

"어딜요?"

"아가씨 혼자 사는 집에 계속 있다간 그 아가씨, 위험해질 것 같아서."

채운이 놀리듯 대답하며 자리에서 일어섰다.

"아니, 잠깐만. 대체 언제부터 그렇게 매너 있게 행동했다고?"

채운이 담희를 빤히 바라보며 눈썹을 끌어 올렸다. 민망한 듯, 수줍은 듯 눈을 깜박이던 담희가 주저주저 말했다.

"나 오늘 심술 났었어요, 낮에. 그 여자가 채운 씨를 보는 것 같아서. 나는 못 보는 채운 씨를 그 여자는 분명 보고 있는 것 같아서. 채운 씨의 운명에 관한 중요한 이야기를 하고 있는 그 와중에 나는, 이 여자가 정말로 채운 씨와 연결되어 있구나, 그래서 채운 씨가 사라져도 이 여자는 볼 수 있구나, 질투했어요."

담희가 채운을 말간 눈으로 바라보았다.

"가지 말아요. 나는 채운 씨가 보일 때만이라도 계속 볼 거예요. 그러니까, 가지 말고 내 옆에 있어요."

창문으로 비쳐 드는 가로등 불빛 아래 붉어진 얼굴로 자신을 올려다보는 담희를 채운은 물끄러미 바라보다 짧게 한숨을 뱉었다.

"바라보고만 있는 건, 좀 곤란한데."

"그럼, 끝말잇기라도?"

담희가 민망함을 감추려 생각나는 대로 중얼거리자 채운이 피식 웃더니 담희에게로 천천히 고개를 숙였다.

"진짜 끝말잇기를 할 생각은 아니겠죠?"

담희가 가까워진 그의 입술에 살짝 입을 맞췄다.

"그렇게까지 순진하진 않아요, 나."

채운이 빙긋 웃으며 그대로 담희의 입술에 입을 맞췄다.

그 밤, 얽히고 섞이는 격정의 숨소리가 가득한 그 밤, 담희와 채운의 운명이 맞물려 새로이 엮이기 시작했다.

12월로 접어들자 책방은 연일 복작거렸다.

곧 방학이라며 본격적으로 책방에 짐을 싸서 출근하는 묘랑이와 기말고사도 끝났고 지금부터는 판타지 소설을 직접 써 보겠노라, 자료 조사차 책방을 학원 드나들듯 드나드는 지구, 매일 배운 태권도를 시범 보이러 오는 모린이, 근처 사진학과 학생들의 기말 리포트용 사진 출사까지 책방 매출과는 상관없는 인물들이 쉼 없이 책방을 들락거렸다.

"거, 표정 좀 풀죠."

담희가 책장에 기대서 있는 채운을 바라보며 말했다. 마음에 들지 않는 듯 삐딱한 표정으로 책방을 드나드는 젊은이들을 바라보던 채운이 흠, 한숨을 뱉었다.

"책방 분위기가……."

"뭐, 어수선하긴 한데, 나름 복작거려 새로운 맛이 있잖아요."

담희가 웃으며 말하자, 채운이 심술궂게 눈을 떼굴 굴리더니 담희에게로 다가왔다.

"언제 봐도 낙천적이야, 우리 담희는."

"그래서 반한 거 아닌가?"

능청스럽게 되받는 담희를 바라보며 채운이 떨떠름한 표정을 지었다.

"그러니까! 반했는데, 반한 걸 티 내지도 못하게 이렇게 북적거리는 게 말이나 됩니까?"

"어떻게 티 내려고 이러시나."

"자극하지 맙시다. 어린애도 있는데."

채운이 슬쩍 지구를 곁눈질하며 말했다. 시선을 느낀 듯 지구가 이쪽을 돌아보았다.

"그 어린애가 전가요?"

채운은 대답 없이 어깨를 으쓱해 보였다.

"와, 이 암흑기사같이 생긴 아저씨가, 나한테 시비를 거네."

"9써클 마도사가 아니고?"

"아저씨는 마도사이자 암흑기사. 아, 누나! 이 아저씨는 안 된다니까. 아무리 잘 봐 줘도 어둠 계열이야. 마계 쪽이라고요.

누나의 인생을 어둠 속으로 끌고 가면 안 된다니까."

지구의 과장된 한숨에 채운이 삐딱하게 웃으며 말했다.

"그러니까 나에게 필요하지. 이 누나는 천상 계열이거든. 나를 구원해 줄. 알겠냐? 어린이?"

지구가 뚱한 표정으로 채운을 바라보더니, 무심한 척 물었다.

"판타지 좀 알아요?"

채운이 피식 웃더니 대답했다.

"모르진 않을걸."

"의외네. 경영, 처세술 읽게 생겨서는."

"그쪽도 모르진 않고."

"잘난 척은."

"잘난 거지. 척이 아니라."

담희는 채운과 지구의 만담 아닌 만담을 들으며 빙그레 웃었다.

채운과 지구는 제법 잘 어울렸다. 남들이 뭐라 하든 자신이 하고 싶은 것에 몰두하는 지구와 자기가 선택한 일이 아니면 그게 무엇이든 절대 하지 않는 채운은 근본적으로 비슷한 데가 있었다.

무엇보다 채운이 사람들과 어울리고 있다는 게 담희는 기뻤다. 그가 세상을 향해 쌓아 놓은 담이 조금씩 무너지고 있는 것 같아서, 그와 세상이 자연스럽게 교류하고 있는 것 같아서 담희는 어쩐지 뿌듯했다.

겨울이 깊어지고 있었다. 천천히.

그 시간들을 담희와 채운은 늘 함께했다. 책방이 복작거리면 채운은 뒤뜰에서 책을 읽거나 글을 썼다. 글을 쓰는 그를 담희는 바쁜 와중에도 사진에, 눈에, 마음에 담았다.

책방이 한가해지면 담희는 살금살금 그에게 다가가 그를 간지럽혔다. 그의 곁에 기대앉아 함께 책을 읽기도 했고, 그와 키득키득 농담으로 시간을 보내기도 했다.

"뭐 읽어요? 읽어 줘요."

담희가 조용히 다가와 귓가에 소곤소곤 속삭이면 채운은 빙그레 웃으며 읽던 부분부터 나지막이 책을 읽어 주기도 했다. 그에게 기대 그의 목소리를 음미하는 시간, 담희는 행복했다.

시간이 너무도 빨리 흘렀다. 봄날의 눈송이처럼 순식간에 시간들이 사라지는 기분이었다.

담희는 12월의 중순을 넘어가도록 채운이 단 한 번도 사라지지 않자 이제 채운이 사라지는 일 따위 일어나지 않는 게 아닐까 희망을 품기 시작했다. 화란이 물러나면서 저주도 사라진 게 아닐까 하는 작은 기대가 모락모락 솟았다.

매일 아침 그의 이름을 외우고, 그를 생각하고, 그를 되뇌며 순간순간 최선을 다해 그와의 시간을 즐기는 나날들. 이런 삶이 평생이라도 상관없을 것 같던 12월의 어느 날 아침.

"크리스마스이브에 뭐 할 거예요?"

나란히 책방으로 출근하며 담희가 물었다.

"글쎄. 담희 씨, 속옷만 입고 머리 말리는 거 구경?"

"날이 갈수록 능글, 응큼이야."

담희가 뽀로통하니 중얼거리자 채운이 빙그레 웃었다.

"뭐 하고 싶은 거 있습니까?"

"음, 생각 중이에요. 기억이 오래오래 남을 만한 게 없을까?

설산 위에서 빙수 먹기 어때요?"

담희가 장난스레 채운을 바라보며 물었다.

"기억엔 남겠지만, 굳이?"

"음, 그럼 한겨울 꽁꽁 언 산정호수에서 오리보트 타기?"

"북극곰 대회 나갈 생각입니까?"

"그것도 재밌겠네요."

"추운 거 좋아하는 줄 몰랐는데."

"안 좋아해요. 손 시린 것도 싫고, 발 시린 것도 싫어요."

"그런데 왜?"

담희가 채운을 바라보며 공연히 방긋 웃었다. 그러곤 살며시 채운의 재킷 호주머니에 손을 넣었다.

"이렇게 할 수 있으니까."

채운의 입가에 저절로 미소가 어리더니 자신도 호주머니에 손을 넣고 담희의 손을 슬며시 감싸 쥐었다.

"채운 씨랑 미래를 이야기하는 거 좋아요. 어쩐지……."

"어쩐지?"

어쩐지 저주가 풀린 것 같다고, 모든 문제가 해결된 것 같다고 말할까 했지만, 담희는 대신 장난스레 웃으며 "어쩐지 굉장히 건설적이지 않아요?"라고 말했다.

저주라는 말을 입에 올리면 깜박 잊고 있던 저주가 다시 그에게 돌아올 것 같아서 불안했다.

채운 역시 저주에 관해 생각했지만, 그 역시 피식 웃으며 담희의 손을 더 꽉 쥐었다.

"아, 편지다."

우체부 아저씨의 오토바이가 막 책방을 떠나고 있었다. 우편함에 삐죽 삐져나온 엽서가 멀리서도 보였다. 담희가 채운의 호주머니에서 손을 빼고는 총총 뛰어 우편함으로 달려갔다. 느긋이 담희를 쫓아가며 채운은 빙그레 웃었다.

한 가닥으로 묶어 올린 담희의 머리카락이 걸음걸음 찰랑찰랑 춤을 추는 게 경쾌했다.

"할아버지 편지예요. 돌아오실 건가 봐요."

담쟁이 이파리가 시들고, 그 자리에 짙은 보랏빛 열매가 오종종 매달린 책방 곁에 서서 담희가 채운을 향해 엽서를 흔들었다. 청량한 겨울 햇살이 담희의 얼굴을 말갛게 비추고 있었다.

채운은 그 눈부신 빛을 향해 빙그레 미소를 지었다. 그녀의 손에서 팔랑거리는 엽서가 작은 깃발 같았다.

"잘됐군요."

"채운 씨랑 사귀는 거 알면 할아버지가 뭐라고 하시려나?"

담희가 활짝 웃으며 중얼거렸다. 그녀의 말에 싱긋 웃던 채운이 문득 미간을 찡그렸다. 햇살이 지나치게 눈부셨다.

"채운 씨?"

그녀가 걱정스럽게 자신을 부르는 소리가 들렸다. 햇살 때문인지 세상이 온통 아지랑이 낀 듯 흔들리고 있었다. 깊게 눈을 감았다 떴지만 여전히 시야는 아른거리고, 비틀리고, 흐렸다.

담희는 그 자리에 붙박인 듯 서 있는 채운을 바라보았다. 그가 미간을 잔뜩 찡그리고 있었다. 그를 둘러싼 서늘한 아침 공기가 미세하게 진동하는 것처럼 보였다.

설마······.

조금 전까지의 즐거움이 순식간에 가라앉으며 심장이 왈칵 조여들었다.

"채운 씨?"

담희는 불안함을 삼키며 그에게로 다가갔다. 먼 어딘가를 향하던 채운의 시선이 담희를 향했다. 깊고 깊은 눈동자, 담희의 내면 깊숙이 들어찬 검은 눈동자.

"괜찮아요?"

채운은 조심스러운 손길로 담희의 뺨을 만졌다. 아침 공기에 차게 식은 볼의 감촉이 느껴졌다.

"복숭아 같아, 볼이."

그 손에 담희가 자신의 손을 겹쳤다.

"괜찮은 거죠? 괜찮은 거예요. 그죠?"

채운은 대답하지 않았다. 할 수가 없었다. 그 자신조차 지금 무슨 일이 일어나는 건지 정확히 알지 못했다.

자신이 가끔씩 사라질 때마다 찾아오던 손끝 저림 같은 증상이 아니었다. 탈색된 것처럼 온 세상이 흐려져 아른거리고 있었다. 그 속에서 오롯이 담희만이 보였다. 그녀만이 선명한 색으로 자신을 올려다보고 있었다.

"사라지지 말아요. 제발."

"사라지고 싶지…… 않습니다."

담희의 눈을 들여다보며 채운이 말했다. 진심으로 사라지고 싶지 않았다. 그 진심을 채운은 처음으로 입 밖에 내어 말했다. 그의 목소리가 아득하게 멀어지는 것 같았다.

"사라진다고 해도 돌아와요. 언제나처럼."

담희가 금방이라도 울 것 같은 표정으로 속삭였다.

"옆에 있겠습니다. 언제나처럼."

채운이 그녀를 안심시키듯 미소 지었다. 언제나 담담한 척 자신을 보내는 그녀처럼 이번에는 채운이 담담히 속삭였다.

그를 둘러싼 공기가 갈 곳을 잃은 것처럼 흔들렸다. 그 흔들림을 따라 채운의 윤곽도 흐려지고 있었다. 그 모습을 바라보던 담희가 입술을 잘근 깨물었다.

그가, 사라지고 있었다.

"꼭 내가 채운 씨를 되돌려 놓을 거예요. 당신이 사라지는 걸 막지 못한다고 해도, 내가 반드시 채운 씨를 되돌려 놓을 거니까, 그러니까 어디 가지 말고 항상 내 곁에 있어야 돼요."

흐려지는 그에게 담희가 다급히 속삭였다. 채운이 천천히 고개를 끄덕였다.

"약속해요! 빨리!"

"약속합니다. 항상 담희 씨 곁에 있겠다고."

목소리조차도 흐려져 그의 목소리는 먼 들판에서 불어오는 바람 같았다. 그 희미한 음성 때문에, 담희는 금방이라도 울음이 터질 것 같았다.

"사랑해요."

자신만을 가득 담고 있는 검은 눈동자를 들여다보며 담희가 속삭였다. 바르르 떨리는 담희의 목소리에 채운의 눈동자가 슬프게 가라앉았다.

"사랑해, 오담희."

채운이 희미하게 미소를 띤 채 담희의 머리카락을 귀 뒤로 넘겨 주며 속삭였다. 담희가 와락 그의 옷자락을 끌어당겨 그에게 입을 맞췄다.

차가운 바람이 불었다. 냉기 서린 바람이 도로를 온통 휩쓸며 담희의 머리카락을 흩어 놓았다. 채운이 넘겨 준 머리카락이 제멋대로 흘러내렸다.

담희의 입가에 닿았던 채운의 감촉이 아득히 멀어졌고, 손아귀를 채우고 있던 재킷의 감촉도 사라졌다. 담희는 차마 눈을 뜨지 못한 채 그 자리에 붙박인 듯 서 있었다. 참았던 눈물이 불쑥 솟구쳐 볼을 따라 툭툭 떨어졌다. 앙다문 입술 사이로 슬픔이 비어져 나왔다.

매서운 바람이 마치 돌풍처럼 담희를 흔들었다. 그 바람 속에 담희는 영원히 멈출 수 없을 것 같은 눈물을 쏟으며 얼어붙은 듯 서 있었다.

❈

청아하게 맑았던 날씨가 급격히 흐려지더니 비가 쏟아졌다. 여름 장마처럼 억수같이 쏟아지는 비가 담벼락에 붙어 있던 시든 잎새를 모조리 쓸어 갔다.

폭우가 쏟아지는 며칠 동안 담희는 지독하게 앓았다. 심장 깊은 곳에서부터 스며 나오는 통증에 숨을 쉴 수도, 말을 할 수도, 잠을 잘 수도 없었다. 그저 아프고, 슬프고, 고통스러운 고열에 시달리며 자신 안에 틀어박혀 있었다.

담희가 열지 못한 책방은 할아버지가 열었다.

길고 긴 여행을 끝내고 돌아온 할아버지는 차갑게 식은 책방을 은근한 온기로 다시금 달궜고, 그 조용한 책방으로 오래 앓고 난 담희가 돌아왔을 때는 세상이 달라져 있었다.

채운의 책이 꽂혀 있던 책장엔 다양한 베스트셀러가 꽂혀 있었다. 그의 사진과 글귀가 담겨 있던 상자 속엔 시든 낙엽들이 가득했다.

담희는 넓은 창가에 서서 책방을 둘러보았다. 어쩐지 낯설었고, 텅 빈 것 같았고, 이유도 모른 채 슬퍼졌다.

채운의 흔적은 세상에서 지워졌다. 처음부터 존재한 적 없었던 것처럼. 세상의 시간 속에서도, 담희의 기억 속에서도. 모조리 사라졌다.

10.

"이제 봄인가 봐요."

책방 문을 활짝 열어 환기를 시키며 담희가 말했다. 돋보기 안경 너머로 신문을 읽고 있던 할아버지가 무심하게 중얼거렸다.

"그래? 매화가 폈으려나."

"매화 보러 가시게요?"

"네 할머니랑 매화꽃 필 때 만났거든. 거길 다시 가 보고 싶구나."

신문을 넘기며 할아버지는 무심히 말했다. 하지만 담희는 할아버지 눈 속에 어린 희미한 열기를 느낄 수 있었다. 작년 가을 자신에게 책방을 맡길 때의 들뜬 열기가 할아버지 주변을 항상 떠돌고 있는 것 같았다.

젊은 날 여행가를 꿈꿨었다는 할머니는 할아버지를 만나 그

꿈을 접었다고 했다. 할머니에게 언젠간 같이 여행을 가자 약속했었지만 생활에 쫓기고 삶에 쫓기고 나이에 쫓겨 결국 그 약속을 지키지 못했다는 할아버지.

뒤늦게 발견한 할머니의 스크랩북 속에 할머니의 꿈들이 고스란히 저장된 걸 보고, 할아버지는 더 늦기 전에 약속을 지켜야겠다고 생각하셨단다.

'막상 떠나겠다고 생각하고 보니, 그동안 내 나이를 탓하고 앉아 있던 시간들이 얼마나 한심했나 싶더구나. 움직여 보면 나이 같은 거 아무것도 아닌데.'

할아버지는 태국 바닷가의 모래밭을 기어가는 거북이 사진을 들여다보며 말씀하셨었다.

태국의 한 호텔에서 거북이를 지키는 단체에 후원금을 내면 거북이를 입양할 수 있는 기회가 있었다며 할아버지는 거북이에게 '날쌘느림보'라는 이름을 지어 줬다고 했다. 사진 속 모래밭에 새겨진 거북의 발자국을 손끝으로 톡톡 두드리던 할아버지가 담희를 바라보며 말씀하셨다.

'진작 네 할머니 살아 있을 때 왔으면 얼마나 좋았을까, 중국 드넓은 모래밭에 서서 후회하고 있는데, 명사산 모래바람 속에서 네 할머니 목소리가 들리더구나. 지금 곁에 있다고. 약속을 지켜 줘서 고맙다고. 안 믿겠지만, 나는 들었단다.'

'믿어요, 할아버지.'

할아버지는 그날 이후로 여행에 관한 이야기를 하지 않으셨다. 가끔 입양한 날쌘느림보의 사진을 들여다보며 지금쯤 대양을 누비고 있으려나 중얼거릴 뿐.

담희는 할아버지가 날쌘느림보의 사진을 들여다볼 때마다 '지금 곁에 있어요. 약속을 지켜 줘서 고마워요.' 말하는 할머니의 목소리가 들리는 것 같았다. 마치 자신이 직접 듣기라도 한 것처럼 선명한 목소리였다. 그 말을 들을 때마다 담희는 뭔가 중요한 걸 잊고 있는 것 같은 기분이 들었다.

"구청 소식지에 전국 봄나들이 소식 있던데요. 3월 중순에 광양에서 매화축제 한다니까 지금쯤 피기 시작했겠네요. 다녀오세요. 책방 걱정 마시고."

"같이 갈래?"

할아버지가 담희를 돋보기안경 너머로 건너다보며 물었다. 물끄러미. 담희를 다독이는 듯한 깊고 따뜻한 눈빛이었다.

작년 겨울, 책방으로 돌아온 담희에게 '책방이 힘들었니?' 묻던 할아버지의 눈빛도 그랬다. 책방 안을 유령처럼 떠도는 담희에게 대답을 강요하지도, 다른 질문을 하지도 않았다. 그저 그 눈빛으로 다독다독 담희를 안아 주셨을 뿐.

"고모랑 다녀오세요. 다음 여행 땐 꼭 같이 가자고, 고모가 버럭거렸잖아요."

담희의 대답에 할아버지는 흠, 한숨을 뱉었다.

"너무 책방에 매여 있지 않아도 돼. 늙으면 돌아다니는 것도 힘들어."

"잘만 다녀오셨으면서. 그 나이에 배낭여행 다니는 분, 할아버지밖에 없을 거예요."

"경험자의 말이야. 5년만 젊었어도 더 멀리 갔을 거야. 칠레나 이탈리아 아니면 스페인으로."

"다 할아버지가 좋아하는 작가들의 고향이네요."

대답 없이 할아버지는 담희를 바라보았다. '좋아하는 작가'를 발음하는 담희의 목소리가 저절로 흔들렸다. 심장이 이유 없이 따끔거렸다.

"음, 커피 좀 사 올게요. 혹시 뭐 마시고 싶은 거 있으세요?"

할아버지의 시선을 피해 담희는 책방을 나서며 물었다.

"됐다."

호주머니에서 홍삼 캔디를 꺼내 보이며 할아버지가 말했다. 담희는 가볍게 고개를 끄덕이며 책방을 나왔다.

차갑던 날씨에 희미하게 온기가 스미고 있었다. 긴 겨울이 끝나고 천천히 봄이 오고 있었다. 담희는 브런치 카페로 들어서며 채린에게 인사를 건넸다.

"다음 주 정도면 테라스를 오픈해도 될 것 같지?"

채린이 휘핑크림을 잔뜩 얹은 커피를 건네며 말을 걸었다.

"황사랑 미세먼지만 아니면 기온은 괜찮을 것 같아요."

"그놈의 날씨. 미세먼지 때문인가, 요새 모린이 맨날 감기야. 그러면서 마스크는 안 한대. 하여간 일곱 살 되더니 말을 너무 안 들어."

채린이 고개를 절레절레 흔들며 툴툴거렸다. 담희는 휘핑크림을 떠먹으며 희미하게 웃었다. 채린과 함께 있으면 어쩐지 마음이 아프면서 편했다. 그녀의 미간을 보면 언뜻 떠오르는 기묘한 감정. 이게 무슨 감정인지 담희는 알 수가 없었다.

"왜 그렇게 봐? 꼭 우리 엄마가 날 쳐다보는 눈빛이네."

"네?"

"우리 친정 엄마, 요새 날 보면 꼭 담희 씨가 날 보듯 그렇게 쳐다봐. 뭐 하나 잃어버린 사람 같은 눈빛이라고 해야 하나?"

"뭘 잃어버린 건지는 모르겠는데, 언니를 보면 막 그리운 그런 느낌이 있어요. 전생에 언니랑 운명이었나? 싶은 뭐 그런 느낌이랄까."

채린이 피식 웃었다.

"그만 가 볼게요. 오후에 헌책 매입하는 거 할아버지가 알려주신댔거든요."

"담희 씨 엄마가 취직하라고 압박이라더니, 그냥 책방으로 마음 굳혔나 봐."

"모르겠어요, 아직. 그냥 지금은 뭔가 텅 비어 버린 것 같아서 거길 뭘로 채워야 하나 생각하는 중이에요."

담희는 무심히 커피를 들고 카페를 나왔다.

※

채운은 느릿느릿 걷는다. 앞서 걷는 담희의 긴 그림자를 자박자박 밟으며 그녀의 길어진 머리카락이 느릿느릿 흔들리는 걸 본다. 따뜻한 햇살이 담희를 담뿍 쓰다듬고 있는데, 그녀는 여전히 추워 보인다.

벚꽃이 화사한 거리, 살랑 부는 바람에 꽃잎이 화드득 날린다. 담희가 걸음을 멈추더니 멍하니 날리는 꽃잎을 바라본다. 아득하게 가라앉는 눈망울. 그녀는 금방이라도 울 것 같은 표정이다.

그녀는 채운을 잊으면서, 웃는 법도 함께 잊은 것 같다. 채운은 자신의 이기심이 그녀의 웃음을 뺏은 것 같아서 마음이 아프다. 자신이 그녀에게 사귀자고 하지 않았다면, 그녀는 여전히 발랄하게 웃으며 살고 있을 텐데.

어쩌면 그래서 자신이 완전히 소멸하지 못한 게 아닌가 하고 채운은 생각한다. 웃음을 잃은 그녀를 보며 고통받으라고, 뭔가를 찾듯 공허한 표정의 그녀를 보며 아파하라고, 그녀 곁에 머물며 오래오래 자신의 이기심에 대한 벌을 받으라고.

새로 돋은 담쟁이 이파리로 젊어지고 맑아진 것 같은 헌책방 앞에서 담희는 또다시 멈춰 선다. 그러곤 창문 너머로 책방 안을 가만히 들여다본다. 채운은 느릿하게 그녀의 곁으로 다가가 창문에 비친 담희를 바라본다.

그녀는 창가에 진열된 책들을 무심히 보고 있다. 한때는 채운의 책으로 가득했던 공간. 지금은 이즈음 인기 있는 소설들이 진열되어 있다.

담희의 머리카락에 벚꽃 잎 한 조각이 붙어 있다. 채운이 후, 입김을 분다. 희미한 바람이 그녀의 머리카락에서 살랑 꽃잎을 밀어 올린다.

고작 그 정도. 채운이 그녀에게 해 줄 수 있는 최선. 바람의 기운을 느낀 담희가 설핏 채운을 돌아본다. 그녀와 시선이 마주친다. 자신을 보지 못하는 그녀의 눈동자가 느리게 깜박인다. 윙크하듯 닫히는 그녀의 눈동자.

문득 또각거리는 구두 소리가 다가온다.

"안녕하세요?"

그리고 담희에게 인사를 건넨다. 화란이다. 담희가 화란을 바라보더니 의아한 얼굴로 가볍게 고개를 숙인다.

"누구⋯⋯시죠?"

담희가 화란의 황갈색 눈동자를 빤히 바라보다 조심히 묻는다.

"그냥⋯⋯ 책방 손님이에요."

"아, 그래요?"

대답은 하지만 담희의 눈동자에 미심쩍어하는 빛이 어린다. 이렇게 인상적인 손님을 기억하지 못한다는 게 이해되지 않는 것 같다.

화란은 가볍게 담희에게 고개를 끄덕이고는 길가의 붉은 스포츠카로 향한다. 짧게 채운에게 눈짓을 보내며.

담희는 스포츠카로 걸어가는 화란을 오래 바라본다. 갸웃, 고개를 기울이며 생각에 잠기는 것 같다. 채운은 화란의 스포츠카 조수석에 몸을 밀어 넣는다.

"네 영혼에 저 여자가 닻을 내렸군. 그러니 소멸하지 못한 거겠지만."

화란이 말한다. 채운은 말없이 사이드미러로 담희를 바라본다. 그녀는 한동안 스포츠카를 바라보고 있더니 느릿느릿 책방으로 들어간다.

— 책을 완성하지 못했어.

채운이 불쑥 말한다.

"책?"

— 담희에게 선물하려고 했는데. 미처 끝내지 못했어. 그게 마음에 걸려.

"어차피 기억하지도 못할 선물이야."

― 기억하지 못하는 건 상관없어. 잠깐이나마 그녀가 좋아하는 걸 보고 싶었던 거니까.

채운의 말에 화란이 질투 나네, 중얼거린다. 침묵이 스포츠카 안을 떠돈다. 차창으로 꽃잎이 파라락 날려 떨어진다. 그 궤적을 눈으로 좇던 화란이 무심히 입을 연다.

"원한다면…… 소멸시켜 줄게."

채운이 처음으로 화란을 돌아본다.

"이렇게 한없이 떠도는 거, 그만해도 돼."

채운이 흠, 한숨을 쉬더니 책방을 돌아본다.

― 약속했어. 옆에 있겠다고.

"기억 못 하잖아."

― 난 기억해.

"그게 무슨 소용이야. 저쪽이 채운 씨를 기억 못 하는데. 다 잊었다고. 한쪽이 기억하지 못하는 건 약속도 뭣도 아니란 말야!"

화란이 화가 난 듯 버럭 소리를 지른다. 채운이 삐딱한 표정으로 화란을 보더니 대답한다.

― 난 내가 선택한 게 아니면 절대 안 해. 하지만 내가 선택한 건, 끝을 봐. 내가 원해서 한 약속이야. 끝을 봐야지.

화란이 지그시 입술을 깨문다.

"외로울 거야. 그녀가 살아 있는 긴 세월을 넌 혼자 떠돌아야 할 테니까."

― 다행이네. 그녀의 늙어 가는 모습을 어쨌든 볼 수 있게 되었잖아.

채운이 빙그레 웃는다. 슬프게 반짝이는 미소. 채운은 미소를 남긴 채 스포츠카 밖으로 빠져나간다. 돌아서던 채운이 문득 생각난 듯 고개를 숙여 차 안을 들여다보며 말한다.

― 용서해 줄게. 날 평범하게 구하지 않은 것. 그리고…… 내 자전거 앞으로 달려들었던 것도. 마지막에라도 나를 놔준 덕에 그녀와의 약속을 지킬 수 있게 되었으니까.

화란의 눈동자가 커진다.

"알고…… 있었어?"

채운은 무심히 어깨를 으쓱해 보인다. 그러곤 허리를 펴고, 그의 영혼에 닻줄을 내린 담희에게로 걸음을 옮긴다.

남겨진 화란은 멀어지는 채운을 바라본다.

자신이 자전거 앞으로 달려들었던 그 삵이란 걸, 사람이 아닌, 숲속에서 그의 뒤를 따르던 짐승이란 걸 채운이 알고 있었단 거야? 다 알면서 어떻게 10년간 한 번도 그 이야길 하지 않은 거지? 어떻게 단 한 번도 자신을 괴물 보듯 하지 않을 수가 있었던 거지?

화란은 이해할 수가 없다. 책방을 향해 망설임 없이 걸음을 내딛는 채운을 바라보는 화란의 눈동자가 혼란과 충격, 의심과 당황으로 흔들린다.

채운이 책방 안으로 사라지고 나서도 오래 책방을 바라보고 있던 화란은 천천히 깨닫는다. 자신이 채운의 곁에 10년을 붙어 있었지만, 그에 관해 아는 것이 아무것도 없었다는 걸.

"고3이 아주 출근 도장을 찍네."

언제나처럼 빈백 의자를 아지트 삼아 로맨스 소설을 읽고 있던 묘랑이 막 책방으로 들어서는 지구를 향해 중얼거렸다.

"책방 지박령한테 그런 소리 듣고 싶지 않거든."

"누가 지박령이야?"

"취업 준비 안 해? 아주 책방이 자기 집이지?"

"책방이 집이면 좋긴 하겠다."

지구의 말에 묘랑이 뜬금없이 중얼거리더니, 빤히 지구를 바라보았다.

"왜? 왜 보는데? 무섭게."

"그냥. 갑자기 우리 지구 많이 컸다 싶어서."

"헐."

지구는 어이없다는 듯 뜨악한 표정으로 묘랑을 쳐다보더니, 계산대의 담희를 향해 물었다.

"왜 저래요?"

"이 책방 찾은 지 꼭 444일이 되는 날이래, 오늘이. 그래서 세상이 새롭게 보인대."

계산대에 앉아 멍하니 즉석카메라를 바라보며 담희가 대답했다.

"별……. 444는 뭐냐. 하여간 마녀."

지구는 어이없는 표정으로 묘랑을 바라보더니, 이번엔 카메라를 들여다보며 멍한 담희를 바라보았다.

"누나는 또 왜 그래요?"

"나? 나 뭐?"

담희가 멀뚱히 지구를 바라보았다.

"책방 분위기 진짜……."

그 멍한 표정을 바라보던 지구가 조그맣게 중얼거리더니 자신이 좋아하는 장르의 책이 꽂힌 책장 사이로 들어가 버렸다. 묘랑은 로맨스 소설을 읽다가도 뭔가 감회가 새로운 듯 말없이 책방을 둘러보고 있었다.

담희는 서랍 안쪽에 들어 있던 즉석카메라를 바라보며 자신이 이걸 언제 샀더라, 생각하고 있었다. 뭔가 중요한 이유가 있어서 샀던 것 같은데, 기억이 나질 않았다.

담희는 즉석카메라로 자신의 모습을 찍었다. 아직 필름이 들어 있었는지 하얗게 찍힌 사진이 나왔다.

"되네."

담희는 카메라를 들고 책장 사이로 걸음을 옮겼다. 햇살이 예쁘게 들이치는 창가의 책장을 한 장 찍어 볼 생각이었다. 고즈넉하고 예쁜 책방의 하루, 뭐 그런 이름이면 될까, 막연히 생각하며 카메라를 들어 올리던 아주 짧은 찰나, 담희는 창가에 서 있는 남자를 본 것 같았다.

창문으로 들이치는 햇살을 온몸으로 받으며 팔짱을 낀 채 책장에 기대서 있는 남자. 삐딱하게 빼 문 입술 끝에 슬픈 듯, 따뜻한 듯 묘한 미소를 담고 선 남자.

남자의 이미지는 금방 담희의 뇌리에서 사라졌지만 그 그리운 듯 아픈 미소는 담희의 심장을 이상할 정도로 깊이 파고들었다.

담희는 아무도 없이 햇살만 가득한 창가에 선 채 천천히 주변을 둘러보았다. 심장이 불규칙적으로 뛰고 있었다. 아득하고 멍한 기분으로 담희는 카메라를 꽉 움켜쥐었다.

야옹, 계산대의 고양이 울음소리가 들렸다. 담희는 황망한 걸음으로 후다닥 계산대로 나왔다. 계산대 앞에 화란이 서 있었다.

"안녕하세요?"

화란이 인사를 건넸다. 자신도 모르게 멈칫거리던 담희는 뒤늦게 "어서 오세요." 인사를 건네며 계산대로 들어갔다.

한 달 전쯤 길에서 본 여자였다. 책방 손님이라고 자신을 소개했던 지나치게 아름다운 여자.

그때도 그랬지만, 이상하게 껄끄러운 기분이 드는 여자였다. 특히 여자의 황갈색 눈동자가 자신을 물끄러미 바라보면 심장 안쪽에서 왈칵 어둠이 솟구치는 기분이 들었다.

화란은 담희가 쥐고 있는 카메라를 물끄러미 바라보더니 뭔가를 생각하듯 조심스럽게 말을 걸었다.

"사진 찍는 거 좋아하나 봐요."

"글쎄요."

담희는 어색하게 어깨를 으쓱해 보이며 카메라를 계산대 한편에 내려놓았다. 담희를 물끄러미 바라보던 화란이 나긋한 목소리로 중얼거렸다.

"기억을 저장하기에 좋은 기기죠. 카메라는."

그러곤 책 한 권을 계산대 위에 내려놓았다. 인어 공주 동화책이었다. 책의 가격을 확인하는 담희를 화란이 말없이 바라보고 있었다.

"3천 원입니다."

무심히 담희가 책을 내밀었다. 화란이 책을 받아 들더니 책 표지를 잠깐 내려다보았다. 인어 공주가 바닷가 바위에 앉아 지나가는 범선을 바라보고 있었다. 화란은 인어 공주를 손끝으로 톡톡 두드렸다. 담희는 화란의 손끝을 바라보며 그녀가 책값을 계산하길 기다렸다.

"인어 공주는 자신과 다른 존재를 사랑했죠."

"네?"

갑작스러운 화란의 말에 담희가 고개를 들었다. 화란이 담희 곁의 책장 어딘가를 막연히 바라보고 있었다. 담희는 그녀의 시선을 따라 고개를 돌렸지만, 책장 사이는 텅 비어 있었다.

"같은 인어 종족이 아닌 사람을. 어차피 이루어질 수 없는 관계였을 거예요."

담희에게로 시선을 옮긴 화란이 한동안 물끄러미 그녀의 눈동자를 들여다보았다. 황갈색 눈동자가 기묘하게 반짝였다.

"아직, 기회를 놓치지 않았어요. 다행히."

"무슨…… 기회요?"

담희의 되물음에 화란은 담담히 미소를 지었다.

"너무 오래 걸리지 않길 바랄게요."

의아해하는 담희에게 가볍게 고개를 끄덕여 보인 화란이 3천 원을 내려놓고는 책방을 나갔다.

"아, 손님. 책……."

담희는 닫히는 문을 멍하니 바라보다 계산대에 놓인 책을 발견하고는 후다닥 책을 들고 책방을 달려 나갔다. 하지만 이미 여자의 붉은 스포츠카가 골목을 돌아 사라지는 중이었다.

담희는 사라지는 스포츠카를 한동안 바라보다 쥐고 있던 책을 내려다보았다. 그 여자가 무슨 말을 한 건지 알 수가 없었다.

하지만, 뭔가 의미가 있는 말이었다. 막연히 담희는 그렇게 느꼈다.

모퉁이를 돌아 나가는 화란의 스포츠카 앞으로 채운이 불쑥 나타난다. 화란은 천천히 차를 세운다. 채운이 팔짱을 낀 채 운전석의 화란을 물끄러미 바라보다 조수석으로 미끄러져 들어간다.
- 무슨 의도야?
"의도 같은 거 없어."
채운이 천천히 눈썹을 끌어 올린다.
- 그럼 왜 온 건데? 책방에.
화란이 씁쓸하게 미소를 짓더니 창밖을 물끄러미 바라보다 불쑥 입을 연다.
"사과 농장에서 채운 씨를 처음 봤어."
뜬금없는 그녀의 말에 채운이 천천히 팔짱을 낀다.
"채운 씨는 사다리에 올라앉은 채 사과를 따고 있었어. 묵묵히. 사과를 따는 채운 씨가 내 눈엔 이상할 정도로 선명하게 보였어. 채운 씨 주변에만 햇살이 내리고 있는 것처럼 환하게 말이야. 부지런히 손을 놀리다 문득 바람이 불자 하늘을 올려다보며 미소를 짓는 거야. 햇살이 그 미소 위로 춤추듯 반짝였어. 그 모습에…… 심장이 뛰었지. 우습게도. 사람도 아닌 내가 사람인 채운 씨를 보고 사랑에 빠진 거야."
화란이 채운을 흘깃 보더니 조금은 슬프게, 조금은 담담히 미소를 짓는다.
"미안해. 달리는 자전거 앞으로 달려들어서. 다치게 할 생각은 아니었어. 그냥…… 내 곁에 채운 씨를 붙들어 두고 싶다고,

단순하게 그것만 생각했어."

― 이미 용서했다고 했잖아.

무심한 채운의 말에 화란은 맥없이 웃으며 고개를 끄덕인다.

"내 존재가 궁금하지 않았어?"

채운은 어깨를 으쓱해 보인다. 화란이 풋 힘없이 웃는다.

"나에게 아예 관심이 없었구나."

웃음 끝에 씁쓸히 중얼거린다.

― 네가 어떤 존재인가를 궁금해할 틈이 없었어. 나에게 일어난 일에 적응하느라.

채운의 말에 화란이 흠, 길게 한숨을 뱉는다. 그러더니 분위기를 환기시키려는 듯 가볍게 자세를 고쳐 앉는다.

"아직 기회가 있어. 전에 말했지? 바늘 끝 같은 확률이지만 기회가 있다고."

채운이 눈썹을 끌어 올리며 화란을 돌아본다.

"채운 씨의 삶을 찾을 수 있는 기회야."

― 뭐?

"책방 여자, 담희라고 했나? 그 여자가 여전히 채운 씨를 담고 있어. 그 눈 안에."

― 그래서?

"그 여자가 기억해 내기만 하면, 채운 씨를 다시 떠올리기만 하면, 채운 씨는 원래의 삶으로 돌아갈 수 있어. 완벽하게."

화란의 말을 곱씹던 채운이 하! 헛웃음을 웃는다.

담희가 찾았던 답이 맞았어. 기억이 존재라던 그녀의 확신에 찬 말들이 선명히 떠오른다. 의지에 찬 그녀의 표정과 새콤하던 그날의 키스도.

― 담희의 말이 맞았어.

그가 다시 원래의 삶으로 돌아갈 수 있는 기회가 있다는 사실보다 그녀의 말이 맞았다는 게 어쩐지 더 기쁘다.

채운의 얼굴에 천천히 미소가 어린다.

※

봄의 끝자락, 성큼성큼 여름이 다가오고 있었다.

담희는 날이 갈수록 자신 안의 텅 빈 공간이 커지는 걸 느꼈다. 그 공간 안으로 슬픔이 들어찼다가 눈물이 들어찼다가 어느 순간엔 아무것도 남지 않기도 했다. 그렇게 텅 비어 버리면 담희는 껍질만 남겨진 듯한 기분이 되기도 했다.

텅 빈 채 멍하니 책방 안을 떠다니는 작은 먼지들을 눈으로 좇다 보면, 담희는 불쑥 죄책감을 느꼈다. 그 죄책감이 어디서 오는 건지 그녀는 알 수가 없었다.

날씨는 하루가 다르게 더워졌다. 담희는 뒤뜰의 문을 활짝 열고는 멍하니 뜰을 바라보았다. 따끔거리는 햇살이 잘그락거리는 돌조각 위로 눈부신 춤을 추고 있었다. 방풍막을 걷어 낸 지 얼마 된 것 같지도 않은데……

담희는 그 방풍막을 누가 쳤더라, 갸웃 고개를 기울였다. 그 순간 뜬금없이 슬퍼졌다. 이런 식으로 불쑥불쑥 찾아오는 슬픔에 담희는 어떻게 대처해야 할지 몰랐다.

담희는 슬픔을 꿀꺽 삼키며 계산대로 돌아왔다.

오전 내내 수선하고 있던 책들이 계산대 위에 어지럽게 흩어져 있었다. 계산대 맨 아래 서랍장을 열고 풀이며 접착제며 천

조각들을 꺼내 놓고 해지고 낡은 책들을 꼼꼼히 붙이고 다듬는 행위는 잡생각을 날리기에 나름 괜찮은 방법이었다.

담희는 풀로 붙인 책들을 무거운 책 상자로 눌러 놓고, 서랍을 정리하기 시작했다. 멋대로 뒤섞인 책 수리 용품들을 차곡차곡 정리하던 담희는 책 안쪽에 덧대거나 붙이는 데 쓰려고 쌓아 둔 한지 더미 사이에서 책 한 권을 발견했다.

"어라. 왜 여기 책이……."

《캡틴 로이드의 환상동화》

담희의 얼굴에 반가운 미소가 어렸다.

"이 책이 있었네."

"뭐 해?"

책방 문이 활짝 열리며 문학 아주머니가 들어왔다.

"안녕하세요?"

"혼자 있네. 할아버지는?"

"여행 가셨어요."

"뒤늦게 바람나셨네."

담희의 말에 문학 아주머니는 고개를 끄덕이더니 하하 웃었다.

"그러게요."

"이거 주려고. 봄이라고 문화센터 화단에 꽃 심고 있어서 한 송이 얻어 왔지."

아주머니가 1회용 플라스틱 화분에 담긴 꽃을 내밀었다.

"아……. 팬지네요."

작고 여린 꽃잎이 담희를 말갛게 올려다보고 있었다.

"나 요새 영어 배우는데, 팬지 꽃말 배웠잖아. I always think

of you. Remember me. 나 발음 좀 괜찮나?"

"항상 당신을 생각해요. 나를⋯⋯ 기억해 줘요."

담희가 멍하니 팬지의 꽃말을 되뇌었다. 단어 하나하나를 발음하는 담희의 심장이 이상하게 쓰리고 아렸다.

"낭만적이지? 나 아롱다롱 모임 있어서 바로 가야 해. 그거 화분 바꿔 심어야 오래갈 거야."

예쁜 스카프를 살랑살랑 흔들며 문학 아주머니가 책방을 떠났다.

아주머니가 떠나는 것도 모른 채 담희는 멍하니 작은 화분을 바라보고 있었다. 몸 안의 텅 빈 공간으로 천천히 바람이 스며들고 있었다. 쏴아아아아⋯⋯. 바람 소리가 담희를 천천히 흔드는 것 같았다.

입술을 잘근 깨물며 작고 여린 꽃잎을 바라보고 있자 뜬금없이 눈물이 핑 돌았다.

"아, 왜 이래? 나."

눈가를 쓱 훔치며 담희는 답답한 한숨을 뱉었다. 그러곤 자리에서 일어서려다 멈칫 굳어졌다.

"처음 산⋯⋯ 꽃이야. 팬지는, 팬지는 시들지⋯⋯ 않는 꽃⋯⋯."

당황한 목소리로 담희가 중얼거렸다. 몸 안의 바람이 점점 커지고 있었다. 작고 연약한 팬지꽃이 돌이 되어 담희의 심장으로 파고드는 것 같았다.

"하아⋯⋯."

담희가 길게 숨을 뱉었다. 횡경막이 꾹 조여들며 숨쉬기가 어려웠다. 두서없이 이미지가 떠올랐다. 루비처럼 붉은 리본, 조명에 반사되던 브로치, 서툰 시어들 사이 살짝 닿던 입술.

자신을 말갛게 올려다보고 있는 팬지를 향해 손을 뻗던 담희는 자신의 손에 들려 있는 책을 낯설게 바라보았다. 캡틴 로이드가 자신을 바라보며 싱긋 미소를 짓고 있었다.

캡틴 로이드.

'날 잊지 않으면 난 언제, 어디서나 존재해. 그러니까 잊지 말고 날 기다려. 그럼 다시 데려갈게. 환상의 세계로.'

담희의 귓가로 마지막 대사를 읊던 자신의 목소리가 지나갔다.

그 목소리 위로 겹쳐지던 목소리가 있었는데……. 분명 그때 누군가……. 캡틴 로이드 대신 아침마다 외우던…….

담희의 눈동자가 천천히 벌어졌다. 입가로 가져가는 손이 바르르 떨렸다.

"맙소사……. 채운 씨……."

심장 속에 박혔던 팬지가 가시가 되어 일시에 솟구쳐 올랐다. 날카롭게 돋은 가시가 심장을 뚫고 올라와 목구멍을 후벼 파는 것 같았다. 바람이 태풍이 되어 그녀의 심장을 움켜쥐고 폐와 함께 갈가리 찢어발겼다.

지독한 통증이 그녀의 온몸을 집어삼켰다. 눈물이 후두둑 떨어졌다.

"하아……. 내가, 내가 잊고 있었어. 내가. 그 사람을."

담희의 목소리가 이지러졌다. 언어가 되다 만 울음이 눈물과 함께 쏟아졌다.

"어떡해. 어떡해……. 흑, 잊지…… 않겠다고……. 잊지 않겠다고, 흑, 약속, 했는데……. 아…… 아…….."

비명 같은 울음이 책방을 가득 채웠다. 캡틴 로이드 책을 꽉 끌어안은 담희가 그대로 바닥에 웅크려 앉았다. 울음 속에 담긴 고통이, 슬픔이, 비명이 조용하던 책방을 흔들고, 채우고, 집어삼켰다. 세상이 온통 그녀가 토해 내는 울음으로 가득 찼다.

담희가 운다.
뒤뜰의 햇살 아래 서 있던 채운이 담희를 돌아본다. 쪼그려 앉은 그녀가 절규하듯 울음을 쏟고 있다. 울음 속에 담긴 고통이 채운을 집어삼킨다. 채운은 성큼 한달음에 그녀의 곁으로 다가간다. 고통이 절절이 서린 울음이 채운의 심장을 아프게 후벼 판다.
— 무슨 일입니까?
쪼그려 앉은 그녀에게 다급히 손을 뻗으며 채운이 묻는다.
— 왜 울어? 무슨 일인데!
채운의 말은 그녀의 귓가에 닿지 못한다. 대신 담희의 말이 채운의 귀를 파고든다.
"미안해요. 미안해요. 미안해요. 채운 씨…….."
울음과 함께 쏟아져 나오는 단어들. 채운은 그 자리에 얼어붙는다. 그녀가…… 자신의 이름을 부르고 있다. 그녀의 입에서 나오는 자신의 이름은 낯설고 따뜻하다. 심장이 왈칵 날뛴다.
세상이 이지러지고, 흔들리고, 뒤틀린다. 시야가 뿌옇게 흐려진다. 뜨거운 공기가 사방에서 소용돌이친다. 소용돌이가 채운을 집어삼킨다. 빛이 따갑게 쏟아져 내린다. 채운을 감싸고 휘돌던 공기가 부서지는 빛 조각이 되어 일시에 사방으로 퍼진다.
"하아······."
채운의 긴 한숨이 빛 조각을 헤집으며 공기를 진동시킨다.

끝없는 울음을 울컥울컥 쏟아 내는 담희의 머리 위로 길게 그늘이 졌다.
"의외로 울보네."
나지막이 속삭이는 목소리에 담희가 멈칫 고개를 들었다. 눈앞에 채운이 담희를 마주 보며 쪼그리고 앉아 있었다.
"건망증도 심하고."
채운이 삐딱한 표정으로 담희의 머리카락을 천천히 쓸어 넘겼다. 눈물이 그렁그렁한 눈으로 담희가 그런 그를 멍하니 바라보았다.
"게다가 반응도 느려."
그가 빙그레 미소를 지었다. 매력적으로 말려드는 입꼬리를 멍하니 바라보던 담희가 천천히 눈을 깜박였다. 눈물로 젖은 얼굴 위로 또다시 눈물이 또르르 굴러 내렸다.
"나, 돌아왔습니다."
채운이 설핏 물기가 도는 눈으로 담희를 보며 속삭였다. 바르르 떨리는 입술을 앙다물던 담희가 조심스럽게 그의 얼굴을 만졌다. 손끝에 닿는 따뜻한 감촉. 실제적이며 강렬한 사람의 온기.
와락 울음을 터트리며 담희가 그의 목에 팔을 감았다. 담희의 무게에 채운이 바닥에 주저앉았다. 그에게 매달리는 담희를 채운은 그대로 꽉 끌어안았다.

품 안 가득 그녀가 들어왔다. 그녀의 심장 울림이, 그녀의 숨소리가, 그녀의 향기가, 그녀를 구성하는 모든 것들이 그의 품으로 가득 들어왔다.

"하아."

채운의 긴 한숨이 그녀의 심장으로 스며들어 울음을 쏟고 있는 가시를 어루만지고, 쓰다듬었다.

"미안해요. 잊어서. 잊고 있어서."

담희가 그의 어깨에 얼굴을 묻고 웅얼웅얼 속삭였다. 목소리 끝에 매달린 눈물이 그의 옷깃을 축축하게 적셨다.

"미안합니다. 사라져서."

낮게 잠긴 그의 목소리가 맞닿은 담희의 피부를 통해 들리는 것 같았다. 이게 현실인 걸까? 그녀는 눈물로 얼룩진 얼굴을 들어 그의 얼굴을 살폈다.

"이제 완벽히 돌아온 거죠?"

채운은 담희의 눈동자에 비치는 자신의 모습을 보며 빙그레 미소를 지었다.

그녀의 눈동자가 흔들림 없이 자신을 향하고 있었다. 담희의 눈동자에 자신의 모습이 비치고 있다는 사실이 채운에게 현실감을 얹어 주었다.

"완벽히. 그럴 겁니다."

채운은 화란이 했던 말을 떠올리며 대답했다.

"다시 사라지면 용서 안 할 거야. 정말로."

그에게 매달려 울음과 웃음이 뒤섞인 목소리로 담희가 말했다. 채운이 빙그레 미소를 지으며 담희를 더 꽉 끌어안았다.

## 11.

"나 좀 다녀오마."
할아버지가 자리에서 일어섰다.
"어디요?"
새로 매입한 책들의 상태를 확인하던 담희가 고개를 들었다.
"비자 발급 알아봐야 해."
"네? 또 어디 가시려고? 하여간, 그래서 언제 오실 거예요?"
"왜? 현 작가랑 데이트 있냐?"
할아버지가 빙그레 웃으며 담희를 돌아보았다.
"아, 아니. 그건 아닌데……."
"맨날 붙어 지내면서 아니긴. 그냥 책방에서 놀아. 나가지 말고."
"아, 우리가 무슨 애들이에요. 놀게."
당황한 담희가 빨개진 얼굴로 툴툴거렸다. 할아버지는 빙그레 웃으며 담희를 향해 놀리듯 말했다.

"애나 어른이나 잘 놀아야 성격 좋아져. 요새 잘 놀더니 현 작가 성격 좋아진 거 봐라."

"아, 아니 원래 성격이 그렇게 나쁘지는……. 그래요, 원래부터 좋은 성격은 아니었던 것 같네요."

담희가 피식 웃으며 중얼거렸다.

"나갔다 오마."

할아버지가 막 문을 열고 나가려는데 문이 열리면서 채운이 들어왔다.

"어디 가십니까?"

"양반 되긴 글렀네, 현 작가도. 재밌게 놀게나."

할아버지가 클클 웃으며 책방을 나갔다. 할아버지의 뒷모습을 바라보던 채운이 담희를 쳐다보며 물었다.

"내 얘기 했어?"

담희는 생긋 웃으며 가볍게 어깨를 으쓱해 보였다.

"내 욕 했군."

담희의 표정을 바라보던 채운이 그럴 줄 알았다는 듯 고개를 끄덕이며 중얼거렸다.

"설마. 우리 멋진 채운 씨, 욕할 데가 어딨다고?"

"했네, 했어. 내 욕."

담희의 말에 채운이 눈썹을 끌어 올리며 말했다. 담희가 하하, 웃으며 채운을 보며 물었다.

"글 많이 썼어요?"

"나보다 내 글에 관심이 더 많은 것 같습니다."

담희가 방긋 웃으며 채운을 바라보자 결국 채운이 한숨을 뱉었다. 그러곤 쥐고 있던 서류 봉투를 담희에게 내밀었다.

"뭐예요?"

"선물."

"선물?"

"작년에 주고 싶었는데, 좀 늦었습니다."

채운의 말에 담희가 눈을 깜박이다 서류 봉투를 열었다. '담벼락 헌책방'이란 제목의 글이 인쇄된 종이가 한 뭉치 들어 있었다.

"아, 그게…… 마음에 들지는 모르겠는데……."

민망한 듯 채운이 슬쩍 말꼬리를 끌었다.

"우와, 우와. 정말로 우와."

담희가 종이를 움켜쥔 채 조그맣게 중얼거렸다.

"채현 작가 신작이다. 아무도 안 읽은."

"아, 아니. 그건 채현 작가가 아니라 채운 작가가 담희 씨에게 주는 건데."

"됐고요. 난 채현 작가 책만 취급하는 주의라."

"뭐?"

채운이 어이가 없다는 표정으로 담희를 바라보았다. 삐딱하게 치켜뜬 눈을 흘깃 바라보던 담희가 히죽 웃었다.

"사랑해요."

"못 말린다, 진짜."

채운이 담희의 머리를 흩었다. 담희가 방긋 웃으며 종이를 꽉 끌어안았다.

종이 사이에서 엽서 한 장이 떨어졌다. 무늬 없이 밋밋한 하얀 엽서. 담희가 엽서를 집어 들었다.

깔끔하게 적힌 단 한 줄의 글.

「결혼합시다, 나랑.」

담희는 눈을 깜박이며 채운의 엽서를 들여다보았다.
가만히. 오래. 그러다 천천히 채운을 바라보았다. 채운이 삐딱하게 웃으며 팔짱을 낀 채 담희를 바라보고 있었다.
"이건 틀렸어요."
"뭐?"
"말로 해요. 직접."
채운이 빙그레 미소를 짓더니 담희를 흔들림 없이 바라보며 말했다.
"결혼합시다, 나랑."
"난 서른이에요."
"그런데?"
담희의 대답에 채운이 눈썹을 끌어 올렸다.
"하지만 서른 역시 마음이 시키는 걸 해도 되는 나이죠."
"하!"
"해요, 결혼. 나랑."
채운이 빙그레 웃으며 살짝 허리를 숙여 담희와 시선을 맞췄다. 상대의 심장을 살랑 흔드는 눈빛 속에 미소가 가득했다.
그 따뜻하고 반짝이는 눈으로 담희를 깊게 바라보던 채운이 그녀의 흘러내린 머리카락을 살짝 귀 뒤로 넘겨 주며 속삭였다.
"잘 부탁해, 오담희. 무르고 싶지 않을 거야. 절대로!"

"내가 하고 싶은 말이에요. 잘 부탁해요, 현채운 씨. 물러 달라고 해도 안 해 줄 거예요."

담희가 그의 입에 살짝 입을 맞추며 속삭였다.

The End

외전 1. 몰라도 되는 이야기 1

 햇살이 까랑한 창가에 서서 손을 내민다. 손을 통과한 햇살 사이 부유하는 먼지가 선명하다. 채운은 흠, 길게 숨을 뱉으며 창밖을 내다본다. 발랄하게 웃으며 걷는 사람들 위로 가을이 쏟아지고 있다.
 이렇게 몸이 사라져 버렸을 때, 채운은 할 수 있는 일이 없다. 이런 시간들을 버티기 위해 작업실 가득 퍼즐 책을 펼쳐 놓았고, 읽고 싶었던 책들을 뜯어서 사방에 펼쳐 놓기도 했다.
 하지만 그것으로도 길고 긴 시간을 다 보낼 수가 없을 때, 채운은 창밖을 내다보거나 거리를 걷거나 책방을 거닐었다. 관찰하고, 생각하고, 걷는 것. 그 외에 할 수 있는 일이 뭐가 있을까.
 창밖으로 보이는 책방 문이 열리더니 지구가 나온다. 늘 무표정하던 녀석의 얼굴이 어쩐지 유쾌해 보인다. 그 여자 때문이겠지. 책방 사장의 손녀딸, 오담희.

그녀가 온 지 2주나 됐나? 길지 않은 시간이었지만, 그녀가 온 이후로 책방을 드나드는 사람들의 얼굴이 미묘하게 바뀌고 있다는 걸 채운은 느낀다. 정적인 책방 안에 날아든 나비처럼, 오담희 주변으로 명랑한 활기가 팔랑팔랑 날아다니는 것 같다.

그녀를 떠올리는 순간, 채운은 어쩐지 오피스텔 안이 갑갑하게 느껴진다. 혼자 이렇게 멍하니 보내는 시간들이, 이미 익숙해졌다 생각했던 그 시간들이 무료하고 답답해진다.

채운은 느릿하게 오피스텔을 빠져나온다.

도로에 서서 맞은편 책방을 바라본다. 책방 앞에 서 있던 남자가 이쪽을 향해 손을 흔든다. 채운은 그 손짓을 무시하며 무심히 2차선 도로를 건넌다.

"오빠!"

등 뒤의 누군가가 발랄하게 외치며 채운을 스쳐 남자에게로 달려간다. 둘은 활짝 웃으며 팔짱을 끼고 도로를 따라 내려간다.

몸이 사라진 직후의 몇 년간 채운은 손을 흔드는 사람을 향해, 마주 인사를 건넸다. 처음 보는 것 같은데 아는 사람인가? 자문하면서. 하지만 상대가 자신이 아닌, 자신을 통과해 보이는 다른 누군가인 걸 뒤늦게 깨닫고는 늘 쓸쓸함을 곱씹어야 했었다.

이제는 상대의 반응이 자신이 아닌 다른 누군가를 향한 것이란 걸 당연히 받아들인다. 문제는 자신이 사라지지 않았을 때조차 가끔은 상대의 반응을 무시해 버리는 경우가 생겼다는 거지만.

카페테라스에는 손님이 많다. 채린이 테라스의 빈 테이블을 정리하고 있다. 말레이시아로 파견 근무를 나간 남편이 내후년에 돌아온다고 했던가?

 채린이 자신을 볼 때마다 걱정스러운 표정을 짓는다는 걸 채운은 알고 있다. 어릴 때부터 나이 차이가 많이 나는 누나는 늘 채운을 뿌듯하게 바라보곤 했는데, 이제는 대체 뭐가 잘못된 거지? 의심하고 근심하고 있다. 알지만 채운은 그녀에게 어떤 설명도 해 줄 수가 없다.

 책방 문이 열리더니, 담희가 카페로 총총히 달려간다.

 "안녕하세요?"

 활짝 웃는 얼굴로 채린에게 인사를 건네더니 카페 안쪽의 바리스타에게 말을 한다.

 "카페 모카요. 휘핑크림 가득 얹어 주세요."

 바리스타는 씨익 웃으며 담희에게 손가락으로 오케이 사인을 보낸다. 일상적이면서도 친근한 표정. 채운이 알기로 저 바리스타는 좀 무뚝뚝한 편이었다. 커피 만드는 솜씨는 최고였지만, 손님들과는 친근하게 지내는 걸 불편해하는 성격이었는데……. 그런데 웃는다. 담희를 향해, 친근하게.

 채운은 팔짱을 끼며 담희를 본다. 카페 입구에 서서 책방을 바라보고 있는 그녀는 무심한 듯 편안해 보인다.

 테이블 정리를 마친 채린이 담희에게 다가가더니 대화를 나눈다. 모린이의 유치원 생활 이야기, 어제 산 카펫 이야기. 그렇고 그런 이야기들을 늘어놓는 채린은 낯설다.

 채운은 채린의 미소 어린 얼굴을 바라보다 담희에게로 시선을 옮긴다. 평범한 하루의 이야기를 웃으며 나눌 만큼, 둘이 친해졌단 걸까?

채운은 담희가 신기하다. 별난 여자야. 사람들의 경계심을 풀어놓는 여자라니. 자꾸만 담희에게 시선이 가는 자신이 어색해 채운은 고개를 저으며 책방으로 향한다.

언제나와 같은 고요함이 가득한 책방. 채운은 계산대 위에 엎어져 있는 책을 흘깃 본다. 채운이 작업실에서 읽다 만 책과 같은 책이다. 채현 작가의 책을 좋아한다더니, 자기랑 책 읽는 성향이 비슷한 건가? 채운은 피식 웃는다.

책방 안은 편안하다. 아무것도 할 수 없는 상황은 똑같지만 이곳에선 시간이 느껴지지 않는다. 시간을 견디지 않아도 시간이 공간 속으로 소멸하는 느낌이다.

채운은 미로처럼 얽힌 헌책방을 거닐며 책장에 꽂힌 책들의 제목을 천천히 읽는다.

책의 순서가 일부 바뀌어 있다. 못 보던 책이 새로이 꽂혀 있기도 하다. 마치 '다른 그림 찾기'를 하는 듯한 기분으로 채운은 책장을 천천히 살핀다. 그러다 읽어 보고 싶은 책이 생기면 눈도장을 찍어 놓는다.

책방 문이 열리는 소리가 들리더니 담희가 커피를 들고 들어온다. 채운은 책장 사이로 흘깃 그녀를 본다. 담희는 곧장 계산대로 들어가 의자에 앉더니 엎어 놓은 책을 집어 든다. 그러곤 느릿느릿 책을 읽는다.

채운은 무심히 책방 사이를 걷는다. 커피의 크림을 핥는 소리, 컵이 계산대에 달그락 놓이는 소리, 책장을 넘기는 소리. 자신의 걸음 소리 대신 담희의 소리들이 자신을 자박자박 따라온다.

어쩐지 웃음이 난다. 책등을 눈으로 훑으며 걷는 채운의 얼굴에 편안한 미소가 어린다.

"엄……마……야……."

갑자기 겁먹은 듯한 담희의 목소리가 들린다. 채운이 갸웃 고개를 돌린다. 책장으로 가려진 계산대에서 담희가 중얼거리는 목소리가 희미하게 들린다.

"가까이 오지 마. 제발……. 그거 내 거지만 원한다면 한 스푼 떠 줄게. 그냥 가. 제발……."

채운이 계산대로 나가 본다. 담희가 몸을 잔뜩 움츠린 채 커피를 노려보고 있다.

"으……. 어쩌라고……."

하얗게 질린 채 뻣뻣하게 굳어 있는 담희의 모습이 무슨 석고상 같다. 채운은 담희의 시선을 따라 커피를 보고는 픽 웃는다. 벌 한 마리가 생크림 위에 뿌려 놓은 시럽 주변을 윙윙거리고 있다. 벌의 날갯짓을 따라 담희의 눈동자가 불안스레 흔들린다.

벌이 웽 하니 날아 크게 원을 그린다.

"엄마야!"

담희가 외마디 소리를 지르며 쥐고 있던 책이 방패라도 되는 양 어설피 책 사이에 얼굴을 묻는다. 채운은 슬며시 비어져 나오는 웃음을 참으며 그녀 곁으로 다가간다.

벌은 윙윙, 커피 주변을 벗어나지 못한 채 맴을 돈다.

채운이 벌을 향해 후, 길게 숨을 뱉는다. 벌의 날개가 희미하게 파라락 날린다. 그뿐. 하지만 그 작은 공기의 움직임에 벌은 당황한다. 날갯짓이 두서없이 휘감기고, 맴을 돈다.

세워 든 책 사이로 담희가 흘긋 고개를 든다. 채운이 입김을 몇 번 더 불자 벌은 그 자리에서 팔랑거리더니 활짝 열린 뒷문으로 날아간다.

담희의 눈이 휘둥그레지더니 벌의 날갯짓을 따라 고개를 쭈욱 빼고 내다본다.

"아, 간다!"

눈에 띄게 안도의 한숨을 뱉은 담희가 후다닥 자리에서 일어서더니 뒤뜰로 나가는 문을 꽉 닫는다. 그리곤 문에 기댄 채 혼자 히죽 웃는다. 채운은 만족스레 웃는 담희를 보며 천천히 팔짱을 낀다. 벌이 떠나서 웃는 건가? 뭐가 저리 단순해?

자리로 돌아온 담희가 커피 컵을 집어 들더니 남은 커피를 순식간에 벌컥벌컥 마신다. 입술가에 하얗게 남은 크림은 혀를 날름 내밀어 핥아 먹는다. 그녀를 바라보던 채운이 어이없는 표정으로 픽 웃는다.

그러다 문득, 자신이 이 여자의 행동에서 눈을 떼지 못하고 있다는 걸 깨닫는다. 눈길이 자꾸 가는 건 알고 있었지만, 거기에 더해 자꾸만 웃고 있다니. 채운은 그런 자신이 낯설다.

커피를 다 마신 담희는 다시 책을 펼친다. 채운은 억지로 고개를 돌린다. 시선 끝에 그녀가 펼쳐 드는 책의 페이지가 보인다. 장이 나눠지는 페이지인지 여백이 보이고, 다른 페이지에 새로운 장의 제목이 적혀 있다.

채운이 짧게 한숨을 뱉는다. 하필…….

담희가 읽기 시작하는 페이지가 채운이 읽다 둔 그 페이지다.

- 쯧.

불만스레 혀를 찬 채운이 담희의 곁에서 책을 들여다본다.

둘의 시선이 함께, 나란히 책 위를 달린다. 채운이 담희보다 글자를 읽는 속도가 빠르다. 채운은 담희가 페이지를 넘길 때까지 기다리며 읽었던 문장을 다시 읽는다. 담희가 페이지를 넘긴다.

글자를 읽고, 이야기를 음미하고, 그녀가 페이지 넘기기를 기다리는 시간. 채운은 어쩐지 편안해진다. 채운이 흘깃, 그녀를 본다. 그러다 담희의 눈동자가 움직이는 걸 본다. 글을 따라 천천히 움직이는 눈동자. 글자들을 쓰다듬는 것 같은 그녀의 눈동자.

문득 그녀가 고개를 돌리더니 자신을 바라본다. 채운의 시선과 담희의 시선이 마주친다. 온갖 생각들이 떠다니는 담희의 눈동자 속에는 채운이 없다. 하지만 그녀는 마치 그곳에 채운이 있다는 걸 알고 있는 것처럼 그렇게 바라본다.

전에도 그랬다. 사라진 채운이 책방에서 시간을 보내고 있을 때면, 자신이 그곳에 존재하고 있는 걸 느끼기라도 한 것처럼 담희는 자신이 서 있는 곳을 돌아보곤 했다.

- 내가 보입니까?

그럴 리 없다는 걸 알지만, 채운이 속삭이듯 묻는다. 담희의 눈동자가 느리게 닫혔다 열린다. 마치 그렇다고 대답하는 것처럼. 담희는 가볍게 어깨를 으쓱하더니 다시 책으로 시선을 돌린다.

그녀의 눈동자가 다시 글자들 위를 달리고, 채운은 피식 웃는다. 그러곤 담희와 함께 책을 읽는다. 나른한 가을의 오후, 책방의 시간이 천천히 흘러간다.

외전 2. 몰라도 되는 이야기 2

 겨울과 봄이 엇갈리는 시기. 담희가 어둠이 내린 거리를 걷고 있다. 여전히 차가운 밤공기가 맥없이 늘어진 그녀의 어깨를 쉼 없이 민다. 담희는 어깨를 움츠린 채 한없이 느리게 걷는다. 채운은 그 걸음에 보폭을 맞춘다.
 이즈음 그녀는 매일 걸어서 집에 간다. 걸으며 그녀는 가끔 멍하니 자신의 손을 내려다본다. 꽉, 꽉 움켜쥐어 보다가 이내 뚱한 표정으로 호주머니에 손을 푹 찔러 넣는다.
 채운에 대한 기억과 함께 웃음을 잃어버린 그녀. 웃지 않는 오담희는 오담희 같지가 않다. 채운은 그녀의 늘어진 어깨를 안아 주고 싶다. 혼자 멍하니 움켜쥐는 그녀의 손을 잡아 주고 싶다. 그 무엇도 할 수 없어서 채운은 그녀 곁에서 보폭을 맞추기만 한다.
 건널목에 서서 신호를 기다리던 그녀가 문득 손을 펼치며 하늘을 쳐다본다. 펼친 손 위로 작은 눈송이가 내려앉는다.

"눈 오네……."

채운도 하늘을 올려다본다. 바람결에 나풀나풀 자잘한 눈이 날린다.

신호등이 초록불로 바뀌었지만 담희는 움직이지 않는다. 그 자리에 멈춰 선 채 멍하니 하늘을 올려다보고 있다.

잊어버린 무언가를 되짚듯 아득해진 그녀의 눈동자가 어둠 속으로 녹아들 것 같다. 채운은 그녀의 얼굴 위로 내려앉아 눈물처럼 번져 가는 눈송이를 닦아 주고 싶다. 바람이 지나가는 거리, 사람들이 그녀를 스쳐 지나간다.

"저……."

어느 순간, 조심스러운 목소리가 들린다. 담희와 채운의 시선이 동시에 옆을 향한다. 언제 온 건지 중년의 여성과 건장한 젊은 남자가 곁에 다가서 있다.

"얼굴에 근심이 있어 보이네요."

"네?"

여자가 담희의 팔을 살짝 그러쥐며 온화하게 미소를 짓는다.

"타고난 덕이 있어, 행복하셔야 하는데 얼굴에 그늘이 있어요."

넋 나간 듯 하늘을 보던 담희는 멀뚱히 여자를 보고만 있다. 담희의 표정을 재빨리 살피던 여자가 은근한 목소리로 말한다.

"최근에 힘든 일이 있었죠?"

"네?"

"조상님이 아가씨를 따라다니고 있어요. 그래서 그런 거예요."

마치 바로 곁에 조상이 서 있기라도 한 것처럼 여자가 담희의 곁을 흘깃 바라보며 말한다. 채운의 어깨 어디쯤을 스쳐 가는 여자의 시선에 채운이 슬쩍 인상을 찡그린다.

"혹시 최근에 아프지 않았어요?"

"아……."

담희의 뜨뜻미지근한 반응에 여자는 좀 더 담희 곁으로 바짝 다가선다. 덩치 큰 남자가 사람들의 시선에서 담희를 분리라도 하듯 위치를 고쳐 잡는다. 채운이 눈썹을 끌어 올리며 팔짱을 낀다.

"그것도 아가씨를 따라다니는 조상 때문이에요. 아가씨처럼 미래에 광채가 비치는 사람을 내가 본 적이 없어요. 그런데 아가씨를 너무 예뻐한 조상님이 옆에 붙어 있는 바람에 아가씨의 미래가 딱 막혔단 말이에요."

- 이것 참.

채운은 담희를 둘러싸고 있는 남녀를 난감하게 바라보며 혀를 찬다. 하지만 담희는 그저 멀뚱히 여자를 보고만 있다.

- 오담희 씨. 사기꾼이야. 정신 차립시다.

들리지 않을 걸 알지만 채운이 담희의 귓가에 고개를 슬쩍 기울이며 말한다. 채운의 목소리 대신 팔랑거리던 눈송이가 그녀의 귓불에 내려앉는다. 가볍던 눈송이는 어느새 소담해져 그녀의 귀 끝에 하얀 눈꽃이 폈다 사그라진다. 찬 기운을 느낀 듯 담희가 고개를 든다.

"조상님도 좋은 곳으로 가야 하는데, 이렇게 아가씨 곁에 붙어 있으면 힘들지 않겠어요?"

여자가 담희의 팔을 살짝 당기며 묻는다. 담희가 새삼스레 여자를 보더니, 갑자기 메고 있던 가방을 뒤적인다. 담희의 갑작스러운 움직임에 여자는 경계하듯 몸을 사린다.

"이거."

담희가 가방에서 핫 팩 두개를 꺼낸다.

"눈 와요. 손 시리겠어요."

여자가 멈칫 담희의 눈을 쳐다본다. 담희는 여자의 손에 두 개의 핫 팩을 쥐어 준다. 그러곤 무심한 말투로 덧붙인다.

"제 곁에 조상님이 계시다면 뭔가 이유가 있을 거예요."

담희는 여자가 자신을 당황스러운 눈길로 바라보는 사이 때맞춰 바뀐 신호에 건널목을 건넌다. 곁에 선 남자가 인상을 찡그리며 여자를 툭 건드린다. 여자가 흠, 한숨을 뱉더니 멀어져 가는 담희를 돌아본다.

"울 것 같네. 금방이라도."

"네?"

"저 여자. 목소리에 눈물이 가득해서."

여자의 말에 남자가 의아한 표정을 짓는다. 여자가 피식 웃더니 남자의 손에 핫 팩 하나를 쥐어 준다.

"눈 온다. 오늘은 그만 접자."

그러곤 돌아선다. 남자는 멀뚱히 여자를 보더니 가볍게 어깨를 으쓱하고는 여자를 따라간다.

여자와 남자가 떠나는 걸 확인한 채운이 성큼 담희를 쫓아간다. 그녀는 흩날리는 눈송이를 보며 걷고 있다.

- 흠.

허전한 담희의 눈빛을 바라보던 채운이 짧게 숨을 뱉는다.

- 오담희 씨. 눈…… 지금 함께 맞고 있습니다. 내년 첫눈 약

속도 지킬 겁니다. 그러니…… 그렇게 넋 놓고 걷지 말아요. 그렇게 뭔가 잃어버린 듯한 얼굴로 걷지 맙시다.

슬프게 가라앉은 채운의 목소리가 바람이 되어 담희를 감싼다. 하늘을 올려다보며 걷던 담희가 갑자기 주변을 돌아본다. 마치 채운의 목소리를 듣기라도 한 것처럼. 바삐 걷는 사람들 사이에 서서 주변을 두리번거리던 담희가 갸웃 고개를 기울이더니 서둘러 집으로 향한다.

그 밤, 원룸 건물로 들어가는 계단에 서서 채운은 담희의 방 창문을 올려다본다. 눈은 어느새 진눈깨비로 바뀌어 질척질척 도로를 적시고 있다.

담희의 방 불이 꺼진다. 평소의 채운이라면 이곳에 서서 아침까지 눈을 감고 있을 터였다. 고목이 된 것처럼. 망부석이 된 것처럼. 하지만 오늘은…… 눈이 온다.

그녀는 잠이 들었을까? 또다시 뒤척이며 불면의 밤을 보내고 있는 건 아닐까. 채운은 쏟아지는 진눈깨비 속에 서서 창문을 올려다보다 그녀의 방으로 들어간다.

모로 누운 담희가 보인다. 눈을 뜨고 멀뚱히 창밖을 보고 있다. 불투명한 창문에는 먼 어디선가 반사되어 비치는 자동차 불빛만 어른거린다. 이럴 줄 알았지. 채운은 그녀의 침대 가에 걸터앉는다. 그러곤 손으로 그녀의 눈을 가린다.

— 눈 감아요.

투명한 그의 손바닥으론 아무것도 가릴 수 없지만, 채운은 온 마음을 담아 담희의 눈꺼풀을 덮는다.

길고 긴 밤. 채운은 그렇게 앉아 담희를 토닥토닥 재운다. 담희가 천천히 잠에 빠져든다. 채운은 느려진 그녀의 숨소리를 들으며 앉은 채 눈을 감는다.

어디선가 고양이 울음소리가 들린다. 채운이 눈을 뜬다. 앙칼진 고양이의 울음소리가 끊이지 않고 계속된다. 담희가 뒤척인다.

채운이 재빨리 창밖을 내다본다. 창문 아래, 누군가 세워 놓은 자전거 사이 고양이 한 마리가 웅크리고 있다. 아옹! 쉬지 않고 슬픈 울음을 뱉고 있는 고양이.

채운이 고양이 곁으로 뛰어내린다. 사뿐히. 웅크리고 있던 고양이가 털을 곤추세우며 화들짝 몸을 일으킨다.

- 쉬잇!

채운이 고양이를 향해 고개를 숙이며 손가락을 입 앞에 세워 든다. 어둠 속에서도 파랗게 빛을 내는 고양이의 눈동자가 채운을 날카롭게 노려본다.

- 미안하지만 다른 곳에 가서 우는 게 좋겠다.

채운이 고양이를 향해 속삭인다.

냐…….

말끄러미 채운을 올려다보던 고양이가 몸을 쭈욱 쭉 늘리더니 계단 난간을 따라 뛰어 사라진다. 채운은 멀어지는 고양이를 흘긋 바라보다 다시 담희의 곁으로 돌아간다. 뒤척이던 담희가 웅크린 자세로 다시 잠들어 있다.

- 깨지 않아서 다행입니다. 푹 자요.

채운이 방을 나서려는데 "가지…… 말아요……." 담희가 속삭인다. 공기가 진동하는 것 같은 흐린 목소리.

채운이 주춤 걸음을 멈춘다. 흩어진 머리카락 사이 담희의 잠든 얼굴이 보인다. 눈가에 희미하게 눈물 자국이 어렸다.

"여기…… 있어요…….."

그녀의 잠꼬대에 울음이 묻어나고 있다. 채운의 눈동자가 슬프게 가라앉는다. 꽉 움켜쥔 담희의 손이 채운의 눈에 아프게 들어온다. 다시 그녀의 곁에 앉는다.

그 밤, 채운은 그녀의 곁에 앉아 길고 긴 밤을 보낸다. 만질 수 없는 그녀의 손에 자신을 손을 포갠 채, 그 밤을 하얗게 지킨다.

에필로그 1. 어느 여름날의 이야기

"흠!"

인상을 잔뜩 찡그린 담희가 모종삽으로 잡초의 뿌리를 파헤쳤다.

"뭐가 이렇게 질겨?"

책방 뒤뜰 화단 가에 쪼그려 앉아 잡초를 낑낑 뽑던 담희가 툴툴거리며 중얼거렸다. 가만있어도 땀이 주룩주룩 흐르는 날, 커다란 모자를 푹 눌러쓴 채 잡초를 뽑고 있는 담희의 얼굴은 열기로 발갛게 익어 가고 있었다.

"언제까지 그러고 있을 생각이냐?"

뒷문 근처 에어컨 바람이 미처 닿지 않는 곳에 켜 놓은 선풍기 앞에 앉아 신문을 읽고 있던 할아버지가 담희를 향해 물었다.

대답 대신 담희는 모종삽을 내려놓고 두 손으로 잡초를 부여잡고 잡아당겼다. 잡초의 뿌리가 지구 끝에라도 박혀 있는 건지 잡초는 도통 뽑힐 생각을 하지 않았다.

"으, 진짜 쇠심줄이냐!"

"그거 놓고 너도 가 보지."

읽고 있던 신문을 반으로 접으며 할아버지가 말했다.

"이거 뽑히면 가고, 아님 안 가요."

담희가 낑낑거리는 말투로 잡초와 씨름을 하며 대답했다.

"고집은……."

할아버지는 쯧, 혀를 차고는 책방 안쪽, 낡은 에어컨이 바람을 만들고 있는 곳으로 자리를 옮겼다. 담희는 뿌리 대신 뜯겨 나온 잡초 이파리를 버리고는 다시 줄기를 부여잡았다.

한 달 전, 신작 출간을 앞둔 채운에게 출판사에서 작가 사인회를 기획하고 있는데 어떻게 생각하냐는 연락이 왔었다.

별 관심 없는 듯 던져둔 그 제안서를 발견한 담희는 적극적으로 채운의 등을 떠밀었다. 별다른 이유가 없다면 세상과 벽을 쌓고 살던 삶에 안녕을 고하는 의미로 작가 사인회를 하라고.

채운은 담희를 보며 피식 웃었다.

'혼자만 알고 있던 비밀이 사라지는데 괜찮겠습니까?'

'음. 그런 문제가 있군요.'

담희가 팔짱을 끼며 삐딱하게 채운을 쳐다보았다.

'하지만 괜찮아요. 채현 작가 최초의 사인은 제가 받았으니까요.'

예전 도하와의 영화 데이트를 방해하기 위해 가지고 왔던 사인본 이야기였다. 채운이 민망한 듯 웃으며 담희의 머리를 흘어 놓았다.

오늘이 그날이었다. 채현 작가의 신작이 나오는 날이자 채현 작가가 세상에 얼굴을 드러내는 날.

작가 사인회는 낮 2시부터 큰길가의 대형 서점에서 진행된다고 했다. 지금은 2시 반이 가까워진 시간, 한창 사인회가 진행되고 있을 터였다.

'잘 하고 와요!' 씩씩하게 화이팅을 외치는 담희에게 빙그레 미소를 짓던 채운.

그가 서점으로 떠나고 나서 담희는 느긋이 책장 정리를 했다. 그러나 2시가 천천히 가까워질수록 어쩐지 두근거렸고, 공연히 초조해졌다.

거의 10초에 한 번씩 시계를 올려다보며 책방 안을 일없이 돌아다니는 담희를 할아버지가 물끄러미 바라보았다. 괜히 그 시선이 민망해 담희는 뒤뜰로 나왔다.

뒤뜰엔 시계가 없었다. 그곳에서 잡초나 뽑으며 그를 기다릴 생각이었다. 정말로 그럴 생각이었다. 실제로 멋대로 자란 잡초를 뽑아내는 동안 초조하던 마음이 가라앉기도 했다.

지구 녀석이 나타나서 사인회 소식을 전해 주지만 않았다면, 그가 돌아올 동안 평화로운 시간을 보낼 수도 있었을 터였다.

"대에박. 형 사인회에 사람이……. 와. 난 무슨 슈퍼스타 콘서트라도 하는 줄."

책방에 들어서자마자 에어컨 앞으로 달려간 지구가 파닥파닥 옷자락을 들척이며 말했다.

지구의 목소리에 잡초를 뽑던 담희가 자연스레 책방을 돌아보았다.

"사람이 많다니 잘됐구나."

선풍기 앞에 앉아 있던 할아버지가 빙그레 웃으며 말했다.

"땀 냄새. 저쪽으로 좀 가지."

에어컨의 맞은편에 앉아 로맨스 소설을 읽고 있던 묘랑이 지구를 향해 인상을 찡그렸다.

"또 와 있냐? 그 뭐, 토익인지 토플인지 그런 거 공부 안 해?"

"그런 건 내 운명이 아니라서."

"하. 네. 네. 그러시겠지요."

삐딱하게 고개를 끄덕이면서도 땀 냄새가 난다는 묘랑의 말이 신경 쓰이는지 지구는 에어컨에서 한 발 물러섰다. 그러곤 할아버지 쪽을 향해 목소리를 키웠다.

"많은 정도가 아니에요. 서점 전체가 사람들로 꽉! 근데 누나 어딨어요?"

"뒤뜰에. 왜?"

할아버지의 말에 지구가 후다닥 뒷문 앞으로 달려왔다. 그러곤 할아버지 앞에 쪼그리고 앉아 선풍기 바람에 몸을 식히며 뒤뜰을 내다보았다.

"누나! 안 가 봐?"

"뭘 가."

"후회할 텐데."

지구가 의미심장한 표정을 지으며 문밖의 담희에게 말했다. 담희가 푹 눌러쓴 모자를 들어 올리며 지구를 바라보았다.

"형이 다크엘프처럼 생겨서 여자들에게 좀 먹히잖아."

"뭐래?"

"못해도 줄 선 사람의 90퍼는 여자들이던데. 그것도 젊고, 예쁜."

"근데?"

담희가 설핏 눈썹을 끌어 올리며 지구를 바라보았다.

"그 여자들이 여기라든가, 아니면 뭐 이런 데 사인해 달라고 하면……."

지구가 자신의 쇄골 뼈와 옆구리를 손가락으로 짚으며 말을 하다 담희의 표정을 보고는 뜨끔한 표정을 지었다.

"아, 아니. 뭐, 형이 누나를 두고 한눈을 판다거나 할 리는 없지만. 어, 그럼. 절대 없는데……."

지구의 목소리가 차츰 잦아들었다.

"아, 나 학원 갈 시간이 다 됐네. 갈게, 이따 봐. 할아버지 저 가요."

결국 후다닥 인사를 남기며 책방을 나갔다.

흠, 담희가 한숨을 뱉었다. 안정되었던 마음이 공연히 산란했다. 할아버지가 돋보기 너머로 물끄러미 담희를 바라보았다.

"그럴 리가 있어? 그런 데다 사인을 받는 사람이 어딨다고?"

담희는 멀뚱히 잡초를 노려보다 중얼거렸다. 그러다 작정이라도 한 것처럼 전투적으로 잡초를 뽑기 시작했다. 아까부터 실랑이를 하던 잡초의 뿌리가 드디어 들썩거리기 시작했다.

"네 녀석이 그렇게 나오면, 갈 수가 없잖아! 제발 뽑히라고!"

담희가 이 사이로 말을 베어 물며 악착같이 잡초를 잡아당겼다. 뽑히지 않을 것 같던 잡초가 들썩들썩 흔들리다 투두두둑 하얀 뿌리를 드러내며 뽑혀 나왔다.

 담희는 손안에 들린 채 흔들리는 잡초를 바라보다 벌떡 자리에서 일어섰다. 그러곤 잡초와 모자를 화단 가에 던져두고는 후다닥 책방으로 들어왔다.

 계산대 서랍을 열어젖힌 담희는 그곳에 넣어 놓은 상자를 꺼냈다. 상자 속을 엎다시피 뒤적여 원하는 걸 찾아낸 그녀가 "할아버지, 저 잠깐 나갔다 와요." 하고 외치며 책방을 달려 나갔다.

 할아버지가 그럴 줄 알았다는 듯 닫히는 문을 보며 빙그레 미소를 지었다.


 대형 서점까지 뜨거운 햇살이 쨍쨍 내리쬐는 거리를 담희는 순식간에 달려갔다. 건물로 들어서자마자 시원한 냉기가 담희의 달아오른 몸을 휘감았다. 담희는 에스컬레이터를 통통 달려, 지하 1층 서점으로 들어갔다.

 엄청난 인파가 술렁이고 있었다. 예전에 채현 작가 특별전을 했던 이벤트 공간에 넓은 자리가 마련되어 있었고, 책이 쌓여 있는 테이블 앞에 채운이 앉아 있었다. 그의 책을 든 사람들이 길게 줄을 서 그에게 사인을 받는 중이었다.

 그는 예의 바른 표정으로 사람들의 이름을 묻고, 사인을 하고, 가끔은 악수를 하는 중이었다. 예정된 사인회 시간이 끝나가는 건지, 운영 요원들이 줄을 정리하며 더 이상 사람들이 줄을 서지 못하게 안내하고 있었다.

 담희는 채현 작가 사인회를 알리는 입간판 옆에 서서 채운을 바라보았다.

사람 사이에 편안한 표정으로 앉아 있는 그를 보자 담희는 어쩐지 울컥했다. 예쁜 여자가 그에게 책을 내밀고 화사한 미소를 짓고 있었지만, 그런 것 따위 아무렇지도 않았다.

 조금 전까지 담희를 심란하게 만들던 감정이 거짓이었던 것처럼 그녀는 어쩐지 웃음이 날 것 같기도 하고, 한편으로 울음이 날 것 같은 복합적인 감정을 느꼈다.

 그가 사람들 사이에 있었다. 편안히. 곧 사라질지도 모른다는 불안감은 전혀 없는 모습으로.

 담희는 그의 손을 붙들고 팔딱팔딱 뛰는 여학생에게 예의 바른 미소를 짓는 채운을 보며 눈가에 핑 도는 눈물을 쓱쓱 문질렀다.

 약속된 사인회 시간이 훨씬 지나서야, 길고 긴 줄이 사라졌다. 여전히 사람들은 행사 진행 요원들이 쳐 놓은 붉은 안내선 뒤에서 그에게 손을 흔들고, 사진을 찍었다.

 끝났다는 진행자의 사인에 채운은 사람들에게 반듯하게 인사를 남긴 후 자리를 뜨기 위해 몸을 돌렸다. 그러다 담희를 발견하고 주춤 걸음을 멈췄다. 덩치 큰 남자와 입간판 사이로 살짝 보이는 그녀. 어디에 있든 그녀는 선명했다.

 사람들 사이에 가려 있다고 해도, 보이는 부분이 아주 작은 일부분이라고 해도 채운은 그녀를 알아볼 수 있었다. 그녀를 보는 순간 늘 심장이 쿵 울렸으니까. 채운이 빙그레 미소를 지었다.

 덩치 큰 남자에 밀리고 가려져 채운의 모습을 놓친 담희가 입간판의 반대쪽으로 위치를 옮기는데, 불쑥 익숙한 목소리가 들렸다.

"사인, 해 드립니까?"

돌아보자 그녀의 곁에 채운이 서 있었다. 채운을 피해 물러선 사람들 사이에서 그는 약간은 장난스럽게 한편으론 다정하게 담희를 바라보고 있었다.

"아, 그러니까…… 네. 사인해 주시겠어요?"

그의 갑작스러운 등장에 얼떨떨해하던 담희가 빙긋 미소를 지으며 물었다. 채운이 슬쩍 눈썹을 끌어 올리더니 얇은 여름 재킷 안주머니에서 펜을 꺼냈다.

담희는 책방 서랍의 상자에서 꺼내 온 물건을 조심스럽게 그에게 건네주었다.

붉게 단풍이 든 담쟁이 이파리였다. 작년 가을 할아버지가 책방을 맡긴 날 발견한 낙엽이었다. 채운과 처음 만난 그날, 그가 서 있던 창가의 책장에 꽂혀 있던 붉은 담쟁이 이파리.

예상 밖의 물건에 채운이 담쟁이 이파리를 손끝으로 빙글 돌려 보다 담희를 바라보았다.

"낙엽?"

담희가 생긋 웃으며 고개를 끄덕였다. 담희의 미소를 물끄러미 바라보던 채운이 낙엽을 들고 사인회를 하던 테이블로 돌아갔다.

그러곤 낙엽 위에 짧게 글을 적었다.

「내 심장 속 물고기이자
의미 있는 우연인 오담희에게
사랑합니다. 현채운.」

그가 건네주는 낙엽을 받아 들고 담희가 글귀를 읽었다. 천천히. 마음속에 새기듯 또박또박. 담희의 얼굴에 활짝 미소가 어렸다.

"나도 사랑해요."

"하! 정말. 꼭 이러지. 사람 많은 데서."

채운이 설핏 인상을 찡그리며 말하자 담희가 하하 웃었다.

"참! 사인 한 번 더 해 줘요."

채운이 의아한 표정으로 담희를 바라보았다. 담희는 생긋 웃으며 티셔츠의 목 부분을 살짝 끌어 내렸다.

"여기다가!"

옷 사이로 드러난 쇄골 뼈를 슬쩍 손끝으로 가리키며 담희가 채운을 바라보았다. 채운이 풋, 짧게 당황의 웃음을 뱉었다. 담희의 눈과 쇄골 뼈를 번갈아 바라보는 채운의 눈동자에 황당과 웃음, 유쾌함과 의아함, 장난기와 욕망, 온갖 복합적인 감정이 뒤섞였다.

"아! 미리 말하는데 현채운 말고 채현 작가로 부탁해요."

"하아. 정말."

채운이 길게 한숨을 뱉었다. 그러더니 갑자기 담희의 허리를 바싹 끌어당겼다.

"어라! 뭐예요?"

"뭐 하는 것 같습니까?"

"여기, 공공장소!"

"알면서 유혹한 거 아닌가?"

채운이 삐딱하게 웃더니 그대로 담희에게 입을 맞췄다. 그게 아니라고요. 담희의 웅얼거림이 그의 입술 사이로 사라졌다.

주변에서 오오, 탄성이 터지고, 카메라 셔터 소리가 공간을 채웠다. 하지만 그 소리들이 둘에겐 아득히 먼 곳에서 들리는 것 같았다.

그 뜨거운 여름의 어느 날, 햇살만큼이나 뜨거운 사람들의 시선 속에서, 채운과 담희는 여름의 열기보다 더 강렬히 서로를 사랑했다.

에필로그 2. 남은 이야기 조금

채린의 카페 테이블들이 재정비되었다. 테이블마다 화사한 테이블보가 깔리고 리본으로 장식된 향초가 놓였다. 야외 테라스부터 실내까지 은은한 꽃들이 장식되고, 예쁜 레이스가 의자를 감쌌다.

채린은 노트를 들고 카페 안을 바삐 돌아다니며 상황을 일일이 확인했다. 확인을 하고 또 해도 뭔가 빠진 것이 있는 것만 같았다.

채린은 마지막으로 포크 개수를 확인하고는 흠, 한숨을 뱉으며 돌아서 시계를 확인했다.

앞으로 3시간 후에 이곳에서 결혼식이 열릴 예정이었다. 채운과 담희의 결혼식. 둘의 결혼식이라니, 채린은 새삼스러운 눈길로 실내를 둘러보았다.

작년 이맘때만 해도 오늘 같은 날이 올 거라곤 상상도 하지 못했는데…….

뭔가 울컥한 기분에 채린이 재빨리 헛기침을 하고는 다시금 시계를 확인했다. 자신도 이제 옷을 갈아입고 준비를 해야 할 시간이었다.

"나 옷 좀 갈아입고 올게요. 뒤를 부탁해요."

채린이 음악을 준비하고 있는 카페 매니저에게 손짓을 하며 말했다. 매니저가 고개를 끄덕였다. 채린은 바쁘게 길 건너 채운의 오피스텔로 걸음을 옮겼다.

"엄마!"

채린이 오피스텔로 들어서자 말끔하게 머리를 빗어 넘긴 모린이가 와다닥 달려왔다.

"아직 옷은 안 입었네."

"할머니가 입지 말래요. 내가 안 더럽힌다고 했는데."

불퉁한 표정으로 모린이 대답했다.

"조금 이따 엄마랑 같이 입자. 됐지?"

"지금 입고 얌전히 앉아 있을게요."

모린이 여전히 불만스러운 표정으로 대답했다.

"조금 이따. 알았지? 할머니랑 할아버지는 어디 계시니?"

"할아버지는 화장실, 할머니는 부엌."

"삼촌은?"

"삼촌? 어…… 거기, 미, 미용원!"

설핏 인상을 찡그리던 모린이 생각났다는 듯 외쳤다.

"미용실이겠지. 카페로 바로 오려나?"

모린의 잘못된 단어를 정정해 주며 채린이 다시 시계를 보았다. 3시간도 남지 않은 결혼식. 채린은 자신의 결혼식도 아니면

서 공연히 더 초조해지는 것 같았다.

준비가 모두 끝난 담희는 헤어 살롱의 로비에 앉아 채운이 나오기를 기다렸다. 무릎을 살짝 덮는 길이의 웨딩드레스와 느슨하게 묶어 흘러내리게 둔 헤어스타일, 이목구비의 아름다움을 살린 화장에 보일 듯 말 듯 한 크기의 귀걸이. 담희는 편안하면서도 아름다웠다. 소박하면서도 청초했고, 은은하면서도 우아했다.

미용실 로비의 문이 열리더니 채운이 나왔다. 하얀 슈트 차림의 그가 너무도 눈부셔 담희는 휘둥그레 뜬 눈으로 그를 바라보았다. 채운 역시 굳은 듯 서서 담희를 바라보았다. 그녀의 얼굴에서 눈을 뗄 수가 없었다.

"와아. 진짜로 와아."

담희가 중얼거렸다. 채운이 담희의 말에 풋 웃음을 터트렸다.

"그쪽이야말로 진짜로 와아입니다만."

그가 담희에게 성큼성큼 다가오며 말했다. 담희가 자리에서 일어서더니 그를 향해 활짝 웃었다.

"정말이지 사람 설레게 하는 데는 뭐 있어, 이 남자."

"그쪽만 할까."

채운이 빙그레 웃으며 담희에게 손을 내밀었다. 담희는 그의 손을 잡고 나란히 미용실을 나섰다.

새파랗게 드높은 하늘 아래 가을의 햇살이 반짝이고 있었다. 막 단풍이 들기 시작한 가로수 사이로 청명한 바람이 살랑였다.

채운과 담희는 손을 잡고 길을 나란히 걸었다.

휴일 아침의 거리는 텅 비었다. 조용한 거리를 둘은 천천히 걸어 결혼식이 예정되어 있는 카페로 향했다.

"실감이 나지 않아요."

"나는 지나치게 실감납니다만."

담희가 채운을 바라보자 채운이 빙그레 미소를 지었다.

"매일매일, 오늘만 기다렸거든."

담희는 풋 웃으며 맞잡은 그의 손을 꽉 쥐었다 놓았다. 채운이 피식 웃었다.

"채운 씨는 할아버지가 되어도 멋질 거예요."

갑작스러운 담희의 말에 채운이 그녀를 쳐다보았다.

"채운 씨는 나이를 먹으면 훨씬 더 재미있어질 테고, 그 머리가 백발이 된다고 해도 나를 설레게 할 거예요."

텅 빈 거리를 보며 속삭이던 담희가 채운을 바라보며 덧붙였다.

"함께 늙어 갈 수 있어서 기뻐요."

채운이 걸음을 멈추고 담희를 바라보았다. 그녀 때문에 그의 심장에 파도가 일렁였다. 오늘같이 특별한 날에, 이렇게 예쁘게 입고, 이렇게 눈을 반짝이며, 이런 말을 하면 대체 어쩌란 건지. 채운은 짧게 한숨을 뱉고는 진지한 얼굴로 담희와 시선을 맞췄다.

"나야말로 영광입니다, 오담희 씨. 호호 할머니가 된 오담희 씨를 기대할 수 있게 해 줘서."

그의 말에 담희가 생긋 미소를 지었다. 미소가 어린 둘의 얼굴 위로 막 단풍이 들기 시작한 가로수 잎새가 어른어른 그림자를 드리웠다.

문득 채운이 시선을 들더니 슬쩍 미간을 모았다. 담희가 채운의 시선이 머문 곳으로 고개를 돌리자 길가에 서 있는 붉은 스포츠카가 보였다. 차 문이 열리더니 화란이 또각또각 구두 굽 소리를 내며 둘을 향해 다가왔다.

담희는 무의식적으로 채운의 손을 꽉 움켜쥐었다. 화란이 둘을 바라보더니 가벼운 미소를 지었다.

"축하해. 완벽히 돌아온 것도, 둘의 결혼도."

채운이 대답 없이 가볍게 고개를 끄덕였다. 화란이 흠, 한숨을 뱉더니 조용히 덧붙였다.

"앞으론 만날 일 없을 거야. 행복하길 빌어 줄게."

"그러지 않으셔도 돼요."

채운의 손을 꼭 쥔 채 담희가 말했다. 화란이 담희를 돌아보았다.

"빌어 주지 않아도 행복할 거예요. 그러니까 저희 행복 말고, 스스로의 행복을 빌기 바랄게요."

담희의 말에 화란이 풋 웃음을 터트렸다.

"정말이지, 이 아가씨는 채운 씨보다 더 마음에 든다니까."

"그래도 나와 미래를 약속한 여자야. 넘볼 생각 마."

채운이 농담과 진담이 뒤섞인 말투로 말했다. 화란이 피식 웃으며 '알아, 알아.'라고 중얼거리더니 담희를 향해 진지하게 입을 열었다.

"그래요. 나를 위해 행복을 빌게요. 고마워요. 그냥…… 마지막 인사 정도는 하고 가고 싶어서. 그래서 왔어요."

그러곤 담희와 채운을 번갈아 바라보았다. 담담한 표정이었고, 어쩐지 홀가분해 보이기도 했다.

"갈게."

그녀가 어깨를 으쓱해 보이더니 가볍게 말했다.

담희와 채운은 그 자리에 서서 떠나는 붉은 스포츠카를 바라보았다. 말간 햇살이 나붓하게 내려앉은 거리 끝의 모퉁이를 돌아 스포츠카가 사라졌다. 채운이 흠, 짧게 한숨을 뱉었다.

"그 후로 우리는 오래오래 행복하게 살았습니다."

담희가 마치 주문을 외듯 조그맣게 중얼거렸다. 그 말에 채운이 빙그레 미소를 지으며 담희를 바라보았다.

"그렇게 될 겁니다."

담희가 채운을 바라보았다. 그의 깊고 검은 눈동자에 담희의 모습이 가득 담겨 있었다. 다른 것 없이 오롯이 그녀만이 그의 눈 속에 가득했다.

"사랑해요, 현채운 씨."

"사실은 내가 살짝, 더 사랑합니다."

채운이 빙그레 웃으며 대답했다. 장난처럼 유쾌하게. 그렇지만 진심이 묻어나는 그의 말투에 담희가 활짝 웃었다. 부드럽게 휘는 담희의 눈을 바라보던 채운이 흠, 한숨을 뱉었다.

"정말이지, 그렇게 웃는 거 지금은 좀 아껴 둡시다. 결혼식도 하기 전에 신혼여행 먼저 갈 생각이 아니라면."

"아, 뭐래?"

담희가 채운을 향해 가볍게 눈을 흘겼다. 채운이 하하 웃음을 터트리며 담희의 손을 잡고 성큼 걸음을 옮겼다. 담희 역시 빙그레 웃으며 그와의 보폭을 맞췄다.

둘의 걸음 위로 파란 하늘이, 맑은 햇살이, 청명한 바람이 살랑살랑 쏟아지고 있었다.

## 작가 후기

대학 때 자취를 했다. 작은 도로를 중심으로 한쪽은 고층 아파트와 네온사인이 반짝이는 상가가, 다른 쪽은 낡고 조용한 단독주택들이 지붕을 잇대고 있는, 묘하게 현재와 과거가 공존하고 있는 듯한 동네였다.

자취방에서 나오면 만나게 되는 한적한 골목길에 나보다 열 살쯤 많은 언니가 운영하는 작은 책 대여점이 있었다. 나는 그곳에서 꽤 많은 시간을 보냈다. 그렇게 친해진 언니는 그다음 해, 선을 보러 다니기 시작했다. 언니가 선본 남자와 차를 마시거나 영화를 보거나, 혹은 밤길을 걸을 때마다 나는 언니 대신 책 대여점을 무보수로 지켰다.

그래도 괜찮았다. 원 없이 책을 읽을 수 있었으니까.

언니가 없는 책방엔 평소와 달리 수다 손님들이 찾아왔다. 미용실을 운영하는 젊은 애기 엄마, 낮에는 생선을 팔고 밤에는 만화를 그리는 생선 가게 젊은이들, 까만 강아지 까미를 안고 다니는 여중생과 수험서보다 무협지를 더 많이 읽던 남학생, 그리고 밤 11시 넘어 야간 순찰을 도는 경찰관들까지.

재미있었다. 그 조용한 골목길의 숨은 사연들을 듣는 것도, 아무도 찾아오지 않는 오전 시간에 조용히 쏟아지는 햇살을 보고 있는 것도.

사실, 《담벼락 헌책방》을 쓸 때는 그 책 대여점을 생각한 적이 없었다. 다 쓰고 난 후 퇴고를 하고, 수정을 하고, 이야기를 덧붙이던 어느 날 불쑥 떠올랐을 뿐이다. 아, 맞다. 그랬었지. 나 책 대여점에서 일했었지. 그러면서 깨달았다. 그때 느꼈던 책 대여점의 어느 날이 《담벼락 헌책방》 속에 녹아 있다는 것을.

《담벼락 헌책방》은 나의 첫 책이다. 처음으로 쓴 로맨스 소설이고.

'비밀을 가진 남자와 밝고 낙천적인 여자의 사랑 이야기'를 쓰고 싶다는 생각으로 작년 가을의 끝자락에 쓰기 시작한 글이었다. 처음 연재를 시작하고, 생각보다 많은 격려를 받았다. 담희와 채운의 이야기에 공감해 주는 사람들이 많다는 것에 꽤나 힘을 얻었던 것 같다. 덕분에 이야기를 잘 마무리 짓고, 책으로 나오게 되었다.

무사히 책이 나올 수 있게 도와주신 많은 분들께 감사드린다.

늘 나를 지지해 주는 부모님과 동생들, 그리고 대추나무 식구들. 나의 균형 잡힌 시각을 위해 까칠한 조언도 서슴지 않는 삐딱선 씨와 문장이 매끄러운지 확인해 주는 똘기, 언젠간 나의 이야기에 삽화를 그려 주겠다는 용용이, 모두모두 고맙고 사랑해.

늘 함께 고민해 주고, 격려해 주는 '로맨틱 살롱' 작가님들과 따뜻한 살롱 가족들, 어설픈 글이 책이 될 수 있게 밤잠을 줄이며 수고해 주신 로크미디어 이은정 편집자님께도 감사를 드린다.

물빛항해 드림


덧붙임(혹시 궁금해하는 사람을 위한).

책 대여점 언니는 선본 남자들 중 함께 노래방에 갔던 남자와 결혼을 했다.

나는 언니가 함을 받을 때, 함진아비를 집까지 끌고 가는 미션을 받아 최선을 다했다.

언니는 결혼 후 책방을 정리했고, 그즈음 나는 학교를 졸업하고 프로그램 회사에 취직을 해 다른 동네로 이사를 갔다.